2018年度
公安文学精选
（短篇小说卷）

赎罪

全国公安文联 ◎ 选编

代表本年度中国公安文学最高创作水平
一年一度的中国公安文学盛宴

群众出版社 · 北京

图书在版编目（CIP）数据

赎罪 / 全国公安文联编. —北京：群众出版社，2020.5
（2018年度公安文学精选. 短篇小说卷）
ISBN 978-7-5014-6105-9

Ⅰ.①赎… Ⅱ.①全… Ⅲ.①短篇小说—小说集—中国—当代
Ⅳ.①I247.7

中国版本图书馆 CIP 数据核字（2020）第 063449 号

赎　罪
全国公安文联　选编

出版发行：	群众出版社
地　　址：	北京市丰台区方庄芳星园三区 15 号楼
邮政编码：	100078
经　　销：	新华书店
印　　刷：	三河市荣展印务有限公司
版　　次：	2020 年 5 月第 1 版
印　　次：	2020 年 5 月第 1 次
印　　张：	10
开　　本：	880 毫米×1230 毫米　1/32
字　　数：	275 千字
书　　号：	ISBN 978-7-5014-6105-9
定　　价：	38.00 元
网　　址：	www.qzcbs.com
电子邮箱：	qzcbs@sohu.com

营销中心电话：010-83903254
读者服务部电话（门市）：010-83903257
警官读者俱乐部电话（网购、邮购）：010-83903253
文艺分社电话：010-83903973

本社图书出现印装质量问题，由本社负责退换
版权所有　侵权必究

出版说明

为深入贯彻党的十九大精神和习近平总书记在文艺工作座谈会上的讲话等系列重要讲话精神,积极落实公安部关于推动公安文化大发展大繁荣的实施方案中提出的"推出更多公安题材优秀文化作品,出版年度公安文学精选"的要求,进一步加强公安队伍思想文化建设,服务公安现实斗争,着力打造公安文化品牌,推出公安文学精品,发现和扶持公安文学创作人才,满足新时期公安民警对公安文化的新期待、新需求,同时更好地满足广大读者对优秀公安文学作品的阅读需求,全国公安文联和中国人民公安出版社决定继续选编、出版"2018年度公安文学精选"。

由全国公安文联选编的"年度公安文学精选"迄今为止已出版了二十七卷,即"2011年度公安文学精选"共三卷,含中篇小说卷《特殊任务》、短篇小说卷《结案风波》、纪实文学卷《追捕始于新婚之夜》;"2012年度公安文学精选"共四卷，含中篇小说卷《归案》、短篇小说卷《编外神探》、纪实文学卷《亮剑湄公河》、散文诗歌卷《我的贺年卡》;"2013年度公安文学精选"共三卷，含中篇小说卷《命运之魅》、短篇小说卷《沙堡》、纪实文学卷《追捕深海"掠食者"》;"2014年度公安文学精选"共四卷，含中篇小说卷《派出所长》、短篇小说卷《无处可逃》、纪实文学卷《"猎狐"行动》、散文诗歌卷《心中有座百草园》;"2015年度公安文学精选"共五卷，含中篇小说卷《风住尘香》、短篇小说卷《神算》、纪实文学卷《刑警"803"》、散文诗歌卷《秘密》、网络文学卷《背后有眼》;"2016年度公安文学精选"共四卷，含中篇小说卷《绑架》、短篇小说卷《罪案病理》、纪实文学卷《铁笼沉湖》、散文诗歌卷《我的警察兄弟》;"2017年度公安文学精选"共四卷，含中篇小说卷《隐姓埋名》、短篇小说卷《起死回生》、纪实文学卷《剿赌马尼拉》、散文诗歌卷《麻雀·尊严和自由》。以上作品出版后，受到了广大读者，特别是全国各级公安机关民警的欢迎和喜爱。

"2018年度公安文学精选"的入选作品，均为发表后受到读者广泛好评并产生较好社会效益的优秀公安文学作品，代表2018年度中国公安文学在中篇小说、短篇小说、纪实文学、散文、诗歌体裁中的最高创作水平，在思想性和艺术性方面具有突出特色，是奉献给广大关心和热爱公安文学的读者的精神大餐。

"2018年度公安文学精选"共出版四卷，即中篇小说卷、短篇小说卷、纪实文学卷、散文诗歌卷。

这是中国公安文坛第八次举办全国性"年度公安文学精选"的征集选编活动。该活动由中国公安文学精选网协办。

"年度公安文学精选"编委会办公室
2019年11月10日

目 录

赎　罪／林　一	1
西天取经／王东海	26
半枚指纹／朱　皮	64
泥　淖／李　住	78
一位老人的来信／李　涛	90
归去来兮／葛　波	93
杀死鸟／修正扬	117
别无选择／赵　欣	146
又见梨花开／薛景川	160
一朵雨做的云／侯国龙	187
绝对信号／张国庆	219
王木多突然挺忙／贾新城	238

卡萨布兰卡／张　蓉 ……………………………………… **257**

荣誉墙／谢沁立 …………………………………………… **282**

天蒜花开／初日春 ………………………………………… **294**

赎 罪

林 一

第一章 赎罪

1

抓到那个人,在赵司建看来是他入警以来最不光彩的一次。

虽然那个人已经被抓起来了,但是他仍旧心有不甘,总觉得那个巧合有问题,可自己又像一只无头苍蝇不知从何下手。

每次路过或者坐在那家李大佬早餐店的时候,他头脑里就会浮现出那个人吃面的神情,他这辈子还是头一次碰到把面吃得如此虔诚的人。神情淡定,含情脉脉盯着眼前的一碗干挑面,却不急着动筷，目不转睛盯着，然后淡然地从摆放在桌子中央的筷子筒里抽出一双筷子，一竿子斜刺里插入到面中，捋了捋，在张开嘴巴咬的那瞬间，有液滴从脸颊上淌过，在晨光的照射下静静流淌。那绝不是汗珠。赵司建头一个反应就是这样，不会有那么大的汗珠夺眶而出。这一幕，深深烙刻在赵司建脑海里多年，像是一段珍贵的破案视频，赵司建播放、暂停了一遍又一遍，想从中找出破绽，然而纵使他如何努力也是徒劳。可是他的直觉告诉他，眼前那个吃面条如此虔诚的男人，有些不寻常，指不定还藏着什么不可告人的秘密。

  他跟领导提出过他的疑问，并试图成立专案组重新侦破当年那起案子，领导轻轻地拍了拍他的肩膀，道："不过是个蠢贼，没必要想得那么复杂。案子破了，你就休息几天，这个功我还是会帮你争取的。"领导说得没错，那个人就是个蠢贼，他就是在自己脸上贴了个"我是贼"的标签，然后走到警察面前，傻乎乎地被警察抓住了。可是，赵司建认真观察过那个人，他觉得那人还没有蠢到那个地步。他始终认为，这一切都只是个表象。真相总是掩藏在表象里。可真相又是什么？他无从知晓。最终，因为成功侦破这起涉及金额比较大的盗窃案，他荣获个人三等功。要不是怕别人说他清高，他是拒绝接受这个荣誉的，抓到那个人，一点儿技术含量都没有，不过是瞎猫碰到死耗子罢了。

  十二年前那起难以侦破的杀人案只有赵司建还没放弃继续侦破，但跨越时间太久，线索几乎全无，他被折磨得不成人样，眼眶里布满血丝，胡茬儿像野草般在下巴上疯长。领导知道他的压力，就让他先缓一缓，派他去破另外一起棘手的盗窃案。市区连日来发生多起攀爬入室盗窃案，案发时间是凌晨2点到4点，经前期摸排以及通过调取观看小区监控来看，基本可以锁定一名可疑人员，头戴黑色鸭舌帽，蓝色T恤，运动裤，脚上一双布鞋。在现场勘查中未能收集到任何指纹，只能在小区监控里看见那个人模糊的身影，但也可以通过身型基本判断是属于同一个人作案。入室盗窃案，对于刑侦出身的赵司建来说并不陌生，每年夏天是高发期，侦破这类案件并没有多大技术含量，锁定了嫌疑人，就全靠"土办法"——

死蹲。一伙人猫在小区的角落里，一伙人在市区街面盘查，只要在凌晨街面上出现的可疑人员一律盘查，运气好的话，总能抓上一两个。记得有一回，抓了一个"蜘蛛侠"，全局总动员，除了当班的，全部夜间蹲守，凌晨3时收到消息，范德龙小区发现嫌疑人，全部警力赶往，只见一个黑影攀在防护网上，上百把强光手电射过去，一个打赤脚的年轻人正攀爬入室，在强光手电的照射下，耀眼的光芒打在他身上，俨然一个霸气十足的"蜘蛛侠"。当年抓住这"蜘蛛侠"，靠的全是运气。

当然，这里面除了运气，也不能说没有一点儿技术含量，如何判断这个人是不是流窜作案，如何通过肉眼观察对方的鞋子进而初步判断出嫌疑人的脚印与勘查现场是否吻合，如何更为准确地在市区那么多小区里大海捞针般捞住这个嫌疑人，这里面的学问就大了，也只有赵司建这种经验丰富的老刑侦才能掌握这里面的学问。

领导之所以将他从十二年前的杀人案里抽出来侦破盗窃案，也是迫不得已。据说盗窃者特别猖狂，一夜在小区里偷了好几户人家，通常情况下，贼在这个小区下了手，就会立马转移阵地，或者偷到一户金额大的人家，就会立马收手，可没想到这个贼不按常规出牌，杀了个回马枪，在警察松懈的时候又折回那个小区继续偷。就在警察眼皮底下动手，这不是公然跟公安局叫板吗？这不，正好那边杀人案侦破陷入死胡同，领导立马将赵司建抽调过来成立入室盗窃专案组。

赵司建也想趁机让头脑放松放松，洗脑换种思维去侦破那起搁置十二年的杀人案。在他看来，盗窃案要远比他目前碰到的杀人案简单很多。"1·12杀人案"已经过去十二年了，现场除了调取一枚烟头，毫无进展。1月12日凌晨，美乐休闲中心发生杀人案，一名性工作者在二楼被杀，凶手沉着冷静，杀完人后，把尸体搬到床上整齐摆放好，擦干净地板的血迹和房间里的指纹，并且很勤快地将房间里的卫生打扫干净，才从房间里的阳台上逃走。因为从二楼阳台上跳下去的那个地方，是个死角，没有监控。显然，凶手也是从休闲中心后门进去的，那里也没有监控。

赵司建没有抽烟的习惯，可是等他愁眉苦脸想着棘手案子得不到解答的时候，就喜欢跟同事讨来一支烟抽抽，思路就跟他吐出的烟圈一样，一环扣着一环慢慢清晰起来。夜间在小区里蹲守，抽烟是个大忌，所以那天赵司建带着一伙人猫在小区里的时候显得百无聊赖，一边等着那个小偷落网，一边想着那个棘手的凶杀案，可是没有了烟，就没了灵感，强求去思考，脑瓜子慢慢阵痛起来。于是索性不想了，一门心思抓那小偷。凌晨三点，一个黑影在离他们五十米远处出现，借助小区里微弱的光，赵司建看见那个黑影身手敏捷从外墙翻了进来，在一栋楼房下踯躅了一会儿，朝手掌心哈了一口气，正准备沿着防盗网向上攀爬时，不知谁没忍住咳嗽了一声，打草惊蛇，那个黑影"嗖"的一声掉头就跑，赵司建一伙人等立马追了上去，边追边及时联系外围的人一同包抄。可那个黑影就像一只受到惊吓的兔子，在黑魆魆的小区里左窜右窜，一下子就不见了身影。赵司建他们在小区里搜索到天亮，还是没能将那个人抓到。

赵司建出马，很快就立竿见影，只是虽然凭借他的经验锁定了目标极有可能出现的小区，也与那个黑影有了照面，但还是让他给逃走了。虽然不能够确定那个黑影就是他们要抓的那个贼，但最起码是个攀爬入室盗窃的贼，抓住一个，无论对谁来说，都好交差。这下倒好，两个他经手的案子都陷入了死胡同，领导找他谈话是在所难免了。

技术科那边来过电话，又将近几年市区里的入室盗窃案进行了串联，发现一个惊人的事实，那个小偷是个惯犯。在高发案小区的监控里总能够看到这个贼的身影，头戴黑色鸭舌帽，蓝色T恤，运动裤，脚上一双布鞋，但从来没采集到这个小偷的指纹和脚印。赵司建嘴角一扬，这才意识到问题的严重性。他们遇到了一个"高手"，至少是一个从未失手的贼。这着实够伤脑筋的。

他准备第二天上班的时候主动到领导那里请罪。只是，他万万没想到，第二天，吃个早餐的工夫，居然能够将那个从未失手的贼抓到。他是到李大佬早餐店吃了个干挑面，面上来了，闻着那香味和辣味，那个馋劲儿一下子就上来了，饶有兴致地吃了起来。吃到一半抬头一瞬间，一个可疑的人映入眼帘。头戴黑色鸭舌帽，蓝色T恤，运动裤，脚上一双布鞋。这不正是一张活生生通缉犯照片吗？那个戴鸭舌帽的人不正是他们苦苦蹲守了几个礼拜都没抓到的贼吗？赵司建百思不得其解，这贼居然嚣张到大白天还穿着这身起眼且还是警察熟悉的装扮在大街上出现？他给同事发了条增援的信息，自己倒不急着上前抓他，饶有兴致地边吃面边观察那人。那人神情淡定，进来的时候没有东张西望，随意找了张凳子坐下，然后朝店老板嚷了句："老板，来碗干挑面，不放葱，免辣！"赵司建冷嘲道，这店的招牌就是干挑面，不放辣椒的话，那就不正宗了。他开始对这位不吃辣的干挑面的贼有了进一步观察的浓厚兴趣。没有葱和辣椒的干挑面很快就上来了，只见那贼含情脉脉地盯着眼前的一碗干挑面，却不急着动筷，目不转睛盯着，然后淡然地从桌子的筷子筒里夹起一双筷子，一竿子斜刺里插入到面中，捋了捋，在张开嘴巴咬的那一瞬间，有液滴从脸颊上淌过，在晨光的照射下静静流淌。

这一刻被赵司建定格了，他想到了香港的警匪片，警察和贼之间总能摩擦出许多精彩的瞬间。一个多次盗窃却没有失手的贼，在吃早餐的时候与追了他很久的警察相遇，这种巧合，不正是香港警匪片惯用的手段吗？

等援兵一到，赵司建就组织实施抓捕。整个抓捕出奇顺利，兵分四路包抄，亮明警察身份掏出手铐铐他时，面条被他含在嘴巴里鼓鼓的，他特别配合地伸出双手，没有反抗，嘴巴仍旧在细嚼慢咽。赵司建还留意到一个细节，手铐铐在那个人的双手瞬间，他叹了口舒爽的气。审讯进展很顺利，警察掌握的以及没掌握的，他都很爽快地和盘托出，对自己的犯罪事实供认不讳。这一切，诚然不像是一个老贼所为。赵司建心想，那贼好像故意回避什么，迫不及待要入狱似的。

虽然最终抓到了贼，自己还因此立了三等功，可是在赵司建看来，那不过是运气，案子也破得不那么光彩。当然，领导只看结果，至于案子是如何侦破的，倒没有那么关注了。只是，从此在赵司建心里埋下了一个结,揪着一个贼吃面的画面不放。同事多了句嘴:"不就是一个贼早上起来饿了在吃面,能有什么破绽啊?"

即便如此,他仍旧没有放弃继续深挖。凭借他的职业敏感性,他断定,他与他在吃面时候的遇见,那绝对不是个简单的巧合,巧合里暗藏着一个天大的秘密。然而,那不过是他的猜想。法律面前讲究证据,哪怕他的推断再如何完美无缺。于是赵司建开始马不停蹄地忙碌起来,翻案卷,查前科,看视频,反反复复看,不放过任何一个细节,同事瞧见了,没忍住多了句嘴:"这案卷都快被你翻破了。"他粲然一笑,又继续埋头钻研起手头上的资料。那好几个月里,他看了无数视频,眼药水都用了好几瓶,药水在脸上流淌,他还是想在视频监控中寻找蛛丝马迹。好在,有段视频的一个细节很快被赵司建发现了,而这个画面,给了赵司建莫大的信心。只是,光有推论还不行,还是无法将一个盗窃案和一个杀人案串联起来。动机?作案的动机是什么?还有很多谜题等着他去推测与猜测。

在他拜访退休多年的刑警队老队长,也是他的师父之后,他更加坚信自己的猜测。姜不愧是老的辣,赵司建拍门,师母开的门,师父在屋子里就嗅到了他的气息:"司建来了吧?"还没坐下,师父就开口追问:"遇到难题啦?"终究逃不过师父的"火眼金睛",他没有拐弯抹角,开门见山在师父面前倾诉了他的苦闷。师父的一句话让他豁然开朗。师父呷了一口茶,静静听完他的分析,蹙眉,笑着对他说:"如果你连自己的感觉都怀疑,那证明你连自己都不信任,那又如何使别人信任你呢?"师父是鼓励他大胆推测,要相信自己的判断与分析。当年跟着师父侦破的那些大案、要案,还不是他与师父两人凭借大胆的侦查思路成功侦破的?

他顿时豁然,决定亲自去揭开他质疑多年的那个谜。

2

赵司建决定去看守所里探望那个贼,是在那个贼被抓的半个月后。他没有通过正规程序去看守所里提审那个贼,而是找了个看守所的朋友以朋友的身份去探望周家龙。是的,那个被赵司建轻而易举抓到的贼就叫周家龙。不知出于何种心态，此时的周家龙要比当初赵司建抓他进来的时候还精神些。平头，下巴蓄了些胡子。囚服很合他的身。在看见赵司建的一瞬间他显得有些惊诧。他站着，赵司建伸手示意他坐下。"别紧张，我今天没有穿制服来，就是以你朋友的身份来看看你。"说这句话的时候，赵司建都觉得那话说得太假太没分量，有点儿厌恶自己。周家龙并没有放松警惕，坐在凳子上有些拘谨，隔着铁栏与赵司建对视了一会儿。

赵司建从口袋里掏出一包软中华，那是他来之前特意买的。他不紧不慢地撕开烟盒上那层膜，用盒子的一端在手掌上抖了抖。

"很久没抽了吧？"

周家龙点了点头，表情有些僵硬道："偶尔还能从牢头那里混到一根。"

"来，抽一根吧。"赵司建从烟盒里掏出一根，上前，取出打火机给周家龙点上。

周家龙很有礼貌地回了句："谢谢赵警官。"说完，吧嗒吧嗒地抽着那根烟，右手的食指和中指紧紧地夹住烟蒂。烟灰飘落一地。

"烟头给我吧，我帮你扔。"见周家龙正准备用大拇指和食指捏碎烟蒂，赵司建起身上前来了那么一句，并顺手用一个事先准备好的袋子装着从周家龙手中递过来的烟蒂。他没急着扔到垃圾桶，就随意放在桌面上。

烟抽完了，周家龙大概心里也明白，天下没有什么免费的午餐，这烟可不是那么容易就能够抽上的。

"赵警官，有什么你就问吧。"他主动说。

"周家龙，我不是跟你说啦，我今天是以你朋友的身份来看你的。"

谁知周家龙不领情："得了吧，我可高攀不起你这样的朋友。"

"哦？还怪我把你抓了进来？"

"那倒没有，只能怪自己当天倒霉，吃个早餐也能够碰到警察。"

"我看你当天态度蛮好，就知道你不是一般的贼。要是换上别人，肯定要死扛，死活也不承认自己偷了东西。"

"你们警察什么技术没有？我哪怕一句话不说，你们不也照样把我关进来？与其这样，倒不如自己坦白！"

"这样看来你倒是蛮识相。"赵司建揶揄道。

两人就半个月前的入室盗窃案胡扯了一阵，眼尖的周家龙发现赵司建显然对这些陈年旧事没有多大的兴致，他在说，他就盯着那枚透明袋子里装着的烟蒂看。

"赵警官，你今天来，大概不是跟我叙叙旧那么简单吧？"

赵司建眼前一亮，觉得是时候回到正题上了。

"也不是多大的事，就是有两个问题一直弄不明白。"

"你说。"周家龙异常淡定。

"怎么一个贼和一个警察，吃个早餐就那么轻易碰上了？"

"巧合呗。"周家龙叹了口气，接着说，"只能自认倒霉。"

"我觉得没那么简单。"

"你是说我是故意被你们抓的？"

"我倒没那么说，是你自己说的。我只是对于这个巧合一直不解。"还没等周家龙接话，他又说出另外一个疑问，"你说要在什么情况下，一个男人吃碗面能泪流满面？"

周家龙面目狰狞，可没几秒脸又舒展开来，笑道："这天底下还有那么感性的男人？赵警官，你说的那个人，该不会是你自己吧？"

赵司建没有回答，转而问："你吃面，好像不喜欢放辣椒和葱吧？"

"你好像对我吃面很感兴趣。"

赵司建笑道："这让我想起十二前那起至今没有破的凶杀案。那个凶手特别凶残，当然也特别沉着冷静，几乎没有在现场留下任何痕迹，就连吃剩下的方便面也带走了，现场就只能看见一根面条，还是在地板的缝隙里发现的。"赵司建边说边观察周家龙的神情，淡定，异常地淡定。

等他说完，周家龙冷笑道："这也让我想起在监狱里听到的一个故事,不知赵警官想听吗?"

赵司建点头,示意他往下说。

"一个男人去嫖娼,干完那事肚子饿了,看见小姐房间里有一桶方便面,于是趁着小姐去洗澡的时候偷偷泡起面来,谁知那小姐洗完澡后猛然从男人手里抢过方便面,并说了句,你这个穷鬼,吃了老娘的豆腐,还吃老娘的面,死去。就这句话,惹恼了那个男人,你猜结果怎样?"

"我不用去猜结果,我猜那桶方便面肯定是不辣的,并且还没有葱。"

周家龙听了哈哈大笑起来,笑得有些浮夸。

"我好像听过你这个故事,不过内容有些不同。"还没等周家龙是否同意他说下去,赵司建继续说了起来。"一样是一个男人去嫖娼,趁着小姐去洗澡的时候,他发现那个小姐很有钱,于是就想到了偷,却无意被小姐发现了,于是发生了争执,转而把小姐也杀了。那个男人很聪明,因为杀了人,他很冷静,没有把店里的钱拿走,打扫完按摩店里的卫生就离开了。"

"可惜我们说的不是同一故事。"周家龙听完后很冷静地说道,咽了下口水,转而又回到那个话题,"看来赵警官对面还是情有独钟啊!"

"我只是对一个吃干挑面不放辣椒不放葱的人感兴趣。那你知道我是从什么时候开始对那么个人感兴趣的吗?"

"洗耳恭听。"

"我来的路上反反复复看了一段视频,有个画面让我很感兴趣。一个人吃面,然后抽完一支烟,他没有把烟蒂扔在地上,而是用大拇指和食指捏碎。"

周家龙的脸部神情开始有些扭曲,他死死地盯着赵司建边上那个袋子里装着的那枚烟蒂。他闭上眼睛,叹了口气,突然睁开眼问:"赵警官,我再给你讲个故事吧?"

"想不到你还蛮会讲故事的。"

周家龙嘴角微翘,道:"坐牢无聊,只能靠听故事和讲故事来打发时间。"

赵司建微抬右手,示意他接着讲那个故事。周家龙顿了顿,说:"有只小狮子很难过,因为就在刚刚,它一口咬死一个猎人的儿子。它其实不想咬死猎人儿子的,它只是看见猎人的儿子蹲在地上很难过,它就在一刹那就朝他的脖子扑了过去,猎人的儿子就倒下了。小狮子有些惊恐,有些难过,因为狮子妈妈没有告诉它,它可不可以去咬人类。的确,对于一只还在狮子妈妈庇护下的小狮子来说,善与恶,它难以区分。于是,小狮子决定藏起这个秘密,可是它很难过,每天每时每刻都在为咬死猎人的儿子而痛苦。小狮子慢慢长大,它几乎每隔一段时间都会去看那个难过的猎人,它会将捕获的猎物送到猎人家门口,它不知道自己为什么要这样做,可它就是想这样做。直至有一天,它故意出现在持枪的猎人眼前,猎人朝它腿上开枪的一瞬间,它没有躲闪。在腿部受伤那一刻,它仓皇而逃。很奇妙,它在逃走的时候,心情特别愉悦。"

一个演说家演讲完毕,赵司建忍不住鼓起掌来,周家龙又一次哈哈大笑。可很快他的笑声戛然而止。"赵警官,你刚刚不是问我,要在什么情况下,一个男人吃碗面都能泪流满面吗?"

赵司建点头。

周家龙道:"你当然不会明白,只有在特定的环境下才会明白其中的原因。"

"那是怎样的环境呢?"

周家龙却说:"等我判刑了有机会出去再跟你说吧,应该判不了多少年我就出去了。当然,前提是,那时候我还能够约得动赵警官。"说完,他起身,显然是不愿意跟赵司建说下去了。

赵司建喊住了他。

"你大概一辈子都出不去了。"

周家龙停住脚步,没有转身。

赵司建从桌面上拎起塑料袋里装着的烟头,接着往下说:"忘记告诉你了,十二年前那起凶杀案,我们在现场一个很隐秘的地方找到了一枚烟头。一会儿我回去就到技术科，把那个烟头跟你这个烟头对比下，不就知道我们说的是不是同一个故事了。"

赵司建说完便带着那个袋子转身离开。这只是个初探，只是为了证实他的某些想法，看来好戏还在后头。离开的时候他已经想到，回去的时候就办理对周家龙的补充侦查手续。

第二章　忏悔

1

薛家义兜里揣着一张身份证来到了一千多公里的陌生地方，他看了看路牌，"金鸡岭"。兜里紧紧揣着一张身份证，竟然所到的地方就是身份证上的地址。汗液开始在后背渗透，不知这是心理意识，还是天意，他从出发到现在，头一次觉得害怕，感觉有液体在胃里冲击翻滚，风浪跑到胃里兴风作浪，掀起了一波又一波的浪潮。他杵在一根电线杆下，弯腰，好让那股难受的液体呕吐出来。他咳嗽，用力吐，用手抠，吐了些出来，还是有些反胃、恶心。等他稍微好些，发现一位亭亭玉立的少女站在他身旁。

"你没事吧？"声音甜美。

他头抬起了一些，斜睨了一眼眼前这位身穿白色连衣裙的少女，二十出头吧。他知道自己的身份，不宜和人多交流，拎起背包准备离开。那少女却叫住他："我观察你很久了，你没地方去吧？"

他止住脚步，攥紧拳头，心中起了戒备。他转身，那白色的裙子像一帘瀑布让人感到清爽，瀑布随着和煦的风吹过来，竟然不觉得恶心与难受了。

她朝他走近，说："要不然，你就到我店里歇歇吧？"她给他指了指路边五十米处的一家小商店。那商店叫向阳小卖铺，店门前摆满了姹紫嫣红的鲜花，窗台上摆放着五花八门的装饰品，不知是用作装饰还是售卖的。透过窗台往里面看，货架上摆满了商品。只是，这家小卖铺开的地方有点儿不适宜，前不着村后不着店，尽管靠近马路。

她瞧见他东张西望地打量着商店，扑哧笑出了声："你也跟他们想的一样吧，觉得这店开在这里不安全？"他当然没有回答，从见面到现在，他还没开口说话。他只是对她放松了警惕，脚步跟随着她一起朝商店走。

"姐姐说，向阳的店就应该开在向阳的地方。而且，这样子，姐姐回来一下车，我就可以立即看见姐姐。"她回头朝他粲然一笑。

姐姐？向阳？他心头一紧，内心压抑，好似心里被上了发条，不旋转开来就紧绷得难受。他突然冒出一句："你姐姐，她叫李向阳？"

少女瞪大眼睛："你认识我姐姐？"

他木讷站了一阵才摇头说："没，我猜的。"

她好像有些失望，没有继续跟他说话。

还没走回店里，一群"短命鬼"骑着摩托车从他们身边飞驰而过，三辆摩托车，坐着十个人，摩托车发出的嘈杂声犹如乡下的拖拉机，坐在身后的打赤膊的"短命鬼"朝他们吹起了口哨。

"不用理他们。"少女跟他说，显然那口哨是朝她吹的。

"短命鬼"并没有走远，他们直接把车子停在小卖部旁，有的直接走进店里拿东西，有的斜挂在摩托车上，看来是来找麻烦的。

薛家义把手伸进反挂在胸前的背包里，包里藏了一把防身的匕首。果不其然，刚走到店门口，一个染着红毛的小子就走到少女面前，趾高气扬地说："向西，你要怎样才愿意做我的女朋友？"

原来她叫李向西。薛家义嘴巴嗫嚅着。此时李向西面红耳赤，有些赧颜。薛家义见状，故意从那红毛小子面前穿过，还假装不小心踩了他一脚。

"唉呦，我说，这位大叔走路不长眼睛？"红毛吆喝起来，其余人围了过来。薛家义不过才三十，他并不介意人家叫他大叔，但他介意的是他们在为难李向西。也就是在一瞬间，他决定要管闲事，要保护好这个单纯少女李向西。薛家义怒发冲冠，早已摆好要干架的姿态。"短命鬼"们仗着人多，将薛家义包围着，一旁的李向西忙拉着红毛:"你就容我再想一段时间。"

薛家义自作主张地帮李向西做了主:"李向西,你不用考虑了,有我在,你就不用考虑做他的女朋友。"

"哎哟,大叔说话口气很大啊?"红毛有些不服气,正准备叫兄弟们一起群殴,却被大叔从包里掏出一把匕首,"咻"的一声冲到红毛面前,用匕首直指他的喉咙。红毛双腿发抖,赶紧求饶:"大叔,算我不对,我保证以后不会再来找李向西麻烦了。"

只是在小地方装腔作势的混混,薛家义很快就把他们收拾得服服帖帖,看见他们仓皇逃走的样子,李向西哈哈大笑起来。

那一天,薛家义在向阳小卖部的地板上睡了七天以来的第一个安稳觉。

2

薛家义决定留在金鸡岭,并非心血来潮。那是深思熟虑的结果。他不想再往前走了,并非觉得累了,而是心里种下了一个想法。他开始不由自主地在向阳小卖铺做起了劳力,进货、搬货、出货,几乎把李向西要做的事情全部揽过去了,李向西只负责收钱和记账。

李向西腼腆地跟薛家义说:"我一直想请个人,你也知道,我一个人搬不动,可是我又请不起。"

薛家义擤去额头上的汗,说:"我不需要工钱,负责我吃和住就好。"

李向西欢喜得蹦蹦跳跳,突然又安静下来:"你该不会是……"她没说,他也明白,"防人之心不可无",更何况还是素不相识的陌生人。他没有生气,也没有说话,搬完货物,就收拾好东西准备离开。

李向西知道自己说错了话,一把拦住要出门的薛家义:"大叔,你就生气啦?"那天开始,她也学"短命鬼"喊她大叔,他好像说过他的名字,只是她记不住。

薛家义摇头:"你说得对,我是个坏人。"

李向西嘟着嘴说:"姐姐一直要我多个心眼儿,小心坏人。"

她说起姐姐,他的脚步就停止了。她还接着说:"我从小就不爱读书,姐姐让我读书,她出去打工赚钱养我,后来她赚了钱,见我无心上学,就给我开了一家小卖部,让我安心看店。我跟姐姐说,姐姐,你就不要出去了,我们两个人一起看店。姐姐说,她漂惯了,她答应我再出去几年就回来和我一起看店。姐姐从来不告诉我她去哪里了,是到哪座城市。姐姐很久没联系我了,打她电话也打不通。我想姐姐了。"两个人待在一块儿几天了,他从来没有问过关于她姐姐的一切,没想到这会儿她滔滔不绝地说上一堆。

她说着说着,眼泪就掉下来了。她用掌背抹去脸上的眼泪,抽泣着说:"姐姐说,眼睛清澈的人,一定不是坏人。"她望着他明亮的眼睛,然后上前抱住他。他想跟她说,眼睛也会骗人的。他没敢说,任由她的眼泪打在肩膀的衣服上,泅湿一片。

他决定留下来,开始一段全新的生活,用另外一个名字,另外一个身份。他和她在一百多平方米的小卖部里共同生活,他做劳力,她负责打理。小卖部的里面隔开了一间小房间,她晚上睡在那里,他则睡在货柜之间的过道里,这样的生活虽然过得紧凑,不过倒也心安理得。

他在她熟睡的夜晚,悄悄地跑到马路边上,从兜里掏出那个叫"李向阳"的身份证,摁动打火机的按钮,火从打火机口子喷薄而出,身份证被点燃。他嘴巴微翘,似乎是在说着什么,和那灰烬一道消失在黑漆漆的夜里。

3

双脚使劲儿蹬呀蹬,就是踩不着任何东西,放空,脚抽搐,没一会儿就跌落在一个黑魆魆的空旷地方,没有灯,伸手不见五指,周遭很安静,完全听不到任何声音,哪怕是虫叫鸟鸣的声音。突然,感觉有什么东西在拽自己左脚,蹬下左脚,右脚又被拽住,身子往前倾,脚步仍旧动弹不得。俯身,悄然伸手去抓,一个激灵,好似一双女人冰冷的手,手背上渗透出的冷气让人感到冷峭。微光打了过来,一双女人的手在地上蠕动,然后那个女人的头悬挂在半空，缓缓地朝他走近。

　　从噩梦中惊醒，脸颊上爬满泪痕。这种现象持续了很长一段时间，以至于薛家义精神状态低迷，常常在搬运货物的时候打瞌睡。他认真想了想，自己是从什么时候起被这个噩梦纠缠的呢？应该是在碰了李向西身子的那天起。

　　薛家义知道，李向西早晚有一天会喜欢上自己的，这也是他一开始犹豫着要不要离开的原因。薛家义大李向西八岁，年龄当然不是问题，他只是不想以更深的关系与她相处，倘若能够像哥哥照顾妹妹那样生活下去，那将是不错的一种生活状态。他间接地问过她的感情生活，没想到她的感情生活是空白的。她依偎在他身上娇嗔道："我才不需要找男朋友。"话到嘴边戛然而止。人毕竟是有感情的高级动物，相处久了，哪怕擦不出爱情的火花情还在。他没想到李向西有一天径直走到他身旁，一把抓住他的手说："大叔，我们谈恋爱吧！"他愣站着，还没等调整好呼吸，她就把甜蜜的嘴巴凑了过来，和他厚实的双唇吻在一块儿，像两片紧贴的树叶。他朝她推搡了一把，很快就从她身边走过，她以为他又要远走他乡，眼泪吧嗒吧嗒流了下来。欲与恋总是纠缠不清，人们往往难以把控。他以为他的拒绝她能够明白，夜里她的爱欲却来得更加凶猛。她直接裸露在他面前，未开荒过的处女地很快就激起了他沉睡很久的欲望，他们就在货架间的过道上完成了苟且之事。此时，外面下着狂风暴雨，雨击打着屋子，好似要突兀地闯进来偷窥他们的好事。那天天气凉爽，他的后背却开始渗汗，大汗淋漓，在接近高潮那一刻，他看见她愉悦的脸好似变成了她的姐姐。他担心类似的场景再次发生。头痛欲裂，满手的汗液他以为是鲜血，有些恐慌，整个人瘫睡在冰凉的地板上，汗液从他的身上慢慢转移到地上。她靠了过来，整个前身贴在他身上，想再次和他交融在一块。他明白，刚刚的贪恋太过于强烈，还没消停，新的一轮欲望又席卷而来。这一回，他有意识地控制住了，他用罪孽去抵制诱惑，好让欲念破天荒地第一次产生抗体。他望着天花板说："我们结婚吧？"她伸向他私处的手瞬间停住，既欢喜又诧异。他再次重复了那句话，她满怀欢喜地点头。她再次燃起了欲望，直接坐在他身上摆弄起来。他想到了她的姐姐，眼角含着泪珠。而那个夜晚，她的姐姐真的来了。在下半夜，他们搂着熟睡的时候，她的姐姐走进了他的梦，从此再也不出来了。

第二天他就兑现了他的承诺，一大早就骑着摩托车载着她去金鸡岭镇的民政所领证，不过令人尴尬的是，他既没有户口簿，也没有身份证。李向西风趣地说道："你该不会是通缉犯吧？"他自然明白她的性格，没有生气，逗着她说："是呢，公安部通缉的，你可以举报，有一大笔钱呢。"她继续调侃着："没想到你那么值钱，这回我可赚发了。"即便如此，她从来不过问他的过去，包括他从哪里来，从前是做什么的，一概不问。他会主动跟她说，不过是随意编排了些内容，孤儿，来自一个遥远的城市，身份证被偷，没有去处。真实里掺杂点儿水分，不会被识破，何况还是个不太较真的女孩儿。他因为一时间兑现不了诺言感到愧疚，她却大大咧咧地拍着他的肩膀跟他说："大叔，不要紧啦，我们要那纸干吗，没有那一纸证明，我们照样结婚。"虽然瞧见她乐呵的表情，薛家义还是心有不甘。私底下他开始找人，终于在几天后通过不法渠道弄到了一个全新的身份证。

"周家龙"，没错，他需要这个，虽然只是个假的身份，事实上是真的身份证，他需要这个来漂白自己的过去。当他拿到身份证那一刻，他高兴地一把将李向西抱了起来，大声呼喊："走，我们结婚去，我们结婚去。"

李向西从他手中夺过那张身份证，边看身份证边端详起他，然后微笑地说："没想到你叫周家龙，名字好土呀，我还是喜欢叫你大叔。"

4

结婚没多久，李向西就怀孕了。结婚使得薛家义转变为周家龙的身份步入正轨，那么李向西的怀孕则让周家龙身上多了份责任，他不敢再鲁莽，决定痛改前非、洗心革面。在刚到金鸡岭镇的时候，周家龙手上并不干净，就像是染上的毒瘾，一时不吸精神就萎靡不振。周家龙的偷算是一绝，是祖传的技术，父亲教他的。父亲这一辈子只失过一次手，为了救他，在攀爬入室盗窃的时候为了把技艺不精的他推送到安全的地方，活活把自己摔死。母亲生他的时候就过世了，他从小就跟着父亲。父亲摔死后，他就成了孤儿，所以他跟李向西说自己是孤儿，一点儿也不假。他从你身边擦肩而过，三秒钟就可以从你的口袋里偷出一样东西，攀爬的功夫更是了得，跟只猴子在树上倒挂着走似的，三两下就轻松从防盗网进到别人家里。刚到金鸡岭镇，周家龙会趁着李向西熟睡的时候溜出去，在外头溜达几圈，入室盗窃几户人家，然后在天亮前赶回店里，偷的东西会趁着到外面给店里进货的时候转卖。他自然有自己的一套倒卖方法，让人神不知鬼不觉。直到李向西怀孕了，他才决定洗手不干。

　　店里不忙的时候，他会出去找些小工来做，搬东西、送快递、送报纸，他都做过。他其实不必那么吃苦，他从那座城市出来的时候带足了盘缠，足够吃上好几年了，更何况还在经营着一家商店。他只是想为未出生的孩子做些什么，劳累总是能够让他心安，但是夜里还是会继续做噩梦。有一次李向西被吓坏了，她夜里随手伸搂住周家龙，手上居然全是液体。她打开床灯一看，只见眼泪从他闭着的眼睛里流出，他的脸紧绷，一副惊恐状。她把他从梦中摇醒，帮他擦掉脸颊上的泪水，问他是不是做噩梦了？他点头，没敢告诉她，他在梦里看见她姐姐了。怀孕后，李向西更加想念她姐姐了，甚至几次三番吵着让周家龙带她去找姐姐。他总是跟她说："好，我答应你，不过得在你生下孩子之后。"她就乖乖地听话了。她有几次在梦里喊着姐姐，把他喊醒，然后一把搂住她。她哭得很伤心，说她想姐姐了。这种想念变本加厉，像是被梦魇纠缠，永远也醒不过来。渐渐地，他开始失眠睡不着，坐在门口的马路边上抽烟，抽得很凶，抽完一根又点上一根，每抽完一根势必捻碎烟屁股，这是他的习惯。他望着黑色的苍穹有些迷茫，不知道这条路走到今天，是否选择错了？其实，那天他不应该杀了她……自己承受着噩梦的纠缠，那倒也无妨，只是，李向西频繁地在他面前提及姐姐，他心里就像是被她捅了一刀，再说，又是一刀。她拿姐姐的照片给他看,他的眼睛都没敢多停留一下,只是用余光瞟了一眼。她说得越难过,那把无形的刀就捅得他越深。他想过自首,可是他父亲就他一个儿子,三代单传,自首就是一个死,他断然不敢轻易前往。天很快就要亮了,他准备起身进屋。他已经连续三天都是这样在店门口坐到天亮了。他从来没有像现在这样,如此迫不及待地等待天亮的来临。孩子马上就要出生了,他别无选择,只有好好对她,无怨无悔地守护在她身边。

不久之后,李向西顺利生下一个儿子,取名为周向阳。这是周家龙的意思,让孩子与孩子的大姨同名,也有为大姨祈祷的意思。李向西自然没有反对。生下儿子那天,在母子熟睡后,他又坐在了店门口的公路旁,借着月光,他点燃了三支烟,双手紧握,朝天拜了三下,把三支烟插在泥土上,下跪,嘴巴嗫嚅着:"爸,我们薛家有后了。"说完,又从烟盒里取出三支烟,点上,双手紧握,跪下,将三支烟插到泥土里,只说了五个字:"谢谢,对不起!"

5

有了儿子后,用"脱胎换骨"去形容周家龙,那是一点儿也不为过。在他的努力下,向阳小卖部扩大经营升级为向阳超市,一百多平方米的地方建成了三层高的楼房,一楼是超市,二楼、三楼住人。周家龙很快就成了金鸡岭镇上的名人,"白手起家"的成功典型,当地媒体几次想采访他,都被他给拒绝了。

他开始信佛。二楼的客厅就"请"了一尊观音菩萨,每天都在菩萨面前烧香朝拜,心里默默念叨菩萨保佑,十分虔诚。每天睡前会在心中默念观音菩萨保佑十多遍,夜里噩梦醒来仍旧在心里念叨。每逢初一、十五,会带上李向西和儿子周向阳到附近的寺庙烧香,大清早去,中途还会打坐祷告念经,中午在那里吃斋,只求心中一个静。一日,他悄悄跑到庙中求见住持,告知其心结。住持不语,闭眼念经,他也跟着在一旁念。经念到一半,额头渗汗,念不下去。住持停,他也停。住持睁开眼睛,对他说,心结还得自己解。他谦虚地恳请住持点明。住持微笑,既然犯下罪,唯有赎罪。

他点头，退出。

这样平静的生活持续了十一年，善待妻子和儿子，善待身边每一个人，他都能够做到，唯有静心做不到。看书看不完一本，念经念不完一段。刚开始的那几年，李向西还是会念叨着找姐姐，他还真带她四处寻找，到处发寻人启事，直到来到他最不愿意回去的龙归市。李向西很快就从一个叫赵司建的警察那里得知，几年前她姐姐就被人杀害了，凶手至今没有查到。他当然没有陪她去公安局，他陪儿子在外面的动漫城玩耍。她魂不守舍地来找他们，披头散发，像是被凌辱了一般，成了个落魄人。他正要问个究竟，她一把上前搂住他，泣涕如雨，歇斯底里地号叫。他明白，她迟早有一天会知道这个结果，只是，没想到她一直以为姐姐还活着。

后来，李向西不再念叨姐姐了，日子也过得开心和幸福，但他每天都紧绷着神经。看见警察，会本能地避开，听见警车声，耳朵会敏感而精神错乱。噩梦继续，一个噩梦持续十一年，他嘲讽，自己能够活过来本身就是个奇迹了。恍恍惚惚地过着，虽然有妻子和儿子陪伴，但他早已是个半疯状态。知道即将死去，并不是最绝望的，最绝望的是，他不知以何种方式死去。

住持说的赎罪，他想了好多年也无果。

直到儿子十二岁，他才做出了一个深思熟虑的决定。

第三章　赎罪

1

再次看见这个少女，不，应该说是少妇了，长得像少女的脸，赵司建还是一眼认出了她。有时候真羡慕那些让老天眷恋的人，虽历经沧桑，但沧桑的痕迹在光滑的皮肤上寻找不到踪迹，总是有一副青春永驻的脸，永远十八岁。要不是她指了指旁边那个比他还高的小男孩儿，他无法相信她已经是一个十二岁小孩儿的母亲了。

他仍旧记得几年前，他在办公室里查阅案卷，一个女人冲了进来，眼泪和鼻涕挂满一脸，哭着说："我要找我姐姐。"那时候刚刚查明"1·12杀人案"美乐休闲中心死者的身份，因为死者用小名"李茉莉"的身份在休闲中心上班，加上其身份证找不到，对于死者的身份确认一直是专案组首要突破的工作。好在经过很长一段时间的摸排，终于确认死者的身份，李向阳，金鸡岭镇人。面对一个陌生女人前来说要找她姐姐，赵司建虽然一脸诧异，但凭借他对人脸的识别，发觉她眼睛以下的部位特别像李向阳，他猜出她十有八九是李向阳的妹妹。她说她叫李向西，很焦灼地说："警察叔叔，我姐姐叫李向阳，你能够帮我找找她吗？"一副楚楚可怜的模样，惹人怜惜。当告知她姐姐几年前就被人杀死了，那个叫李向西的女孩儿号啕大哭起来，他突然觉得自己很残忍，面无表情地不让对方喘口气就宣布一个让人难以接受的噩耗。那天她好像哭晕过去了，把她抬到办公室的椅子上靠着，等她醒过来的时候，她"咻"的一声就站起来，然后俯身给他鞠躬说了句"谢谢"，浑浑噩噩地走出了办公室的门。他不太放心，找来女警一路护送她出去，直到看见她跟一个男人和孩子在一起，女警才离开。

她是直接到楼下登记带着她儿子直接敲开他办公室门的。没想到她还记得他的办公室，不过这让他有些惭愧，过去那么多年了，他的办公室没变，位置也没有变。她比几年前更加稳重和干练了，敲了门，彬彬有礼地称他为"赵队长"。他抬头，目光与她相对，她仍旧穿一件白色连衣裙，裙子的下摆有一朵莲花。旁边的小男孩儿显得有些拘谨，大概是第一次到公安局，一直低着头。赵司建招呼他们坐下，她有意支开儿子，对儿子说："向阳，你去楼下帮妈妈买瓶水，顺便买包中华香烟，软壳的。"说着，递给他一小沓钱，就让他出去了。

"向阳？"赵司建有些疑惑。

李向西面带微笑地说："为了纪念我姐姐取的，叫周向阳。"

赵司建心想，虽然过去了那么久，死去的李向阳还是一直活在妹妹的心里。

李向西没有拐弯抹角，等儿子出去没多久，她便开门见山地说道:"我是来找赵队长帮忙的。"

赵司建以为她是在说姐姐的事,便说:"你姐姐的案子我一直还在跟,从来没有放弃过。"说着,拎起桌面上厚厚一沓卷宗悬挂在半空。他接着说:"我不能跟你打包票,但我很负责任地告诉你,目前我们警方掌握了关键线索,相信案件很快就会有最新进展。"

李向西却在这个时候很突兀地转移了话题:"赵队长,我想请你帮我找个人。"

赵司建还想继续将自己的推测跟这个死者的唯一亲属和盘托出,当然,这有点儿违背办案民警的原则了。好在她的话打乱了他的思绪。

"哦?"他反问着。

李向西从他的对面站起来,径直走到他面前,纤细的手将一张纸递到他面前,然后折回坐到椅子上。

赵司建双手紧握那张轻薄的纸,却读到了深情厚谊的内容。

"向西,很抱歉我不辞而别。做出这个选择,我是经过深思熟虑的。有那么漂亮的妻子和听话的儿子,谁又舍得离开?我不舍,但我又不能,我是个罪人,我有罪,我是要去远方赎罪。等我,不必寻找,给我一个解释的机会,相信我,不会太久。——爱你的大叔。"

生怕错过关键信息,赵司建来回默念了两遍,然后他抬头瞄了一眼李向西的脸,小心翼翼地问:"你是要我帮你找你的大叔?"

李向西点头。赵司建有点儿莫名其妙,险些将"凭什么"的话语脱口而出。他突然觉得有点儿看错人了,觉得李向西是个胡搅蛮缠的女人,只能向其说教了。

"李向西,你应该明白,我是一名刑警,而且我手头上还在办着你姐姐的案子,你们夫妻吵架或者你要找的大叔,你应该找当地相关部门解决,实在解决不了,你就找当地警察,你……"他觉得嘴巴有些干涩,顿了下,没再往下说,顺手抓起桌上的杯子,呷了一口水。

李向西抿了抿嘴唇,说:"我的大叔叫周家龙,他被你们抓了,我应该找你,没错吧?"

好在刚刚含在嘴里的那口水吞到了肚中,要不然听到李向西那么一说,赵司建必然会将嘴里的水喷出来。

"什么,你要找的人是周家龙?也就是说,你们结婚了,还有一个儿子?"这突如其来的消息让赵司建一时间难以消化。

李向西点头,她把一个难题抛给了他。太不可思议了,真是天意弄人。他终于明白,那天在看守所他要离开的时候,和周家龙对视了一阵,他的眼睛为什么会在瞬间浑浊起来。

那么,她是否知道了事情的真相?他决定试探下她。

"那你知道他其实不叫周家龙,他真实的名字叫薛家义?"

她嘟着嘴,脸上平淡如水,很难从脸部表情去判断其内心。赵司建在想,倘若她是个嫌疑人,那将是一场大费精力的审讯。她一只手放在白色的裙面上,另一只手搭在椅子的扶手上,慢条斯理地说:"我不管他的过去,我只知道他现在是我的男人。"试探失败,很难从她说的话判断出她是否知道真相。

他往水下伸进一竹竿,继续试探深浅。

"那,如果,我是说如果……"他瞧见她嘴唇一张一翕,没敢把如果说出来,转而问她,"那你想我怎么帮你?"

"如果可以,我希望你能够让我见见他。"

"好,我帮你试试看,不过前提是他愿意见你。这样吧,我先去问问他的意思,你有没有什么话需要我转告他?"他很干脆地说道。

她摇头,停顿几秒,嘴巴微张,说:"你帮我问问他,他是否爱过我?"

他说:"好。"

2

去看守所的路上,赵司建还在想,一会儿看见周家龙,不,应该是薛家义才对。告诉他,李向西来找他了,不知他会是何种表情?此时驾驶室里坐着的是自己的同事,今天他们是以公事的形式提审周家龙。

几天前，技术科那边传来消息，在看守所里获取的那枚烟头指纹和十二年前"1·12杀人案"——美乐休闲中心杀人案提取的指纹吻合，基本上确定了周家龙就是当年那起凶杀案的嫌疑人，剩下的工作就是梳理审讯了。

　　十二年的心病得到了治疗，可此时的赵司建却高兴不起来，透过真相看到的不仅仅是事实本身，他看到的还有人性的光与暗。每次案子完结了，他都会好好去反思，去思考这个案子给自己带来的是怎样一种心灵体验，唯独这个案子，让他矛盾不已。上一次去看守所，赵司建恨不得一枪毙了周家龙，可这次去看守所，他的态度有所转变，谈不上喜欢，至少没有那么讨厌他了。

　　在李向西走出自己办公室门的那一刻，望着那萧瑟的背影，赵司建有股难以名状的思绪。这个弱小的女人内心肯定是强大的，她一定是紧绷身子强撑着，她一定是知道了事情的真相。如果真是那样的话，她是个了不起的女人，强大的女人。

　　办完相关提审手续后，赵司建和同事坐到了12号审讯室。应该是种巧合，那个案子刚好过去十二年。现实中巧合太多，以致更多的机缘巧合弄得我们措手不及。赵司建揣摩着周家龙的心理，正是一个又一个机缘巧合造成今天这种他不想碰到的局面。如果可以选择，相信他一定会选择在十二年前自首。

　　铁门打开那一刹那，两个人的目光再次相遇，从前的撞击是一种较量，如今的碰撞则是一种交流。他知道他会来，他知道他想他来。

　　"周家龙，你应该是盼望着我来吧？"赵司建首先调侃道。

　　"看来赵警官还是喜欢听我讲故事啊。"他并不示弱，看来他还在挣扎，赵司建觉得自己刚刚进门时的判断失误了。

　　他在他们对面的老虎凳坐下，手放到桌面上的手铐里。赵司建从口袋里拿出一包事先就准备好的软中华牌香烟，撕开口子，取出一根递给周家龙。

　　"这回你可以放心抽，你媳妇买的。"

　　周家龙向前倾的身子瞬间凝固了，他肯定没想到赵司建手中握着这样一副好牌,他没说话,脸色像是沾了淤泥,深灰一片。他抽着烟,抽得很凶,灰烬很快掉落桌面,形成一个不规则的椭圆。烟很快就抽完一支,毫无顾忌地在他们面前用手指捻碎烟屁股。他知道,他们在等自己开口说,一五一十地把十二年前的来龙去脉说清楚。可抽完了一支烟,他还不打算开口。他相信自己还没有完全败下来。这一点,赵司建从他那锐利的眼神可以察觉出。

为了打破僵局,赵司建等他抽完一支烟,望着天花板的时候就抢先说:"我是该叫你周家龙,还是薛家义?"没要他回答的意思,又抢先一步说,"还是叫你周家龙吧。毕竟你是涉嫌入室盗窃被抓的。"他仍旧不吭声。"如果我没有猜错,你是故意被我们抓的,一个从未失手的老贼,怎么就那么容易被抓?你是在避重就轻。我说得没错吧?"他看见他的眼皮眨动了几下。"你很聪明,试图用一个半真半假的故事诱导我的分析,但你以为我不信,我还真相信了,小狮子与猎人的故事,我相信了,而且你这只小狮子也那样做了。"说完,朝周家龙投去直视的目光。

他仍旧盯着天花板看,好似在专注于一只蜘蛛在织网。倘若不是在审讯,赵司建会被他专注的目光所迷惑,也会不约而同地朝他盯着的地方看去。他太狡猾了,心理防线固若金汤。

见他不说话,赵司建觉得有点儿口干舌燥,一个人唱独角戏,着实耗费口水。他拧开桌面上摆放的矿泉水瓶盖,深抿了一口,水在喉咙发出"咕咚"的声音,一旁的同事其实进门到现在没说一句话,就在一旁玩弄水性笔,这个时候也跟着喝起水来。

周家龙倒没觉得口渴,他的目光终于平移到和他们同一水平线上,许久没说话的缘故,说出的第一句话有些破音:"赵警官,还能给我抽支烟吗?"

他突然提的要求赵司建半天才反应过来:"嗯,可以,这是你媳妇托我给你带来的,你抽。"说完,右手托起烟盒在左手掌边沿磕了磕,一支烟自己跳了出来,他递给了周家龙,并给他点上了火。

这支烟吸得不太顺畅,他被烟雾呛到了,咳嗽几下,还没吸完就被他摁在桌上熄灭,随手将烟屁股捻碎。

"你果然是个做事很谨慎的人,难怪偷东西从来没有失手过。"他继续调侃,他还是没说话,只不过,这回那锐利的眼神有些黯淡。

"对了,你媳妇李向西想见你,托我向你带句话。"他突然想起李向西托付他的事,便说。他看见他殷切的眼神,似乎是在等待他往下说下去。

"他让我问你,你有爱过她吗?"

好似那压抑的感情瞬间喷薄而出,他安详的脸猝不及防地抽搐起来,然后号啕大哭。同事察觉出异常,想起来去叫看守所的民警,被赵司建拉住了。"让他哭吧。"

他果然哭得很大声,好似泪腺出现了一个缺口,泪水如滂沱大雨一般掉下来。他边哭边双手作揖,鼻涕挂在嘴唇上,泪眼汪汪地望着赵司建说:"求求你,不要让向西来看我,求求你,不要告诉她这一切,她和孩子都是无辜的。我说,我全部都跟你们说,这一切都是我的错,我有罪。我以为我可以用尽我余下的一生赎罪,我错了,我……"泣不成声。

赵司建突然觉得自己有些残忍,这样去逼问他,于无形中把他推向火坑。

赵司建可以答应周家龙,不让李向西来看他,不告诉李向西所知道的一切。只是,周家龙即将为他当年杀死李向西的姐姐李向阳而接受审判,他又将如何在法庭上面对李向西呢?

或许,那才是赎罪的真正开始!

(原载《清明》2018 年第 2 期)

西天取经

王东海

一

"老赵你能不能把音乐关了,这是警车,不是佛堂。"

一辆白润泛光、顶壳红蓝闪烁的警车,在滚滚红尘中绝尘而去。

满世界红灯堵塞。

私家车排成长龙,车尾统统亮起红灯。仿佛整个世界都被暂停。唯独这辆警车,在不屈不挠中,傻不愣登地倔强前行。

警车冲上非机动车道,车屁股左右扭摆,妖艳蛇形穿梭,仿佛一个白硕肥臀少妇,扭动身姿在街上横冲直撞。吓得骑电三轮送孙子上学的老太婆，在警车后大骂：警察也着急赶死去吗！

　　警车不理不睬，了无牵挂，绝尘而去。

　　车里坐了三个穿藏蓝色警服的男人。

　　车窗半开，风徐徐吹来。后排半倚半躺的辅警老赵，用手机外放听QQ音乐。窗外行人匆匆，表情凝重，每天的世界都很陌生。

　　粗颈光头的辅警老赵，捧着亲儿子为他新买的华为P10，支撑着年近五十的躯体，像个不倒翁，摇头晃脑、兴致盎然地听歌。

　　"那一世，不远不近不生不灭不垢不净不增不减不思量。那一日，不空不色不想不识不悲不喜不即不离不寻常。那一时，无苦无乐无欲无求无来无去无牵无挂无奢望。那一刻，无踪无迹无声无息无忧无虑无怨无悔无虚妄。"

　　老赵干了二十多年辅警，终于把儿子也干成了公安。唯一比他强的地方，就是儿子拥有正式的民警编制。除此之外，父子俩一样，一样出警、一样值班、一样加班、一样夜班、一样挨老婆骂、一样出警时挨爆脾气群众的打。

　　儿子娶了个媳妇，女辅警。老赵气得直骂，没出息，没出息。虽然他自己也是个辅警，却厚颜无耻地嫌弃儿媳是辅警，是全公安系统里最没出息的人。可老赵爱"面子"，老赵的儿子爱"脸蛋"。如此看，父子俩的喜好还是基本相同的。

　　儿媳身材瘦小，不会弹琴、不会吟诗、不会做饭，真没啥天赋可赞，唯一天赋就是天生一张美人胚子脸。

　　老赵的儿子在派出所的办案队，是全公安最苦逼的岗位，每隔三天上一个夜班，还时不时地出差抓捕逃犯，见老婆大多是在拉灯前。所以老赵的儿子对女人的脸蛋的喜好，远远大于才华啊、身份啊、工资啊、家境啊甚至做饭这些"内涵"。

　　老赵被老婆絮絮叨叨骂了二十年，他又絮絮叨叨地把自己的儿子骂了二十年。二十年的诅咒足以改变一个人的命运，或者两个人的。比如，老赵的老婆经常骂老赵"你就干一辈子辅警吧"，然后又骂儿子"你跟你的老子一个球样"。

　　老赵真的干了一辈子辅警，由愤世嫉俗的青年辅警，变成了看破凡尘的佛系老辅警。老赵的儿子由一个憎恨辅警的叛逆少年，变成了拥有正式编制的青年民警。现在老赵的老婆再不凶神恶煞般咒骂了，因为刚过更年期的她，忽然清醒地意识到，自己的儿子和他的老子，果然一个球样了。

自从儿子孝敬老赵一部据说国产最牛，且拥有很吓人技术的国产手机后，老赵没事儿就爱用不限流量的手机卡听几曲佛系音乐，大有显摆的意思。

老赵这一辈子，苦吃了不少，夜班熬过不少，钱没赚下多少。可他至今仍在按时守点、上班下班，乐呵呵地每天披一件严重褪色的藏蓝警服，骑辆破电动车，穿过汹涌澎湃的人山人海。若猛然回头看一眼，还以为他是个满街乱窜的保安大爷。

冷少爷给老赵的盖棺定论是："老赵混沌一生无所作为，到老仍需辛劳奔波，苦命一世，自己却没心没肺、自得其乐虚度一生。"这就是没心没肺的老赵的生平简介。当然他还没死，但有生之年估计他也再干不出啥惊天动地能刻上墓碑的事了。

冷少爷一身戾气、尖嘴猴腮、大学毕业、始入社会，家境殷富、不染尘埃，晃荡谋生、人不太坏。他应父母之命，应聘辅警，只图档案里多个"曾为党工作多年"的简历，正在加入共产党，立志考取公务员，发誓绝不干民警。

冷少爷对民警的看法是：一群苦逼、社会问题背锅侠、高危高压的底层公务员、常被投诉的可怜虫。虽然他目前身为一线辅警，却坚信自己总有一天会踩在这群倒霉蛋的头顶上。

冷少爷快速变换挡位，油门刹车交替踩。他把警车幻想为赛车开了。可惜这条马路上从没跑过一辆赛车，倒是经常塞车。冷少爷等不及，驱车进入非机动车道，七拐八扭，寻求出路。王小山想劝劝，假如发生交通事故，王小山这个正式编制的民警，可是第一责任人，那真要倒了血霉，降职降级扣工资赔偿。但话到嘴边又咕噜一声咽回肚子里。虽然冷少爷经常批评别人，但他最烦被别人批评。哪句不小心惹怒了冷少爷，一脚油门杀出去，不知要让王小山吃多少官司。也罢，也罢，还是学学老赵，听听佛曲，放宽心胸，自求多福吧。

王小山去年刚从部队转业,原师机关的副营职干事,现在华丽地转身变成了开警车满大街巡逻服务百姓的派出所民警。他在部队干了十五年,从二十多岁的少尉军衔干到三十五岁的少校军衔,现在再次回归一毛二的民警警衔。冷少爷说:"这他妈一下回到解放前。"心宽体胖、没心没肺的老赵说:"当了军官当警官,一辈子都是在当官。"

王小山喜欢把这辆警车理解为一个西天取经的团队。

一个体胖头光、乐呵呵的老赵,一个瘦小伶俐、牛兮兮的小冷,一辆警灯闪烁、全身发白的警车,一个脱离军队、初入红尘的王Sir,这简直就是一只猪、一只猴、一匹白龙马、一个不解红尘的唐僧,一路降妖伏魔救苦救难,奔赴西天取经。猪在听歌,猴子在开车,那沙僧呢?对了,现在行李都放后备箱,谁还要沙僧。

警车后备箱里放着一根和金箍棒一模一样的长条橡胶棍,一面半人来高防爆玻璃的法式盾牌,还有一条像沙僧的武器"降妖宝杖"的警用约束叉。

王小山望着窗外熙熙攘攘的行人说:"出警就是取经啊。"

冷少爷边换挡边冷漠地说:"每天出警,还不知要面对多少妖怪呢。"

猪坐后排说:"小冷你的心好冷,需要有人疼。"

二

唐僧拿着雪白的出警单,眼巴巴望着,仔细核对报警电话和事发地点。

出警单上写着"家中戒指被盗"。

警车穿进一条狭窄的小巷。周围全是古老灰黑的民房,巴掌大的院落,水泥涂抹的外墙,表皮斑驳脱落,一大片低矮阴暗的贫民窟。隔壁的小区已经拆迁,新盖了三十多层的高楼,还未售出。这片小区也在等着拆迁,好一夜脱贫致富。这里的老房子,大多租给外来打工者，有建筑工人、装修工人、烧烤师傅、澡堂师傅、按摩小姐、盗窃扒手、吸毒人员、老上访户、碰瓷专业户，真乃五毒俱全。如果你想学一门失传已久的手艺，总能在这里找到一位世外高人。

一个院子常被几户人家合租，每户人家住一个房间，每个房间每月三百元钱。如果作家想体验人间百味请到这里来，如果公安想完成年终指标也到这里来。这里的每户人家的每一天，都在上演着鸡飞狗跳、鸡飞蛋打、一地鸡毛的狗血剧情，四溢着不安本分又难逃命运的哭声、笑声、骂声。

一个绿衣女子，远远地焦急地冲警车挥手。

车到跟前。啪啪啪三声，猴子、猪、唐僧统统下车。王警官拎着乒乒乓乓的警用腰带，环腰扎好。一圈警用装备，有辣椒水、警棍、手铐、警绳、救护药品，再卡上墨镜，瞬间变身一名西部牛仔。当然，腰间别着的是空枪套。老赵也扎上一条警用腰带，但每个套子里都是空的。老赵说他干了二十多年辅警，就没遇到需要甩警棍的警情。

王警官打开挂在左肩的执法记录仪，开始录制视频。冷少爷打开另一个执法记录仪，拍摄王警官执法全过程。

绿衣女子俨然一个地摊货包装起来的风尘女子。走近细看，其实是一个未成年少女。她满面愁容、后悔不迭地快步向前，指引大家拐进一户院落。局促的院里，站了一个老头、三个姑娘、三个警察。

"你报的警？"

"是俺，俺的戒指丢了。早饭后洗碗，俺把戒指脱下来放水池边上，洗完端着碗回屋，过一个小时才想起来，跑来找已经不见了。"绿衣姑娘操着河南腔。

"什么时候丢的？"

"一个多小时前了。"

"这是公用洗碗池？"

"对，隔壁邻居和俺两户人用。"

"隔壁住什么人？"

"住着老头和他孙子，俺就夫妻俩。"

"有谁进来过？"

"没人，俺老公出去了，隔壁家孙子上学了，俺在屋里看电视，就俺和老头。"

"大爷！"王小山冲里屋的大爷喊话，等老头辩解。

刚挪进屋的老头，又拄拐杖挪出屋，拐杖不停点地，他一身正气道："我一直在家里哟，没见啥戒指哟，要不信你来搜哟。"这节奏快跟上说唱歌王了。

"哟哟切克闹！"不失时机的冷少爷在王小山耳边低语。

绿衣女孩儿唱着哭腔道："院里就你和俺，还有谁会拿？"

拐杖哆嗦着，老头气喘吁吁争辩："你咋就那么肯定哟，大门开着谁都可以进来哟。"

王小山转着眼珠听，巴不得他俩据理力争。

在第一现场当事双方激情争辩，往往会暴露真相。因为嫌疑人在案发现场，没有充足的思想准备，往往激动时说漏了嘴。如错失这个时机，推后几小时再询问，嫌疑人总会编造各种借口，狡辩无罪，那么公安就要挖空心思寻找各种证据还原真相了。可在这个假冒伪劣产品布满大街小巷的世界，找真相比找真货都难。

绿衣姑娘发飙了，河南豫剧变河东狮吼，中原妇女的爆脾气被小小年纪演绎得出神入化。"就你偷俺戒指了，就是你，你不拿还有谁会拿？"她跳跃着、愤怒着、咆哮着，手冲老头指指点点。老头像少林扫地僧，刚还身老年迈，倏忽高举木拐，一阵风声劈下来。

王小山隔在中间，本能举臂遮挡，硬生生接下这一棒。

这一棒看似轻松，实则内力雄厚，老头将愤怒聚集拐杖，由拐传力，隔山打牛，打得王小山像只狗般嗷嗷叫唤。

冷少爷怒火中烧爆发了，他一个箭步贴近老头，伸手钳住脖颈，嘴里却标准地喊出警用术语："警察，别动。"

绿衣女子惊慌失措地也喊出百姓术语："警察打人啦。"

顷刻她发现脱口而出又发自肺腑的话居然喊错了，立马改口重喊：" 老头打人啦。"

王小山怕闹出事，忙忍痛举手喊："好了，都别吵，没事、没事。"可小胳膊已酸麻无力。

军转后王小山曾在警校培训四个月。教官教王小山如何使用警棍。弓步站位，警棍贴肩，瞄准对方大臂外侧穴位，移步击打，高呼"打打打"！势如猛虎吼声震天。王小山问："对方哪会乖乖等挨打，肯定乱舞胳膊，我怎么瞄准穴位？"教官想想说："教科书上也没说啊。"是啊，少林高僧也不见得能够棍棍精准，在乱阵中歹徒可以挥刀乱刺，警察却要精准击打穴位，万一一棍子把人家打个半身不遂，怕要被告上法庭的。警察抓歹徒却被歹徒告上法庭的案例不在少数。

听老赵说有一次去抓赌，因为赌场在二楼，警察冲进去时，有个赌徒着急跳窗逃跑摔断了腿，赌徒家属把公安告上法庭，让公安赔偿医药费。还有一次抓逃犯，追到河边，逃犯害怕被抓，干脆跳河逃跑被淹死了，家属又把公安告上法庭让公安赔偿。理由是公安如果不追，逃犯就不会跳水。

老赵看小冷还卡着老头脖颈，忙劝："都别动啊，没事啊，小冷，快放开大爷。"小冷极不情愿地松手。老头也是个老实巴交的人，看这阵势寡不敌众就默不作声了。

老赵给大爷忙赔不是，又批评大爷："你这叫袭警，懂不，袭警要抓去坐大牢的。"老头一听要坐牢，拄起拐杖杵着地说："我哪里是打他哟，我是要打她哟。"

老赵对绿衣女子说："好了，好了，你，跟我们走一趟，回所里做个材料。哎，你们是干什么的？"

两个看热闹的胖姑娘，若无其事的模样，一个咬着手指头，另一个低头玩手机。绿衣女子说："这都是俺老乡，过来找俺玩的。"

绿衣女子临出门，大爷为力证清白还举拐高呼："谁拿了谁该死呦。"临危不惧，大气凛然，英勇慷慨。

三

回所的路上,老赵提醒:"小冷,你下手太狠啊,那么老的人了你给掐个半身不遂,王警官就要变成王辅警了。"一句话把小冷也逗乐了,说反正公安背锅背惯了,也不差这一回。

王警官沉默许久问:"戒指该怎么找啊?"

冷少爷道:"院子是公用的,戒指是她自己丢院里,别人拿了,也算捡,不算偷。首先怪她自己粗心大意,这不是盗窃。别人捡到了愿意归还,算好人好事。"

老赵感慨:"在场的每个人都可能捡到,可惜没有监控,在场的每个人都会狡辩自己没捡到戒指,不好找。"

刚返回所里,叮咚,手机"蓝信"发来一条消息:"吾悦商场停车场电动车被偷。"

王小山扎上腰带,取了出警单,喊上猪、猴,开启警灯,串街过巷,直奔商场。

十分钟内到达现场。

一个斯文的眼镜哥,焦急万分地把三人带至停车处,一口咬定电动车是放这儿被偷的。报警人都有一个共性,个个都焦急万分。

王小山去商场的视频管理中心,调取视频,从眼镜哥停车开始,足足看了半小时视频,没发现电动车动过。

王小山惊叹:"怪事,车没挪过窝啊,怎么就会凭空消失了呢?"王小山暗喜,莫非遇上一个江洋大盗,采取移花接木的神奇法术偷走了电动车?终于有一宗大案、神案可破了。

老赵却突然拍着大腿怒骂:"那个龟孙,他自己记错停车地方了。"

帮助遗忘哥寻回电动车,遗忘哥摸着后脑勺傻呵呵地乐,四人面面相觑,无言以对。

叮咚,"蓝信"又发来一条信息。

冷少爷笑着说:"今天的警情跟过年赶集似的,我的红袜子算是白穿了。"

路上王小山问："小冷，你当初为啥干辅警啊？"

冷少爷换挡加油门道："明年我就考公务员去了。"

"老赵，你呢？"

"我为了能当公安他爹才当的公安。"一句话逗得满车大笑。

笑完了沉默，王小山回忆起他军转选岗那天回家，跟亲戚们汇报选了公安，亲戚们都说，好，公安权力大。到底大不大，到底苦不苦，干了才知道。

雪白的警车串街过巷，按照"蓝信"显示，进入小区。

爬上十一层，敲门，不开。又敲，门里有人问："谁啊？"

"公安，开门。"

门不开，问："有什么事？"

"有人报警了？"

门里回："没有。"

王小山又敲几下，命令道："开门，公安的。"

门就是不开。

王小山问老赵："怎么能这样，老百姓见公安也可以不配合？"

老赵没回门里先回答："我干吗要配合？"这话堵得王小山瞠目结舌。

王营长说："要在部队，哪个兵敢不开门，我一脚就踹开了。"

小冷说："王营长，这里不是部队，这里是社会。"

"门为啥不开呢？"王小山奇怪地拨通报警人电话。

一位虚弱的妇女说："噢，我说错地址了，我家住隔壁楼上。"

三人无可奈何地又下楼，再爬上隔壁楼的十一层，累得呼哧呼哧。

敲门，一位脸色苍白的中年妇女有气无力地说："我家儿子把自己锁屋里，还在微信群里不停地骂我。微信群里都是亲戚呀，让我的脸面往哪儿搁，实在是没办法了，想喊你们警察来看看怎么处理。"

王小山盯着那扇不肯打开的卧室的门，无言以对。

老赵安慰妇女道:"你也别生气,警察也不是什么都能管的。这是家务事,清官……"

有气无力的妇女闻言起舞,舞动胳膊绝望地说:"你们不管,你们不管我就自杀,看你们管不管。"

管,管,这个得管,老赵忙拽她的手,说:"你别激动啊,你这是干啥,你当妈这么多年了,还跟小孩子怄气?小孩,不听话闹脾气难免,他在亲戚群里数落你,亲戚们只会说你儿子不懂事,都是家里人有啥丢脸的,那些亲戚又不会当真。"老赵几句话,将母亲这个易燃易爆危险品消除了隐患。

妇女说:"那你帮我劝劝儿子吧。"

老赵道:"好,我跟他谈谈。"

老赵站门口,细言细语道:"小朋友,开开门,叔叔是派出所的,有啥话……"

"嗵"!屋里的男孩儿将一只鞋用力甩门上,怒吼:"滚——"警察也没用了,还被儿子活活打了脸。

老赵却面不改色笑眯眯地对妇女说:"你看,他在屋里好好的嘛,又没啥事,你别瞎操心。"

王小山登时对老赵肃然起敬,这一只丢来的鞋,被老赵这么一说,打脸的事一拐弯就变成暖心的事。难怪冷少爷整天说,公安跟医生一样,光靠技术没用,还得靠嘴。

一句话阳光普照,心扉顿开啊。

王小山很想离开,又担心妇女想不开,真寻了短见,自己也要跟着吃苦受罪吃官司。这时环屋巡视的冷少爷,居然破天荒地发现,里间还躺着个她老公。冷少爷几乎颤抖着手指头说:"你——你老公不是在躺着吗?怎么也不吭一声,让你哭半天,为这点儿事也报警,这男人怎么当的。"冷少爷说话嘴不饶人。

丈夫在里间继续挺尸,动动嘴骂道:"我不管她,死女人,就知道哭,有本事去死啊。"

男人一句话,女人又开挂,老赵的功夫全白瞎。

妇女又炸锅了,冲进厨房寻刀。老赵忙抱住腰,控制住。妇女仍呐喊着:"我这就死给他看。"

  此刻,王小山比她更想自寻短见,脑袋像被女人砍了一菜刀,痛不欲生。刚安抚好的女人,又因一句话被点燃了。这个虚弱的女人折腾起别人倒是很有精神。现在警情升级,转为夫妻矛盾,甚至会动刀。最可气的是男人依然淡定,不管不顾,把猪一样的老赵累得满脸淌汗。他们把妇女强行控制住,坐在椅子上喘息。老赵讲事实摆道理说服教育,讲了好久,讲得王小山肚肠空空咕咕叫,终于让女人熄火了。

  上车后王小山感谢老赵,说:"要是没你帮忙,指不定要在她家耗一天呢。"老赵不屑道:"嗨,鸡毛蒜皮的事见多了,天底下有太多的'想不开',我们公安要自己'想得开'。"

  王小山却揪心,担忧妇女可别又想不开自寻短见。

  他按照报警电话,给妇女发去一条短信,叮嘱她多想开点儿,车到山前必有路,心烦了就多跟亲戚们聊聊。

四

  老赵坐后排又开始听李玉刚的《菩提》。警车似乎也随着音乐香雾缭绕。老赵在仿如仙境的后排感慨:"过去公安抓犯人,公安喊一声犯人跟着走,听话得很,警察牵根绳子在前面走,犯人双手系绳在后面走。现在是警察动不动就被泼妇、赖皮打,这个世界变了。"

  冷少爷冷笑着说:"过去'110'还是警匪电话呢,不出大事都不敢打'110'。现在的老百姓啥事都打'110',全政府那么多部门,老百姓只知道'110',后半夜随喊随到的只有'110'。上次听一个兄弟讲,一个女孩儿在高速路上报警,警察到后,女孩儿说她下车小便不小心把男朋友送她的苹果手机掉沟里了,要警察叔叔帮她找。"

  一上午接了十多个报警电话,三人终于可以回所里吃午饭了。

  饭桌上跟教导员聊今天遇到的事儿。

教导员说:"干警察,要学会自我调节心理,否则长年累月郁气难消容易憋出病来。听说有个交警处理一起交通事故,当事人天天纠缠投诉不断,交警都忧郁了,处理完案件后,交警写张纸条说干公安太累了,然后自缢了。这就是心理没有及时自我调节。"

王小山忽又想起半月前,自己还在警校参加军转干部入警培训。警校政委请太极大师,教军转干部们学太极拳。太极大师绸缎白衣,腾挪起合,念念有词:"抱球,打开,再抱球,上步,抱球——"

一帮军转干部有模有样地学抱球再抱球,王小山戏言,二十五岁入伍,天天讲抱负,三十五岁入警,天天喊抱球。

待他真正融入派出所生活,才晓得警校政委在毕业仪式上讲的那番话。

"兄弟们,我也是一名军转干部,我们从军营步入警营,今后路途遥远辛苦颇多,可以说,是从奉献又一次选择了奉献,希望大家不要忘记军人本色,无论多苦多难,都要勇往直前。兄弟们,公安队伍平均每年牺牲三百六十多人,几乎天天牺牲一名警察。我请大师教你们学太极拳,是希望你们今后在基层岗位,在日夜颠倒加班加点中,调整好自己的身心,才能谈为国为民。兄弟们,无论走得多累,都要记得不忘初心,过去我们不忘入伍誓言,今后别忘入警誓言。"王小山在警校毕业那天,忽然想起十一年前刚从军校毕业的自己,泪滴出眼眶,他在笔记本上重重地写下两页字来。第一页抄录入伍誓言,署名副连长王小山,2006年。第二页抄录了入警誓言,署名副科级民警王小山,2017年。

中午王小山在派出所宿舍里和衣而卧,仿佛部队战备一样。

这样的值班生活,平均每三天就要经历一次。老婆直抱怨:"过去在部队总分居,现在转业了还分居,一辈子就这样难得相见,难道你们一天不值班,国家就会乱?"

王小山被气笑了,说:"妇人之见真是一针见血,还别说,无论部队还是公安,真要一天不值班,社会真要乱。"

老婆说:"人间本来就够乱的,住东边的非要去西边购物,住西边的非去东边上班。"王小山说:"所以才要我们公安啊。"

老婆说:"哟哟哟,角色转换挺快嘛,以前动不动就'我们军人',现在居然喊'我们公安'了。"

王小山腾地红了脸,他也发现自己刚刚脱口而出的,居然是"我们公安",倏地脸蛋滚烫。

午睡也没法睡,因为报案人不肯睡。

丢戒指的绿衣女子的老公打来电话。他叫尹俊。

"上午俺老婆去做笔录,你们说好帮俺处理的,怎么到现在还没来处理?"

王小山说:"有无数个人打'110',可警察就那么几个,总要处理完一个再一个吧,我会去的。"

"你不急我急啊,一个戒指有多贵你知道不,俺要存好几个月的工资才够买啊。跟你说,中午俺又发现老头不对劲儿了,和他一提戒指他就手抖。你们咋不来搜搜老头的房间呢?"

王小山说:"怀疑不能成为证据,不是你想搜就能搜的。"

尹俊估计也年纪不大,却精明老到,故意激怒道:"你们公安没一个好人,把老百姓的事都不当回事。"

王小山果然上当,一听这话就愤怒地喊叫:"公安怎么就没好人了,你是好人吗?你自己粗心大意丢了戒指,我就要在一秒钟内找回来吗?"

尹俊说:"好啊,你这是什么口气,你就这样服务人民吗?俺可都录音了啊,你不找回来,俺就去投诉你。"

王小山大瞪两眼不知所措。

老赵其实早提醒过他,说话务必冷静客观,对待报警人,一句不慎,自己被动。可是尹俊怎么能这样啊,人要不讲起理来,什么都敢干啊。难道这就是社会?王小山还没被磨成一个"社会人"?

叮咚。

王小山打开"蓝信",看到一条消息:"发现一只迷路的鸡。"

王小山揉揉眼,眨巴眨巴,定睛再瞧,的确是"一只迷路的鸡"。王小山愣了。

到达固河桥,没有人也没有鸡。

拨通报警人的电话,原来他是一个热心肠的路人甲,骑车路过固河桥,发现了一只鸡在独自晃悠,咕咕乱叫,到处乱跑。热心的路人甲就猜想,这肯定是一只迷路的鸡,寻不到回家的路,于是果断报警。

"现在鸡呢?"

"我哪里知道,老婆喊我回家办事呢,我总不能跟踪那只鸡吧。"

"好吧,你很热心,快回家,路上注意安全。"

冷少爷慢悠悠地说:"谁说天底下的热心人少了?"

叮咚。

天下怎么有那么多人报警。一整天没完没了地叮咚叮咚,王小山也快受不了这个叮咚声了。

王小山看"蓝信":"老人走失。"

冷少爷说:"估计又是河边小区的老太婆。"

"你们认识?"

"天天走失,老年痴呆,他儿子啥也不管,告诉他买个GPS定位仪,他就是舍不得买,反正他娘走丢了,就报警,我们都快成她儿子了。"

"那怎么办,总不能天天帮他找吧。"

"他总报警,你敢不找?万一老太婆掉河里,他儿子保准跟你没完。人家是大爷,我们是儿子。"小冷笑着说。

老赵说:"要满怀爱心,对待群众。"

三人通过视频跟踪,又四下打听,终于在河边找到老太婆。老太婆坐在河边的长廊椅上看风景。小冷说:"大娘,您又跑出来了?"

大娘说:"你——你——我认识。"

小冷说:"能不认识吗,天天找您,天天送您。您儿子就不能看护好吗?"

大娘说:"他忙着赚钱呢。"

三人把满头银发的老太婆扶上车。

一路上老赵打开他的佛系音乐。警车又变成一座移动的佛堂,吟唱着七星的《佛说》串街过巷。

"彼岸花开花彼岸,奈何桥怎度奈何,一念地狱天堂,一念人心惶惶,断肠人愁愁断肠,两行怨泪泪两行,一念花开花落,一念是非对错,花开正茂谁来过,花落又是谁的错。"

坐老赵身旁患严重老年痴呆的满头银发的老太婆,突然冲旁边听音乐的老赵说:"你是好人啊,谢谢你们哪。"

一句话让疲惫不堪的王小山湿了眼。

小冷说:"一天见那么多报警人,终于碰上一个正常的。"

老赵说:"老人家,你不要总往外面跑啊,在家好好陪儿子,跑出去很危险的,待在家里,吃好的、喝好的。"

老太婆说:"我去找我老头子。"

小冷说:"她老头子,都不知死多少年了。"

警车在繁华拥挤的城市间穿梭,硬邦邦的楼房挺立两旁,熙熙攘攘的人群走在街上。

小冷说:"这看似拥挤的人群,其实隐藏了许多小偷、坏蛋。这看似太平的街道,其实每时每刻都有坏人在作案。人间真是不太平啊。"

老赵说:"公安就是守护神、守夜人,在普度众生。我们就是佛。"

五

所长打来电话,让王小山快回所里。

绿衣女子的老公尹俊,果然打电话投诉了王小山:"戒指丢一天也没找回来,你们就这样服务人民吗?"

所长把王小山喊到办公室问:"怎么回事,不要搞事情嘛。"

王小山说:"我哪里要搞事情了,是他在搞事情。"

所长听清来龙去脉,说:"明天早晨下班,你先别休息了,去老头家问问。"

刚离开所长办公室,又有路人报警。

冷少爷说:"得,又开张了。"

这次的报警人是个酒鬼,而且很有社会公德心。

警车到现场。

一个其貌不扬的酒鬼,挂着醒人耳目的酒糟鼻说:"你们看,这么大个坑,井盖开裂却没人管。这些砖头,还是我搬来的呢,下班骑车掉里面,会死人的。"

酒鬼虽醉,但眼神毒辣、逻辑清晰、理念超前,已经想到掉坑里死人的可能。别说,井盖还真破裂,一半已掉入坑内。坑口有几块砖头围绕摆放,提醒路人。每天来往的行人,都见怪不怪,却只有一个酒鬼觉得奇怪。

老赵表扬他做得不错。

"酒糟鼻"得意起来,晃晃悠悠站在马路边,还学起交警指挥交通,指引骑车的路人避让井坑。王小山忙劝说:"哥,您赶紧回家吧,你晃晃悠悠站路边,不等别人掉坑里,你先掉下去了。"

王小山联系政府服务热线,告知路政部门前来修理。

警车返程回所。

王小山说:"忙乎一天,根本就没有一个案发现场。"

冷少爷敢于批评每一个人,包括不苟言笑的派出所所长,更别说大他十多岁却初来乍到的王营长了。

冷少爷说:"王营长,你在部队待太久了,与社会都脱节了。光我们一个小小的派出所,平均每天就接到三四十个'110',一年下来有一万多个'110',无边无际啊。现在的人,万事找公安,不管啥事都打'110',其实好多报警电话根本就不属公安管。"

难怪冷少爷的微信名叫"无边无际"。

冷少爷说:"居民家漏水,不找自来水公司却找'110';煤气管漏气,不找煤气公司也找'110';忘带钥匙开不了门,不找开锁公司也找'110';小摊贩占道经营,不找城管也找'110'。反正有啥困难都找'110',都以为公安是把万能钥匙。"

老赵连说:"小冷你出警出得都快有心理疾病了,太暴躁了,要静心。"

小冷不服地说:"我不是暴躁,我是在爆料。"

老赵说:"不过细想,你说得也有点儿道理,我小时候,这些事都归村长管,现在,村长有事儿都报警,沧海桑田啊。"

叮咚,又有人报警,"发现车辆占道"。

小冷无心多言,撇着嘴将车掉头,返回现场,却大跌眼镜。

"酒糟鼻"居然从井盖处晃悠了二百米,又发现一个新的社会问题。

"你们看,这个奔驰,怎么能停在盲人道上呢?万一哪个盲人从这里路过,会撞死的。"

王小山痛苦地皱眉道:"哥,这条道上一万年也没一个盲人路过,你就别操心了。"

"酒糟鼻"说:"那这奔驰停到盲人道算不算违停?"一句话把王小山也问住了。可这归交警管啊。王小山好声相劝:"我们马上让他挪车,你先回家,这里放心交给我们吧。"

"酒糟鼻"摇头晃脑地说:"不要忽悠我啊,市长都忽悠不了我,我会再来的。"然后他霸气十足地挥手横扫整条街道,"瞧瞧这条街,都被你们管成个啥样了!"

王小山差点儿惊掉下巴,这条街?我想管也没权啊。眼前这位貌不惊人却语出惊人的,到底是哪路神仙?

回程的路上,老赵也无奈地说:"一个离婚两次的无业游民,也不上班,整天晃荡、喝酒、买彩票和报警。"

王小山说:"也是个有故事的人。"

冷少爷说:"有什么故事,招人恨。"

老赵说:"小冷,跟你说了,要学会体恤众生。"

小冷说:"他满大街地找碴儿,他咋不体恤一下我啊?"

叮咚。

王小山说:"哎呀,别说了,又来活儿了。"

警车在一个又一个"110"中奔波到傍晚。

雪白的警车穿梭在夕照的车流中，火热又血红，温暖又坚强，顶部红蓝闪烁的警灯，仿佛在不知疲倦地警示人间，正义邪恶，泾渭分明。

各单位都开始下班回家，而这三个横跨"老中青"的男人，却同乘一辆警车，混杂在归途的车流中。警车恍如一匹白马，闪过一道白光，从尘世间驰过。

冷少爷望着滚滚车流说道："这人间有数不清的'110'，不知我能拯救谁，谁又来拯救我。"

六

吃过晚饭，"投诉大爷"尹俊居然胆大包天地来派出所，口头报案了。

原来只是个二十多岁的小伙子，穿着像个摇滚青年，耳钉像生锈的鞋钉。王小山不愿接待，办案队长说："好吧，让别人去给他做份材料吧。"

尹俊走后，王小山看他的询问笔录。

尹俊报案，今天下午他又发现老头进出院子比平时频繁，这很不正常，非常值得怀疑，要求公安立即把老头抓起来。

夜已漆黑，电话响起，平时都是"蓝信"提醒，这次居然直接打电话给王小山。看来是个大案。

夫妻打架，伤得挺重。

等了一天"110"，终于等到一个正经报案人。王小山心情莫名激动，这才是公安义不容辞的职责啊。

快出警，王小山几乎奔跑下楼梯，边跑边系警用腰带，打开执法记录仪。"快点儿，快点儿，问题大了。"

冷少爷也被吓够呛，边发车边问："死人了？"

"没，快死了。"

"我去，那要快点儿。"这次警车是真的一路漂移，拉响警笛，红灯都照闯不误。

贪生惜命的老赵坐后排，紧握头顶地拉手道："小冷啊，你让我拿个退休费，别拿烈士费行不？"

小冷两脚交替踩踏，右手像机器臂动感换挡，简直是 F1 赛车现场直播。

小冷说："要死人啦。"

老赵说："我们别死前头，行不？"

警车甩尾，拐进小区大门，一个骑自行车刚出大门的中年男子，被吓得连人带车跌进草丛。王小山也吓个够呛，忙提醒小冷："慢点儿，慢点儿，我们是去事故现场，不是变成事故现场。"

到楼下，"120"刚到。王小山跑上前询问："谁是报案人？"

一个中年妇女坐在救护车里，一手捂住肚子上血污的纱布条，另一只胳膊举起来，像小学生回答问题一样："是我。"

"怎么回事，谁伤你的？"

"我老公，用刀捅我一刀，捅他自己两刀。"

"啊？人呢？没事吧？"

"楼上，估计死了。"

"啊？死了？"王小山顿感形势紧张，人命关天啊，涉及命案，局长都要来现场的，要赶紧汇报。

"死了最好。"中年妇女怕人没死透，嘴上又给老公补一刀。

"他到底死没死啊？"

"人在楼上，我不知道。"妇女冷漠道。

急晕头的王小山蹿上楼梯飞跑。老小区没电梯，一口气跑到十二楼，仿佛百米冲刺，小腿肚都发抖发软。

门敞开着，卧室地板涂蹭血迹，一男一女两个白大褂，正把一具纹丝不动的不知是尸体还是躯体的肥硕男人搬上担架。

翻身，翻不动。王小山赶紧上前帮忙用力，"一二三，好"。侧搬，身下插入担架，"放，好"。

在男人的肥硕肉体的腰间，绷缠着几圈白色纱布，血渗出来，由浓渐淡地洇开，看不出有呼吸起伏。

王小山紧张地问："人怎么样？"

医生说："有呼吸，送医院再看。"

老赵进屋，东瞧西瞧，用塑料袋捏住地上的一把刀，包裹了塞兜里。一看这就是老民警，这叫先固定证据。命案必破，如果男人死了，那公安可就麻烦了，到底谁捅的谁，是必须弄明白的，必须费尽心思取证、讯问，还天下一个朗朗乾坤。

几个人合力抬起担架，女护士手劲儿不足，冷少爷夺过担架。人活一口气，有气才轻盈。担架上呼吸虚弱的男人，竟异常沉重。谁说死了就轻松？只有搬过尸体的人才晓得，死了远比活着沉重。

搬着这个沉重的男人，四人累得上气不接下气。尤其在楼梯拐角处，蹭破了冷少爷的手，磕痛了老赵的胳膊肘，抬担架的人都负伤挂彩。从十二楼搬到一楼，累得要死，让抬担架的四人仿佛自己正一步步迈向地狱。

终于脚踩地狱，把男人推进救护车，妇女瞥着白眼看老公。四人坐地上喘息。医生边喘边说："你们警察也不容易啊。"老赵也喘着粗气道："都不容易，都不容易。"

夫妻俩被救护车拉走。警车紧随其后。

过去总听老人说，医院的急诊室里半夜阴气很重。

可只有半夜来过急诊室的人才晓得，这里人满为患、阳气十足。

到处都挤满了活着的人或半死不活的人，站着给家里打电话催着送钱的，坐着焦急等待检查结果的，躺轮椅上浑身插满管子又眼神惊奇地瞟四周的，缠满绷带被护士推来推去口不能言的。医院真有阴魂不散，那也绝不来急诊室。忽然从大门口扶进来一个断手断胳膊的，骨头茬子外露，血管子汨汨冒，满脸涂抹了猩红还在惨叫，比鬼都吓人。

见多识广的医生瞥一眼腰间纱布血污的男人，淡定从容道："好，推进去吧，等检查了才知道，一会儿看看伤到小肠没有，谁是家属，去签个字交下钱。"

"医生，他肚子还在冒血呢，不赶快抢救吗？"王小山比那妇女都急。

"先吸氧，测下脉搏，检查下受伤情况。"

男人腰间的白纱布已被血浸得通红。

"这还不急吗？这会死人的。"

冷少爷说："他们见的死人比我们见的活人还多。"

"110"指挥中心拨来电话，询问伤得重不重。涉及命案，整个公安都紧张。

"难说，人已经昏迷不醒，送'120'抢救了。"

"好的，局长刚才还在问呢，有情况及时联系啊，我让刑侦大队去看下现场吧。"

以前王小山总觉得，刑侦大队那帮鸟人总爱答不理、牛哄哄的，没个好脸色。现在看来，他们已经没脸色了，因为无论半夜几点，无论全城哪里，只要有案发现场，他们就要抛家弃子地奔去。局里有个女法医，获得的全国级奖状都挂满了墙，可是又能怎样，褪下光环回归公安岗位，还不是一个苦逼的民警，经常在晚上刚放下自家厨房的菜刀，又拿起解剖尸体的刀奔赴凶杀现场，逢年过节亲戚邻居都不敢让她进门，说她是和死人打交道的，跟着阴魂晦气。

中年妇女捂住肚子强撑身体，给自己付过医药费，就不肯给老公付费了。

他老公正躺病床上昏迷不醒。王小山想：他要是现在醒来，听说此事，定会再给她一刀。

医生找女人要钱，女人让找警察要钱。

医生来找王小山要钱。王小山龇着嘴、瞪着眼无言以对。管破案，管救人，怎么还要管付账呢？我是警察，我不是超人。超人也只管救人，没见超人付账啊。

医生说："他老婆让你管。"

她让我管我就管吗，我怎么管？

医生说："要死人了，你是警察你不管谁管？"

"我，我，我怎么管？"王小山软下来了，人家都说你是警察了，警察还真不会坐视不管。信警察得永生啊。好，那就管吧。他摸摸口袋，口袋里除了手机支付宝里有一千元，就剩手机了。

正满地打转，老赵说："喊他亲戚来，让亲戚付费。"这简直是天籁之音，仿佛上苍佛祖突然显灵，点拨凡人、声如洪钟。老赵不愧是二十年的老辅警，关键时刻总能一句点石成金。王小山真想跪在老赵膝下三叩九拜。信老赵得永生。

在男人身上摸索，除了两腿之间硕大的男根，没有任何身份证明。王小山只好用手机"蓝信"扫描男人昏迷变形的脸，比配到男人的身份证，这才找到亲戚的联系方式，让他们赶快带钱来。

亲戚在电话里说："管他个鸟，让他死了最好。"

王小山差点儿吐血身亡。这是什么亲戚？

难怪这个男人要捅老婆一刀，捅自己两刀。估计他已在生活中陷入无力逃脱的困境。王小山望着依然昏迷的男人，忽生同情。

男子倒好，合眼躺在床上，插满塑料管，远离了人间的痛苦。王小山望着他，比刚挨两刀的男人还痛苦。

还好，这世间仍活着一位希望男人也活着的亲戚。她答应了王小山，一会儿送钱过来。

女医生向中年妇女解释她肚子上的刀疤，可采取不同的治疗措施，让她选择留疤的还是不留疤的。

女人恨声恨气地说："少废话，爱怎么治怎么治吧。"女医生被呛得哑口无言，圆睁着两眼剜她一眼。

所领导派有经验的老民警"狄大人"赶到医院。

"证据固定没？"

"固定了，视频里有，女人说，全是男人捅的。"

"刀呢？"

"收起来了。"

"好，送去做指纹鉴定。如果男的醒来，承认都是自己干的，那还好说，就怕男人不承认，找证据可就麻烦了。周围邻居能做证不？"

"问过了，都怕引火烧身，都说没看见。"

"这可麻烦了，刀上只有男人的指纹还好，如果有男女两人的指纹,就不好查了。这样,你们守着,等男人醒来,第一时间问他,用视频拍好,把证据固定。"

"好的。"

副所长也赶过来了,见王小山就似笑非笑地说:"小王,你今天的主班,可惹下不少事啊。"

王小山苦笑着应对:"是,是,今天五行不合。"

七

送走几拨领导,王小山也累得够呛,坐在医院塑料凳上靠墙歇息,他都开始唠叨了。"忙了一天,全是负能量,我就搞不懂,遇到的这些人,怎么都爱折腾呢?一个个精力旺盛、惹是生非、不得安生。难怪古人说入土为安,人不死真是不肯安分啊。"王小山想同情这些人,可怎么同情呢?天下有很多老实人,也有很多不老实的人,偏偏王小山遇到太多不老实的人。

老赵坐旁边说道:"人要向阳而生,可警察这职业,就像急诊室里天天面对残肢血污的医生,我们是守夜人。"

"110"又打来电话,询问男人死没死。目前大家最关心的,就是男人到底死没死。男人昏迷在急救室里,估计将死未死的他,可能也没想到,今生会有如此之多的人,在关心他的死活问题。当然,有人希望他死,有人担心他死。他的老婆亲戚都希望他死。公安在担心他死。

而此刻估计小冷也恨不得他死。因为为了搬他,小冷碰破了手、扭伤了脚,被一起送门诊急救室急救去了。

小冷包扎好手,一跛一跛地走回来,点支烟疲惫地坐旁边说:"这人啊,一个个都咋想的?不好好过日子,都跟日子过不去,跟我们过不去。"

老赵说:"我们这是在救苦救难。"

"谁他妈来救我?"

"小冷,你要学我,多听听歌,有好处的。"

王小山也掏出手机，插上耳机，按老赵的方法，多听听歌。《佛说》的确是首迷人的歌。

"佛说孰能无过，难道你从来没错，善恶都由你来做，哪还有十恶不赦，佛说万物皆空，可度过春夏秋冬，既然平等与众生，你为何不在五行中，佛你徒有虚名，这天下怎能太平，救苦救难的菩萨，你怎么还不显灵。"

叮咚。

菩萨不曾显灵，报警人显灵。

王小山看看"蓝信"，果然有警务消息，刚才没看到，这边快要死人，谁还有心思去看手机。同一个人为同一件事打了三次"110"，"自来水漏水"。

王小山打电话给对方。

"警官，你们到底管不管啦？"

"怎么了？"

"我家楼上住户自来水管漏水了，水都流我房间了，楼上主人又不在家，你说我该怎么办？"

"找自来水公司，把水闸关了就行。"

"人家自来水公司让打'110'，人家自来水公司都下班了。"

"自来水公司没有夜班？难道全城只有公安值夜班？"

"你要不管，我投诉你！"对方挂了电话。

手机"嘟—嘟—嘟"仿佛一个失去心跳的人。

王小山手一软，手机掉了。

老赵说："别急，我有办法。"他掏出手机，给政府热线打去电话，模仿报警人，投诉自来水公司。半小时后，自来水公司居然打来电话，恨声恨气地说："是你打的投诉电话？"老赵说："是的，家里漏水你不管谁管？"他将家庭地址报过去，自来水公司说："好的，等半小时我过去。"老赵挂了电话说："瞧见没，都怕投诉。"

半夜一点多，医生从手术室出来说："救过来了。"

王小山喜笑开颜，马上给"110"汇报，人没死。

"110"说，好的，你们辛苦了。忙一天，竟没一个报警人说过这句话。

留两个人,一个看护妇女,另一个看护男人。王小山与小冷、老赵驾车回所。

路上老赵说:"别高兴得太早,我们公安的事才刚刚开始。"

"啊,为啥?"

"男人死了,一切真相都是女人说。现在男人活了,鬼知道男人会怎么说。我估计男人会抵赖,说女人用刀捅他的。我们公安就要挖空心思去给他俩还原真相了。"

"啊——明明夫妻俩有人在撒谎,明明夫妻俩都知道真相,为啥到最后,却要公安为他俩还原真相?"

"这就叫凡人啊!"

三人无语,看窗外行驶的车辆,迎面闪过的,同向超越的,一辆又一辆在漆黑的夜里奔驰。

小冷说:"这就是人间啊!"

八

三人回到派出所,洗把脸,躺值班室休息。

小冷说:"太困了,要再不睡会,我都怕猝死了。"

老赵说:"公安平均每年牺牲三百六十名警察,能活着当警察就是幸福啊。"三个人笑了。

睡到半夜两点,又有人报警了。

小冷迷糊着双眼,像吸毒犯瘾一样,无精打采地开车。老赵也不管自己的死活了,靠在后座上,合眼休息,对于小冷是否闯红灯也不管不顾了。老赵说:"我现在累死比被撞死的概率更大。"

到了现场,两个男人正为一盆花争吵。

一个店老板,五十多岁,一个小青年,二十多岁,竟为一盆价值十元的花,在半夜两点吵架吵个没完没了。

原本懦弱的店老板,因为是本地人,见到本地的公安出现,立刻打了鸡血,由被动迎战变为主动出击,和外地小伙儿吵得更凶。

王小山却累得浑身肌肉疼。只有熬夜累到极致的人，才能体会到这种痛苦，人在极致疲惫的时候，真的会浑身肌肉疼。

王小山捧着一盆十元的花，双手在颤抖，两脸在颤抖，双唇在颤抖。

冷少爷站边上看俩人斗嘴，终于不耐烦地说：“你俩到底吵够没，一盆花值得吗？”

五十多岁的店老板说：“小伙子，你这话说得不对啊，我是一个讲道理的人。这盆花明明是我的，怎么能白给他？我不是在意这盆花，我一个大老板，送他十盆都无所谓，关键是这个道理，我的就是我的。”

冷少爷说：“天下要能讲道理，美国还打什么叙利亚。”

两人呆滞了，估计他俩也没想通，吵架怎么和美国攻打叙利亚有关系了。当然，似乎战争都是从吵架开始的。

冷少爷说：“不打，那我给你十元，这事能解决不？”

老板说：“不行，我要花，不要钱，我是有脸面的人，给一百元我也不干。”

老赵说：“这样吧，你俩把联系方式留下，今天太晚了，大半夜为一盆花吵来吵去，你们觉得合适吗？我们出了一天警，到现在都没合过眼，不管我们的死活？”

老板笑着说：“那不是，我们都是讲道理的人嘛。”

老赵说："讲道理就不会半夜两点为一盆花吵了。今天都各回各家，明天去派出所，我们坐下来好好谈。要不同意，就都去所里，坐下来吵一夜。"

小年轻说："好吧，那我明天去。"

王小山说："两人都把身份证拿来登记下。"

可惜，天下行得通的道路很多，行得通的道理却不多。

纠纷刚被老赵一句话化解了，又因店老板的一句话爆发了。

店老板拿出身份证，依然嘟嘟囔囔抱怨道："那要让他先给我赔礼道歉……"

小伙子一跳三尺高怒道："你这样说我就不干了，现在只是休战,我又不是认输,我又没盗窃,干吗要道歉?我决定了,都去派出所,大家都别睡了,我今晚就跟他杠上了……"

老赵大喝一声:"都别吵啦,你们愿意吵都拉回所里,在所里吵个够。"

王小山和小冷呆呆地看老赵。老赵可是个信佛的人啊。

店老板顿生迟疑地问:"真的要去所里?可我这店——"

老赵说:"别扯了,快上车。"

小冷说:"别磨叽,必须去。"

两人竟毫无商量地站到了统一阵地。

小伙子也附和道:"对,必须去。"

店老板认怂,极不情愿地磨蹭半天,才上车。在回所里的路上,老赵坐后排,被店老板和小年轻左右夹着,仿佛他才是个犯罪嫌疑人。

车里的五个人,都默不作声,各有所思。

老赵打开手机,外放音乐,安静的夜里,歌声汹涌澎湃。他居然放了一首《人在旅途》。

"从来不怨,命运之错,不怕旅途多坎坷,向着那梦中的地方去,错了我也不悔过,人生本来,苦恼已多,再多一次又如何……"

车上五人,本已苦恼,听过这歌,更加苦恼。

老赵也觉不合时宜,将音乐关了。

把两人推进派出所接警室,老赵说:"这下可以随便吵了,你们吵吧,吵够了回家,吵不够就吵到天亮。"

小冷说:"看啥,快点儿吵啊。"

两个人愁眉苦脸,坐在不锈钢长椅上,互不搭理。

看两人不吵,老赵让他们自己反省。

三人刚去休息室,就听接待室里吵起来了。王小山不放心,掂量着别打起来。老赵还没睡着,在黑暗中提醒:"控制不了局面就喊我。"

"好的。"王小山低声答,抹黑爬起,去接警室。

小冷已打起呼噜,逃避那盆价值十元的花。

两人争得面红耳赤。王小山盯着两人道:"一盆花算什么?你们这样折腾,我高兴吗?"

店老板不依不饶道:"警官,我不是折腾你,我是跟他讲道理。"

"现在是凌晨三点,能讲得通哪个道理?我不想说你了,你一个五十岁的老板,跟一个二十来岁小伙子吵,丢人不?"

店老板觍着脸赔笑。

王小山把小年轻喊出接警室,在院里发支烟。

"多大了?"

"二十二岁。"

"在这儿打工?"

"嗯。但是警官,那花真是我的……"

"行了,我不想听你们的事。我只知道那盆花最多十元。你一个小年轻,以后的路还长,咱能不能把眼光放远点儿,凡事都往大处想,别计较那点儿小利。今晚你和店老板吵,得到啥了?就得到一盆花。可你的度量丢了。今后遇到人生大事该怎么办?你以后要遇的苦难可多了,你总是忍不住,今后的路怎么走,还能成什么事?你为一盆花不依不饶,这辈子也就这样了,不会有啥大发展。以后结婚了,你还会跟自己的老婆吵、跟同事吵、跟邻居吵。因为你不够男人。男人,就要做大事,看全局,大的利益不丢失,小毛小利损失点儿又如何?人就这样,好坏都是自己选的,明明可以往东走,你非往西走,导致你一辈子命运从此不同。"

小伙子突然开口道:"行了,大哥,花我不要了。"

王小山正说得来劲儿,小伙儿却不让他说了。看来只要好好说,他还是懂得人生道理的。王小山顿生满满的成就感。

"但是警官,你把我送回原地行不?"

"只要你不吵,这小事儿啊。"

王小山在接警单上写:"经协调,两人达成谅解,互不追究。"

短短的一句话,冷静的一句话,可是谁知道,背后却耗费了王小山大半夜不休不眠、苦口婆心的调解辛劳。这些背后的故事,永远不为人知。它们只属于公安,只属于基层的民警,只属于警徽盾牌中的那抹藏蓝底色。这抹藏蓝，是暗淡无光的背景，但它深邃沉重，无声有力。因为这抹低沉的藏蓝，警徽中的长城与国徽才更显金光熠熠。

王小山让小伙儿签字按过手印。他自己打滴滴送走了小年轻。

小年轻临行前凑上前说："警官，能加你微信不，以后我多听你讲人生的道理。"

王小山说："可以可以，但要在你人生最痛苦的时候，记得找我就行，平时就不要找我了啊。"

送走小伙儿，又让店老板签字。王小山一再提醒店老板，半路万一再相遇了，可别再吵了。

完事王小山躺床上，仍不放心，担心两人相遇又生是非。他在担忧中不知不觉入眠。

可他心中又是满足的，他教育了一个年轻人，让年轻人懂得为人之道，说不定还会影响他此后一生。老赵说得对，警察是在救苦救难，这不就是佛吗，解惑于漫漫旅途里，度人于重重迷津中。

九

五点，天刚麻麻亮，"投诉大爷"尹俊就打来电话。他不关心王小山一夜没睡觉，他只关心他的戒指。

"今天你还来不来调查老头儿了？昨天没来，今天也不来吗？太阳都出来了，你还不出动？"

王小山实在不愿与他纠缠，尹俊投诉了王小山，现在居然又打电话颐指气使地命令王小山。

"我知道了，我刚睡一会儿，警察也要休息嘛。放心，该去时我会去的。"王小山怕尹俊再用手机录音，他克制着。

在尹俊眼里，戒指比啥都重要。至于王小山会不会因此累倒猝死，于他无关紧要。

但对于王小山则不同，无论多累，尹俊的事对于警察王小山来说，他必须负责，再苦再累，也得去做。

今天是星期六。但事实是,还有无数个案件在等着他,还有无数个受害人在催促他,怎么可能休息。

王小山洗脸漱口,换一身轻便的休闲服,不穿警服,忽然整个人都轻松了许多。他提个皮包,在马路边吃份煎饼,仿佛一个普通的白领,活好自己就行。可事实是他穿了休闲服也是警察,他不能只过自己的生活,他要为了别人的生活奔波。他还要去找老头谈谈。

记得王小山刚去派出所报道,开门看见头发蓬乱的办案队队长杜鹏。一个刚满三十岁的男人,刚从办公室的折叠躺椅上起床。两个仿如重病不治的黑眼圈,一副沙哑干咳的嗓门,还有桌上浓郁发褐的酽茶,烟灰缸里堆积如山的烟头,以及办公室铺满一地的快递单。为了破案寻找证据,他们从全市搜集来几麻袋的快递单,已经一张张地核对了几天几夜,人困马乏。可是谁知道呢?每个人都活在自己和谐安宁的小家里,谁也不知道这个和谐安定的社会背后,警察在夜里正与多少犯罪分子搏斗。

王小山走进老头儿的院子。

来前,王小山还是有所准备的。他调查过老头儿的信息,有一个孙子,在高中读书,马上就要高考,和老头儿住。这是一个心理突破口。老人都会迷信。

院里刚好碰见老头儿的儿子,骑一辆凤凰牌直梁自行车,驮着些米面,来看望老头儿。

王小山在黢黑的屋中坐下。他把老头儿儿子支开,关上门,与老头儿谈。

"大爷,知道我是谁不?"

"知道知道,昨天你穿制服来过哟。"

"您认出来了。啊呀,这屋子就您和孙子住?孙子要高考了吧,你儿子在昆阳镇郭家村种地?"王小山故意透露老头的家庭信息,造成已经掌握全部证据的攻势。这叫布局,或心理暗示。

老头儿憨厚地笑着说:"对,种地人,没啥出息哟。"

"大爷,您可千万别这么说,往上推三代,我爷爷还是种地的呢。听说孙子学习挺好的,马上高考了,指不定能考个好大学。"

"孙子学习好哟。"

"大爷,您知道我来干啥不,隔壁家戒指丢了,我们调取了四周的摄像头,没发现任何人进过院子。我们经过技术推断,已经确定是谁拿了。"这样说是为了让老头产生心理恐惧,老头儿笑着没作声。

"但是大爷您看,这个事儿也不大,没必要动用刑警,您说一大帮警察来院子里搜索,搞技术侦查,传出去多不好听。你要是捡到了……"

老头儿突然开口:"我没捡到哟,我捡到早还他们哟,我要那个干啥哟,我都快入土的人了哟。"

"对,我没说您捡到。我是说您帮他们找找,万一找到了呢,还给他们。您看他们小夫妻都是外地人,来这里打工,住一个月三百租金的房子,多可怜。那个女的,初中都没毕业,给人家做苦力,都是穷苦人啊。您也算积德,您孙子高考也会有神灵照顾的,能加分呢。这人啊,太多的偶然性啦,出门被车撞的,莫名其妙中彩票的,您说这世上到底有没有恶报善报?"

看老头儿不语,王小山又说:"您要是找到戒指,就积德行善还给他们。您要那干啥,是不,一个戒指值钱吗,说值钱其实也不值钱,人一辈子还不知道要赚多少钱呢。您孙子大学毕业了,说不定一个月就赚一万元呢。一个月就是一个戒指,您说这一个戒指能发多大财呀?"

老人说:"我帮他们找找哟,我帮他们找找哟。"

"好的,大爷,我敢说您要找到了,他们小夫妻肯定感谢您一辈子。"

告别老头儿,出屋。

绿衣女子在院里洗衣服。她已经没了昨天的愤怒,看到王小山,怯生生的。她果然还是个女孩儿。

"警官。"她怯生生地把王小山喊住。

"怎么啦?"王小山撇头看她,他真不想搭理这种人。想想她老公那个样，唉，不值得怜惜。

绿衣女子低声道："请您帮俺破案吧。房东都要赶俺们走了，不让俺们住这里了。"

"为啥？"

"房东说老头儿是个好人，说俺们夫妻在损坏老头儿的名誉，不让俺们住这里了。"

没想到，住这里的人，把名誉看得如此重要。王小山说："我尽力。"

王小山出于好奇，走进绿衣女子的出租屋，边走边问："你多大年纪？"

"十九岁。"

"还有兄妹？"

"有一个弟弟，当兵去了。"

军转干部王小山愣怔一下，开始对这个姑娘有好感了。

"你做什么的？"

"怀孕了，没上班。警官，您就帮俺找找戒指吧。"

王小山惊讶地望着一脸稚气的姑娘，万没料到，她这么小，已经有孕在身。

王小山逡巡屋里，潮湿湿，黏糊糊，一张床，一圈杂物，满屋子的湿气。

王小山心潮汹涌着。那个尚未出生的婴儿，一出生就要面对这样的父母。可他连选择的权利都不曾有过。但他生下来就要去死吗？不，他不会的，他依然会带着笑容，饥渴地生长，蓬勃地成长，会像他的父母一样，活着，好好活着，人不就活个奔头嘛。

离开院子，王小山很想帮这一家人，帮那个小孩儿。

他去学校找老头儿的孙子谈。他明白，这是突破老头儿的关键一步。

冷少爷曾经说过："人活着，就总能在美好的生活中遇见几个操蛋，又总能在操蛋的生活里遇见些许美好。"

老头儿的孙子听王小山说了几句，便开口道："叔叔，你不用急,我去找我爷爷谈,真是他拿的,肯定还回去。"这孙子是真善良、真仗义。

王小山离开学校,忽觉一身轻松,步履轻盈。

又是一个中午,路人行色匆匆,与他逆向而行,个个眼眸聚光,精神矍铄。这哪像沉溺于苦海的大众呢?每个人都充满了生的希望,在精力充沛地奔波努力着,坚定不移地向前行走着。

他忽又想起,那个被自己小孩儿骂得自寻死路的母亲,便又给她发一条短信:"孩子大了别计较,有些事你也阻挠不了,无论怎样,人都要活好自己的每一天。"警察要为自己的亲人操心,还要为许多不认识的人操心。

半路上,尹俊突然打来一个电话,兴师问罪。"你怎么还不来?"

"你怎么说呢,我早去过了呀。"

"俺怎么没看见,你啥时候来的?"

"你老婆没告诉你?"

"噢,我今天出门了。"

"你自己去问她!"

"戒指找到没?"

"我是警察,我又不是神仙,去一次就能找到吗?"

"找不到你来干吗?"

王小山被尹俊气得七窍流血。

"告诉你啊,俺想好了,你要再找不到戒指,俺要举着大喇叭让全小区的人都知道,这个老头儿是小偷。"

"你不要做傻事,人家就算捡到,也不是偷盗。再说你现在没有任何证据。你要给老头儿台阶下的。否则,他宁肯扔了也不会还你的。还给你,岂不是不打自招吗?你说你能不能像个成年人。"

尹俊憋半天道:"找不回来我就投诉你。"

"你这是什么人啊!"王小山摁掉电话,呼吸,深呼吸,抱球,再抱球。

今天周六,实在扛不住了,得赶紧回家睡一会儿。三天一次值班,雷打不动,若赶上周六周日值班,下周一仍然照常上班,所以每月总有两个周末不能全休。老赵常说：派出所办案队是全公安最苦的警察。

　　回了家，没人。

　　换拖鞋，推开卧室门。原来母亲正在卧室里与媳妇争吵。

　　丈母娘丢了一个耳钉，怀疑掉在家里，媳妇问婆婆见到没有。婆婆说我没捡到，我不是捡到不还的人。儿媳说，我不是怀疑你。婆婆说，你就是在怀疑我。两人为此争吵。

　　王小山心生怒火，重重地甩上门，乏力又气愤地转身出门。他无法理解，也没法调解。太累了，他再也不愿意去调解了。他推门出走。

　　吵吧，你们都吵吧，全世界的人都在吵，回家也在吵。他拯救了别人，却无力拯救自己。

十

　　回到派出所的宿舍，没吃午饭，直接躺下，一觉睡到傍晚。

　　睡梦中似乎接过一个电话，是绿衣女子打来，她激动地说戒指找到了。王小山迷迷瞪瞪还没来得及高兴，又睡过去了。再次醒来，是被小冷推醒的。

　　"王营长，王营长，有人来所里闹事了。"王小山宛如席梦思上一根失控的弹簧，嘣地弹坐起来。

　　"闹事？"公安最怕"闹事"这个词，就像"上访"一样令人头疼。

　　"老头儿的儿子来告状了，说你去找过他儿子谈心，会影响他儿子的高考。还说你也找他爹谈心，破坏了老头儿的名誉。还说丢戒指的人到处宣扬，怀疑老头儿偷戒指，损害了他们全家人的名誉。现在房东要赶他们爷俩儿卷铺盖走人。"

　　"这是个什么房东？前面赶小夫妻走，现在又赶老头儿了？"

　　王小山下楼见老头儿的儿子。四十多岁的男人，一蹦三尺高："就是他，就是他，搞得我们家鸡犬不宁，现在左右邻居都在骂我爹,说我爹偷东西,怕被警察抓才还回戒指。我儿子跟这个警察说话后,回家就质问我爹,你说这事儿对我儿子影响多大,他爷爷能是偷东西的人吗,如果我儿子高考不行,我就跟你没完。"

民警们劝说、安抚、拉拽。

副所长让王小山上楼去,少给所里惹是生非了。

王小山被拽上二楼,刚睡醒的脑袋一个比两个还大。怎么又得罪老头儿的儿子了?好事做到最后,自己还是罪人了?

副所长上楼命令道:"你,现在给小夫妻打电话,让他们找老头赔礼道歉。"

王小山板着脸默默扣手机,不搭理副所长,也不想搭理任何人。

王小山给绿衣女子打电话,问戒指怎么找到的。

绿衣女子说,下午她的两个老乡,就是那两个胖女子,帮忙在院里一起找,结果在草丛里找到了。

"那就证明不是老头儿拿的。你和你老公去老头儿家道个歉。"

"我凭什么给他道歉,就是老头儿拿的。肯定是他怕警察,又故意埋在草丛里了。"

"你没有证据懂不懂。我也没说道歉,让你去给老头儿说几句好话,毕竟你们错怪人家啦。"

绿衣女子没吭声。她不愿意。

这下可烦了,天下最难的事,莫过于改变一个人的思想。以前在部队要给战士做思想工作,现在当公安,又要给百姓做思想工作。

"你看啊,你的戒指是自己放水池边的,这算丢,老头儿拿了算捡,这不违法,就算是老头儿还给你的,那算好人好事,你要感谢老头儿才对。"

绿衣女子仍然不吭声。

"你再想啊,要是你捡到老头儿丢的戒指,你会还给他吗?"

"我当然会啊。"绿衣女子终于吭声了。

"你别说得那么肯定,你现在没捡到,你要真捡到了,鬼知道还不还呢。你有那么高尚吗，你见财不贪吗？你要真捡到，可能还不如老头呢。你连句话都不愿说，我当初就不该帮你，让你哭着喊着找不到。"王小山窝火，他已经受够了出尔反尔的人心。

难怪人类要制定数不清的法律条文，假如没有法律，不知要乱成何样。

女子默不作声。她在反思自己，还是不屑？

王小山压住火气缓缓道："老头儿最终还你了，是出于善良才这么干。你就说句好听的话，又不伤钱。听我的，去说几句吧。"昨天绿衣女子求王小山拯救她，现在，王小山却需要绿衣女子去拯救他。

王小山同情起老头儿来，老头儿可能真拿了戒指，但老头儿是听了王小山的话，真的想做个好人，又偷偷把戒指放到草丛，万没想，老头儿的善良竟将自己推向了悬崖。

而小夫妻，得到戒指后，就亲手将老头儿推下不义的悬崖。与之相比，老头儿似乎更加善良。

人间有太多的难为之事、难言之隐。

绿衣女子没吭声，王小山又劝几句，心想她这是基本默许了。

王小山还是不放心，又给绿衣女子的老公尹俊打电话，没接。又打，还是没接。打了前后五遍，都没接。他又给绿衣女子打电话，绿衣女子说她老公出去逛街了。王小山心想这尹俊翻脸也太快了，寻回戒指就不睬人？

王小山真想把尹俊揍个鼻青脸肿。

刚幻想着，五名辅警押着鼻青脸肿的尹俊进所里了。

王小山两眼大睁。"这、这，这是怎么回事？"他以为尹俊又来派出所投诉，被辅警给打了。

王小山还在自怨自艾着，辅警说："这小子真不是好鸟，在商场偷东西被保安逮住了。我们去把他押回来的。"

尹俊紫着脸，歪着眼，肿着嘴，不看王小山。

王小山满腔愤懑，想扑上去照脸再打几拳。他最后竟是个小偷。自己还想真心帮助他，而他还投诉过王小山。

负责看视频监控的王勇，走过来告诉王小山，发现有一个胖姑娘曾进过院子，然后又出去了。

"哪个胖姑娘？"

"就她老乡中的那个啊。"

"那也就是说，有可能是她老乡偷的？"也许大家都错怪老头儿了。老头是无辜的？放进草丛的人，也许是那个所谓的老乡？

王小山帮忙找回了戒指，最后却没有一个受益者，更没有一个人会来感谢他。甚至那枚戒指，就是尹俊偷来的。

王小山只想去街上走走，出去透透气。

刚走到派出所大门口，昨晚为一盆花吵闹的店老板迎头而来。

"警官，我正找你呢。我把隔壁店铺的视频拷贝来了，你看看，那个小伙子明明是小偷，你却把他放走了。"视频中小年轻鬼鬼祟祟地拿走店老板的一盆花。

这怎么可能？但这是事实。

王小山摆摆手，他什么也不想说了。

一帮辅警换上便装，成群结队地跑出大门，超越了王小山。

一个辅警问："王师傅，去不去，去宾馆抓吸毒的。"

心乱如麻的王小山戴上耳机，现在他终于可以下班了，脱下警服，做一个普通人，再也不用听这世间的嘈杂了。

"从来不怨命运之错，不怕旅途多坎坷。向着那梦中的地方去，错了我也不悔过。人生本来苦恼已多，再多一次又如何。"

铃声响了。王小山又多了一份苦恼。

办案队队长交代任务，让他明天去医院，躺在医院的男人终于醒来了，他不肯交代，硬说是他老婆用刀捅了他，他夺刀的时候不小心又捅了他老婆。至于指纹鉴定的结果，在刀上提取到两个人的指纹。很难说清到底是谁捅了谁。

"你再去问下那个男的，想办法突破口供，看他说的到底是不是真的。"

"好的，好的，我知道了。"案情果然发生逆转。到底夫妻俩谁说了真话呢？还有没有人说真话了？

王小山看不透这个纷乱的世界了,他连尹俊都看不透,更何谈这亘古不变的人间?

　　叮咚,这个声音真可怕。

　　但这次不是报警,是手机收到一条短信。

　　那个被儿子骂得要死的母亲,终于给王小山回了一条短信。"谢谢警官,我太无助了,家里没有一个人肯帮我,只有'110'。"

　　一辆白玉般泛光的警车,驶出派出所,与王小山擦肩而过。它白润如玉,顶部红蓝闪烁。又要出警了,今天该"狄大人"带另外一拨辅警出警了。他们三个人,又将驾着车奔波于芸芸众生之间,串街过巷,救苦救难。

　　他们是另外一帮"取经人"。

(原载《啄木鸟》2018年第12期)

半枚指纹

朱 皮

建安出院上班没两天,政治处的老刘就打电话过来,让他赶紧到政治处报到,主任要找他谈话。建安笑了,说,找我谈话干吗?老刘说,给你调岗位,主任按照程序代表组织找你谈话。建安愣了下,说,调?调哪里?老刘说,刑侦大队。建安说,为什么?老刘说,不知道。建安说,骗鬼。老刘说,真的。

建安有点儿想不明白,按照县公安局不成文的规则,受伤后的警察,或者说立功后的警察,如果要调换岗位,一般都会按照个人意愿,结合实际能力,安排一个比较贴切的职务。如果不安排职务,也会被安排到一些比较清闲的部门,像监察室、督察队之类的。看看自己,在出警时,被三个不法分子突然袭击，差点儿流血牺牲成了革命烈士，怎么能被调整到忙得累死人的刑侦大队呢？不过，等建安从政治处主任的办公室出来，他有了新的期盼。去刑侦大队，说不定还真的像主任说的那样，是去压锻炼担子。

建安去的是设在刑侦大队的"六·二三"专案组，从事痕迹比对分析。至于"六·二三"专案，建安还是有记忆的。当时，建安在上小学六年级。

建安读小学的那段时间，正是县城大搞规划、广建商场的时候。因此，本来罗汉豆大的县城，一下被扩大了好几倍。连从来没有的大商场，也齐刷刷地连建了好几家。建安就读的学校边上，就有一家天誉商场，是整个县城最大的。因为有了天誉商场，建安就读的这所原本并不起眼的学校，借着商场的光，一时风光无限。不过，建安的这所母校，到了二十年后的今天，依然是众多适龄学生趋之若鹜的名校。

建安记得，那天是妈妈骑着自行车送他去学校的。在离学校还有二三十米远的地方，被几个警察拦了下来，说前面有事，暂时交通管制，让他们绕道走学校的后门。学校夹在住宅小区和商场中间，去后门要多走好多路。所以，等建安走进教室，早操的出操铃已经响了。

出早操，是同学们最愿意的。可是，一帮同学刚站起身想去操场，班主任老师就把他们拦了下来，说，上午的早操和课间操全部取消。到了下课时间，上课的老师也都要重新强调一遍，说，除了去厕所，所有同学都不许去操场。这个规定一直到吃过中饭才被取消。吃晚饭的时候，建安从爸妈的交谈中得知，紧贴学校操场的天誉商场昨天晚上进贼了，贼不但偷了很多的金戒指、金项链、玉器，还开枪打死了两个值班的保安。现在整个县城都在查这个贼，听说凡是男的，都要去派出所做笔录，按指印。建安听了不禁一阵惊恐，自己放学后经常和同学去商场玩，肯定留下了很多的指印、鞋印，要是派出所查到的指印、鞋印刚好是自己留下的，那该怎么办？想到这里，他忍不住想哭。后来，建安担心的事一直没有发生，建安也随着年龄的增加，慢慢忘记曾经有过的恐惧了。

不过，现在进了专案组，他马上就想起二十年前的事了。不过，建安虽然知道有一个"六·二三"专案组，但根本不知道，"六·二三"专案，其实就是自己读书时发生的那个案子。只是后来几年，全省各地陆续发生了十多起类似的案子，所以，省公安厅就把所有的案子都串起来，成立了"六·二三"专案组。专案组由省公安厅直接领导。

带建安一起分析痕迹的是龙向东。龙向东二十岁从警校毕业就分配到了刑侦大队，现在五十一岁，依然在刑侦大队。当年，省公安厅成立"六·二三"专案组，龙向东就是专案组成员。专案组的其他成员因为工作调动，进进出出，但龙向东像被浇筑了一般，一动不动。前十来年，龙向东除了突发案件时跟随其他刑警出现场，提取痕迹，分析痕迹，其余的时间都在对着一张纸指纹卡研究。这半枚模糊不清的右手大拇指指印，是在"六·二三"专案件现场提取到的，只是一直没有进展。前几年公安部搞了个"三基工程"，各种案件的痕迹，全部分门别类收进痕迹库，供全国的警察比对。因此，不用再拿着指纹卡的龙向东，每天需要做的就是盯着电脑，让那半枚破指纹、其他从各个现场收集到的痕迹，和全国各地公安机关及时上传到痕迹库中的各种痕迹进行比对。可惜，始终没有结果。

建安的到来，龙向东似乎并不欢迎。他悄声对领着建安来报到的刑侦大队徐教导员说，痕迹比对这活儿很枯燥，建安的情况我也听说过不少，我怕他静不下心。徐教导员说，你也别想那么多，他是学痕迹专业的，说不定让他搞专业，立马就静心了呢。龙向东沉默了片刻，说，那先磨合磨合。

不过，没出一个月，龙向东就对建安刮目相看了。那天，御花园小区发生一起盗窃案。接到报警后的龙向东和建安，跟着派出所刑侦小组的警察一起勘查现场。案犯是个高手，现场基本没有留下痕迹。看了大半天现场，得不到有效信息的龙向东失望至极。就在他准备收拾工具离开的时候，建安却在门口拐角处的楼梯扶栏的下方，找到了两枚比较清晰的指纹。经过仔细分析，这应该是案犯撬门前准备戴手套拿作案工具时，左手无意中触碰楼梯扶栏留下的。后来，凭着这两枚指纹，让通过天网追踪抓到的案犯，进一步坐实了作案事实。此时，龙向东才明白过来，建安在派出所所做的工作，每天只在处理各种纠纷中奔波，看似和学的痕迹分析专业再无联系，但学到手的技能，只要稍一触发，立马就能回来。

时间一长，建安初始进入专案组的兴奋和激动，很快在没完没了的各种痕迹和指纹的比对中消失殆尽。他觉得，用半枚模糊不清的右手大拇指指纹，和指纹库里几千万枚指纹做比对，成功的可能性比大海捞针还要悬乎。因而，从根本上来讲，枯燥乏味不算，还毫无意义，浪费时间、浪费生命。他想起派出所的好来了。派出所虽然事多、杂、烦，但时时能给人存在感。苦恼中，他忽然想到五年前曾经做过他徒弟的小蔡。小蔡是从大中专毕业生中招录的警察。新警培训结束分配到派出所，所长让小蔡拜建安为师，跟班锻炼半年。结果，从跟班的第一天开始，小蔡就不断给建安惹麻烦。眼看着建安即将调解好的矛盾双方，因为小蔡在边上多说了一句话，又重新闹了起来。本来没必要留置的人，小蔡却把他们关进了留置室。有一次建安实在忍不住，说，小蔡，两兄弟打架、婆媳吵架、小两口发嗲闹个你死我活的，都没必要拉到派出所来，能现场解决的，就现场解决。小蔡说，我觉得他们都够得上处罚了。建安说，不是所有够得上处罚的案子都一定要处罚。小蔡委屈地说，我忙死忙活的，就想着自己年轻，应该多干点儿事。建安长叹一声，说，你做得越多，给大家添的麻烦就越多。好在半年不到，小蔡调到交警大队，站马路去了，建安的办公室才安静下来。不过，有时候清静下来，他却会想念起小蔡来，因为小蔡在的时候，办公室里天天都有被他传唤来的人。虽然看着烦，可是充实。

对建安的懈怠，龙向东没有多说什么，只是在一次看着建安心情不错的时候，领着建安到了六楼档案室。档案室是四开间的通间,很大,里面一排排高达屋顶的柜子里放满了各式各样的案卷和作案工具。龙向东带着建安走到西边靠墙处,指着两排三米来高四米多长,堆着一大摞指纹卡、细绳、铁棒的柜子说,这是我二十年来一直在做的工作。

建安一下子愣住了。

眼睛一眨,建安在"六·二三"专案组待了一年多了。"六·二三"专案组虽说已经成立了二十年,成员也在不停地变换,但每位成员大海捞针般努力寻找证据,找出案犯这一目标始终不变。因为每天盯着电脑,看各种痕迹自动比对结果,建安本来很好的眼睛变得越来越差,近视加老花眼,这让小娜有点儿担心。

自从建安颅脑受伤后,小娜一直提心吊胆,害怕建安的脑子真的像别人说的那样,坏了。好在建安恢复得还算可以。因此,刚刚伤好出院,建安就打电话给所长马丁,要求去上班。马丁开始的时候并不同意,但后来实在拗不过建安,就让他到了内勤室,帮着内勤做些杂事。后来,建安被调到"六·二三"专案组,虽然每天有很多事要做,但和以前比,还是轻松不少。特别是儿子有时也能接送了,这让小娜很满意。

建安工作环境的改变,让小娜有了把家重新装饰一下的想法。于是,小娜找人就把家里的墙壁重新粉刷了一遍。把挂了七八年的窗帘,也重新更换了一下。建安就是跟着小娜去轻纺产品市场挑窗帘的时候,碰上余少静的。

余少静是建安的初中同学,还同桌过。中考时,建安上高中,余少静上了中专,两人就再也没有见过。建安曾在一次翻看初中毕业照的时候,和小娜说过她,说余少静因为漂亮读初中的时候就有人为她决斗了。小娜开玩笑说,什么时候让我认识下?建安说,很久没有联系了,上次我们开同学会她也没来。没想到,这次却在轻纺产品市场里碰到了。

同学相见,说不完的话题。在和余少静的闲聊中,建安知道了她本来在中专同学的纺织品公司里打工,后来认识了她老公,就接过了老公的窗帘生意。结账的时候,余少静坚决不肯收钱,但最终拗不过建安和小娜,就象征性地收了一点儿。

走的时候,建安主动向余少静要了电话号码。余少静边拨打建安的手机号,边说,我的电话可别不接。建安笑着说,怎么会不接,应该是马上接。

虽然有了余少静的电话,但建安平时并不打。倒是余少静,时常会在空闲的时候,给建安打电话,随便聊聊。

和余少静聊得多了,建安渐渐知道了她的一些事。让建安没想到的是,余少静和她丈夫李新民并不是原配。建安问她,你为什么离婚?余少静说,性格不合。建安"哦"了一声,说,很多人离婚都是这个理由。余少静说,真的。她告诉建安,她前夫是她的初恋,也是她在中专的同学。因为相信爱情,两人谈了六年时间,爱得死去活来。结婚后,她本来以为爱情修成正果,肯定会幸福美满。可结婚不到一年,两人就斗得你死我活。到最后,余少静无力再斗,就提出了离婚。建安问余少静,你现在的爱人是怎么认识的?是不是还是爱情的魅力?余少静听出建安有调侃的味道在里面,就笑着说,有爱情在里面,但更多的是现实的适应。说完,就把认识李新民的过程原原本本地说了一遍。

余少静离婚后,到同学开的纺织品公司做了销售员。一天,余少静刚到公司,同学就把她叫到办公室,指着坐在他对面沙发上一位四十来岁、穿一件蓝色短袖T恤的男人说,这位是李总,我们公司的新客户,以后就由你和他联系。男人站起身,边向余少静伸出右手,边微微弯腰,说,我叫李新民,以后请多多关照。余少静赶紧伸出手,和李新民握了一下。

一来二往中,余少静慢慢知道了李新民不是本地人,在来这里之前曾在老家开过一家汽车修理厂。汽车修理本来是一个朝阳产业,可由于李新民的厂位置偏僻,所以生意一直停留在勉强维持日常开销上。眼看修理厂再不换地方就要被淘汰了,李新民开始另寻场地准备重新开张。可让他没想到的是,在他最需要钱的时候,妻子竟然提出了离婚。直到此时,李新民才知道妻子早就偷偷地把家里的钱都转移了。妻子是在一次高中同学聚会上,遇到了儿时的初恋情人。数年不见,旧情复燃。两人很快走到了打破家庭重组的程序。就这样,前妻带着女儿,带着除一套一百多平方米住房外的全部财产,远走高飞。好在李新民还有些人脉,他索性兑出修理厂,卖掉住房,离开老家,来这里的轻纺产品市场租了两个摊位,做起了生意不错的窗帘生意。

李新民自从和余少静认识后,先是在微信上和她聊些轻纺市场上窗帘销售价格、销售形势上的事。后来聊的面慢慢广了,从娱乐到新闻,从正史到野史,从国内到国际,从官场到民间,无所不包。聊着,聊着,李新民又转换话题,开始关心余少静的生活起居。李新民的举动,让余少静的生活逐渐充实起来,要是有一天李新民的信息稍微迟一点儿,她都会不时拿出手机,看看是不是忘记开微信,忘记连数据了。或者说,担心李新民是不是出什么事了。这样的心情,一直要到李新民的信息过来,她才会放下心来,才会有心思做手头上的事。就这样,她顺理成章地接受了李新民的求婚。结婚后,余少静接手了李新民的窗帘店。而李新民,索性和他哥哥李玉民一起,做起了坯布生意。余少静尽管从来不知道同住一个小区的李玉民的坯布生意做得怎么样,但从李新民偶尔的聊天中,余少静知道李玉民的坯布生意做得不错。

"六·二三"专案组目前掌握的案犯作案证据,除了建安在协助龙向东比对的半个模糊指纹外,还有其他建安在六楼档案室里看到的证据,如十来根长短不等、粗细不一的绳子、一把自制的手枪、三发制式手枪子弹、一颗自制手雷、五把长短不一的匕首、好几百张作案现场照片。这些证据看着让人眼花缭乱,但真正有用的,能直指案犯的,除了那半枚模糊的右手拇指指纹外,其他的都只能是陪衬。

在专案组待的时间长了,曾经在专案组待过的那些成员的故事,建安或多或少地听了很多。故事听多了,建安的心也渐渐地静了下来。心静了,神也就安了。渐渐安心下来的建安,产生了一种从未有过的责任感。他已经完全适应了每天对着眼花缭乱的指纹，看着电脑进行自动比对的生活。当然，闲暇之余，他还是想找些事来放松一下。

刑侦大队年轻警察多。这些年轻警察平时空下来的时候，做得最多的就是打篮球、打沙包、跑步，努力让自己的身体体能素质不下降。建安来到"六·二三"专案组后，这些年轻警察很快就打听到了建安不到二十秒的"出枪速度"。于是，他们想到了新的锻炼项目——跟建安练出枪速度。

刑侦大队的民警每人都有配枪，而且还有一个小型射击场，平时供那帮天天抓罪犯的警察练枪法。建安会到射击场，看这些年轻警察打枪。时间一长，建安和这些年轻警察熟了起来。因此，他们都想看看建安的出枪速度，是不是真的和传说中的那样，拔枪、上膛、开枪能在二十秒里面完成。建安开始的时候不肯表演，但很快抵不住这些年轻警察的拍马屁技术，就拿过一个民警的配枪表演起来。尽管建安这次的出枪时间超过了二十秒，但对这些从没达到过这种速度的小警察来说，已经够震撼了。于是，这些年轻警察一空下来，就往"六·二三"专案组办公室跑。缠着建安，让他教出枪速度。这些年轻警察的热情让建安刚刚有些懈怠的情绪，慢慢地又被鼓动了起来。

建安的变化，让龙向东很欣慰。龙向东也有过和建安类似的经历。龙向东刚到刑侦大队那年，他接到一个派出所所长的电话，称辖区发生了一起重大盗窃案，问他能不能前去帮忙勘查一下现场。因为龙向东平时和这个所长的个人关系不错，因此，放下电话后，他立即出发去出现场。车到半途，看到路边的一个小山坡上有十来个人在打群架。龙向东连忙拉响警报，大声喊话，让他们赶紧住手。刺耳的警报声把这帮打架的人吓了一跳，立马停了手，茫然地盯着龙向东。不过，这个局面很快被改变。就在龙向东以为自己成功镇住了这帮混混的时候，一个二十来岁、剃着光头、看上去像个头目的男子居然一挥手，喊了声，打。就这一声喊，这帮打架的人居然齐心协力，一起动手，把龙向东打成了重伤。案子发生后，公安局领导相当重视,成立专案组追寻凶手。谁知,追了一个多月,打人的那帮混混还没抓到,和龙向东有关的风言风语却多了起来。后来,公安局的领导虽然给龙向东的及时制止违法犯罪行为进行了定性,但依然由于这样那样的原因没有抓到凶手。抓不到凶杀,案子也就不了了之。就这样,龙向东不仅白白挨打,还被人说了很多不堪入耳的闲话。此事对龙向东打击很大。他有一段时间,对所有的一切都充满了怨恨。不过,随着时间的流逝,龙向东的心态慢慢调整好了。他不再去想已经过去的事,只想着把自己学的专业搞好,想着能在无休无止的痕迹比对中,找出真凶,维护正义。这也是他不愿参加竞争上岗,只想待在刑侦大队痕迹岗位不走的原因。建安到专案组报到前,政治处主任专门打电话给龙向东,说建安心里有心结在,让龙向东有空的时候做做工作,把建安的心结打开。所以,开始的时候,龙向东既担心建安静不下心,又想着怎么样开口做建安的工作。很多次他想和建安说自己的过去,想用自己的过去给建安排解心头的郁结,但始终无法开口。他怕自己这个已经被努力深埋和愈合的疮疤,被重新挖得鲜血淋漓、痛不欲生。而现在,建安自己给自己找到了打开心结的方法,让龙向东既高兴又佩服。他有时候想,那几年要是能像建安这样及时调整心态,说不定自己的工作和生活会是另一番情形。不过也好,在专攻痕迹这点上,已经出了不少成绩,也算是对得起身上的这套衣服,对得起自己这些年的付出了。

"六·二三"专案一直没进展,这让大家都很难受。专案组的成员也在不断地变化,谁都期待能在自己手上有一个突破,哪怕抓不到凶手,只要能查到一点点能指明案情的线索也行。可惜,这样的机会二十年过去了,始终没人抓住。很多离开专案组的警察,都是带着满腹遗憾走的。

当然,线索找不出不等于专案组的领导不重视这个案子的侦破。省公安厅刑侦总队业务科室的领导,就经常下来,既是向大家通报案情的侦破情况,也算是给大家打气鼓劲。

不过，今天的会议规格有点儿高，省公安厅刑侦总队的总队长亲自主持。会议的主题依然先是各小组汇报工作进度，然后领导再就如何有效利用现有已经掌握的资源，努力缩小作案嫌疑人的范围，力争早日破案。

建安坐在下边听了也有点儿着急。整个案子的侦破，就卡在嫌疑人的确定上。如果能缩小嫌疑人的范围，案子的侦破难度将会再次降低。可急有什么用，专案组成员二十年来的辛苦，就是为了缩小嫌疑人的范围，直至确定嫌疑人。譬如，建安和龙向东在做的痕迹比对，虽说只是半枚指印的事，可这半枚指印，就是打开整个案子的一把钥匙。再说，痕迹比对，本来就是一件极其细致的活儿，稍不留神，把细节错过，也就意味着把案件侦破的机会错过。建安摘下眼镜，用力揉揉有些酸胀的眼睛，想着最近几个月突然下降的视力，心想，不要等我眼睛瞎了案子都还没破。

等到会议结束，早过了下班时间。好在食堂给参会的人留了饭菜。建安走在去食堂路上的时候，余少静打电话过来了，问建安，饭吃过没？建安说，没呢，怎么，想请我吃饭？余少静说，就是这意思，肯赏光吗？建安沉思了一会儿，故作欣喜地说，好，给我地址，我马上过来。余少静很快发了个位置定位过来。建安看了眼地图，本来想打车过去，但看看余少静发来的位置比较偏僻，想想还是开车去。不知道为什么，建安和余少静之间似乎有很多话可以说，而且可以无话不谈。有时候建安想，是不是心底坦荡才可以无拘无束。

余少静在荷塘月色农庄等建安。荷塘月色农庄在离县城十多公里的乡下。这里原本是一片河流密布的水网。20世纪五六十年代，农业学大寨。当地农民填湖造田，使得水面缩小很多。等到21世纪初，县里挖掘旅游资源，开发湿地公园。原来填湖造田的泥土被重新挖起，堆成一个个的小岛。小岛上植满青松、合欢、香樟、垂柳、紫薇、樱花、冬青。小岛周围的水面上，种上菱角、荷花。一到夏季，菱角满塘，荷叶连连，莲花朵朵，宛如仙境。因为岛上四季常绿，到了冬天，小岛和围着小岛的水面依然有着不一般的风景。特别是满塘荷叶，虽然凋零、枯黄，但偶尔还能看到几片坚强摇曳的绿叶,让人看了热血沸腾。荷塘月色农庄,建在其中一个小岛上。一座用纯木制成的曲桥,连接农庄和停车场。建安走进农庄,余少静已经在一个靠窗临水的小包厢里等他。

余少静看建安进门,就招招手让服务员上菜。菜不多,一个咸菜鱼头、一盘新鲜菱角、两只螃蟹、半只盐水鸭。随之送上的还有两碗桂花莲子羹。余少静用青花汤匙舀起桂花莲子羹放进嘴里,说,这些他们说都是自产自销的,你说可能吗?建安来过几次,也曾看他们在荷塘里抓过鱼,捞过菱角,就说,应该是吧,不然,现在的人嘴那么刁,哪有这么好的生意。余少静说,我是吃不出好坏的。建安笑笑,说,过分谦虚就是骄傲。余少静侧着头,想了想,说,也对。说完,笑了起来。

建安端起桂花莲子羹一气喝下,用湿巾擦了擦嘴巴,问余少静,说吧,找我有什么盼咐?余少静抬头看了眼建安,到底是警察,我有事都瞒不过你。建安盯着余少静看了一会儿,说,说吧。余少静低头搅了几下桂花莲子羹,说,我突然对爱情又有怀疑了。建安笑了,你呀,天天把爱情放嘴上,累不累,你看我,从不说爱情,我不是过得很好。余少静说,我就是逃脱不了爱情。建安说,我和你说啊,婚姻和爱情不同,婚姻是柴米油盐,爱情是浪漫理想,所以,用爱情来经营婚姻,累。余少静说,别说这种理论,我和你说的是正经事,我越来越觉得李新民像谜一样。建安说,不可能,两个人都睡一张床上,还有什么迷。余少静说,真的,他曾经和我说过做生意的本钱,是卖房子的钱,和我结婚的时候,我看他也没多少钱,可现在他似乎很有钱了。建安说,他会不会瞒着你在做其他生意?余少静想了想,说,不知道,不过,我听说他和他哥哥做坯布生意,生意还不错,但我从没去过他哥哥在坯布市场的店面。说完,她伸出手,指着左手无名指上的一颗硕大的钻戒说,你看看,这戒指好不好。建安看了一会儿,说,真不错。余少静笑了,李新民说值好几万。建安说,牛。余少静说,我说就值几十块。建安怔了一下,说,你这样说他不生气。余少静说,他不生气,说你说值多少就是多少。建安说,这样不是很好,不过,我还真的怀疑这戒指是真的。建安笑了，现在的工艺品能以假乱真，不过，你就别庸人自扰，自找烦恼了。说完，拿起边上的一瓶椰汁，打开，给余少静倒上。接着给自己也开了一瓶。余少静喝了口椰汁，笑着说，我是不是有点儿神经质？建安说，你是太在意这个人了。余少静低头沉思了一会儿，说，是的，我真的很怕失去这第二次的婚姻，因为他对我真的很好，也很重要。

　　家里的装修终于完工了。建安本来以为刷刷墙壁，换换窗帘，这工程也就完了。没想到，等墙壁刷白，窗帘换过，他才发现，家具的颜色，电视机的款式，都不太匹配了。没法，他只能听从小娜的意见，重新买了电视机，并把家具的油漆也重新做了一遍。因为怕油漆的气味对身体有害，建安就带着老婆孩子回到爸妈那里。一直过了三个月，才决定搬回来住。

　　搬回来住后的那个双休日，小娜邀请了三四个同事来家吃饭。因为小娜请来的同事都是女的，建安和她们也没多少共同话题，所以，索性替代小娜下厨。吃饭的时候，这几个同事们叽叽喳喳说起窗帘的颜色、质量，连说建安家的窗帘好看。一位姓童的科长问小娜，你家的窗帘哪里买的？小娜一指建安，说，他女朋友那里。建安赶紧说，女同学。童科长说，什么时候有空，带我去看看。建安笑着答道，随时。

　　过了两天，小娜打电话给建安，说，童科长想让你带着她去买窗帘。建安想了想，说，行，我先打个电话问问。余少静在店里，接了建安的电话，说，过来吧。因为有了建安，余少静当然把价压得很低，这让童科长相当满意。只是童科长要的花式暂时没有现货，要过几天才能有。小娜说，没事，等货到了打电话给建安，我让他过来拉。

　　童科长要的窗帘，是在四天后到的。余少静就打电话给建安，让他有空到店里去拉一下。建安说，好。余少静说，要不中午过来一起吃饭？建安想了想，说，中午没空。余少静"哦"了一声，说，那下午吧，一点钟，我等你。

吃好中饭,建安休息了一会儿,等赶到余少静店里,刚好一点。正在和几个人在谈窗帘价格的余少静,看了下时间,说,真准时。建安说,我是开飞机一样赶过来的,就怕不准时。余少静笑了,没想到你原来这样油嘴。建安说,那是你我共处的时间少。余少静说,好了,不开玩笑了,窗帘放在我的汽车后备箱了,你把车开过来。建安答应一声,把车开到余少静车边,等余少静打开后备箱,建安就把窗帘抱到了自己车上。余少静问,再去坐会儿?建安说,不坐了,你忙。

建安本来想着直接把窗帘送到外事办小娜处,但看看时间,过去再回来,上班肯定迟到。于是,想了想,还是等傍晚下班带回家,明天让小娜直接给童科长送去。

在停车场停好车,建安看了看放在汽车后座的窗帘,感觉有些不妥,就打开后备箱,把窗帘转到了后备箱里。刚想盖上后备箱盖子,忽然停住了,他觉得窗帘一面的中间有几个暗红的污渍,虽然不大醒目,但在建安的眼里,已经很明显了。细看,是三指印。他盯着指印看了一会儿,忽然冒出一个念头。于是,掏出手机,慢慢把这些暗红色的指印按照痕迹采集的要求,仔仔细细拍了下来。他要用这个指印骗一下龙向东,告诉他这是他刚刚从指纹库里找到的,和那半枚指纹比对上了,看看龙向东会是什么反应。想到这里,建安忍不住想笑。

回到办公室,建安把手机里的指纹照片拷贝到电脑里,然后一拍躺在墙角躺椅上午睡的龙向东,龙师傅,快看,发了,指纹比对上了,哎呀,我立功了。龙向东一个转身起来,看来了眼电脑屏幕,顺手打了建安一拳,我让你骗。建安顺势一躲,说,逗你玩玩。

龙向东继续躺下睡觉,建安觉得有些无聊。看着电脑屏幕上的比对结果,想着反正现在不想干活,先玩会儿吧。于是,就把刚刚输入的另外两枚指纹,让电脑自动进行比对。然后,拿出手机,浏览微信朋友圈,看一下微信好友的各种信息。无意中,他抬起头看了眼电脑屏幕,突然一敲桌子,喊道,天啊。建安的喊叫,把龙向东吓了一跳,他闭着眼睛,说,又发什么疯。建安语无伦次地说,快,快过来，你看……你看……比对成功了。龙向东说，又骗人。建安跑过去，一把拉起龙向东，说，真的。龙向东没法，只能起来，踱到电脑前，一看，眼睛也睁大了。他猛地转身，抓住建安的肩膀说，快告诉我，这枚指印是哪里来的。建安说，我刚提取到的。龙向东一把抱住建安，值了，我这二十年的付出值了，你立大功了。

等一切过去，静下心来的建安突然有些慌乱起来。心里暗暗祈祷，但愿这指纹不是李新民的。直到他带着同事把余少静找来问话，他的心才放了下来。原来，今天早上，余少静把车开出车库，才想起忘记把窗帘放车上了。于是让站在车库前指挥她倒车的李新民把放在车库的窗帘捧过来。李新民答应一声。刚好，李玉民啃着夹着黄瓜的切片面包路过车库门口。见李新民要转过来捧窗帘，就说，你不用过来了，还是我来。说完，把手上捏着的最后一点儿面包和黄瓜塞进嘴里。残留在面包上的番茄酱，刚好沾在了李玉民的手上。就这样，李玉民的指印完完整整地留在了窗帘上。

  建安再次见到余少静是在六个月后。当时，建安刚好从看守所提审完一个因寻衅滋事被刑拘的犯罪嫌疑人出来。刚走到看守所的办事大厅，他看到了余少静。余少静挺着大肚子，吃力地拎着一个旅行袋，站在看守所的收物窗口前。天冷了，她来给李新民送衣服。李玉民是"六·二三专案"的主犯。而李新民，一直在帮李玉民销赃。作为同案犯，李新民也被关进了看守所。

半年没见，余少静老了许多，左手无名指上的戒指已经不见踪影。建安连忙上前，轻声说，把袋子给我。余少静看了眼建安，默默地把袋子递给建安。

替余少静排队的建安，看了眼已经在边上椅子上坐下的余少静。想说，却又不知道该怎么说。他不知道余少静是不是在恨他。他也不知道这个曾经的同学，曾经和自己无话不说的女人，还会不会再拿他做同学，做知心的朋友。

（原载《西部》2018年第2期）

泥　淖

李　佳

说不清这一切是如何开始的,但我想我该知道怎样结束。

从没想过自己的人生过成这样,但是现在,唉,直白点儿说吧,一团乱麻,简直无力回天。如今,我要吃六片安眠药才能入睡,即使是这样也只能睡一小会儿,天还没亮就醒了,手和脚都是冰凉的。或许哪天,我没忍住会把整瓶安眠药全吃进去——这一天,大概不远了。白天更糟糕,什么都干不了,脑袋里一片空白。还有,还有那些恼人的电话:还钱,交房……天呐!

我这样的人,大概很符合一个词:loser。

一

别问我怎么懂英文的,我可是留学新西兰的 MED,标准"海龟"。像我这样的人,不应该成为 loser。况且,我本来是个创业者。

和很多"海龟"一样,回国后,我打算大干一番。干什么?当然是自己最擅长的。我攻读幼儿心理和教育学。出国前,我经常反思国内教育状况,觉得必须有所改变,"从娃娃抓起",从小开发孩子的兴趣、挖掘孩子的潜能、激发孩子的创造力。我用自己的积蓄——都是国外读书时勤工俭学攒下的钱,还有省下的学费及爸妈的积蓄,再东挪西借,开了一家早教中心。名字是我自己取的:启航。

我不但希望孩子们的幸福人生能在这里启航,而且,还有我的梦想。我想把自己的所学所思,全部变为现实,我想做自己的东西,从大到小、乃至每个细节都是我的,是有 Cindy(我的英文名)标签的。

启航早教中心开在一个高档小区里,我租了小区会所的半层。小区不大,会所也小,隐在一片浓密的绿化丛中,进小区后要沿碎石路走上好一阵才能看见。所以,租金不太贵。更何况我看重的是人,住在这个小区和周边的是老外、高级白领,还有像我这样的"海龟"。只有这种父母,才会选择我的教育理念和早教中心。果然没多久,启航早教中心热闹起来了。

除了我,中心里还有两位老师:Julia,美国人,年轻、有活力,教启蒙英语,她非常喜欢孩子;Ann,一位精致秀气的江南女孩儿,中文系毕业,负责培养孩子们的中文欣赏能力和阅读兴趣。其余的拓展类课程都由我一手设计,也由我担当。令我开心的是,大多数孩子都喜欢我的课,一见到我就围过来"Cindy 老师、Cindy 老师"地说个不停。

除了两间教室外,中心还有一个不大的休息室,给陪读的家长休息,这里备有自动咖啡机,免费提供咖啡和茶点。在教室和休息室之间用玻璃间隔,孩子们上课时,家长不仅可以随时看到,还能在一起交流、放松。没课的时候,我偶尔也加入他们。家长们的话题天南海北,聊什么的都有,慢慢地都熟了,其中一个话题总能引起大家的热情。

"Cindy,启航的规模真的小了点儿,你看呀,都有多少孩子了?"春节假期一过,中心刚开学,一天下午正好我没课,陆太太见到我,又提起话头。陆太太的老公是一家跨国公司的亚洲区域总裁,她自己是全职家庭主妇,他们五岁的儿子报了中心的课程。她家虽然有保姆,但她喜欢自己陪着。在家长中,她是跟我比较熟的一个。"年前姐提过的事,你考虑得怎么样了?""是呀,Cindy老师,我觉得陆太太说的机会很好呀,机不可失,时不再来!"其他家长也跟着七嘴八舌起来。

的确,自打启航创立,一晃快两年了,报名的孩子越来越多,狭促的半层会所有些捉襟见肘,何况这里采光不太好,总感觉课程少了些阳光。去年年底,陆太太说离小区不远的CBD五楼,有个商铺招租,房东是她老公的旧相识,可以给最低价。我随她去看,大小正合适,结构和采光也好,关键是从小区步行过去最多五六分钟,不会影响现有客户群。我是动心了,问题还在资金上,所以,纠结至今,依然没拿定主意。

在家长们的苦口婆心下,当晚我又半推半就地跟陆太太去了一趟CBD。结果,事情就这么定了。通过陆太太的热心举荐,不久我见到了房东季先生夫妇。租金很优惠,一年100万,连续租五年——这样的价格,无论是这里还是其他同等档次CBD都不可能有,对方要求分两次付款,第一次付70%,两个月后结尾款;首次付款日定在三个月之后。

接下来,我开始做新一轮招生宣传。另外,老师也不够,需要招新,Ann说她能帮忙。那么,只剩筹款了:启航运营两年,我小有积蓄,除去日常开销外,还能拿出20万,也就是说,资金缺口是80万。没办法,只能借。问谁借?这么大一笔钱,亲朋好友当然不行,只有银行。启航的贷款资质一般,跑了一圈下来,大银行都不接单。总算,"天无绝人之路",学生小布布的妈妈Lucy有个小姐妹做金融中介,她说也许帮得上忙,便介绍给我。

就这样,我认识了"信同金融信息服务有限公司"业务顾问陆黎。说是顾问,小姑娘年纪很轻,有些怯生生的,对我"姐姐长""姐姐短"地叫着。在她的介绍下,我见到了一家银行贷款部的谭经理。谭经理说:"你的情况不乐观,申请贷款有难度,但也不是完全不可能。"在分析了我的财产状况后,他说可以想办法。最后,谭经理只争取到50万。"现在银行贷款的规矩多……"谭经理解释得蛮细的,但说得我更晕了。好在他将我介绍给另一家银行贷款部的许经理,经过一番同样复杂的程序后,我在这家银行贷到了剩下的30万。

万事俱备。3月初,启航早教中心新址开始装修。一下子,我又要上课,又要忙老中心教务,还要跑新中心装修,忙得不亦乐乎。但我心里高兴,虽然每天到家睡觉都很晚,可睡得踏实。而且,一想到启航的未来,我觉得连这点儿休息时间都嫌多,恨不得新一天马上开始呢。新启航渐渐显露了雏形:4间大教室,又宽敞又明亮,休息室大得可以开party……等软装潢搞好,肯定更棒。每一天,我的脑子被各种憧憬塞得满满的。

二

人如果向前走得太快,就容易忽略身后。

就在我满心期待未来的时候,"后院"失火了。有一天下课后,Lucy接好小布布没走,特意来找我,说有件事情要当面跟我说。原来,是陆黎让她转述给我:银行的贷款审批程序有了变化,时间将会延长,我贷的钱可能7月、最早6月中旬才能到位。

"没事的,没事的……"我这样回答她时,也在对自己不断重复着同样的话,可心里乱作一团。房租!房租怎么办?当初为了争取低价,我对季先生夫妇的要求"照单全收"。5月底,便要支付70万。可现在至少还差20万,拿什么付?如果到期付不出房租,25%的违约金事小,更有可能面临解约。

"哎哟,Cindy,这姐可是有点儿为难哦。"在接到我的电话、听明来意后，陆太太嗲嗲的声音从电话那端传来，"你不是不知道，季先生啊，以前是大律师，搞了一辈子法律，对合同多熟悉。白纸黑字写好的，你要改？要延期？他定是要恼的。哎呀，妹子，你可要想好喽，这商铺，这价位，一旦放手，转眼可就没了。"她说得对，不消说以后再难碰到如此合适的地方，就是现在已经投入的那么多资金，若是出岔子，也收不回来了。

看来是没有退路了。再难，也要把钱凑齐。

可是，怎么凑？爸妈那里，已经是没钱了，而且这事也不能告诉他们，让他们担心。当晚，我躺在床上默默地把亲朋好友梳理了一遍，盘算着第二天该跟谁借、如何启齿。第一次，我失眠了，然而我还不知道，这只是个开始。

第二天，还没等我开口借钱，陆黎来了。她还是怯生生的样子，从我手中接过咖啡后，才慢慢开口："姐姐，听 Lucy 姐姐说她跟您讲过了。昨天，我应该自己来的，但实在不知道该怎么说。我心里特别不安，在这当口，那些钱对你很重要吧？"见我欲言又止，她连忙说："昨晚我一直都在想办法。姐姐，我们公司也做民间借贷，您要不要临时借些钱应急？就是……利息比银行高，不过贷款一下来您就还上，也还可以。您放心，像我们这样正规的金融公司，所有手续都很规范的，和银行一样。"在她的解释下，我弄清了一些状况，比如现在国内民间贷款需求量大，银行手续繁、规矩多，难以满足，所以才有了民间借贷的兴起。"所以，姐姐，政府对我们是很支持的。您看，"说着，她拿出手机，在搜索网页输入"民间贷款"词条，"现在有多少民间借贷公司呀！有市场，就是因为有需求。"见我还沉吟着，她说："您先不用急着决定，上网查查看，如果觉得可行，我跟经理汇报，让他亲自跟您谈。"

不久，我见到了陆黎的经理徐总。徐总看上去是个爽快人，在查看了我的房产证后，他当即拍板借我20万，"不过，蔡小姐，条件我得先说明：月息2万，用你家房产证原件抵押，手续不多，但一定要按我们的规定办。我们是民间公司，小本经营，不比银行，就是图个安心。"说到这里，他稍稍顿了一下，又笑道，"不是信不过你,亲兄弟还明算账呢,我也是把丑话说在前头,以后咱们就是朋友了。小陆这姑娘,是年轻些,但业务能力强,你的项目还让她跟,有什么问题随时找我,如何?"说着,他递给我一张名片。在他说话时,我若有所思地点着头,一来觉得他所说在理,况且我也别无选择。

此时,我等着用钱,好在"信同"的效率比银行高多了。第二天,陆黎便联系了我,这次她带着一个男同事来我家拍照。照片拍好后,她告诉我,这两天便能放款。果然,才过了一天,她和那个同事又来了,让我上他们的车去取款。我笑着调侃道:"神神秘秘的嘛!"她脸上微微一红,说:"银行有点儿距离。姐姐,咱们的数目大,不是每家银行都行。"于是,我跟他们走了近一小时车程才到。下车前,陆黎的同事拿出一套文书递给我,要先履行手续。我翻了一下,里面无非"借条""房产租赁委托书"之类的,徐总之前都讲过。我掏出笔准备签字,可再仔细一读,"借条"上的数字分明是"40万"。"小陆,数字不对呀!"她同事连忙解释:"蔡小姐,您别误会,这是民间借贷的一种保障方式。""可我不是抵押了房产证吗?""您看啊,房产证虽然放在我们这儿,但终归是您的,您若去交易中心办遗失,它不就无效了?当然,不是不信您,这是公司规定。而且您可以去打听,民间借贷都是这样的。""但是这白纸黑字写下了,我以后怎么说得清?""您放心,这只是流程。我们是正规公司,也不是就做您一单生意,真要是那样,以后生意还有的做吗?"

最终,我签了字,不过心里总还有些悬着。但是没过多久,便放了下来,在银行柜台前,他们往我银行卡里转了40万。见他们如此痛快,我也按照他们要求,到ATM上取出22万交给他们——利息是先结的,这也是规矩。

虽说有些波折,但问题总算解决了。5月底,我们依约付了房租;没过多久,新启航正式运营。一切,似乎走上了正轨,就是钱还有些紧张,但我相信,只要合理计划、勤奋工作,会变好的。对于这一点,Julia 和 Ann 也深信不疑,有她俩这样志同道合的伙伴,我想再难也能闯过去。对未来的憧憬，又一次在我心底雀跃起来。

三

还有一件事，让我一直惦记着：还钱。毕竟信同是民间借贷，不仅利息高，违约金更高。

当初，我们约定6月底还款，6月中旬，银行的贷款一下来，我马上联系徐总。可他电话忙音。没办法，我打给陆黎。陆黎说，徐总去杭州总公司培训了，大概接电话不方便。听我说还款的事，她笑了，说："姐姐真讲信用，一见您我就看出来了，要是人人都像您这样该多好啊。不用急，等徐总回来再还好了。""徐总什么时候回来？要不我找你办理吧？""可是您的房产证在徐总那儿，我拿不出来。不急这几天，他马上就回来了。"于是，我一直等着，可徐总始终没出现，电话也不接。眼看到月底了，我又打给陆黎，只听她说："哎呀，姐姐，用不着担心。我们又不是银行，哪有那么一板一眼？"

接着的几天，陆黎也忙起来了。直到7月5日，她主动打给我，说徐总回来了。我马上问："那是不是可以安排还款？"毕竟，夜长梦多，何况约定的还款日期已过，万一节外生枝……陆黎当即答应："当然可以，姐姐要是方便，今天就办！"结束通话没多久，她给我发来一串账号，接着又打过电话来："姐姐，钱打到这个账号就好。对了，还是先转账40万，回头我们再把多出来的20万和房产证、借条给您。这就是个流程，您可以理解的，对吧？"想着快点儿了结此事，而且当初借钱也是这样操作，于是，我很快将40万转了过去。

想不到，陆黎没信儿了。在打了好几个电话没通后，我心急火燎地打给徐总。电话通了。徐总的声音有些烦躁："谁？哦，蔡小姐。钱打过来了，好呀。什么20万？还你20万？为什么？借条上怎么写的？对嘛，40万！你别跟我搞，咱们白纸黑字写得清楚。啥？当初只拿到20万？你怎么借的钱，我不知道，我又没经手！

不用找他们，他们忙别的项目去了。唉，你这人怎么这么不讲理？告诉你，我做这行什么没见过？不行咱就去法院，看看官司谁输！"说罢，他挂了电话。我握着手机呆若木鸡，好半天才缓过来，发现浑身都在抖，他说得没错，有那张借条，我注定是"哑巴吃黄连"的。

有没有可能搞错了？陆黎没跟徐总讲清楚？不行，还得打过去。正想着，手机响了，竟然是徐总。我连忙接起，还没等说话，他的吼声便劈头盖脸地来了："我们约好的还款时间是几号？你看看今天几号？你这是违约，得赔偿！什么？你打过电话？扯淡！我的手机天天开着，要是有电话，我会不知道？别问小陆，没用！我才是经理，你跟她说什么都不顶事儿！14万，逾期利息，咱们借条上写好的，蔡小姐也是生意人，不用我多说吧？你跟我搞不起的。你和你家情况，我们一清二楚。公了私了都奉陪。公了，官司你肯定输；私了，你那个什么中心可就没法开了，还有你爸你妈，你说他们那个年纪，出去买菜时摔一跤，也蛮正常的吧？……"我挂断，他又打来，什么难听的话都讲了，直到晚上，我实在顶不住，违心地答应了。

第二天，我拿回了房产证——在付给他们14万之后。回到中心，我便一头扎进办公室里哭了。下班后，Julia和Ann都没走，专程留下来陪我。Julia说，这次肯定碰到骗子了，没关系，就当是买个教训。Ann说，她知道中心的资金又碰到问题了，实在不行，她这几个月的薪水可以少拿。我从心底里感谢这两个好姐妹，为了她们，我也一定要挺过去。

四

资金的缺口，依然无解。

房租尾款的付款日，眼看就到了。我正在发愁，陆黎主动打来电话。一看是她，我气不打一处来，连日的委屈和怒气一股脑爆发了。陆黎忙不迭地央求着、打断我："姐姐，您别生气，听我说！"

我慢慢安静下来，且听她怎么说。"姐姐，让您遭受了损失，对不起，是我不好，但我真的不知道，我入行短、没经验，后来才知道徐总不是好人，他就是个无赖！得知他骗你后，我跟他吵，但没用，他把我给辞了。"讲到这里，她哭起来，像是有一肚子委屈，哭了好一阵才继续说，"您的损失我也没办法，但我很想补偿您。我现在去了一家新公司，如果您还需要钱……""不要！别讲了，民间借贷我不碰。""姐姐，您说得对！我如今也明白了，什么民间借贷？就是高利贷，碰不得。我现在的公司是帮客户办理房屋二次抵押、向银行贷款的。我记得，您不是有套房子吗？那正好适合啊。办成了，只收手续费！"

在我名下的房子，就是我家现在住的。三室一厅，爸妈多年前买的，写我的名字。当时是几百万，现在估计市值近千万了吧？——不过再贵也跟我没关系，反正是自住。之前也考虑过用它办抵押贷款，但房子本身是贷款买的，还没有还清，没办法办。所以，听陆黎这一说，我又动心了。不久，我见到了她新公司的业务经理林总。

林总话不多，安安静静的，看上去蛮忠厚。见到我，他并未急于劝说，而是讲了他们公司办理二次抵押的前置要件和程序。其实并不复杂：先走账，形成双方来账痕迹，再建立虚拟借款凭证，然后敲个抵押，就进入了运作。只要运作启动，便简单了，后续事宜可以全权委托指定人员办理，直到贷款到位。之后林总坦诚地说："蔡小姐，您也知道，房屋二次抵押不好办，想办成得动动脑筋、钻钻空子，要不您先想想，办不办随您。""那会不会有风险？""如果办成就是正常的银行贷款，您自己预估一下吧。"

人在无助的时候，会抓住一切可能的"救命稻草"。几天之后，我和林总、业务员小潘、小崔、小于几个人一起去了位于闸北区的一家银行。在看到林总时，我七上八下的心稍稍安稳了些：上次那个徐总存心骗人，办业务时刻意避开，这次的林总想是靠谱的。我跟他们从闸北到普陀，又到虹口，跑了好几家银行，走了几次账：就是先把钱转到我卡上，再由我取现交还他们，分别是60万、100

万、220万,并按照他们的流程签了"借款收据"。在最后一笔款取现时,林总突然叮嘱陪我去的小于说:"别把钱都取出来,让蔡小姐留下30万。"接着对我说:"听小陆说,您有一笔房租急付,办抵押贷款没那么快,所以我特意多走些账,留出来给您应急。"那一刻,我更加信任他了。

走账流程后,我又跟他们去办理公证和委托,之后就等着贷款审批了。

本以为,这一次十拿九稳。一个多月后,陆黎打来电话,约我到楼下STARBUCKS见面。在约好的时间,我见到了她和林总。陆黎说,林总刚从北京培训回来。我们点好咖啡,落座,彼此客套了几句后,林总说:"蔡小姐,我今天来,是有件事要告知。因为您的户籍证明出了问题,公证下不来,贷款办不成了。""什么?!那可怎么办?我已经欠那么多钱了!""您别急,我今天刚下飞机就赶来,正是为了这事,您要相信我。这种情况呢,虽然不多,但以前也遇到过,可以补救的。有一个办法,我们轻易不用,因为要承担很大风险。不过蔡小姐是小陆的朋友,我们的合作也很愉快。"他喝了一口咖啡,稍停了一下说,"公司垫钱帮你把房贷还清,然后我们再用房子做抵押贷款,这样可以一次性贷到400多万,您只需把公司的垫款和之前借您的30万及劳务费,算下来也就240万,还给我们就好。""可是,我只需要50万,现在商业贷款利率也不低,多贷那么多钱没意义吧?"此时,一直在旁边沉默的陆黎接口了:"姐姐,这个我们都想好了,不会让您吃亏。多出来的钱,您可以交我们打理,我们保证您每个月收入超过6万,这是我们的老本行呀!您算算看,400多万银行贷款每月利息,也就3万多,这样还有些赚头呢。上一次,让您受损失,我心里一直过意不去,正好借这个机会弥补,您看怎么样?"

我这个人,就是太容易被说动了。

在又一轮复杂的"走账"后,林总带我去办理了房屋全权委托公证,手续完成后他说可以安心等钱了。然而,等了快一个月,那400多万,左等不来,右等不来,四处举债的我眼看就撑不住了。

"别急，Cindy，钱可能就快到账了，到时候一切都会好的。林总、小陆他们看着又不像骗子。"一天，见我吃不下饭，Ann 过来安慰我。说者无意，听者有心，她这最后一句在我心里生根了。又是一夜辗转反侧。第二天一早，我就去了房产交易中心。等我的房屋信息调出来时，我惊呆了：我的房子正在过户中！一时间，我真不知该怎么办才好，直觉催促我去公证处，将全权委托给撤销了。

还不到半天，林总电话来了。刚一接通，他就大声质问道："为什么撤销委托？"还没等我说完自己的担忧，就被他不耐烦地打断了："我早说过，一切由我们处理，你办贷的资格不够，这是假过户。哎呀，反正跟你多说，你也不明白！知不知道你这么一来，有多坏事？我们之前做的，差点儿白费！""林总，房子转给别人我实在不放心，要不，钱我不贷了，再想别的办法。谢谢您！"这一下，他几乎吼起来："什么？！你说不贷就不贷？这么多个月，大家陪你玩吗？公司的钱怎么办？我们的损失怎么办？"见我再三不肯，他抛出了"撒手锏"：拿我几个月来签过的"借款收据"作要挟。那些无中生有的数字，远远超出我的偿还能力啊！最后，迫于无奈，我硬着头皮答应他将房屋"假卖"给一个姓刘的人。

签合同那天，林总倒蛮客气的。等我签好字，他不但为之前的粗鲁道歉，还承诺说钱 5 日之内到账。然而，钱只是个幻影。那也是我最后一次见到林总。不光是他，从那天起，连陆黎、小潘、小崔、小于、姓刘的人……也全部消失了。仿佛，人间蒸发。

就这样，我失去了唯一的房子。现在，银行的催款单和电话隔三岔五地来，大概没有多久，抢房的人也要上门了。如果房子真没了，我们一家住在哪呢？爸妈还不知道这件事。唉！他们的年纪那么大了……

这封信，没有写完。如果写完，它很可能变成我的遗书。好在一次偶然，让老爸发现了它。那一天，他气得不得了，脸涨得通红，话也不讲，拉着我直接去报警。

本以为，我的这道无解之题，既长又蠢，人家警察根本懒得听。没想到，他们不但耐心听我讲完，认真帮我分析，还找到了"解题之法"。他们所说，全是我闻所未闻的：原来，徐总、林总、陆黎这群人很可能是一个团伙，什么民间借贷、房屋二次抵押都是诱饵，那些走账、流程、贷款延期、出差培训都是"套路"；更有甚者，这群人根本没打算借钱给我、更别提办理抵押贷款，他们的目标就是房产！——这样的骗局，统称"套路贷"。

报案回来后，我又振作起来，耳畔一直回响着临走前警官跟我说的话："蔡小姐，从今天起，请您配合我们搜集证据，我们一定会把骗子绳之以法！" 3个多月后，也就是现在，法院宣告那份我被迫签订的《房屋买卖合同》无效，我家房子保住了！不仅如此，我被徐总骗的钱，也被民警陆陆续续地追回来。听说，徐总、林总、陆黎等一群人悉数落网，正等着法院的审判。

我再一次相信，世上没有白走的路，更没有白作的恶。当然，我也深深记住了：在法治社会，一切行为都要在阳光下进行，那些所谓的捷径很可能遍布陷阱，钻空子、走捷径的人，终有一天将泥足深陷。——这一课，让我受益良多，我也会讲给来启航学习的孩子们听。

(原载《东方剑》2018年第5期)

一位老人的来信

李 涛

郑新就任城关派出所所长的第四天，内勤向他转交一封辖区群众的来信，署名是"一位老人"。

起初，郑所长以为这是一封举报信，可能是举报前任张所长各种违法行为的——张所长刚被监察委立案调查。

然而郑新打开信件，发现这封信不长，只有半页纸，里面有一句话特别抢眼："锄一害而众苗成，刑一恶而万民悦。"这是汉代文学家桓宽的一句名言。

郑新纳闷，"一位老人"为什么要在自己履新之际寄来一封这样的信？不明就里的郑新将这封信锁进抽屉，便忙工作去了。

一周后，内勤又拿过来一封信，署名依然是

"一位老人"。这次信件是用毛笔书写而成的,只有八个字:"浇风易渐,淳化难归。"这是唐代大家王勃在《上刘右相书》中的一句话,意在警醒世人,要时刻对浮薄的风气保持警惕之心,及时刹住轻靡之风。

郑新看后,浅浅一笑,觉得这是一位很有意思的老人,心中不免产生一点儿好奇。

又过了一个月。那天,忙到夜幕初降的郑新刚要下班,却被值班室的小李叫住了,说:"郑所长,有你一封信。"

郑新走进值班室。不出所料,依然是"一位老人"的来信。这个年代,除了"一位老人"以外,还会有谁用这种方式与自己交流呢?郑新想。

郑新拆开信封,一张明信片滑落出来,上面刚劲有力地写着:"将教天下,必定其家,必正其身。"

郑新不由得精神一振,他知道,中央正是用这句话来强调"领导干部立家风、共产党员正家风"的重要意义。而"一位老人"先后写给自己的三封信,恰恰是从三个不同的角度来劝导自己,要执法为民,要防微杜渐,要建立良好的家风。

郑新忙问小李:"送信的人呢?"

小李说:"刚走,顺着马路往东去了。"

郑新冲出值班室向小李指的方向追去。路边的灯在初夜时分散发着柔和的灯光。远远的,郑新看到一位老人,正信步在柳枝之下的沿河之岸。

郑新疾步向前,清了清嗓子:"大伯,您好。"

老人停住脚步,回过头来,上下打量着郑新。

"大伯,我是郑新,城关派出所的所长。"郑新不敢确定面前的这位满头银发的老者,是不是给自己写信的"一位老人",于是他选用这种"可进可退"的方式作为开场白。

老人神情一下子凝重了:"你是不是认为我是一个奇怪的老头儿?你是不是奇怪,我为什么两次三番地给你写信?"

郑新微笑着连说:"不不不,您一定是一位学识渊博的前辈。"

"我老了，玩儿不了高科技，只能用书信的方式和你交流，你会嫌我吧？"老人自嘲地说。

"哪会呢，我是来感谢您的，谢谢您老对我的关心和教导。"

"郑所长不必客气。"此时，老人却发出长长的一声叹息，"我姓张，你可能不知道，我是你的前任、那个落马的张所长的老爹。"

郑新怔住了，他万万没有想到，给自己写信的人居然是张所长的父亲。

"这孩子犯了法，他滥用职权私放嫌犯，纵容妻儿开设赌场，不懂自省跌进深渊，理应受到法律的制裁。"老人的眼圈微微泛红，加重了语气说，"他个人必须承担应有的法律责任。"

郑新张了张嘴，一时接不上话来。

老人停顿一下说："儿子参加工作以后，尤其是走上领导岗位以后，他就不爱听我唠叨了，慢慢地我们之间的交流也就少了。"

郑新正要安慰他，老人摆了摆手，眼含泪花："古人讲'子不教，父之过'，我作为父亲也有责任。我没有在他嫌我唠叨时，坚持教育他、引导他，甚至在他参加工作以后，一次也没有进过他单位的大门，更别说监督他了。"

老人轻轻拭了一下眼角，接着说："如今，你接替了他的工作岗位，你也面临同样的压力，同样的诱惑。是我一厢情愿地把你当成自己的子侄。我想，现在我不能再缺位了，我要尽一份责任，尽管你不是我的孩子。"

郑新心中对老人充满感激。老人没有再容郑新说话，转身离开了。

看到渐行渐远的老人，郑新向着他的背影，立正，敬礼。他明白，自己今后要走的路，还很长、很长。而这条人生路上，不能缺少老人的来信。

（本文原载《法制日报》2018 年 7 月 22 日）

归去来兮

葛 波

一

快到中午，邵本山带着三个人上了紫琅山。

山不高，山上和尚挺有名。邵本山对三个人说，你们去了别出声，一切听我的。三个人点头如鸡啄米。其实他们也不想说话，一整夜没捞到打个盹儿，上午还没觉补，现在哈欠连天，就像行尸走肉，可谁让邵本山是他们头儿呢。

邵本山也有十来个小时没合眼，脚边杂草间静卧无数石块，但凡大一些都觉得像张床，可他还是精神抖擞，谁让他是头儿呢。

爬到半山腰，手机响了，是唱着"我在仰望月亮之上"的醇厚女声。邵本山食指放在嘴唇中间,一个急转身,对着三个人狠命地"嘘"。三个人低头赶路,给这一"嘘",晕头转向,几乎撞倒邵本山。

右手举着手机,左手紧贴裤缝,邵本山保持接连鞠躬的姿态,嘴里不停地说:"不不不,是是是,不不……"

"你再找和尚算命,我就撤了你!"男高音从手机听筒里传出来,像爆米花机砰一声炸了。三个人听得清清楚楚。

最小的是个丫头。她带着哭腔说:"出来的时候给张所抓到了,可我什么都没说,真的什么都没说。"

邵本山盯着丫头的脸,渐渐凑近。丫头缩着肩膀,连连后退。邵本山挤着左眼瞅瞅,又眯着右眼瞧瞧,怪模怪样惹得另两个人也靠过来。

"眼皮子上黑漆漆的是什么东西?"邵本山厉声问道。

"没,没什么啊……"丫头被邵本山吓到,边说边用手去摸。一摸,想起来了,她说,"我去弄了个美瞳线。"

"美、美什么铜线?"邵本山没听清。

丫头忽闪着一双大眼睛,说:"就是以后不用画眼线了,自己就有。"

眼睛!邵本山先是拍了丫头脑袋一巴掌,然后又掐了掐指尖,惊呼:"黑属水,水生木,肝开窍于目,行于丑时。怪不得晚上总生事!"

"怪不得!怪不得!"三个人中的瘦子拍了拍自己的脑袋说,"怪不得昨天晚上那老头儿要给烧死。"另一个胖子也拍了瘦子一下说,"怪不得这几天我上牙龈全肿了,原来肝火旺啊!"

"下山!不用找和尚啦!"邵本山气呼呼地一挥手。

丫头哭丧着脸跟在邵本山后头。邵本山说:"你赶紧给我把那个什么铜线弄掉!"

透过树叶缝隙,盛夏的几缕阳光投射下来,铺出一条洒满碎金的小道。四个人都不说话,一路小跑下山。高温给浓密交错的枝叶挡在外头,凉风倏然飘过,裹挟着江水的土腥味。天色阴沉下去,脚下的光亮一并消失。柏树皮皱如鸡皮,一圈又一圈地裹紧树干,瞬间像是又长高一节。

邵本山停住脚步,面向东方,双手合十,拜了拜。他嘴中嘟囔:"不得喧哗,不得喧哗……"念完,从胸前掏出样东西,握在手心里,又拜了拜。

那是三枚银光闪闪的警徽。

二

邵本山出生时,他娘姚美娥正挺着大肚子,坐在船尾补渔网。梭子刚刚穿过第一个网扣,人就瘫了下去。姚美娥深吸一口气,大呼:"阿旺!阿旺!"

阿旺是邵本山的爹,由船头奔过来,差点儿给渔网绊倒。他的五官挤在一起,结结巴巴地说:"怎、怎么说生就生啦?不是还、还有一个月吗?"

立春刚过,天却没能暖和。日头还沉着,海面上的风又湿又冷。姚美娥通身战栗,嘴唇泛白。她咬紧牙关,汗珠子顺着额头淌满了整张脸。用尽最后一点儿力气,姚美娥说:"快打转!"邵阿旺手足无措,只能扔下姚美娥,再奔回船头,掌舵返航。

远处传来鸣笛声,海水像呼吸一样有节奏地把浪头一道道向前推。邵阿旺的皮肤黝黑中渗出赤红,海风把他的脸吹皱,像个裂开的核桃,他时不时回头看向船尾,姚美娥还在动,青筋暴起,脸色涨红,嘴角向两边扯开像只鲶鱼,仅仅发出一声又一声尖细的吭哧声。姚美娥不停地憋气、松劲,再憋气、再松劲,一次又一次向终点冲刺……

哭声乍起,响亮又清脆。天边渐渐亮堂,淡青色的海平线给抹上一层粉红色,粉红色下布满耀眼的金光。邵阿旺咧着嘴巴笑了,笑着笑着又流出了眼泪。

邵本山生在自家渔船上,之后在乡医院待了快一个月。医生说还好送来得早,再迟些大的小的都保不住。可就算现在都救回来,姚美娥能不能再生还不好说,这早产儿能不能长好也不好说。

船到岸时，船尾浸透了血，姚美娥早没了知觉。邵本山指甲都没长全，冻得乌青，哭声嘶哑。这之后很长一段时间，姚美娥看着怀中的小人儿仍心有余悸。她说这小人儿和自己八字不合，要不然不会早产，不会要人的命。她让邵阿旺请先生来看看。

东海捕鱼人家除了会看潮汐，还要听先生的。先生算命起卦，三个铜板一扔就告诉人能不能出海。立春前，邵阿旺的船给撞坏了船帮，这次出海他只顾着船好不好。姚美娥上船下船都轻巧，打算这趟回来就歇下等生呢。谁都没想到要请先生。邵阿旺回想老婆濒死的模样，越想越后怕，着忙就去请。

先生年逾古稀，生在东海村，长在东海村，有着东海人特有的黑红皮肤。他常年戴一顶灰色八角帽，鼻梁上架副茶色眼镜，白色胡须在下巴尖上攒着。先生要了生辰八字，先是掐指尖，接着翻一本破破烂烂的旧书，最后摆开笔墨，从怀里掏出一张鲜红的纸。先生让邵阿旺端来水，研墨润笔，一笔一画地写起来……先生把邵本山的一生都写在了红纸上。

先生的字好多是繁体，邵阿旺认得大部分，但它们重新组合又不认得，他摇摇头说看不懂。姚美娥小学都没念完，只认出纸面上的数字年份，问怎么到五十岁就没了？先生慢条斯理地说："五十之后流年大运再无坎坷。五十年里不要在水上。"邵阿旺急了，说："不在水上，他能去哪儿？我们祖上三代都是捕鱼的！"

先生把眼镜推到鼻梁下方，不让镜片遮住眼睛。他看着邵阿旺说："这孩子乙巳年生覆灯火命，八字却全是水。一出生就差点儿死在水里，一辈子得避水。"邵阿旺问："那连水都不能喝了吗？"姚美娥横了他一眼，说："你闭嘴。"她轻声问："先生，那该怎么破解？"先生说："就先从取名里来补吧。"姚美娥让取个简单的，她能认得。先生想了想说："八字水多，缺少制衡。土克水，木生火，名字里要这两个多。"他用手蘸了水，在桌面上写下一个"本"字和一个"山"字。姚美娥点点头说："这两个字认得。"她轻轻念出来："邵本山。""本属木，山属土。"先生捻着胡须说，"这孩子命硬，七煞破军羊刃俱全，非国徽大盖帽不能镇也。"

邵阿旺把先生写的一页红纸小心翼翼地叠好，收好。他问姚美娥："儿子的命真能和我俩不一样？"姚美娥说："请了先生就信先生，反正不能让他跟着去捕鱼。要不然，不是他死，就是我们死。"

邵本山十八岁那年的夏天，东海村到处贴着征兵宣传画。姚美娥盯着宣传画看了半天：一人当兵，全家光荣。这几个字她全认得。宣传画上有位小伙子，戴着大檐帽特别精神。姚美娥决定了，让儿子去当兵。

三

下了紫琅山，邵本山让三个人赶紧去休息，自己又回到派出所。

派出所和山的名字一样，叫紫琅派出所。到了饭点儿，所里挤满人，都窝在食堂。

肚子早唱起空城计，可邵本山顾不上吃，他先打电话给刑警队的小法医，问现场怎么个说法？小法医说，从现场看像是蚊香把蚊帐点着了……不过一切还是要等尸检结果……但他觉得吧，看上去应该不像是个什么案子……法医是个刚来的小年轻，说话轻声细气，不急不慌，怀疑全部又否定一切，邵本山觉得这个电话打了等于没打。

烧死的老头儿叫老罗，是个老光棍儿，在文学街开了家杂货铺，就在邵本山的辖区里。凌晨两点半，开早饭铺子的报警，说杂货铺里有浓烟。邵本山当时就惊出一身冷汗，倒不是担心要忙个通宵，他是担心如果是案子，死了人，这下半年的平安社区就评不上了。邵本山可是答应过马主任，一定会把社区整成样板的。想到这里，邵本山不仅感觉不到饥饿，连瞌睡虫都跑了。

邵本山刚分到社区的第一件事，就是花了大半个月时间，把村里每家每户都跑了一遍，连阿猫阿狗他都认得。第一回和老罗照面是个下午。夏天的雨说来就来，刚把文学街浇了个透，青石板缝里能窜出青草味，邵本山是走一路香一路。有个小姑娘像风一样跑过,踩出石板缝里的水,溅了邵本山半片裤腿。小姑娘跑去的地方是老罗的杂货铺,她喊:"老罗老罗,两个米奇泡泡糖。"光秃秃的脑袋从柜台下伸出来,老头儿笑嘻嘻地把泡泡糖递过来,刚要说什么,瞥见一边的邵本山,笑意就凝固了。小姑娘接过泡泡糖又跑了。邵本山心底"咦"一声,这小姑娘他认得,是文学街赵家烧饼店的,这不用给钱吗?转念一想,兴许记着账,让家里人来付也行吧。

邵本山给老罗介绍自己是刚来的社区民警,做个登记,也认个门。虽然穿着警服,邵本山还是怕老罗不相信,又把警官证递过去。老罗并不看,低垂眼皮,只是点点头。接着就剩下邵本山自说自话,老罗不是点头,就是摇头,要不就是佝偻着背,狠命咳嗽,像要把整个肺都咳出来。这次上门看上去非常不成功,但邵本山又觉得不虚此行,因为老罗和文学街上任何一个人都不一样,他就不像是个好人!别看耷拉着眼皮,但眼里的光却是贼亮。现在,虚弱的、孤独的老罗突发意外,给烧死了,看上去合乎常理,邵本山却总觉得哪里不对劲儿。他偷偷算过老罗的生辰八字,他根本就不是一个虚弱的人啊。

跑回办公室,邵本山从胸口把三枚警徽又掏出来,握在手心里摇了摇,往办公桌上一扔。他歪着脑袋看一眼,在牛皮笔记本上记一笔。看好、记好,又从包里掏出一本泛黄的书。他埋着头,照着书,继续在牛皮笔记本上画来画去,额头上渐渐渗出一层密密的汗。"啪"一声,肩膀给猛拍了一巴掌,邵本山大呼:"哪个冒失鬼?"手中的书翻落到地上,他着急捡起抱在怀里,刚要发作,瞬间变了张脸。邵本山弯腰躬背说:"所长好,所长好。"

来的人就是电话里的张所长。张所长问找和尚了?邵本山连连摇头说:"您不是不让去吗?就没去。"张所长说:"你还能听我的?"邵本山嘿嘿一笑说:"我自己给破了。"张所长说:"哎哟,现在功夫见长啊,会自己破了?"邵本山说:"问题出在丫头那儿,眼睛上弄个什么铜线,怪不得这一个月八次值班都搞通宵。我让她弄掉,弄掉就没事了。"张所长翻了个白眼,又问:"那昨晚烧死人算出什么了?"邵本山脸色一沉,说:"这个……"张所长就哼了一声说:"关键时刻哪能靠你那些鬼画符!"他让邵本山早点儿回去休息,眼睛都红成兔子眼了,老头儿的事有刑警队盯着,应该没事。

邵本山之所以要上山找和尚,是因为这一个月值班都在走霉运。其实之前他算过,胖子、瘦子、丫头和他,八字合到不能再合。左青龙、右白虎、前朱雀、后玄武,都齐全。可这一个月为什么折腾了八个通宵?第一晚酒吧打架,拉回二十多个人,做了一夜材料。第二晚举报吸毒,拉回三十多人,连食堂都塞满了。第三晚有个破产的小老板要从山上往江里跳,全网直播,黑灯瞎火往山上爬。第四个晚上邵本山都不想回忆:凌晨一点坐在前台打盹儿,才半个小时不到,小夫妻俩一个要养狗一个不要养,打架打到派出所。小夫妻打架就算了,双方家族又是大户,七大姑八大姨来了几十号人,派出所大厅上演全武行。胖子和瘦子负责拉架,丫头抱那只惹事的狗,邵本山站在椅子上,对着几十号人说:"和气能交天下友,和气能生万里财,邻里和睦胜远亲,家庭和睦万事兴。"邵本山说到天都亮了,几十号人才离开了派出所……

接下去的第五、第六、第七个班也是不太平。胖子和瘦子首先不干了,他们说:"为什么这么倒霉!邵本山你不是算过吗?"邵本山虽然没有职务,但年岁最长,所长特别交代邵本山是组长,现在胖子和瘦子只有找他这个组长了。邵本山说:"肯定哪里出了问题。"在第八个值班夜又烧死一个人后,邵本山下了决心,拉着昏头晕脑的三个人上山去。

山上的和尚法号道一,和邵本山是老朋友。这次不用见着道一,邵本山认为自己能把值班的霉运给破了。可这老罗给烧死的事,没那么简单。他在办公室胡乱吃了些零嘴,又睡了一会儿,起身就往村里去。

邵本山是临江社区的民警,已经干了快一年了。社区马主任一见邵本山就说:"昨晚上不是值班吗?怎么又来了?"邵本山说:"放不下那个罗老头儿,怎么好端端地给烧死了?"马主任说:"看上去像是自己不小心,独居老人出这种事也多啊。"

邵本山摇摇头,他摸出一根烟,点着火自顾来吸。临江社区警务室就建在紫琅山脚下。邵本山抬头看着这座扁塌塌的小山:群树环绕,郁郁葱葱,像是大块绿色的油漆泼满了整座山。

山的那边就是长江。

四

当了三年兵,邵本山又回到东海村。

三年里,邵本山一直在武警部队当战士。入伍后他写的第一封信就告诉爹娘,这里全是沙漠,别说江河湖海,连个池塘都没有。邵阿旺一字一句念给姚美娥听,姚美娥一边听一边就说:"这地方真好!得再去找先生看看,三年后怎么个说法?"可等着夫妻俩真跑去找先生,才得知先生已经过世了。

邵阿旺偶尔会翻出先生留下的红纸片,不知所以地翻开又叠起,纸片在手上盘来盘去,像是不小心就要撕掉。这时姚美娥会狠狠瞪他一眼,抢回红纸片说:"既然回来,就先找工作,反正不能跟着我俩下海捕鱼。"

姚美娥没念过多少书,自从在海上生下邵本山后,她觉得像重新活了一回,有使不完的力气。说一不二,说干就干。只要不出海,姚美娥就挨个儿单位去跑,村里跑完了跑乡里。跑了没几天,姚美娥听说乡上公安特派员在挑联防队员,她带着邵本山就去了。在姚美娥眼里,这当然算是戴大盖帽的差事。

邵本山个头儿不矮,脸盘狭长,整个人是瘦长条。他吃了三年沙尘土,但没给海风吹到,肤色黝黑却不泛红,看上去不像东海人。站在特派员面前,邵本山挺直身子说:"当兵就喜欢这身制服,现在还想跟着穿制服的干点儿事!"特派员见邵本山特别精神,拍拍他的肩膀说:"小伙子好好干,你也有可能再穿制服!"就冲这句话,邵本山拼上命了。那几年,村里人都知道,阿旺家小子跟着公安特派员干,戴着红袖套,白天晚上都在街上转,还抓过小偷,真威风!

当上联防队员那一年,姚美娥给邵本山张罗婚事。姑娘叫李月秀,是李裁缝家的二丫头,在棉纺厂上班。李月秀长得小模小样,手脚又勤快,姚美娥心里蛮喜欢。她找人合婚,两人八字还挺般配。

成家第二年,邵本山就当了爹,生了女儿叫妞妞。也就从那一年开始,姚美娥不再下海,雇了小工给邵阿旺当学徒,她盘算这船迟早是不会再开了。姚美娥让邵本山好好当联防队员,早点儿像特派员那样戴上大盖帽,月秀也要在工厂好好干,家里事不用他俩费心。

姚美娥的愿望很美好,但现实却有点儿残酷。妞妞满地跑的时候,邵本山离大盖帽最近的一次机会没了。乡里拨经费换发警服,局里却根本没考虑联防队的事。特派员叹口气说他也没办法,当时也只是说"可能"。

邵本山知道找特派员没用,他去找局长。那天邵本山头发梳得齐整,皮鞋擦得锃亮,拧着脖子问局长:"我们干得行不行?我们干的是不是公安局的事?买警服乡里同意的对不对?"局长不回答,只说会向上反映。没等局长向上,邵本山自己向上了。他找政法委书记,政法委书记倒没再说向上,只说这要开会想办法。

邵本山这才明白其实这是历史遗留下的挺难办的问题。可再难办的问题也要想办法办。邵本山太爱这份工作了,不是因为不用捕鱼,也不是因为有制服穿,他就是一种喜欢,单纯的喜欢。他一直缠着政法委书记,固执地认为他是唯一能说上话的人。

邵本山当不了警察的事姚美娥知道了。她又把老先生给的红纸片拿出来看,找到二十到三十岁那行,让邵阿旺念。念完姚美娥只记得有个"煞",她觉得这个字不太好。问是没这个运势吗?邵阿旺不置可否,说听天由命吧。

还没等到邵本山戴上大盖帽,李月秀却出了事。她带着妞妞乘三轮车到乡里玩,给一辆卡车撞上了。妞妞当场就没了,李月秀的骨盆给碾碎了。邵本山一夜间长出了白头发。

姚美娥好几个晚上没合眼，她双手微微颤抖，反复摩挲红纸片。邵阿旺伸手就抢，说要撕了它。姚美娥却把纸片护在胸口，她说："儿子你命太硬，太硬了！"

老先生过世后，东海的小神算们总算出了头。姚美娥找他们都算过，都说邵本山和李月秀两人能一辈子，可邵本山的命却没人算出像老先生说的那样。姚美娥心里一直不踏实，这次家里死了人，李月秀半条命又没了，姚美娥去哪里找老先生呢？

李月秀从医院回到家，姚美娥没有半分嫌弃。她说孩子没了就没了，不能生就不能生，可以带一个。李月秀不说话，只是流眼泪。姚美娥没有告诉李月秀的是，自己不能再生也是因为邵本山啊。她不想说，也不能说。

村里不行，乡里不行，那就去县城。姚美娥打听到县城东边有个紫琅山。山上的和尚是得道高僧，一定行。

五

文学街就在紫琅山脚。相传历代书生赶考前都在山脚闭关修学，日间登山远眺，夜间挑灯夜读。久而久之，秀才来得多了，这条小街就被叫作文学街，那临街的村庄也被称作文学村。其实，文学村世代都是泥腿子，嚼着土得掉渣儿的词，和风雅清傲的文学两字丁点儿沾不了边。到后来，早没秀才来了，村民为生计着想，将临街房舍翻修改造，齐齐变成店面房，或是自己经营，或是发点儿收租的小财。

邵本山一个下午都泡在文学街。他到的时候是两点钟，整个文学街还在午休，只留下油亮的虫子在树叶间跳跃、鸣唱或沉思。街道悠长，空无一人。屋檐下的窗户高高低低，雕木窗花透出岁月悠远。墙角泥土剥落，铺满了细碎的野花。邵本山在石板街上走过来，又走过去，一家一户地驻足打量：富春包子店、老王烧饼摊、小江茶叶铺、张永泉豆腐店、大牛铁器、贵夫人服饰、新发线理发店、奇韵美甲屋……路过一户，邵本山的脑海里就会跳出几个人：

有老的小的，有男的女的。一直走到老罗的杂货铺，邵本山停住不走了。

老罗杂货铺没有招牌，现在只留下半片门，上面仍然贴着封条。拔掉插销，拆掉木门，就可见玻璃柜台。柜台一侧有挡板，掀开就进到里头。里面不宽敞，后背是排置物柜，转个身都困难，但放把椅子，躺着不动也没事。置物柜边上还有扇门，推开就是房间，房间还留个后门，后面就是山……邵本山臆想又进了一趟老罗的家，对比凌晨消防队灭火后的场景，邵本山努力复原一切。老罗家有个二楼，他曾经想上去过。老罗说里头用来堆杂物，平时不住人，没什么可看。就是那一刻，邵本山发现老罗的眼皮子抬起来，目光如炬。但老罗没能想到的是，邵本山其实上了二楼，只不过在他的命盘上。

邵本山盯了老罗有小半年。他隐约发现一些事，但又没有十足的把握，毕竟这些事会像蔓生的杂草，缠绕住青石板，绕满文学街，会把文学村搅得天翻地覆。邵本山有点儿怕，怕自己猜错了。很多个夜晚，他都在摆弄三个警徽。他希望警徽能给他指引，可每次的结果却都不一样。

在文学街醒来之前，邵木山爬上紫琅山顶，找了道一。

端坐山顶，邵本山望着长江尽头，东海方向。道一说："你终于还是来了。"邵本山说："大师总是看透不点破，让我等凡人瞎着急。"道一说："你懂啊，天机不可泄露嘛。"邵本山说："上午想带三个小的来这里看看，看看这天，这地，看看众生，也许就会觉得八个通宵也没什么。"道一问："怎么又没来？"邵本山哈哈一笑，说自己想办法破了！省了脚力爬山，一晚上都没睡，谁爬得动呢？道一掩嘴一笑，说："你这个邵半仙的本事见长啊。"

邵本山也跟着笑，笑着笑着就叹口气说："有件事不晓得该怎么办。"道一指指胸膛说："不问神，不问佛，问这里。"邵本山说："出家人不给算命，我为什么不能算？"道一撇撇嘴说："你愿意当这半仙就去当当好了，不过得和你娘亲说，可不是我教你的。"邵本山说："我自学成才行不行啊！"道一双手合十，说："此时的果必是以往的因造就，今后的果也是此时的因造成。因果生生不息，往复循环，不是凭本事就能算出来，而是人做出来的。"

道一刚说完，邵本山的手机响了。他接了电话，瞬间变了脸色，对道一说："看来这次，我真算对了。"

电话是刑警队打来的，小法医结结巴巴地告诉邵本山，老罗的呼吸道里没有灼伤，他在失火之前早死了。

紧接着，张所长的电话来了。他让邵本山立即归队。

六

邵本山和道一和尚的第一次见面是姚美娥带去的。

那时候的邵本山情绪十分低落。就算最后政法委书记真把老问题解决了，县公安局通知去补签合同制民警合同时，邵本山瘦削的脸上依旧没有一点儿表情。

邵本山留在了乡里的派出所，除了上班，回到家就呆坐着。他摸着妞妞的小床，一个人低声说话，能说上一整夜。

媳妇还躺着不能动弹，儿子又像个活死人。姚美娥看在眼里，急在心里。直到有一天，邵本山硬把自己挤到妞妞的小床上，姚美娥再也忍不住了。她问邵本山你信命吗？邵本山埋着头，蜷缩身体，两条腿挂在小床外边，当然不回答。姚美娥说这就是你的命！她把老先生留下的红纸片糊到邵本山脸上。

邵本山也不会看，姚美娥就把他的眼睛扒开。纸边已经有好几处缺口，但纸面的颜色依旧鲜红，纸面上是毛笔书写着的奇怪的符号和文字……姚美娥说："儿啊，去紫琅山吧，去找和尚，让他来破一破，解一解你的命吧。"邵本山睁着一双空洞无神的眼睛，泪水涌出来。

从村里到乡上再到县城，母子俩足足坐了两个小时的车。邵本山第一次站到紫琅山脚下，山并不高，也不美，像平地里愣头愣脑地冒出来一样。姚美娥似乎也有点儿失望，但既来之则安之，姚美娥和邵本山一口气爬上了山。山顶的庙里只有一个小和尚。姚美娥问:"住持呢?"小和尚说:"下山养病了。"姚美娥说:"那你要接住持的班啰?"她就把小和尚拦住了。

小和尚法号道一,个头儿不高,圆脸庞,眉眼浓黑,看上去和邵本山差不多年纪。道一听姚美娥说要来算命,忙摆手说出家人不可占卜算命。姚美娥才不信,立即要下跪。给姚美娥纠缠不清,道一问究竟发生了什么?姚美娥就把邵本山一生下来的事全说了。她还掏出红纸片,说大师你一定要救救这孩子。

姚美娥迫不及待的时候,邵本山正站在山顶向下看:南边山脚下就是奔腾的长江水,北边眼底是静谧的村庄,再往东看,竟然能看见大海。邵本山深吸一口气,江风的和暖混合着海风的冰冷,又夹杂山风的清凉。胸腔仿佛完全给打开了。

道一向姚美娥做了安静的手势。他走到邵本山身边,问:"施主看到了什么?"邵本山说:"看到了从来没看到过的。"

道一说:"原来这紫琅山也无名,大山子孙世代平静生活。一次有个小伢在山里走失,村民没日没夜地找,找到最后发现小伢摔断了腿,居然被一只老狼救了。村民奉老狼如神灵,祭拜供养。可那老狼原是为行善积德,修炼得道方才救伢一命。成精后狼性本露,兴风作浪,把个通江达海的好地方弄得荒凉冷落。"

姚美娥听得入神,着急问:"那后来呢?"道一微微一笑继续说:"云游的大圣菩萨看出端倪,便装成化缘的和尚,向老狼精讨个地方打坐。老狼精问,想借多少地方?菩萨说,就借一衲之地。老狼又问,何为一衲之地?菩萨说,只要让他身上的这件袈裟铺在地上就足够了。老狼精看看袈裟不大,便一口答应。谁料菩萨脱下袈裟,往空中一抛,眨眼工夫,就从山顶到山脚,把个山团团罩住。老狼精这才知道遇到高人,当即磕头求饶。最终菩萨网开一面,只是废了老狼精的法力,让他不得再入山半步。老狼精倒也念情,问可否把这山叫作狼山,留个纪念。大圣菩萨本就心善,也就从了老狼精。再后来北宋年间为求雅改作'琅',又因山上的岩石多呈紫色,就成了紫琅山。"

见邵本山不说话。道一双手合十,轻声说:"万法皆空,唯因果不空。"姚美娥摇摇头说:"听不懂。大师能写下来吗?我把纸都带好了。"

道一笑了笑说:"施主做了什么,在于他自己。如果没有做错,就不要再自责了。"走的时候,道一让邵本山多从山顶向下看。他说:"人生归来,一马平川,都是坦途。"

从紫琅山回来后,邵本山把妞妞用过的东西都烧了。他对李月秀说:"我们不要孩子,过一辈子。"李月秀摇摇头不相信,她说:"没有哪个男人不想要自己的孩子,我不能生,不能拖累你。"邵本山说:"胡说什么,我算过命,这辈子就没孩子,你要信我。"李月秀不说话,眼泪直往下掉。邵本山把李月秀搂在怀里说:"命里有时终须有,命里无时莫强求。有你就够了。"

邵本山三十岁的时候,东海县公安局从全县选调民警,他去考,结果还真考上了。邵本山要带着李月秀搬去东海县。

邵阿旺在海上干了一辈子,落下风湿病,腿脚不能打地。他想邵本山留在乡派出所,能有个照应。姚美娥却说:"让他走吧,他不该给困在这个小渔村。"

邵本山走的那天,姚美娥把红纸片拿出来说:"带走吧,什么时候过不明白了就看看。"邵本山把纸片又推回去,说:"娘留着吧,就像儿子在你身边一样。"

从生下邵本山那天起,姚美娥就没再哭过。邵本山搬去县城,她哭了一晚上。

七

张所长给邵本山扔去一根烟。他问:"老罗是给人杀了,你有什么想法?"邵本山说:"人在我辖区给杀了,我有责任。"张所长说:"现在不是来讨论谁的责任,是要破这个案子。"

邵本山沉默了。他狠狠吸了口烟,话要出口还是忍住了。看邵本山欲言又止,张所长说:"你不会算过了吧。"

来紫琅派出所之前,邵本山几乎把东海县公安局所有的派出所轮了一遍。时间最长的两三年，短的也就几个月。现在局里谁都知道他，还留有他的两个绰号，一个叫半仙，意思神神叨叨；另一个叫皮球，意思谁都要踢他。为什么要踢他？给局长汇报的派出所领导全是一个说法，他在所里搞封建迷信，把民警都带坏了。

局长专门找了邵本山，而且还不是一个局长，换一任局长就找他一次。局长们对邵本山也很了解，说邵本山是退伍军人，从合同制民警转了正，又能考到县里来，是个很优秀的警察啊，可就是喜欢摇卦算命实在是让人猜不透，也看不懂。邵本山每次就一个说法："我没有搞封建迷信。"然后他就给局长们讲故事。他问局长："晓得国庆节那个强奸杀人犯吧？我是算出来他要从火车上走，但我不是瞎算啊。我可查过他之前用过的所有交通工具，出远门就是火车。他这命里不能沾水，不能上天，四个轮子都犯冲。看他手臂的文身了吗？那是奇门八卦啊，他功夫可比我深……"局长实在听不下去，让邵本山打住。邵本山说："我还没说完呢，我这不是算命，就算看起来挺神，也只是基于基础的、合理的逻辑分析得出的结论。"局长说："你厉害，你厉害行了吧，但能不能考虑一下别人的感受？你随身带着三个警徽摇卦，脑子有毛病吧！"

紫琅派出所是最后一个能接纳邵本山的单位了。如果张所长再不要他，邵本山真不知还能去哪里。所以，他对张所长一直恭恭敬敬。

邵本山嘿嘿一笑，说："我算了，你信吗？"张所长也狠吸一口烟，说："你倒说说看。"邵本山说："再考虑一下。"张所长就说："太阳打西边出来了，邵半仙还要考虑考虑啊？"

邵本山回到家，李月秀已经做好了晚饭。她说："值一晚上班，又一个白天不睡觉，你这是要累死自己吗？"邵本山往沙发上一躺，问："如果妞妞还在，今年该多大了？"

邵本山烧掉了妞妞所有的东西，却又从嘴里常常提起妞妞，就好像妞妞从来没有离开过。李月秀说："该上大学了，过几年该成家了。"邵本山说："妞妞是给车撞了，可有些小姑娘明明活着，却已经死了。"李月秀问："你这话什么意思？"邵本山说："最大的十四岁,最小的六岁,一共四个小姑娘。妞妞如果长大的话,这些年龄我一定会让她开开心心的。"

邵本山刚到临江村没多久就救了个小姑娘,是烧饼店老赵家的外孙女小玲子。小玲子九岁,刚上二年级,爹妈全在外打工,把她扔给外公外婆管。外公外婆一天要做几百个烧饼,根本没空儿管,她就整天在村里跑,越跑越远,终于跑到了江边上。因为是台风季,那几天邵本山带着保安员不停地在江边检查水情,眼睁睁看着小玲子从石头上滑下去。石头上还站着三个小姑娘,个子最高的那个不停地在哭喊。

邵本山和保安员救起小玲子,把她放在平地上。小玲子紧闭眼睛,小脸惨白。邵本山嘴对嘴地给小玲子吹气,直到她吐出一口水,邵本山才松了口气。人救过来了,邵本山没少给四个小姑娘上课。个子最高的叫阿萍,是铁匠家的女儿。圆脸的小葵,家里是卖茶叶的。最小的秋宝才六岁,家里是做包子的。

小玲子哭着说,再也不会了,以后肯定听话,不往危险的地方来。邵本山问,小葵和秋宝呢?两个小姑娘也点点头。邵本山又问阿萍。阿萍的眼神冷冷的,她盯住邵本山腰间的警棍问,这玩意儿有用吗?邵本山看出这个姑娘是个刺儿头,说你要干什么用呢?阿萍咬了咬嘴唇和小玲子说,走!不要和他废话。三个小姑娘明显都听阿萍的,扭头全跑了。

邵本山从此记住了这四个姑娘。只要到文学街,都会去她们家看看。邵本山和老赵说要看好小玲子,老赵说做烧饼都来不及,哪有时间看?等她爹妈过年回来收拾她。邵本山也去过铁匠铺,他透过窗户看到铁匠喝多了酒,红着脸在骂阿萍。阿萍跪在地上,别过脸看向窗外。阿萍和邵本山四目相视,她做了个瞪眼的表情。邵本山读出来是让他不要多管闲事,也就没进去。小葵和秋宝家的情况差不多,反正爹妈都不太有时间管她们。在文学街,她们四个应该算是彼此最亲的人了。

邵本山对李月秀说想好好睡一觉,还让准备一些小姑娘喜欢的东西,他有用。

八

文学街杀人案难破啊。

小法医说老罗是中毒死的。可中的毒很奇怪,像一种草药,能够致幻,或者致死,只是现在还检测不出来,也或者永远检不出,因为这是野生草药,不可能都有记载。

张所长说,可以肯定的是,有人给老罗下了毒,毒死他后又放了火,伪造失火现场。但又是谁要对他下狠手呢?

老罗的人生几乎是一片空白。他祖上就在文学街,年轻时因为家里穷,人又长得丑,没有哪户姑娘愿意嫁给他。一拖就拖到四十岁,索性就不成家了。老罗的父母十年前先后过世,留下个小二楼给老罗。文学街的房子都是木结构,一把火全烧光了,什么都没给警察留下。

除了街坊光顾,就是到紫琅山来玩的游客,渴了饿了会到老罗的杂货铺买点儿零嘴充饥。老罗的生活靠这个杂货铺,基本能有保障。

除了看店,老罗有个爱好,不定时约邻村的老光棍儿来打圈牌。老罗牌品还好,这么多年几块几毛的小来来,也没听说和牌友有什么矛盾。老罗的手机还是老人机,除了供货商的电话,就只有几个老头儿的电话。老头儿们听说老罗死了,吓得半死,每个人都能拿出不在场的证据。

文学街上的人没说老罗不好,当然也没说出多少好来,老罗几乎像个透明人。除了几家有小孩子的,实在说不出什么,就说老罗挺喜欢小孩子,有时候会白送东西给他们吃。家里知道了要给钱,他也不收。

老罗的小二楼在文学街靠里一些,从窗口望出来,能看到整条街的熙熙攘攘,但却没有人能注意到它的存在。

文学街杀人案各走访小组的信息汇总而来。为了这个案子,所里不知道开了多少会。胖子、瘦子和丫头几天几夜泡在文学街,几乎要把文学街翻个底朝天，可实在也没什么可说了。社区民警邵本山至今却一言不发。

张所长说："邵本山你现在可以说了吧，不要卖关子，算命就算命，摇卦就摇卦，说来大家听听，死马当活马医吧。"张所长几天没睡好觉，胡子拉碴，两眼通红，说话几乎带上命令的口气。"对对对！"胖子瘦子和丫头，还有大家都说，"死马当活马医吧。"

案子破到这个地步，所有警察已经没了办法，他们似乎把希望全寄托到了邵本山身上。邵本山在抽烟，抽了一根又一根。他说："我今天摇了一卦，这案子能破，但要付出代价。"

本来大家就是想听听邵本山吹牛皮，调节一下连日来的紧张。但邵本山说得如此郑重，简直超出预期，所有人哄堂大笑。

邵本山没有笑。他刚去找了小玲子，他笑不出来。

邵本山一直都想找小玲子，或者小葵，或者秋宝，都行，可他又不敢。他不能保证一切是他想听到的，可他又不想听到他想听到的。他很矛盾，只有在笔记本上记下一些他认为可疑的地方。

邵本山不想去找阿萍，或者说暂时还没想好怎么去找。因为他觉得阿萍是一个比较有攻击性的女孩子，个子很高，不看脸就像个大姑娘。十四岁也正是叛逆的年龄，找了，有时候可能会坏事。

牛皮笔记本渐渐画满了，邵本山觉得一定要找的时候快到了，可老罗却死了，死得这样蹊跷。老罗的死一定和她们有关。邵本山实在想不出还有谁能与老罗有这样紧密的关联。老罗命中无妻，却不缺女人。这是邵本山自己算的。

小玲子对邵本山没有一点儿戒备，因为邵本山救过她。邵本山举着一篮子零嘴，说："你喜欢什么就拿吧。"小玲子伸了手却又缩回去。她说："我真的可以拿吗？"邵本山说："当然可以。"小玲子想了想说："我没有钱。"邵本山装作在思考的样子说："是啊，拿东西是要钱的。"小玲子直勾勾地看着篮子里花花绿绿的糖纸，歪着头说："要不我给你摸一下吧。"

这句话像千万根针戳在邵本山的心上。他最不想听到的话，还是听到了。

邵本山好不容易挤出点儿笑，他继续问："是谁说可以这样的？"小玲子说："是阿萍姐姐啊。"邵本山的脑袋像给石头砸中，砰的一声。他不确定地问："是铁匠家的阿萍吗？"小玲子忽闪着眼睛说："是啊，铁匠家的阿萍。"这也是邵本山不想听到的话。

确定一篮子零嘴都是送给自己的后，小玲子把篮子抱在胸前。见邵本山什么话都不说，小玲子说："谢谢警察伯伯。"鞠了躬就跑开了，留下失神的邵本山。他已经不用再去找小葵和秋宝了，小玲子说了，小葵和秋宝都给人摸过，而且是好多人。

邵本山从包里掏出牛皮笔记本，他翻开一页，有直线、曲线、圆圈，有的地方记着时间，有的旮旯写着方位。胖子探头一看说："半仙，你这摆的什么局？"邵本山说："老罗起码祸害了村里四个小姑娘。"

一屋子人的脸色全变了。

九

邵本山刚到临江村，就喜欢上了文学街。

衰败而陈旧，寂静而落寞，文学街像被喧嚣世界遗忘的角落，保留着城市里再难寻觅的烟火气。更难得的是，空气里还混合着江水的土腥味，虽然与东海村的咸湿海味不一样，但终究是水的味道。邵本山生在海上，姚美娥也一直和他说避水避水，可邵本山到底还是喜欢有水的地方。

文学街杀人案的凶手，邵本山直接锁定到阿萍身上。他说自己查过阿萍，她娘几年前受不了嗜酒的铁匠跑了。没嫁来之前是隔壁村的药农，全家都靠上山采药谋生，这本事嫁过来也不会丢。阿萍从小耳濡目染，对各种草药了如指掌。

"阿萍为什么要杀老罗呢？"丫头问，"如果像小玲子说的那样，她不应该是老罗的同伙吗？"

邵本山说："也可能阿萍首先是受害者。这姑娘甲申年生泉中水命，性格灵巧聪明，但平生多波折，人生起伏较大。命里无福，是个苦命的孩子啊……"邵本山说这些的时候，没有人再发出笑声。

张所长说："去找阿萍吧。少点儿人，不要吓着姑娘。"邵本山点点头，只带了胖子瘦子和丫头。去的时候是晚饭点儿，四个人都换了便衣。

来到铁匠家，铁匠正在喝酒。邵本山问："你闺女呢?"铁匠说："谁知道野哪儿去了？等开学就让她寄宿去，省得看了心烦。"见邵本山没有穿制服，铁匠打了个酒嗝，说："邵警官今天不上班，来喝口酒。"

邵本山说："不用了。"丫头撇撇嘴，低声说："谁摊上这样的爹真够倒霉的。"邵本山"嘘"了一声，让丫头不要说话，他说再去找小玲子看看。

小玲子难得没出去疯，在烧饼店门口捉蚂蚁。看到便衣的邵本山，她歪着脑袋看了半天，突然变了脸色，惊恐地开始跑。邵本山心想坏了，一定出事了。

小玲子给拎到小巷的时候开始哭，从小声啜泣到号啕大哭。丫头把小玲子抱在怀里，说别哭别哭，我是警察姐姐啊。邵本山说小玲子不认得我了吗？我是警察伯伯，酸奶糖好吃吗？小玲子这才抽泣着说好吃。和其他小朋友分享了吗？邵本山紧接着问。小玲子撇着嘴角点头。邵本山又问她们说好吃吗？小玲子又开始哭，边哭边嘟囔：阿萍姐姐说她不要我们了，有人要抓她，她杀了人……三个人面面相觑。邵本山叹口气说自己小瞧了阿萍，她什么都知道。

清晨的紫琅山上时而掠过几声鸟鸣。村民屋顶上炊烟袅袅，灰白色的烟气和晨雾融合在一起，飘飘荡荡，盘旋升腾。紫琅派出所大院里陆陆续续来了许多人，他们带着手杖、强光手电、高音喇叭。人群小声议论行程，互相检查装备，一切紧张而有序，他们是要进山找阿萍。

阿萍在紫琅山上是根据小玲子、小葵和秋宝的话推测出来的。她们中年龄最大的小玲子不过九岁，小葵和秋宝话都说不周全。邵本山花了一晚上的时间，琢磨她们三个颠三倒四的话。

阿萍吃到酸奶糖后就失踪了。之前她反复问小玲子这糖怎么来的，小玲子和邵本山说了什么。之后她把小玲子、小葵和秋宝叫到一起。她跪下了，还磕了头，说了好几个对不起。还说以后谁都不可以摸她们。小玲子听不太明白这些话，只是觉得阿萍让她害怕。

张所长问邵本山确定阿萍在山上吗？她想干什么呢？逃走？还是躲起来？邵本山没有回答，只求所长不要告诉村民为什么。小玲子她们太小，不能一辈子活在阴影里。所长叹了口气说好，听你的。

胖子问邵本山有没有算一卦。瘦子说肯定算了，是不是在东面？丫头说算个鬼啦，没看老邵一晚上没睡吗？如果算得出，还用不睡觉吗？

紫琅山间，群鸟突然噗啦噗啦飞起，像是在天空撒出一张网。

邵本山静默不语。

十

东方微亮，紫琅山却还浸透着前夜留下的寒气。

邵本山眉眼潮湿沉重，努力睁眼一看，竟是一大团一大团乳白色的雾。白雾笼罩下的紫琅山幽静神秘，山石树木恍若仙人脚下踩着云朵在雾中若隐若现。邵本山和胖子瘦子还有丫头编成一组，带路的是邵本山。

紫琅山不高，却也山石奇绝，峭壁兀立。邵本山一行艰难地向山上爬行，脚下的路越走越细，汗水渐渐湿透了衣裳。路是不是对？方向是不是对？这时候都管不上，就只有在一草一木、一寸一厘里找。

胖子有点儿耐不住，问邵本山究竟带的是哪条路。邵本山说这一年多自己没少爬过紫琅山。瘦子笑着问是没少找和尚吧。邵本山也不反驳，只说山前多是禅寺景区，人流量大，只有这山后，几乎没人。

说话间，密林中间出现一片枯黄的草地。邵本山说这草被压过。又上前抹了一把说不太湿,昨晚肯定有人睡过。丫头说那一定是阿萍。胖子说不要高兴太早。瘦子说山洞这么多,谁知道她藏哪里?丫头又喊你们快看!四人围过去,发现枯黄的草地中居然有点点暗红。阿萍受伤了!丫头肯定地说,她就在附近!快向指挥部汇报。邵本山仔细瞅瞅那点暗红,手指沾了沾,放在鼻间嗅了嗅,说不要急着叫人,我要先和她谈谈。她,还是个孩子,不要吓着她。

　　胖子瘦子和丫头在休整,邵本山渐渐发现了果壳和排泄物,这更坚定了他找到阿萍的信心。在草地西侧的山路上,邵本山再次发现了新鲜血迹,他说肯定是往这边去了,我们得快追!邵本山没有告诉任何人,他算出阿萍不是逃,也不是躲,他算的是,阿萍不想活。

　　爬出有五百米,血迹消失了。丫头几乎俯在地面上也没有发现一滴血,急得直叫,难道她上天了不成?我看没上天,胖子向上一指。瘦子看到草丛中有个山洞,洞口狭长,洞内黝黑。丫头在洞口又仔细检查一遍,果真找到了血迹。三个人兴奋地喊我们快进洞!邵本山说如果没记错,这洞不是死洞。他在洞口比画比画,说自己和丫头进去。胖子太胖,瘦子长得凶,都留在这里。邵本山反复说着,不要吓着阿萍。

　　狭长的山洞果真穿过山体。挤过洞口,没几步就开阔了,邵本山和丫头摸黑走了一段路,眼前渐渐光亮。待豁然一亮时,陡斜的山坡赫然出现在眼前。这山坡上满是好草药啊!邵本山刚说完就惊住了:一个瘦小的人影正在那山坡上爬行。

　　阿萍!丫头大喊一声,山谷回声顿时送过来,包括尖细声音中的颤抖。人影猛然回头又回转过去,手脚并用继续向上爬。阿萍!快下来!上面危险!邵本山双手围在嘴边喊着。阿萍停顿片刻,但接下来还是头也不回地向上爬。丫头问再爬不就到山顶了?邵本山说是啊,过了山顶就是江。邵本山让丫头原地等着,他也向上爬。

　　因为腿伤,阿萍爬得很吃力,速度并不快。邵本山憋足劲,也手脚并用。丫头一直喊着阿萍快下来!见逐渐追上来的邵本山,阿萍突然停住,用手扒拉石块向下滚。邵本山脑袋躲过去,手臂却给砸出血。邵本山停住,阿萍继续爬。邵本山再爬,阿萍又扒拉石块……两人就这样爬爬停停。丫头心急如焚,几乎带着哭腔在喊,阿萍,别爬了!邵本山再一次停住,他离阿萍已经很近了。他说阿萍,你别做傻事。可是阿萍却一点儿停的意思都没有。

阿萍前脚刚爬上山顶,邵本山就跟了上去。

山顶是一片平地,同样可以看到江,看到海,看到农田村庄。但邵本山的心境完全不同。

阿萍站在悬崖边,怒视着邵本山,一步一步向后退。

十一

邵本山给阿萍算过命。当她跪在铁匠面前,并且向邵本山瞪眼时,邵本山对这个连警察都不相信的小姑娘产生了好奇。

阿萍的命排在命盘里,邵本山长长地嘘一口气。

对于命运这回事,这些年邵本山也不知道自己信还是不信。信的时候可能心里已经有底,不信的时候无外乎一切并不是自己希望的。邵本山看着阿萍的命盘,多希望一切都不是真的。

十岁前,阿萍看到的都是铁匠对娘的拳打脚踢。十岁时,她娘扔下她走了。没娘的孩子,铁匠不管,老罗管,管她吃喝,管她的身子。

阿萍越长越大,老罗腻了,让阿萍把小玲子、小葵、秋宝叫来。老罗呢,就把老光棍儿们都叫过来。

阿萍的零花钱越来越多,可她并不开心。小玲子说疼,阿萍流泪了。她也疼过,知道那种疼是什么样。

阿萍上了初中。小玲子不再说疼了,可阿萍却越来越疼,是心里疼。她把钱都给了小玲子、小葵和秋宝。就算这样也无济于事,阿萍的疼一天比一天重。

老罗终于对小玲子也腻了,他让阿萍再去找。阿萍第一次拒绝了老罗。老罗打了阿萍,说要告诉铁匠,告诉全村人。他问阿萍大家会相信谁。老罗说这话的时候,嘴角泛着白沫,眼里露出凶光。

阿萍的眼里也有光。她早不是十岁的小姑娘，她是一个初中生了，她懂的可比没上过几天学的老罗多得多。

那一天阿萍特别听话，对老罗特别好。老罗已经很长时间不碰阿萍了，他抱住了阿萍。阿萍说你别急，先喝口水。

老罗真的老了，还没来得及脱掉衣裳，就倒了下去。阿萍把老罗抬到床上，摆成弯腿侧睡的正常姿态，她不停地试着老罗的鼻息，直到试不出一点点来。阿萍点了一盘蚊香，她捏着蚊香的尾巴，看着暗红色的光点蔓延到蚊帐上。阿萍眼里的光跟着越来越旺的火闪烁着……

阿萍跳下悬崖时，邵本山已经拉到她的裤腿了，一直没松手。他对阿萍说的最后一句话是：阿萍，你的路还很长啊。阿萍笑了笑，说，我从生下来，就是死路一条。你懂的。

这天是十五，邵本山和阿萍一起坠落下悬崖。道一没在庙里做功课。他立在山顶，双眼紧闭，捻着佛珠，念念有词。

远在东海村，老先生留下的红纸片从中间裂开，只剩下最后一行留在姚美娥的手里。这么多年，姚美娥突然想明白了老先生说的话，流年一马平川再无波澜，不就是所终之日吗？

邵本山不在了，他的牛皮笔记本留下了。张所长从头到尾细细翻看，上面是有些鬼画符，但更多的内容他看得懂，那是整个临江社区的故事，文学街占了大半本……

（原载《啄木鸟》2018年第10期）

杀死鸟

修正扬

　　二十多年后杜兵又一次来到红场乡屋檐村。毗邻的自治州出了起交通事故，死了七个小学生，主官被撤职，这事引起了县里的高度重视，四十多人的交通安全工作组火速成立，分成两个大队，每个队负责五个左右的乡镇，主要任务是带着八磅大锤和氧气割枪把达到报废年限的车辆就地强制报废，"杀无赦，斩立决"，没有条件好讲。当然，政策和法律还是要讲，讲得好阻力小些，人命关天的道理大家知晓，但这差不多是谋生糊口的家当，车主都是庄户人，这情形和杀掉尚能生产的耕牛差不多。也有嚷嚷的，谈不上暴力抗拒，吼几嗓子好过些而已。收废铁的开着卡车跟在队伍后面，车主可以大声和他们就烂摊子讨价还价。

到达屋檐村已近下午,一会儿上山,一会儿下山,路和当年一样难走,他的丰田和几台警车丢在乡政府,原本打算把自己丢在那儿,临了还是和队员一起坐东风车进来。他坐在驾驶室,右手拽住扶手,骨头颠簸得要散架。阳光眩目,深渊中的金色溪流恍若时隐时现的细线,车好像在天上,最后一座山的长坡让他有堕入深渊的感觉。

吃饭时他没感觉到饿,肠肝肚肺还没回到原来的地方,胃倒是在原地,在下垂后的原地踏步,一种奇怪的动力,感觉很难受。他的手按在上面,想让胃立定,但这方面他不是长官:"有这样出风头的吗?"他嘀咕着,温柔地按摩着胃部,"别和我说是心跳,别糊弄我。"他很轻地自言自语,和手配合得不错,就像和一个哑巴朋友说话。交流片刻感觉好受了些。马队长端着碗关切地上前问时他说他去外面走走。"旧地重游?""哪里,"他说,"我对这没什么印象。"他抄着手出了弥漫着猪肉煮白菜气味的院子。一块破碎的镜子在便道边的草丛里熠熠生辉,走过去时才注意到是一个铁皮鱼罐头盒,上面飞舞着蚊蝇。他看不出村子的变化,总是有变化的,新修的水泥房子羼杂在旧木屋中间,也有单独建在田地上的。眼前的人少了,大多是老人和孩子,白晃晃的阳光下有种说不出的萧条凋敝。还有什么?他说不上来,这之前他仅仅来过一次。连绵的群山,黝黑的树,天上的浮云,地上的狗,看起来还是老样子。这里交通一直很闭塞。

杜兵是在屋檐村那座油漆一新的风雨桥上看见他的,从散散落落乘凉的人里一眼认了出来。杜兵避在一根廊柱后面,唯恐自己太打眼了,事实上,是对方太打眼了,看见他的刹那杜兵定住步子,眼睛闭了下才睁开。他根本没想到会遇见他的,他胖了,样子倒是没大变,他左手是位二十来岁的女人,右手长凳上搁着本厚厚的书,两个人安静地坐在那里,女人长相也很安静,低眉顺眼,温良的态度。他们没注意到他。杜兵转身趴在栏杆上,桥下是浅浅的流水和一群凫水的鸭子。他站起来,拍了拍书,她也站起来,两个人不紧不慢地朝桥下走去。杜兵咽了口吐沫,把便帽撂在护栏板上,紧走几步跟着下台阶,走了一小段后在土路上定下来喊他的名字。他回过头在阳光里眯起眼睛狐疑地打量杜兵。

"你好。"杜兵拘谨地笑笑,脸上肌肉却活泼地抽动了下。

他们看着他。

"还认识我吧?"杜兵等了等又说,"八八年冬天我们见过面。"

他的右手拨动着书页,好像翻动过往的记忆,一张干银杏叶掉了出来:"在哪里?"

"我们把你带出去的,在乡政府,二楼。"

两道眉毛往当中聚拢,嘴角朝上翘了翘:"你是谁?"

他说了他的名字,还说自己曾在区派出所工作。

"我不认识你。"

"我只是想问你是否还记得这回事,"他提醒他,"大雪天,好大的雪。"

"时间过去得太久了。"

"但是一定会记得的对吧?"

"为什么一定记得?"他说,"我记不得了。好多事我都记不得了。"

他记不得了,他说记不得了。他身上野生动物的膻味和许多年前一样往杜兵鼻子和颠三倒四的肚腹里钻,胃一阵咕噜,口中泛苦。他开始觉得自己不该来,来了也不该上前搭话。

"那次你几乎丢了性命……"

"二十多年前的事了,"他第一次咧开嘴笑了,他瞅了瞅脚下短促的黑影子,好像证明自己所言不虚,"这么久了,我们不都很好嘛。"

"很好。"杜兵抹了抹脸,把汗水甩在泥路上。他点头,同意他的看法。

杜兵八八年春上到白沙区派出所的,知晓他的名头也是那一年,他全名霍元全,诨名"大麻子"。杜兵来之前的几年区里对他的抓捕行动不下十次,好几次还是有代号的大行动,电闪雷鸣、暴风骤雨之类的，结果看起来像是光打雷不下雨，有一回枪子放得和雨点一样多，还是让他躲过去了。一直要求活捉，三番五次无功而返，身心俱疲，不是一般的遭罪，见到尸身也算有个交代和了断。但这事门都没有，瞎子追老婆，越追越远。到后来也心灰意冷，县上放狠话才去一次。屋檐村天远地偏，山高林密，和张家界接壤，人不落地在树上就能跳过去。张家界那时是没人知晓的蛮荒之地，叫大庸，区里和大庸方面联系了一次，部署警力和民兵包围了方圆二十里，见着麻脸就抓，要抓的大麻子还是漏网了。另外，抓错人被人骂也是没办法的事。一九八三年大年三十夜几个抓捕的警察被他诱到捕野猪的大坑里，夹子取了，要爬上来却很不容易。最受伤的还是所长本人，每一次行动里都有他，晚近一次抓捕中大麻子从树上丢下的石头砸到他右边身子，耳朵缝了针还好，后遗症是持枪的手平端起来就一个劲打战。不是一般的颤，杜兵亲眼所见，是花枝乱颤，胳膊里藏着个促狭的小鬼在肆无忌惮地嘲笑呢。辖区内有这么个阳刚的大麻子，他真是抬不起头，衰得不像个样子。因为这个事他绝了调动到城里去的心思。先前向上面嚷过，郑重地打过报告，报告还没签下来老百姓的意见又上去了，结果可想而知。

　　除了那只亲眼所见会笑的手，其余杜兵都是听说来的，他认为有的难免言过其实和神化了，比如说大麻子在树叶上行走如履平地的轻功，了不得的缩骨功夫和神乎其神的巫术。好像把他说成神仙或者接近神的人，一次次无功而返的追捕和遭受的苦楚就可以忍受，情理之中，犯不着耿耿于怀羞愧不安。其实大麻子并不是杀人越货无恶不作的强盗，怎么说呢，大家都相信他有一套或者不止一套的邪术，拍拍姑娘家的肩膀或者把床下的鞋子调换个位置，要不隔山打牛默祷口诀姑娘家就跟他走了。关于他最悬乎的描述是这样的：他在前面走，后面跟着几个姑娘，一根线连着似的，他站定手持一根狗尾巴草或者鲜艳的野鸡毛拂过她们凹凸有致的身体，姑娘们则在山梁上一排躺下来。这个说法和当地流传的"赶尸"有异曲同工之处，杜兵是半信半疑的。也有人说他会的只是几套跑江湖的魔术把戏，张手往天上一抓就是一块钱，再一抓又是一块钱，一块又一块羡煞人了,跟他走的大多是好吃懒做异想天开的姑娘。各种各样的说法都有。反正不是这样的姑娘就是那样的姑娘,许许多多姑娘被他诱拐走了,这个是事实。这些姑娘最后都到哪里去了呢?没人能说出个准数,因为他的活动范围不限于白沙区,周边大庸、原古坪、松溪桥、李家坝的乡野无不留下他的特别气味。他不是皇上,他连个正儿八经的老婆都没有,家里人除了老父亲就是个小儿子。比较可信的说法是这些姑娘经他转手介绍给光棍汉,收取不菲的介绍费,大抵如此吧。抛开当地民众的情绪不说(这当然是抛不开的,伤心的父亲和怒火中烧的单身汉——这个群体的火本来就很旺——意见很大),按法律条文这是必须绳之以法的犯罪行为。那时刑法里有流氓罪,多谈几次爱可能就流氓了,如果做了,那就等着法律来把你做掉,而大麻子的罪行显然不杀不足以平民愤。据郝所长言之凿凿的说法是一九八三年严打中如果活捉,当即会绑缚刑场正法。杜兵相信这是千真万确的实话,但是在他工作的那年人们已经不大相信能拿大麻子归案。他像神仙一样活着。

在乡下枯燥的生活里他是让杜兵印象深刻的人物,他甚至在梦里见到大麻子在天上飞,人面鸟身的形象,脸上的麻子叫雀斑更适合些。红脸膛,阴鸷的直鼻,眉毛梢下塌,呆板的不动声色的眼睛,慢条斯理地拿尖喙理羽毛,接着倏地一口掳走女人。杜兵端起枪让他知趣一点,如果不想浑身上下都是麻子。大鸟视若无物,懒洋洋地展开羽翼,垂直飞升,阴影垂下来,飞走之后阴影依然笼罩,和混沌的梦境掺和在一起。在梦里杜兵会把这只大鸟和自己养的鸟搞混淆,他养的一只鹞子,灰色的羽毛,他叫它小灰灰。区所的单身宿舍只有一间,拉撒都在操场边的公共茅厕,他与鸟共居一室。鹞子栖息的木杠架在东头,他的床在另一头,所以他半梦半醒间坐起身叫唤:小灰灰是你吗?

没有回答。他又滑入黑甜乡里。这样的梦,这个人本身还不至于困扰到杜兵。他是警察,他也没有女人,在一次可怕的车祸里失去双亲后他习惯一个人过,在乡下闷得慌,孤独得要死,他也不多和人接触。他对生活没有太多的想法,有的话也看不出计划和实质性的举动。他常窝在房里打谱学棋,要不屁股后面插本闲书到溪边或者林子里转悠,带着他的小灰灰。有人背后也叫他神仙。

一九八八年岁末的那次行动不是专门为大麻子。张家界名声出去后红场乡境内也振奋人心地发现了一个偌大的溶洞,政府调了些电缆线材之类的进去把洞子准备开发出来,施工前却被盗了。主要是这个事。这个案子县局开吉普212下来直接负责抓,区所配合。红场乡隔区公所大约七十公里,路不大好走,去一趟不易。派出所几个倾巢出动,还有区公所的司机张摩托。当时区上唯一的交通工具是辆长江牌750边三轮摩托车。

盗窃案的侦破特别顺利,机缘巧合,县局一下来立马给人绑走了。这个案子压力也是很大的,好像全县旅游事业的蓬勃发展,和张家界能否一争高下全系于失窃的电线。后来的事实证明不是这样的,通电后县里请了记者、摄影师宣传,交通太过不便,零零落落来了些游客,门票钱还不够电费,供电部门拉了闸,苟延残喘到第二年这个事业终告夭折。不过当时因为顺顺当当抓了盗贼,觉得是个好兆头,另外,县局的兄弟自命不凡,明里暗里没把基层的当回事,区所多少有点憋气,加上听到消息好像大麻子在村里露面了,大家蠢蠢欲动还是想做点事情。郝所长一开始嚷嚷要抓大麻子给那几个长狗眼睛的瞧瞧,等到气氛起来,又打起退堂的小鼓,斟酌消息的真实性,提醒把困难要考虑充分。张摩托开始担心边三轮能否跑得了那段路,他眉头紧锁,好像这是顶顶重要的事。

教导员吴军坚持还是进去打个转,总不能白白来一趟。他是做政治思想工作的,关键时刻知道如何用战鼓把退堂鼓压下去。他说我们和军队是一样的,这个军队要压倒一切敌人,而决不被敌人所屈服。不论在任何艰难困苦的场合,只要还有一个人,这个人就要继续战斗下去。他说领袖语录像是说自己的话,他总算是说话了。一路上他不言语,枯着脸独自抽过滤嘴香烟,不给大伙散一支,大伙也不招惹他。他三十七岁,隔壁辰溪县人,去年到的白沙,部队复员后不知走的那条关系分到这里。他妻子上个星期二不见了,派出所当成案子找了一个晚上,第二天他应该是看到了妻子的信或是什么，只身跑到县城，待了一天一夜憔悴不堪地只身又回来了。郝所长问过他要不回辰溪找找看？他说已经去过了，而且她不是辰溪人。大家知道她是北方的，但是总不会跑到北方去吧？他们在部队成的亲。他妻子三十不到，看模样才二十出头，像姑娘一样。他妻子仿佛就是他的孩子。他们没有孩子，也没人看见吴军亏待过妻子，不过大家都看见他的确喜欢小孩儿，男娃也好女娃也好他都要接到手上抱一抱亲一亲，亲脸蛋还亲屁股蛋蛋，时常买点糖果和小玩意什么的。他们夫妻都说普通话，尽管本地话他们能很方便听懂，自打她不见了之后他并不普通稍显特别的声音也听不见了。他不是孤僻乖张的人，只是……只是现在大家也不能肯定了。他有一双细长柔和的眼，但现在冷不丁看过去里面的光让人心惊呢。

冷了一小会儿场。郝所长问杜兵有何想法的时候他说听你们安排。

"你不是很想抓住大麻子嘛，"吴军说，"你不是说要亲手生擒他嘛。"

"这次进来，郝所长和我说就是抓大麻子来的，"杜兵说，"我一直以为就是这个。"

郝所长讲的是进红场乡办案子，红场乡除了大麻子谁能想到别的人物呢。

"而且说是办个大案。"杜兵说。

"我错了吗？我说错了吗？"郝所长摊开双手，"听毛主席的，按最高指示办。当年背语录我就脑壳痛，书读得少，记性还坏。"吴军噌地站起来，马上要行动的样子。

"看大家运气了。"郝所长说，"好事不在忙中，食堂吃了饭消停消停再出发。"

屋檐村隔乡政府约莫三十里地，和牛走出来的路差不多，极其糟糕，颠簸到村里天色已经完全黑下来了。张摩托边跑车嘴里边跑车轱辘话，他爱摩托车比庄户人爱耕牛还狠，经常能看见他在区里篮球场边给老婆擦身子般擦车，他们看起来就是这种关系。一段漫长的上山路跑得吃力，不忍看这"两口子"的苦相，郝所长带队下车抄小路,让张摩托独自开车。再次会合后张摩托眉飞色舞地带来个好消息。"大麻子真的在屋里。"他路上遇见个往外赶的村民,散了支烟,装成专门为新近发现的溶洞而来的(这话倒是不假),烟烧了一半才漫不经心地往主题绕,"听说你们这有个人搞堂客蛮厉害?"他转述时显然觉得自己蛮厉害,因为村民说确实,这两天才看见他回来。"听到这话我心儿狂跳,夜头搞不搞他?"

"搞不得的,那搞不得的,"郝所长用力地摆着残废的手说,"夜头太不安全,要是爬上树丢石头搞不好取人命,我不能再让你们吃这个亏。"

"我许他爬上树的机会都没有。"

杜兵也想夜里行动,迅雷不及掩耳,像抓那个盗贼一样就好了。

"情报也不一定准确,进村摸清楚了再说。"

"随便你们怎么搞。"张摩托受到了伤害,嘟囔着,"抓大麻子你们经验丰富。"

下山前担心暴露目标,郝所长要求把车灯灭掉,张摩托在这方面有话语权,气鼓鼓表示搞不得,搞不好车毁人亡。折中后灭大灯,开小灯,其中一个小灯用抹布裹住,追求夜行人打电筒走路的效果。吴军说与其这样还不如干脆打手电筒照亮,他有把三节电池的手电筒。

摩托车直接开到山下村口霍三家院子里的牛棚藏起来。霍三原来在区里放过电影,回村后在村委做治保主任,跟郝所长有交情,工作上也有联系,当夜宿在他家。霍三麻利地做了几个菜,他不能确定大麻子是否在家,不过大麻子的老爹最近病得重,他有可能是回来了。他是个孝子。"明天我给你们打探打探,先喝酒,明天再说。"郝所长表示光吃饭不喝酒,中午才喝,头脑不清醒。"羊桃子酒,甜得很。"霍三说得实在诚恳,郝所长说那就喝一点。后来还是喝多了。显然,这个夜晚就这样了。

杜兵先下席坐在火坑边烤火,火把酒气蒸到脸上让人感到困乏。他抹了抹额头上的虚汗,把稻草马扎往后挪,裹紧棉衣。吴军坐在他对面，火光跳跃在脸上。其余几个还在喝酒。柴火噼里啪啦炸响，一根生柴末梢汩汩冒出白泡。他用脚尖把它踢到火坑里。

"山里面真冷，"吴军说，"是不是要变天了。"

杜兵盯着摇曳的火光说火就是伴，靠拢点烘热乎。

"要下雪了，真下雪这条路出不出得去都是问题。"

"不会吧？"

吴军抖抖肩膀，说这回应该是你第一次抓大麻子。杜兵说是，摸了摸干燥的嘴唇又说但愿是最后一次。吴军说有信心会抓住他？杜兵说没有信心就不来了。

"记住这一次，你会印象深刻的。"

杜兵不知道说什么好，"老天保佑，"他说。

"老天保佑，"吴军说着把头往前俯过来，几乎到了火坑中间，"我会抓住他的。"杜兵看了他一眼，提防别一头栽火里，他显然有点醉了。"他是我的。"他又说。

杜兵说那就好，这些年也该抓到了。

"他神得很，他要是愿意就可以逍遥一辈子。"

"你认为他的法术都是真的？真的有那么悬乎？"

他从没这样说过，他是教导员，他只陈述已经发生的和事实证明了的。吴军说世界太大了，没法解释，鬼知道呢，术业有专攻，大麻子的神主要在那方面。"不用怕，他不是杀人犯，不会要人命。"

"我不怕，这是我的工作。"

酒桌上的人嚷嚷着让他们再来喝一杯。杜兵站起身走过去。他怕喝酒，而且易醉，但是杨桃子酒微甜，好入喉，醉了也好打发这长夜。

是夜郝所长扯把楠竹躺椅到火炕边靠了一夜，他习惯了，盖块灰得发黑的羊毛毯子，歪着头和霍三有一搭没一搭聊着聊着就睡着了。杜兵和张摩托睡在厢房，吴军睡的床是新铺的，没半个时辰他又回到火炕边，从火炕里抽一截柴火，凑到嘴边点着烟卷。风呼呼地在屋外奔跑，撞击屋檐下的玉米棒子和窗户纸，有那么一会儿风好像钻进屋子，那是郝所长的鼾声，举重若轻、有板有眼，换气的当儿像是吹紧急集合的哨子。

　　第二天起床吃完早中饭霍三找来一个二十岁不到的瘦男子，杜兵惊奇地发现他左肩上是头鹞子，手上提个竹篾织的鸟笼子，里面蹦跳着一只竹鸡。他是找来的探子，霍三叫他火娃子。郝所长端详一大一小两只鸟，然后才把视线放到那人身上。"这是搞什么名堂？"霍三解释说大麻子喜欢这个，到时也有个话讲。"这个好，"郝所长拍拍火娃子右肩，鹞子一个趔趄，披出半扇翅膀，复又立稳。"这不是你的鸟吗？"郝所长指着鹞子对杜兵说，"你看看。"杜兵说他的没这么大。"在我看来都是一个样子，深山出鹞子，深山出鹞子。"郝所长啧啧着想感慨点啥子，还是没说出来。张摩托凑上来嘻嘻哈哈说郝所长你就是深山的鹞子，统领方圆二百里的武装力量。"早二十年说我信，现在……"郝所长举起那只不大好使的手，"现在我还能一掌拍死你信不信？"张摩托从背后箍住郝所长说："我的老爷，那你们就得走路出去，你还真以为是鸟会飞……"

　　杜兵注意力在鹞子身上："这长得骠实，有多大，两岁？"

　　火娃子点点头："还凑合，捉麻雀、喜鹊是把好手。"

　　杜兵不看鹞子的眼睛，虽然是猛禽，它们并不习惯和人对视，它的脸上有很大一块泪痕斑，灰色的毛，胸脯是白色的。他摊开五指轻轻地用手心摩挲羽毛。鹞子歪过头瞄了一眼，镇定地心安理得地又偏过头去。

　　他们交流了下鹞子的饮食起居和训练心得，杜兵有时不得不弄点田螺和蝙蝠喂鸟，或者赶场时称点牛肉。火娃子偶尔也会给鸟喂点牛肉，明年春天准备训练抓野兔子。

　　郝所长过来和火娃子又交代几句，霍三说我都和他讲了，放心，脑瓜子灵泛得很。

　　约莫两个小时过后火娃子回来了，带回来的消息是大麻子的确在屋里，而且竹鸡给他了。

　　"好，这个好。"郝所长说，好像竹鸡是精心安插的内应。他又问，"他要竹鸡搞什么？"

　　火娃子说大麻子他爹不好，应该是给他炖汤。他爹和小儿子都在屋里。杜兵把火娃子的鹞子鸟用胳膊接过来托举着，一边听他们说话。吴军伸手摸了摸鹞子，鹞子歪起头睥睨他。吴军说："给我看看这鸟。"杜兵迟疑了下，胳膊斜了斜，让鹞子移到吴军的胳膊上。这鸟翅膀披散开，笨拙地站稳。

"你的鸟呢？"吴军问杜兵，杜兵说丢在城里了。

"谁照顾你的鸟？"

杜兵说，没事，几天没人照顾也死不了。

火娃子说，他是一天都不能离开这鸟，因为最需要照顾的就是这种鸟。

"所以才这样笨拙。"吴军胳膊抖了抖，很满意地看着它的笨拙。

杜兵看着鸟说，很快就会回去的，他不担心这个。

"你家住在城里哪里？"

"爹娘过世后我就没家了。"

吴军没吭声，端着胳膊朝院子里去。霍三散了圈烟，张摩托喜滋滋地吧嗒着烟卷说，这回相信情报准确了？郝所长说，狗日的。张摩托说，抓住了可要给他记功，到时别认不得人一条道就奔城里去了。郝所长说跑不了的，进城少不了他的摩托车送。张摩托要求赔他一瓶花露水，因为把车当牛使，就把它安排到牛屎堆里，搞得真好。郝所长说，几个研究下怎么弄，该行动就动起来。张摩托说，现在就动手吗？郝所长说，霍三算你一个，你也跟着去。正说着院子里传来一声瘆人的叫声，屋里的人怔了下，好像等待下文。火娃子鸟一样扑扇出去。

吴军站在山墙边一小片阳光地里，他伸张出来的手背上有道红色的血印子。火娃子蹲伏在地下，捧着大鸟，抬起头的时候大家能看见他大眼睛里夹着泪水。想说话，但是脖子就像是折断了，很快大家发现是鸟的脖子折断了，明显的是，他的喉咙淤塞了，脸涨得通红，喘不过气来。

霍三蹲下去拢住火娃子的肩膀安慰他，火娃子把断了脖子的鹞子抱在胸前，闭着眼睛，泪水刷刷地往外淌。这时杜兵才觉得火娃子是个小孩子,尽管他说到鸟都是谈论小孩子的口吻,但他还是小孩子。他呜呜地哭出声来,甩开霍三的手站起来冲吴军哭哭啼啼,说怎么能杀他的鹞子,他从小养大的鹞子。吴军低着头什么都没说。没人说他,也没人问他手上的伤。他站了半晌说他赔偿一切损失。郝所长枯着脸凑过去大气地表示逮住大麻子后奖他一百块钱。

"我要我的鹞子,我要去找大麻子,只有他可能救活过来。"

"尽说蠢话。"霍三说,"都回屋里去。"

"就算鹞子卖给我们了,你说个价。"郝所长说。

"卖你妈的。"火娃子哽哽咽咽、含含混混地说,好像要背过气似的。霍三把他抱了起来。郝所长的舌尖飞快地舔了下胡子,咽下那耳熟能详的粗口,短促地叹了口气。

杜兵感觉很糟糕,不知道会怎样收场。等他们都进去了他还站在外面。山墙上的枯草在稀薄的冬日下摇摆着。

事情没有想象的那样不可收拾,应该是霍三的威信起了作用。火娃子没再说要去找大麻子,杜兵进去的时候听见霍三对他说我们两清了,你再不欠我的。霍三又说,人抓住后那一百块钱也归你。郝所长连说几声要得要得。

火娃子抱着鸟,眼睛茫然散乱地飘浮,然后又回到胳膊弯里的鸟。

"好了,别难过。"霍三说,"就这样了。"

事情也只能这样了,他眼神收回来后像是想通了。霍三把他带出去将鸟处理,也许是丢在屋后那条小溪里面。屋后和依凭的大山间有条小溪。吴军准备跟他们出去看一看,但是霍三拒绝了他。他站在门槛上。

"你是搞什么名堂?"等他们出去后郝所长生气地质问吴军。

"我发梦癫的。"他好一会儿才说话,他的普通话像是从遥远的梦里赶过来的。

霍三一个人回来的。他在院子里的石块上刮鞋子上的泥巴。郝所长说没事了?霍三说没事了。郝所长说那娃儿不会跑到大麻子那里去生出什么事吧。霍三说不会的,他是我的人,听我的,我叫他回去休息了。霍三把脚在地上顿两下进了屋。吴军咬着烟卷正站在火坑边上。

"你也去睡会儿,"他走到吴军面前,看了看才说,"你的样子就像好多天没睡了。"

"我睡不着。"他说,他沉默了会儿,又点了点头,仿佛僵持片刻之后的妥协,他说好的。他朝光线晦暗的厢房走去,大木床吱吱嘎嘎,然后很快是鼾声和窃窃私语般的磨牙声。他们几个静静坐在堂屋里。"他竟然说他睡不着。"霍三说。

"没什么,"郝所长说,"他老婆不见了,跑了,"他停了下又说,"你应该能理解吧?"

霍三脸红了。"我不能理解,"他粗着嗓门说,"我只是在山上赶过三天的野猪。"

"轻一点,"郝所长嘿嘿笑,"你对大麻子放过黑枪,我知晓这个。"

"都是谁编排的鬼话,我这样做你难道还不把我抓起来?"郝所长说:"应该打死他,打死了就好了。"霍三站起身:"这是你的事,我和这个没关系。"

"你是治保主任。主任!"

"我管下家长里短,鸡毛蒜皮可以,我管不了神仙。"

郝所长悻悻地不言语了。归根结底这是他自己的事,念及这个他就心烦。他觉得自己真的老了,不想管事,说不出的疲乏。他看着堂屋里的领袖画像,长叹一口气。

"这都叫什么事,吵吵嚷嚷念着语录要进来抓大麻子,现在准备去抓人,这狗日的在毛主席眼皮子底下困瞌睡了。"

杜兵从院子后门溜到屋后的溪边,灰色雀儿不时飞快地从细微的溪流上掠过。溪那头有条小路通往山上,山势陡而高,山麓满是枯黄的萎草和低矮的灌木,再上去是板栗木和茂密的松柏树。他从溪里突起的石块上跳过去,十分钟后到了山腰。风在树叶上沙沙细语,远处一头牛在哞哞叫唤,他拨开杂草,干枯了的荆棘和上面的冬日阳光寻找遮蔽的隐秘小径。这方面他积累了足够多的经验。区所附近的山是他每天清晨跑步的场所，食堂敲钟才下山，上午待在所里，下午则又到山上游荡。有时带书，有时是鹞子鸟，有时什么都不带，有时则超乎想象。幽暗和微光交织的山林给他幻想和满足，当他躺在作床的软草上，仰面痴痴呆呆看着无边无际的天空和一片片的游云，他会一直看到看不下去，没有距离为止，好像云是很方便地踏入另一个世界的软梯，从那里到哪里都可以达到。他的鹞子尚未长成还不足以飞得很高很高，他在电视上看到动画片《尼尔斯骑鹅旅行记》，幻想着有一天他和他的鸟一起飞翔，耳边清晰听到翅膀刮过空气的震颤，自己的震颤，甚至能看到皮肤上起了细细一层鸡皮疙瘩。小鸟从草丛间倏忽蹿出来振翅飞到树林里，风带着寒意。他一气爬到山顶，站了好一阵，然后找个草窝子抽了两支烟。他在山上消磨了好一阵，下去的时候小半盒烟已经抽光。他把烟盒揉成一团，想想又折开叠成一架三角形的飞机，用力掷了出去。他对着空旷的天空忽地大声喊起来，叫了一半赶快收声，这是不合适的。他飞快地朝山下跑去。

　　入夜正式进入战备状态。没喝酒，不能喝酒，壮行酒也不行，提都不要提。吴军一觉睡到天煞黑，他问霍三讨要公鸡应该是饭后在屋檐下清冷的夜色中说的，他说能不能帮他找只公鸡。霍三瞅瞅他，说没有公鸡，有一只是准备留着抱小鸡的。意思是有公鸡的话小鸡才有得抱。吴军还是恳求想想办法，他拿出一张十元钱的票子。霍三说要公鸡作什么用？伙食不好酒喝得不畅快还是别的什么事？当然不是这个，此行是来抓大麻子的，他要公鸡也是为的抓大麻子。公鸡能帮上什么忙，它一唱歌天下就清白了？杀了带翅膀的，大麻子就飞不脱了？另外，这夜里去哪里找一只公鸡？吴军说他需要鸡血，公鸡血。霍三说你相信这个？吴军说死马当成活马医，能派上的就派上，能试下的就试下。他吃饱了饭，睡足了觉，说得无动于衷，霍三反而心跳了下，好像被人揭了伤疤。霍三说过他不能理解，他很想再说点什么，嘴唇张合几下一时又不知说什么好，默默地接过票子卷在手指上。

　　"帮我把鸡杀了，血留着用，肉炖着大伙消夜。"

一颗星星挂在天角。屋里的火很旺，火坑上挂的熏肉的油不时滴落在柴火上。其余几个人在火坑边打"跑胡子"牌，杜兵把细长的纸牌很不自在地捉在手里，他几乎不会玩牌，打牌仿佛打卦。他一直在输。他拨开牌面上跳动的火光，轻轻放在黝黑的桌面上，这时他听见公鸡在黑夜里的一声鸣叫。

"天是不是要亮了。"杜兵说。

他们没睡，围着火坑边坐了一宿。谁也不知道吴军把鸡血洒到村落的哪个疙瘩角落。他从外面回转时棉衣打湿了，坐在火坑仿佛坐在澡堂子中，蒸汽缭绕。他把衣服脱下来罩在腿上。鸡炖得差不多了，郝所长谢谢他的鸡肉。他说还以为会把大麻子带来，那样真得好好谢你了。吴军没说话，不过看起来心情不坏。郝所长继续说，不要单独行动，不要出什么岔子，我知道一个人也得战斗下去，但是我们是一个集体。吴军说他知道。"你是教导员，应该比我知道更多些，我现在上了年纪，我话多。"张摩托说吴教导员你是搞迷信活动吧，但这不是班门弄斧啊。吴军说他就劈那几斧头，算是锻炼身体好不好。霍三说来来，看炖得如何。筷子都伸了进去，大家说不错不错，然后舌头另有重用，只听见吧嗒吧嗒的声音了。

消夜后郝所长把大家聚拢过来，从火里抽了根燃烧的柴火往灰中一捂，当大铅笔在地上布置计划和战斗方案。郝所长没去，他没在计划和方案里面，他说等待好消息。这么多年来风里来雨里去，加上浇在当中的酒，他身子骨大不如前，还有那只手，怎么说呢，也只能拿拿铅笔了。霍三和张摩托顶了他的缺，不然人少了，所长这样分量的人物当然要两个人才顶得住。张摩托不光顶郝所长的缺，还要求顶他的枪，郝所长不依，最后考虑到他的积极性，把子弹空出来给了把空枪。张摩托快快地接受了，他的任务不是打枪，而是腰上缠一捆棕索子，到时候好绑人。

天将亮未亮的时候四人出了门，早上好大的雾，三丈以外都看不清楚人，远远只听见零星的狗吠。大麻子的屋独门独户，在一处山凹里面，和周围的人家要隔上半里地左右。吴军和霍三先前抓捕过大麻子。他们没走正路（为了避开狗），从山脚绕了段路，斜插过几垄田，翻越一道有些高度的土坎过后吴军示意慢些，已经隐约能看见大麻子的老屋了。猫着腰又走了一段，隔老屋几十米远的地方大家在满是露水的草棵子里潜伏下来。屋前是块光秃秃的平地，屋后是山。狭长的老屋在白色的雾罩里安静得像是座空城。候了片刻吴军让杜兵和霍三摸到后门守好，有情况鸣枪为号。当然，张摩托的枪是无法鸣了，他缠着绳子提着枪跟在吴军屁股后面，蹑手蹑脚地像只怀孕的狐狸一步步靠近目标。

战斗计划是能神不知鬼不觉摸进屋就直接抓捕，不行就埋伏好，待里面人打开门的刹那扑进去。杜兵有点尿急，和霍三说等他方便下再行动。他躬身溜到二十米开外才立直身子，找着棵榆树淋在上面。抬头突然一个麻脸男人提着水桶从雾里已到了面前，两个人都吓了一跳，他看着他，他也看着他。杜兵麻利地抽出枪对着他说不要动。麻脸一动不动地怔怔地瞪着他，这时候传来啪的一声枪响，水桶从那麻脸的手里掉到地上，麻脸咕噜趴下来，这时又是一声枪响，杜兵一下知道搞错了，连忙丢开地上的人撒腿朝大麻子的屋里奔去。屋前屋后的门洞开着，黑咕隆咚的，循着声响他很快看见一个男人被霍三和吴军的枪逼到堂屋左下角，那男人腰上绑着棕索子，正是张摩托。张摩托自然不是变节投敌，他不幸被劫持了，脖子被一条臂膀扼住还不够，太阳穴上还顶着枪管。那是郝所长的五四手枪。大麻子的脸藏在他后面，一声不哼地对峙着。张摩托看起来像是作茧自缚，其实和这个没多大关系，他现在的困境是脖子扼得太死，喉咙里滚着喑哑的声音。吴军说他不是公安，只是个开车的，别伤着他。大麻子的臂膀扼得更紧，因为张摩托一点声音都出不来了。厢房那边有点动静，一个老头子左手扶在门框右手箍着个十岁左右的小孩子，念着儿啊儿。大麻子说爹不要过来。

"把你们手上的家伙收起来。"他说。吴军缓慢地把枪插回到腰上，然后举起双手，往前跨了一步。"不要过来。"大麻子把枪口朝向前面。

"放开他，我过来，"吴军平视着，过后又勾下头来，好像很愧疼,"我答应他爹别出事的,他只是个开车的。"说完他又往前面跨了一步。

大麻子说你想死就过来。吴军盯着大麻子的脚轻声说他真的想死的。话音未落纵身扑过去,扯住一条大腿顺势抱住,几个人全冲上去,四个人抱腿的抱腿,擒胳膊的擒胳膊,很快滚成了一团,张摩托在边上揉着脖子大口大口地喘着气。他把那个跑上前的小孩子推回到老人边上。小孩大声地喊爹。

大麻子终于在火坑边被按住不得动弹,几丈长的棕索子把他从头到脚捆了个结结实实,张摩托骑在他身上打死疙瘩。确定绑好后才把他从地板上扯起来,衣架子一般立着。

"开枪啊,你怎么不开枪啊,"张摩托说,"你一枪把我打死起来啊。"

事实上大麻子并没有扣动扳机,这本该是对他的一个嘲讽和戏弄,他躲过了,但他还是被捉了。出乎意料,没想到就这样得手了。杜兵看着这个神仙,这个近似于传说中的人物,一时几乎接受不了。大麻子并不是他梦里的样子,他和乡下的普通男子没有多大不同,宽肩膀,粗眉毛,短发,身板结实,容貌敦厚正直(杜兵朝地上不大自在地啐了一口),如果说有什么特别的地方,就是身上的腥膻和脸上的麻子。他只是大麻子。现在被活捉了,捆得像个麻花。几双手把麻子绞成麻花,这真是和芝麻开花一样幸福吉祥的事情。张摩托抠着绳索点着他脑壳又努力语重心长地说这就叫绳之以法,王法总归是王法啊。大麻子的老父亲胡子长到胸前,全身一个劲地抖,天气也真是冷,不止是冷,可以说很有些萧杀了。他颤颤巍巍抓住大麻子的手掌说儿啊,这一去不晓得还见得到见不到啊,我的儿啊。大麻子低着头(不低也得低了)抽吸着鼻子好一会儿没言语,张摩托推他道,说完吧,说完了就走,早该晓得有这么一天的。他偏过头说他爹怕是打不过今夜,能不能明天再押他出去。他说他是宁愿被捉也要给爹送终的,这是大事情。他这样说话好像不知晓自己犯了多大的事,他被推了出去,身上那股野生动物的味把漫天的雾气都驱散了,又像是借着这股雾气潮潮地弥漫,好一阵杜兵几乎都没呼吸。刚出门孩子奔出来大声叫"爹",大麻子扭过头说爹过两天就回来的。张摩托细声细气地凑近说莫骗小孩儿,你今天夜头就能回来的。没有人理会这话,突如其来的巨大成功让大家有了种严肃和庄重。杜兵和吴军架着大麻子胳膊,霍三在后面提衣领,张摩托担任警戒。几把枪都扯出来的,单手提着,威风凛凛往回赶。张摩托央求杜兵换换枪,杜兵不方便也空不出手打他脸,遂了他愿。起初放的那两枪起了效果,村里人听到动静开始围上来,越聚越多,又有新人陇上来,走了不到两百米,几乎成了夹道相迎。吴军下命令:"小张再放上两枪。"张摩托唱了个喏,扬起手朝天就是两下,平常叫他小张他是不高兴的,现在他的脸正儿八经。人越来越多,到后来应该是全村人都出来了。那么冷的天,大清早的,老天也给面子,雾气不像开始那样浓。当时给人的感觉在戏的末尾,路的尽头,就会验明正身砰砰两下,一个高潮。

还没走到霍三屋门口,郝所长披着棉衣趿着布鞋拨开人群钻进来,一把提住大麻子的领子,他们配合着停下步子,大家都停下了。"大麻子你也有今天啊,老子布下天罗地网,看你往哪里逃,老子现在就一枪崩了你。"他一手把张摩托握在手上的枪夺了过去,一手松开提着的衣领,猛地上膛。反应最快的是吴军,抢上去把枪口朝下压。"莫拦我,莫拦我⋯⋯"明白枪里有子弹的郝所长身体僵住,脸登时白了,"狗日的,死到临头还想害老子。"他当众又不好多说,眼睛瞄着张摩托,大声吼道,"你自己说你该不该死?"

大麻子终究还是被插上了牌子。请木匠做来不及,张摩托将功赎罪从供销社找了装解放鞋的包装箱,裁了块纸板,郝所长执笔手书"万恶的大麻子大流氓大女人贩子霍元全",胳膊伤了之后他字越写越有味道,以致不忍在上面画个大叉。把摩托车从牛栏里推到坪场上,几个人将大麻子押上车。牌子两头串上绳子,像件蓑衣一样披在背上。霍三体恤军火有限,买了饼、大炮仗丢在摩托斗里。摩托在村里游行一圈,开始爬漫长的上坡。

临上车前郝所长撂下一百块钱叫杜兵给霍三,霍三说吴军已经给他了。火娃子也在人群里面。杜兵远远地看着他,不知是否要走过去和他道别。他还是找了个机会走过去轻声说，这次对不起，再找只鹞子，山上还会有的是吧。

火娃子呆滞地摇摇头，说不会再养鹞子了。

摩托上坡的时候杜兵看见他依然站在原处，与黑压压的人群疏离开来，孤零零的一个人，身后是黄色的稻草。这是一个短暂的模糊的形象，当时他亦不以为意，因为很快过去了，但是在后来的很长时间里，这个形象越来越清晰，就像日光之下从水里蒸腾而出，凝结于空中栩栩如生的云彩，让他眼睛生痛。当他望得太久，他会觉得是自己站在那儿，他看见的正是他自己。

回去的路上开始下雪，一开始是雪粒子，噼里啪啦地打下来，还没到乡政府就飘起雪花，像是一个刀子嘴女人很快袒露了她温柔的一瓣一瓣的心脏。大炮仗不时炸响，像过年了一样。但是过年也不会这样闹热，无数人头攒动夹道观看的盛大场面不是每年都会有的。他们在红场乡狭窄泥泞的街面巡游了两圈，张摩托挂起一挡，矜持而缓慢保持他自己以为的检阅速度。大麻子面无表情地站在斗里，杜兵和吴军在后面斗里，立在两侧，一人抓住一只胳膊，右手掌按在他脑袋上，牌子端正地垂在背后，郝所长不时伸出手掸去牌子上的雪花，杜兵注意到的一个事实是：乡亲们尽管兴趣盎然表情复杂，但是没有人上前，没有锅铲粪瓢柴火棒棒，车子过去人群不由自主地往后退，奇怪地保持肃静，这种情景和在屋檐村是一样的，仿佛大麻子是稀罕的动物或者不可及的神，他的过失是可以原谅的，绑在他身上密密麻麻的索子只是彰显力量的道具，而某种看不见的力量是束缚不住的，就像他身上恶心的原始的气味。

乡党委书记迎上来跟他们一一握手，给得胜回朝的将士亲自挽缰绳般把车引入政府院子。乡政府原来答应抓住大麻子补助办案经费，郝所长提及这个书记笑嘻嘻地说这是你们的荣誉嘛。郝所长说你书记一言九鼎，非同儿戏。书记说好嘛，不过这次人抓了可要严惩，不然回来了是个大麻烦。郝所长拍着胸脯保证：我的想法是把他关到大沙漠里去，许他找都找不回来。

在去遥远的沙漠前大麻子暂时关押在乡政府二楼炭房，由民兵看守。他们早饭还没吃,这顿饭吃得晚,但是丰盛。没完没了的酒,和酒一样多的口水。雪一直在下,杜兵在坪场里踩了好几回,测试雪的厚度,揣度天黑之前能否赶回去。不好揣度的是他们的酒杯,他不能把脚趾头伸到酒里面去。他站在屋檐下,忧心忡忡地看着漫天飞舞的雪花,寒意上涌,他回到办公室大火盆边坐下,毛皮鞋蒸出白汽,他迷糊了一小会儿,站起来准备到食堂去,走到过道看见摩托车还在院子里他就停下来,手搭着楼梯扶手,往楼上走。看守的民兵没在炭房门口。他想可能吃饭去了。大麻子是没得饭吃的,据说他十天半月不吃不喝关系不大。可能会有点冷,他穿得不多,尽管现在他守着一屋子的炭。杜兵放轻步子,蹑手蹑脚靠过去。他听见有人说话,低沉却清晰的声音吓他一跳,他下意识拔枪,眼睛贴在门板上。

"我们都是快死的人,我可以给你一个机会,我们都有机会。"说这话的是吴军,一直是他在说话,普通话。他跪在地上,抓住大麻子的肩膀,"这是你我最后的机会。"吴军摇了摇大麻子的肩膀,好像让他清醒些,又好像仅仅试图把他抓得更牢,"你懂得吧?"他甚至等不及大麻子的回答,"你晓得的,这对你不是难事,我只要一个女人,"他说,"我自己的女人。"好像过了好长时间杜兵才听见大麻子说是他爹快死了。他又说棕索子让他不舒服,有个疙瘩结得太奇怪。

"我很快会解开的。"

"我想,"他慢吞吞地说,"再快点对我们会好些。"

"你先和我说,我说话算数的。"

"你要信我,这个样子我说不出什么好话的。"

吴军迟疑了一下,很短的时间,他朝门的方向看了一眼,然后勾下背去解绑双手的死结,打得太死,不得不俯下脑壳靠牙齿帮助,就像亲吻背过身去的神的手掌。"好了,我自己来。"大麻子身体揉了几揉,从头到脚的绳子掉在他脚底下。他迈出一步,把绳子踢开,他们互相看着,杜兵觉得大麻子可能会看到他,会夺门而出,他后退一步,屏住呼吸,站个桩子,对着门把枪端起来。没有动静,除了他的胳膊,和郝所长一样的胳膊。他盯着胳膊,回头望了望长长的灰暗的走廊,胳膊垂了下来。

"她叫什么名字?"

"什么?"吴军马上反应过来,和他说了。大麻子闭着眼一动不动地立着,嘴里在默默地念叨,好像在思索从这个名字的寓意和愿望里找到肉体的路径。过后捡起块木炭,绕着吴军的脚画了个圈,在边上又画了个圈。两个黑色的圆圈。雪花不时从破了的窗户飘进来,落在鼓鼓囊囊的麻袋和散堆着的木炭上。大麻子突然头凑在吴军耳边。杜兵连忙把耳朵换到门板上,过了阵他听到吴军的声音。"我会找到的是吧?"

"我不能打包票,你要快一点。"麻子瞟了眼窗外。

"要是找不到我会再来找你的。"

"去找你要找的人,慢了可别怪我。"

"我恨像你这样的杂种,"吴军拔出枪,"下次让我见到你会死人的。"

大麻子盯着枪管说他爹只死一回。他转过身,拉开窗户,抓住一片飞进来的雪花,"这是给他的棉被子,"他说,"下雪天困觉子舒服。"

"快走,你最好快一点。"

吴军胳膊抬起来的时候大麻子还在。第一颗子弹炸响时杜兵的眼里只有迷离的雪花了。他飞快地闪到隔壁一间虚掩着门的小办公室,头伸到窗户外面,雪地上白茫茫的一片,他抬头看天,这时又是一声枪响,他的身子一颤,头缩了进来。门打开的声音,踢踢踏踏的脚步,吴军在喊大麻子跑了。杜兵矮下身子,看着楼板纹理上的一个结疤,身子继续矮下去,躲在办公桌下面蜷缩起来,抖抖索索地把枪插回去。一纸公文被风吹到桌子下面,他抱住双膝,紧贴着桌板,全身都在颤抖。整座楼很快都颤抖了,楼道里的大声喧哗和楼板咯吱咯吱的叫唤好像是他传染的,这时他才想到让自己镇静下来,好像他能控制得住。

杜兵露面时郝所长涨着红脸膛正呆呆地看着炭房里那根棕索,

一副恨不得把自己吊死的样子。吴军承担了看守不力的责任,是他让两个民兵吃饭去的。他承认这个。"吃,吃,狗日的只晓得吃喝。一顿不吃会死人?"郝所长接着说了句很伤人的话,"在家里你做主,在所里面还是我做主,做主是要负责的。"他吸了口气又长叹出来,"老子是恨自己哎。"说完噔噔下了楼。吴军束手立着,然后走到杜兵边上,小心翼翼地从头发上拈下张蜘蛛网。

"你在哪里?"

"没在哪,"杜兵看着蛛网又说,"我在楼上。"

"你在楼上?"他用轻得只有杜兵一个人听到的声音说。

"我一直在楼上。"

"我不晓得打得那么死的绳结是怎么打开的?神了。"张摩托说。

吴军面无表情地把蛛网从手指上弹开,提醒张摩托上午他说过大麻子夜头就会回去的。

"我说话什么时候作过数?"张摩托愤愤地说,"你莫想拿我垫背。"

"不是这个意思,"他说,"我一个人承担这个。"他偏过头看杜兵,他们对视了会儿,他的头又偏过去。"对不起大家了,"他说得又平静又诚恳,"对不起。"

"不怪你,"张摩托犹豫了半会儿说了句体己话,"是大麻子太神了。"

"是这样,是真的,"吴军喃喃地说,"我不想再见到他了。别让我再见到他。"

他没再见到。大麻子一九九二年被再次活捉投进号子和他没有关系。杜兵知道消息后倒是犹豫着去了趟看守所,没见着。大麻子因为止不住地吐血(送到医院检验吐的的确是血)而被很快释放。看守所担心会死在所里面,像那个吐法按说都应该死一次了。另外,大麻子的罪行已经不像当年那样是确凿无疑的死罪,到底是什么罪也说不好,民愤也不再是定罪的主要因素。值得一提的是,这之后关于大麻子的消息越来越少,仿佛漫长的青春期过去,青春痘或者别的什么躁动的痘子归隐于真正的麻子里面,偃旗息鼓了。没有人知道他多大,有谁会问一位神仙贵庚呢?算起来如今他应该过了知天命的年龄,差不多够上神龛了。

四人连夜赶回区里,没脸再待下去,该回家了。他们心情复杂地想起县局年轻人抓到罪犯立马往回赶是有道理的。胡子眉毛落满了雪,一个个都成了雪菩萨,一路上土坯泥塑般都没说话。有什么好说的呢?连张摩托都忍住没怜惜车,男人吃了这么大的亏,那口子也只能默默分担了。杜兵没法赶回县城的家,车只到区里。他的宿舍在二楼,小屋里除了公家的床、桌椅,没有别的家什,格外清冷。他在屋中间站了一会儿,脱下棉衣在内里加了件绒衣。区所距县城五十五公里,夏天是早上七点发第一班车,冬天则是八点,他没法在这里过上一宿,他没法等待,他告诉自己必须回家了。

夜已深沉,但并不是漆黑一团。窗户里透出的微光落在雪地上,杜兵瞅了眼二楼的灯光走上公路,仿佛雪也是有光的,他觉得他能够走回去。他走了大约有四里地,路的两侧没了人家,一边是大河,一边是大山。茫茫黑夜浸润在白的雪中,世界晦暗混沌,和天连在一起,给人幻象。他几乎跌到河里,抓住一棵幼树才爬起来。他听到波涛拍岸的声音和一只寒鸦尖利的啼叫。他跪在雪地上,双手按住膝盖,闭上眼睛让自己清醒一些。他没有办法回家。他甚至花了很长时间才走回转。爬上二楼他看到吴军屋里的灯光,他忍不住要咳嗽,拿着喉咙又咽回去。他立在走廊上摸钥匙,他想起门只是虚掩的,这时候对面的光倾泻出来,复又暗下去,回过头他看见吴军正朝他走过来。

"你在做什么?"吴军走到他身边,用命令的口吻道,"到天台上来。"

他径直往楼上走去,杜兵犹豫了一下,跟在他后面上了楼。平台上积了很厚的雪,晾衣服的竹篙子和铁丝粗大了不少,到第二天清晨上面会挂满尖锐的冰凌。他们面对面站在平台正中的储藏室边,呼吸搅和在风里。好一会儿他们都没有开口,只有天地之间风雪的声音。

"我在找你。"吴军说。

杜兵等他说下去,他的脚湿透了。

"你都看见了,你知道。"吴军又说。杜兵吸了口气,感到微微一阵晕眩,他迟疑地回答道他不会说的。

"为什么不说?"

"他和你说了什么?"

"我不在乎你说不说,"吴军猛地揪住杜兵的棉衣衣领,狠狠地按在储藏室墙壁上,一字一顿地说,"你和我说她在哪里?"

"他被你放跑了。"

"我是说她,你他妈的我说的是她。"他的脸因为厌恶而扭曲了。

杜兵机械地木讷地说他不会说的。

"我会杀了你,"吴军几乎是在怒吼,杜兵的下巴陷在他提起的衣领里,"会死人的。"

吴军一言不发仿佛在等待那时刻,他的脚冰凉,凉得他喘不过气来,半截红色的绒衣露在外面。"我们有孩子了。"杜兵看着吴军的脸声音细微地说。

吴军的脸逼得更近一些,差不多贴在他的脸上,好像在细细端详。

"那是我的孩子。"吴军用同样细微的声音自言自语,很快又大声地在杜兵耳边喊出来,然后一把推倒在雪地上。

"我看你是疯了,"吴军指着他喃喃地说,"你他妈给我滚到屋里去。"还没等他爬起来吴军又说,"等明天太阳出来我再和你说话。"

说完他下了天台。杜兵挣扎着爬起来,他以为他还会上来,他不知道站了多久,他下楼打开房门,褪了湿衣服,拉过被子,拉灭灯,睁着眼蜷缩在床上。吴军屋里的一丝光映到他的床角。他的湿衣服挂在那里。

他没有睡着。眼睛一直睁着,睁着眼睛做梦,梦里面也是梦,天快亮时他从梦里面弹起来,很快穿上棉衣。院子里有嚷嚷的响动,几个人围在坪场的车棚边,他走过去看见张摩托垂头绞手坐在积着雪的木头上,潮红的脸大汗淋漓,他昨夜擦过后停在车棚的摩托车不见了。有人把棚里钉子上挂的擦车的白帕子递给他擦下手脸,这件遗物让他回过了神,失声痛哭起来,越哭越响,泣不成声地诅咒大麻子。如果因为他擦摩托车完全是给女人擦身子的做派就把摩托搞走的确过分了。可怜人混着眼泪、痰和鼻涕的潮湿声音里能听到"我又没惹你,又不关我事"之类的软话。这时候天上又飘雪了。

杜兵飞快地爬上楼,吴军屋里的灯亮着,被子叠得方方正正,墙上的挂钟嘎嘎地转动,窗户敞开,书桌湿淋淋的。他倒退着出来,飞快地转身下楼。郝所长披着棉衣正往操场走,他说张摩托在哭啥呢?摩托丢了?"我去外面找找。"杜兵说。他抱住胸脯向外走,仿佛出于寒冷,又仿佛是唯恐心脏会蹦出来自行冲出去,他把自己箍得很紧。出了院子他往县城的方向走,甩开手走得很快,后来就是跑了,跑不动了又走。

这是他记忆里最苍白寒冷的冬天,雪落在脖子上,化成水浸到背膛。跑跑走走了大约十里地一辆拖拉机捎上他。他给拖拉机手十元钱让载到城里。车到望城坡时眼底白茫茫的城市显得空旷而陌生。他跌跌撞撞一路奔到巷口,喘息着放慢步子,竭力让自己走得稳重,不至跌倒。屋门口的雪凌乱脏黑坚硬。他用钥匙轻轻地打开房门,推开一扇扇门,风粗暴地穿梭着,呜呜地含混地咕隆。他念叨着她的名字,仿佛他也希冀在名字的寓意和愿望里找到通往肉体的路径。一头灰色的鹞子扑扇着翅膀飞过来立在他的左肩上,他把它拿下来。"她到哪里去了。"他说,"她到哪里去了?"它不是鹦鹉,没法和他对白。他试图在卧室里找到片言只语,床头的桌子上放着一本地图手册和一把手枪。他拉开抽屉,把手册扫到抽屉里。他站在那里,好半天才把冰冷的手枪握在手上,卸下弹匣,里面有两颗子弹。这是吴军的手枪。他把子弹空出来攥在肮脏的满是汗水的掌心里面。

那一天失踪的有三轮摩托车、吴军和杜兵。加上之前的吴军妻子。后来他们在家里找到了杜兵,在城郊苦藤铺 319 国道线上找到了覆盖积雪的三轮摩托车。但是从那天起另外两个彻底失踪了。杜兵没有任何她的消息，他明白发生了什么，但是无法相信。他们说好去新疆，她最小的姨妈在奎屯。他们的孩子藏不住了，不止孩子，他们不想再藏掖下去，这样会疯狂的，他觉得她美，爱她的脸庞，她的脚丫子，她的每一处，已经太疯狂了。他莫名兴奋又紧张不安，怀着巨大的责任又摆脱不掉负罪感。他对这一切无所准备，在这方面他没有天分和经验，事到临头，唯有一走了之，走得越远越好。他卖了积攒的纪特邮票、永久牌单车、十二英寸的日立电视机和老房子。他们本来准备等房子的尾款送到就走，他已经在山上和爹娘告别过了。接到郝所长抓捕大麻子的口信后他决定下去一趟，他不能就这样轻巧地走掉。他隐隐觉得抓住大麻子这个神仙会减轻自己的罪责，能让心里平稳一些。这是一个机会，功过相抵，他甚至认为在这个时候接到这个口信是上天的安排。其实下去之后他就开始后悔，太孩子气，太荒谬了。他不能这样去做。他怎么能接受这样的安排。而且她说了，他不能这样做，不能把她一个人落在这里，"你怎么能这样做？"他和她说抓住大麻子他会平静安心，他要抓住他。"那我呢？什么让我平静安心？这样还不够吗？"

"不是这个，很快我们就会离开这里，永远都不会回来了。"

"我也要下去，我要和你一起下去。"她大声说。

"你下去做什么？"他说。

"我也要见上一面，这样我会平静安心。"

他看着她，她的脸像是在山林树叶光影之下朝向他，仿佛起始一样。他慢慢走过去搂住她，两个身体都在微微颤抖。她嘤嘤地哭了，他轻拍着她的背，细声抚慰，说着说着也哭了，这样反过来她又安慰他，湿答答的脸黏在一起。身体平静下来她还是依了他。他说明天、后天，无论如何三天内他就回来。

他回来了。他一个人落在出卖了的准备放弃的房子里。还有这只准备带走的鹞子鸟。他想上天一直想他孤零零一个人，这回又做到了，谁都能做到。他想他也做到了，但是他并不明白他做了什么，脑子里一片空白。他坐在地上，机械地抚摩怀里的鸟，就像抱着一颗毛茸茸的心脏。时光好像回到了送双亲上山后的那会儿,痴痴呆呆、恍恍惚惚地认为他们还会回来呢。

他把卖房子的钱退给了上门来的买主,他说单位的房子没轮到自己。"你的意思不卖了?要在这里住下去。"杜兵说是这样的。"怎么能够这样,你说话不算数。你不是个男人。"杜兵说是这样的。他看了看杜兵的脸色,摇了摇头转身走了。杜兵在没有生火的屋里待了一天一夜,郝所长和局里的同志敲开门的时候并没指望他会在家。他打开门,露出半个身子,目光好像落在他们身后的某个地方。"你们这是搞什么名堂?吴军人呢?"他不知道。"你不知道?你以为我什么都不知道?我是不知道,"郝所长气鼓鼓地说,"不过,我也不是一点都不知道。"他顿了下又说,"跟我到局里去,有些话要问你。"他让稍等一会儿。他闩上门,几分钟后传来一声枪响,接着又是一枪。他再次打开门,他们神情紧张地往后退了一步,两个同事很快冲了进去。

"一只鸟。"鸟被提出来丢在正在融化的雪地上,杜兵瞥了一眼。大家都看到了,而且因此松了口气。

"走吧。"郝所长无限疲惫地转过身,杜兵依然站在原处,"我还是不是头了?跟我走,跟紧起来。"

他跟着他。二十多年过去了,如今杜兵四十七岁,他一九九三年结婚,有一个女儿,妻子是二中的物理教师。结婚前后的几年里他立了两次三等功和一次二等功,几乎死去,一个视死如归的孤胆英雄,在大会堂参加有国家领导人出席的表彰大会。或许因为这个,后来他阴差阳错地当了副局长。对领导和下属来说他都是一个沉默寡言的人,和妻子保持相敬如宾的关系,同女儿他话多一些,有时候女儿认为他的话实在太多了。她今年十八岁了,在长沙读书,读书不上心,她上心的事则没少让他操心,有时候他很不自在地感觉心的确痛得不行。他又觉得这一切都是自找的,所有的辛劳和忧心忡忡都是不必要的。暑假她没有回来,他也没说什么,说多了会争吵,更重要的是,他怀疑对这个世界他比女儿是否了解得更多一些,能否给她有用的忠告和帮助。这么些年他几乎没有离开这个城市，出去一趟也是劳碌奔忙赶死赶活，他仿佛还蜷缩在一张落着雪花和公文的摇摇晃晃的老办公桌下喘息。

有时他会想起她，他们的孩子（他总认为那个从未谋面的人儿是男孩儿），过去他认为两个失踪的人远走高飞了，去了遥远的地方，有时他想得更近一步，怀疑他们是否走得更远，是否还在人世。这只是一刹那的想法，很快从头脑中驱除出去。局里为这事专门派两个人去了一趟新疆，不是很顺利，没有消息，回程还出了点小事故。大家相信吴军会回来，总会回来一趟，档案啊、关系啊诸如此类。事情并不是这样，或者说事情就这样了。在他年纪长一些的时候他相信他们，他们三个都活着，在草原、帐篷、遍地牛羊、阳光充足和隔天很近的地方，就像杜兵和她原来想象中的一样，为什么要回来呢？他相信这是毫无疑问的。这个想法让他既高兴又伤心，归根结底是好过一些，他不总是去想这些，尽量不想，而且几乎能做到。为什么要想那些遥远的地方和遥远的人事，太不明智。最近他在忙活女儿工作的事，局里现在是越来越难进了，但也不是完全没有办法，只是不知她是否领他的情，他想等她寒假回来再好生说说这个。过年她应该会回来的吧。他现在住在雨露花园十一栋七层，老房子旧城拆迁不复存在了。

太阳光弱了些，空气还是很热。他们站在那里，桥下清浅的溪水哗啦哗啦流淌。杜兵注意到桥上有人在往这边看。他的手汗津津的，虚弱无力的感觉让他恼火。他在裤管上揩了揩手，然后在头发和脸上抹了一把。大麻子向前走了两步，"别这样，"他看出有些不对，"你没事吧？"

"会有什么事？还会有什么事呢？"

"你想知道些什么？"大麻子说。

杜兵平视他的脸，摇了摇头。

"都过去了。"大麻子伸出手。

杜兵目光向下盯着这只粗糙的大手，迟疑地伸出自己的手。他的右手突突地悸动，握住他的手那一刻还是忍不住问他，他们，那个女人。

"我没想过别的女人。"他回头招了招手,女人走近一点,走到他身旁,他牵起她的手,用温情的征询目光看她,女人露出一个纯朴的笑,"以后也不会了。"

　　他们三个牵在一起,好像一个老人在劝解一对闹矛盾的夫妻。他魔怔地瞅着这个年轻的女人,隔得近了他才发现她端庄标致。她的鼻翼,她的肤色,她低头浅笑的态度,在白色的日光下无不迷乱他的心魄,追光灯下羽毛和雪花从天而降,和平的鸽子围绕在身边翩翩飞翔。他摇摇摆摆地丢开大麻子的手,走近女人,狂风一样紧紧裹住,眼泪刹地飚了出来。

　　他终于镇定下来,擦脸,嗫嚅着再次握手,抿紧嘴唇转身朝桥那边走去。

　　他的便帽掉到桥下的水里,他转悠的时间比他想象的也要久些。回去的时候他们让他坐驾驶台,他拒绝了,他爬上货厢,抱腿坐在一块纸板上,上身靠着栏板。车到山顶时他看到蓝得近乎透明的天幕和山峦间黑色的树,一只大鸟一动不动像颗黑点悬浮在半空中,时间仿佛停留在树林里面。巨大的空白铺天盖地迷糊了他的视线,一个头顶着书包的小伙子在车尾巴上转瞬即过。他闭了会儿眼睛,睁开的时候坐在他身边的马队长关切地说还是坐到下面去吧。

　　"你们在区里再待一天,清理彻底起来,等会我先赶回去。"他说。

　　"好的,我叫小张送你。"

　　"我自己开车,"他说,"我一个人回去。"

　　卡车已经转弯下山,跑得很快,肠肝肚肺云里雾里在往下坠,连同早已下垂的胃和阳物,落在车轮之下的坎坷路上。他别过脸,抓住栏杆,让自己坐稳一点。

(原载《湖南文学》2018 年第 11 期)

别无选择

赵　欣

　　小琪长相甜美，性格活泼，是个很可爱的女孩子，在我三十岁那年走进我的个人生活，让我彻底结束了"单身狗"的历史。我很珍惜，很爱她。同事们和我的那些铁杆儿同学们总是打趣地问我是怎么认识小琪的。其实，我是先认识她父亲的，他父亲是我的偶像。

　　入警第一周参加了一场英模报告会，作报告的人叫吴世雄，长得高大俊朗，声若洪钟，后来我才知道他就是小琪的爸爸。活动是县里举办的，四大班子的主要领导都出席了，十分隆重。

　　那个年代，提倡大力发展地方经济，政法机关要"保驾护航"。吴世雄和同事几人受命参与政府拆迁工作，遇到一户"钉子户"。那户人家里住着母子二人，母亲抱着煤气罐，儿子一只手紧扣在煤气罐的阀门上，一只手举着燃烧的打火机要挟。劝说无果，就在亡命徒开始动作的一刹那，吴世雄拿着一床棉被勇猛地扑了上去。爆炸没有伤及其他民警、干部和群众，但他则生命垂危，连续抢救二十四小时，共取出金属碎片六十多块。吴世雄说，手术很成功，唯有胸口部位留下病根，每隔几天就会疼痛难忍。去医院检查，没发现遗留物，专家会诊，多方治疗，仍不见好转，至今原因不明。他口才好，有修养，当天的演讲让我对他极为崇敬。对于一个立志当警察的男儿郎来说，戎装在身，钢枪在手，不缺的就是豪情壮志。我暗下决心，要成为吴世雄那样的优秀警察。

一年后，吴世雄被提拔为副局长，分管缉毒工作，正是我的主管领导，我和他的接触就多起来了。吴世雄不愧是个英模，经验丰富，刚毅果敢。在他的带领下，全局的缉毒工作成为全省的标兵。他格外器重我，说看到我就像看到当年的自己，几次带我到家里吃饭，这样我就认识了小琪。

有一次小琪自己在家，厨房里面忽然冒出黑烟。接到吴世雄的电话，我飞奔而至，原来是电线短路引发明火，且有蔓延之势。小琪像个受惊的小兔子，我一边安慰她，把她转移到安全的地方；一边迅速妥善地处置火情。我不知道吴世雄是不是有意为之。但据小琪说，她爸爸曾经表示过，不希望女婿也是警察。所以，这段对话就时常出现在我们生活的某个时段，比如我正给小琪洗脚，我问，老婆哎，该怎么解释呢？她笑嘻嘻地说，谁知道呢。很快，她似乎意识到什么，噘起嘴，娇嗔道，你看看，他喜欢你比我多一点点呢！

吴世雄居住的那套房子就是政府当年奖励的。整栋楼共五层，吴世雄住在顶层，面积八十多平，当时属于"豪宅"了。如今那里落伍了，是全县最"脏乱差"的小区之一。建筑质量问题过早暴露出来，电、水、供热、燃气管线严重老化，且距离新修的公路过近，已被政府列入改造或拆迁规划之内。对于小区居民来说，拆迁是最理想的，现在的政策是"以一还一"，但法规也完善了，拆迁是需要一定程序的。

　　吴世雄的妻子已经离世,小琪读研究生周末才回来,所以家里显得空旷冷清。小琪的卧室里面有单独的卫生间,显然是改建的。我们热恋了两年多,只等她毕业就结婚了。但吴世雄在的时候,我还是不敢和小琪在那里面亲热。尽管她双手缠住我的脖子,香软的舌头伸入我的嘴里,含混着说没事儿没事儿,我仍然挣脱开,回到客厅里面端坐着。

　　那天晚上吴世雄逼我喝了酒,酒后的他似乎变了一个人,头发凌乱,两眼迷茫。他痛心疾首地告诫我说,小顾,年年都在招公务员,你还是转行吧!他的手摸向心脏的位置,咬着牙,皱着眉头,说,就是这里,总疼,疼起来要命啊!我关心地问,现在疼吗?他摇摇头说,现在不疼,说不准半夜就疼了。我问,那咋办?他看了我一眼,仰脖干了一杯酒,说,吃药。

　　我醉了,留下了。小琪回学校了,第二天要参加考试。迷迷糊糊地醒来,鼻腔里还存留着小琪秀发的香味,我以为是在小琪的床上,四下一看,分明是一个人在客房里。隐隐约约有什么声音,是那种竭力压抑的野兽垂死般的号叫。我想去看看,又怀疑是幻听,困意就像小琪的两条胳膊纠缠着我。一直睡到小腹胀痛,我才急匆匆地起床,顾不上打开走廊的灯,直奔卫生间。

　　卫生间的门虚掩着,灯光从里面倾泻出来,在地面上画出一把大砍刀。吴世雄垂着头坐在马桶上。我刚要避开,觉得有什么不对,就偷偷看了过去。洗手台上放着一只小手机,是那种早期的非智能机型。不是有单位统一发放的公务手机吗?更震动我的则是接下来这一幕:吴世雄正拿注射器向胳膊里面扎进去……警察的直觉让我意识到这疑似吸毒,但我知道,他是在注射止痛药物。我暗叹,这疼真够折磨人的!回到房间竖起耳朵焦躁地等待,就在憋得不行的时候,听到门响,才轻手轻脚地奔过去。解决完了,四下观察了一下,没发现有注射器、针头、棉球等。这么快就收拾干净了?

　　吃早餐的时候,吴世雄的卧室里传来手机铃声,我忙站起,他坚定地摆摆手，自己去了。回来的时候，他手里拿着的是公务手机。我问，叔，昨晚疼了吗？他笑了下，说，还好。

是吴世雄在敷衍我，还是我所见的，是我在又醉又懵状态下的幻觉？

他问了一些工作上的事，嘱咐我，作为一名警察，忠诚是别无选择的，但还要机警灵活。

结婚那年，局里提拔我到会展大街派出所任所长，可谓双喜临门。这在同事们和同学们的眼里，却包含着另外一层含义，那就是我沾了岳父的光。对此，我是绝对不服气的。我成绩突出，连续立功，还不够优秀吗？而且那时候吴世雄还差一个月就退休了，还能有多大影响力？在愤然那些无中生有的闲话的同时，我对他也滋生了那么一点儿不能言说的反感，我强烈意识到必须从他的光环里跳出来。

我和小琪的住处在新城区，距吴世雄的家有半小时车程。我出身农民家庭，还不具备买房子的条件。新房是租的，但小琪不在乎，说只要我爱她就好。我很感动，内心还是觉得愧疚。我会让小琪过上好日子的，这个信念在心里生了根，但想想又有些灰心，一个警察的能量有限得很啊。

我们沉浸在幸福的二人世界里，忽略了这个退休的孤寡老人。偶尔去看吴世雄，他的表情很平静，但我能够看得出他掩饰了内心的情绪。离开的时候，他会扫我们一眼说，不用惦记我，都挺好的。

那些围坐在一起下棋打麻将的老人群，跳广场舞的老人群，在公园一角吹拉弹唱的老人群，一大帮围堵在政府门前要求解决问题的老人群，吴世雄是一概不参加的。毕竟他是公安英模，不能把自己混同为普通群众。刚退休那一段时间，他还被请去作报告，我也曾当过听众。台上的吴世雄，多了些沧桑，但神采依旧，语调铿锵，给人的感觉就是英雄不老。后来，上面正式发文，严禁地方政府利用警力从事拆迁等非警务活动，吴世雄的事迹就失去了正当性，作报告的机会一去不复返了。从此他处于无所事事中，苍老的速度让我吃惊。整个身形比以前缩小了一号，背明显驼了，脸庞的棱角似乎被岁月磨平了。头顶就像刚在面缸里蘸过，白花花的一层。眼睛变成了斜三角形，似乎蒙上了一层膜。

小琪说，爸，你也太宅了吧？在家闷不闷呀？吴世雄不以为然地说，在家里怎么了，挺好的呀！小琪小孩子性格，不会照顾人当然也不会关心人，听吴世雄这么一说，也就不在意了。我倒是个有心人，买了很多书送过去。建议他练练书法、学学画画，或者钓钓鱼。我甚至暗示他可以找个伴儿。吴世雄笑着摇摇头。

他那天非留我们吃饭，我说不行，晚上有任务。他摘下围裙的瞬间眼睛里面掠过一丝暗影，我有点儿于心不忍，就做了补充。我们的任务都是保密的，但此时可以例外。我说，接到一个举报，那个老猴子今晚出现。吴世雄长期处于反毒一线，自然知道这个老猴子。这家伙在那个团伙里是个小角色，但是可以顺藤摸瓜。我没见过老猴子，但知道他每次都能逃脱，极为狡猾。吴世雄说，这家伙，我以为他已经收手了呢！你们去几个人？我说，我带小苏，外加两个见习警员。小苏是我下届师弟，一入警就管我叫师父，私交铁得很。吴世雄嘱咐，要周密部署，确保一举拿下。我点点头，说，爸，你放心吧，这次一定成功！送我出门的时候，他又说，当警察，要机警灵活。我说知道了，就快步下楼，暗想，到底是英模，退休了还这么敬业，只是有点儿磨叨。

疾行一个多小时，我们赶到的时候，扑了个空。线人说，老猴子看了一眼手机就慌慌张张地溜了，一定是得到了情报。这让我大惑不解。如果情况属实，那就是出了内奸。我在心中仔细过滤全部的环节，问题应该出在小苏和两位见习警员身上。但是，两位见习警员刚出校门，且事先并不知情；至于小苏，又怎么会呢？小苏的眉头紧蹙着，什么也没有说。他就是这样，一向沉默寡言。

回到家里我跟吴世雄说了此事。我既沮丧又恼怒，心里像埋了一颗雷一样不安。吴世雄拍拍我的肩膀说，小顾呀，别那么大压力！我发狠地说道，爸，你放心，我一定会抓住这家伙，还要查出内奸！吴世雄看了我一眼，垂下头，点起一根烟，突然咳嗽起来。

半年后，市局统一搞了一次跨辖区警务行动，我带领小苏等人在邻县检查出租房。一户居民家里面明明有人，就是不开门，我感觉有异，示意小苏带人到楼外守候。我破门而入，果然房间是空的，窗户开着。小苏的声音传上来，所长，抓住人了，是老猴子！我无比兴奋，指示他看好，随后搜查室内，找到了一些白粉。这些足可以给老猴子定罪了，但我的目的不仅在于此。刚刚走出房间，里面突然传来手机铃声，我疾步回屋，在床和墙的缝隙里找到了一个小手机，非智能机型，磨损严重。我接听，是移动公司推销业务。

老猴子有五十多岁，人如其名，一阵大风就可以刮走。不过他倒是很镇定，怪怪地看着我，似笑非笑。这家伙是老江湖了。我威严地逼视他，直到他的目光慢慢垂下。眼神也是武器，这是当警察的必备技能。

车子疾驰，我心里琢磨着如何与老猴子斗智斗勇，打开缺口，乘胜追击，把这个团伙一网打尽。小苏坐在我后面，拎起一个袋子对我说，所长，这是老猴子的东西。那里面有一部苹果手机。我突然想起那部小手机，让见习警员递过来。我摇晃着小手机问蹲在铁栅栏后的老猴子，哎，老猴子，这个手机是你的吧？老猴子看向我，眼睛里似乎闪动着什么，神情暧昧地说了句，不是我的。小苏斥道，你他妈的老实点儿行不？把我们当小孩子是吧！

我感到可疑，就翻看起小手机。果真，正是这家伙的秘密通信工具。号码170开头，是虚拟号码，不显示姓名，也不易被监听。这个号段多数都是用来从事诈骗等非法勾当的。有两则短信让我警觉起来，来信号码也是170开头。

一条内容为：今晚，撤。

紧接着第二条内容为：你不是保证不再做了吗？我警告你，这是最后一次！

时间显示正是上次行动的时间。

这就是通风报信的人！

我一阵激动，但还是沉住了气，不动声色地扫视了一遍车里的民警，没看出什么反常。但不得不说，我十分担忧，这个号码千万别是这里某个人的，特别是小苏。小苏的本质我是不怀疑的，但是他家里经济负担重，父亲尿毒症，母亲脑血栓，妹妹不能出去工作，全职在家照顾老人。有一个词叫"穷则思变"，这样的可能性是存在的。

我要来那个袋子，把手机装进去，随手放在我前面的仪表台上。司机小牛瞥了一眼，我又拿下来，担心影响他的视野。小牛说，所长，没关系的。他来所里两年多了，任劳任怨的。

走了一段路停下，我让小苏买了面包和香肠，大家就在车里吃。手机响了，是小琪，她语气轻快地说，今天晚上到爸爸那里吃饭！我忙下车，用哄小孩儿的语气说，亲爱的老婆，今晚怕不行喔，我抓了毒贩，正在路上，还要连夜讯问呢！小琪虽然孩子气，但是懂事，她说，哦，是嘛，那好吧！不过，老公你知道吗？今天是爸爸生日啊！你说怪不怪，是爸爸主动告诉我的，这可不像他的做派呀！

确实，吴世雄主动邀我们陪他过生日还是头一次。过去他是个工作狂，根本没时间顾及这些。岳母在世时会准备蛋糕，岳母去世之后，他就没有生日这个概念了。吴世雄重视起自己的生日，作为女婿，必须有所表示才是。

进了县城，我还没有想好应该如何表达孝心，手机响了，我一看，马上警觉起来，来电的号码是170开头，我迅即接听。

小顾啊，今天是我的生日，晚上来家吃饭！

竟然是吴世雄。平常我们通话，用的都是公务手机。

不知道是不是手机信号的关系，那声音听起来裹挟着苍凉，还带着颤音。我想，170号段的手机信号就是不稳定，通话失真。但随后，我的神经骤然绷紧。这个号码怎么有点儿眼熟？我的眼前闪过老猴子手机里的那个号码。我不由得暗讽自己，怎么会这样联想呢？但我还是翻开了老猴子的手机……

号码，号码竟然是相同的！

我就像被电击了一样，心脏骤停！

一定是眼花了！我提醒自己。瞪大眼睛又看了一遍，开头都是170，结尾都是31259，没错！

此时的我已经忘了一车人的存在，骂了句脏话，差点儿摔了手机，又颓然瘫坐在座位上。小苏身体倾斜过来，关切而警觉地问，所长，怎么了？我努力让自己镇定下来，头也没回地说，没事儿！而其实我的心中可谓翻江倒海。离县局越近，我就越焦躁，像着了火。

内奸就是吴世雄，事实大山一般摆在我眼前，不容置疑。

他所有举动的意图，现在昭然若揭。让小琪通知我参加他的生日宴，是在掌握我的动向；公然用这个号码和我通话，是在向我摊牌，逼我选择。我也明白了老猴子表情的含义。他现在正斜视着我，得意地笑着，但我假装没有看见。我还在消化着突然而至的情况，反复梳理着来龙去脉，思考着应该如何应对。一个昔日的英模，我崇拜的人，我心爱之人的父亲，走上不归路，这让我承受着从未有过的痛苦和困惑。

我把这个号码发到自己的手机里储存。

吴世雄的家就在这条路上，远远地我已经看到那栋外表斑驳的楼房了。我突然间心头一阵悲凉，仿佛看见顶层那扇窗的玻璃后面，吴世雄站在那里，弓着腰，凌乱的白发，浑浊而苍茫的目光。身旁是孩子一般瞪着大眼睛的小琪在向我招手。当然，我知道此时小琪正在上班呢。

越走越近了，楼顶上似乎有淡薄的烟气。一个见习警员躬身起来喊道，着火了！大家把目光聚焦过去，烟雾浓重起来，很快，门洞里映出火光。一扇窗户开着，一个老太太怀抱着一个婴儿急切地招手，声嘶力竭地呼喊着。

我指示小苏立即给119打电话，并留下看守老猴子，其他人跟我行动。眨眼间，几个窗口都蹿出火舌，紧接着是玻璃破碎的声音。我命令小牛全速前进，但没走多久就被挡住了。警笛鸣响，我用高音喇叭喊话仍无济于事，有些人把车停在路上，拥挤着往现场去看热闹。我拉开车门，大喊一声，走！就带着警员们冲了出去。

整个大楼已被大火包围，不断有人从高处摔下来。还好，一楼都是些临时搭建的棚子，人落上去，起到缓冲的作用，被人扶起来后仍可以走动，并无大碍。说心里话，我此时关心的是吴世雄和祖孙俩。吴世雄从顶层跑下来会困难些，而跳下来的风险更大。祖孙俩显然是最弱势的，但我还是更加牵挂吴世雄。除了那份亲情之外，还有那个案件，那是个巨大的谜，我必须破解。我甚至还想到一种可能性，如果吴世雄真遇难了，倒是最好的解决方式，一了百了，也省得我为难了。伴随着这种念头，小琪的形象出现了，让我深感自己的卑劣。

身后响起消防车的警笛声，隔着街道，几束强劲的水柱向大楼射去，但火势仿佛被激怒了，更加凶猛起来。我们急得团团转却无法靠近。这时我发现小苏也站在旁边，我问他老猴子呢，他啊了一声反应过来，撒腿就往回跑。几个消防员靠过来，提醒我们危险。我告诉他们，楼里面有祖孙俩，还特别提到顶层的居民。消防员望着熊熊燃烧的大火没吭声。

突然，从门洞里冲出两团黑影。两个人一见亮就倒下了。我奔跑过去扑打他们身上的火苗，一边大喊着医生医生！两个人看不清模样了，但可以辨别出，一个人的背上趴着一个老太太，一个人的怀里抱着一个婴儿。医护人员迅速把他们抬到急救车上，砰地关上门，疾驰而去。

我开始担心吴世雄了，我幻想着他突然气喘吁吁地出现在围观的人群里，然后痛惜地哀叹着，就出去这么一会儿，房子就没了！这时，小苏慌张地跑过来说，所长，不好了，老猴子跑了！我急忙赶回去，只见警车后门大开，手铐的一端挂在铁栅栏上，另一端无力地耷拉着。小苏他们分头去追，而我没有动，像泄了气的皮球瘫坐在地上。

手机响了，是小琪，她哭喊着，老公，快来医院，爸爸在抢救！吴世雄在医院？怎么回事？容不得多想，我站起来夺了旁边交警的摩托车疾驰而去。原来救人的那两个人，一个是吴世雄，一个是老猴子。老猴子救的是老太太，吴世雄救的是婴儿。老太太和婴儿都平安，老猴子到医院时就没有了呼吸。现在，吴世雄还在抢救。

老猴子逃脱是为了救人，还是为了和吴世雄串供呢？两人又如何会见义勇为？

小琪扑到我怀里痛哭失声，我搂着她安慰着，别担心，爸爸会没事的，他福大命大！话一出口，我自己心里却先虚了，不由得绷紧了身体。她如果知道了我内心的想法该会多么失望和伤心啊！

二十四小时之后，手术室的门打开了，医生们疲惫而放松地说，进去吧！小琪冲过去，哑着嗓子呼唤爸爸爸爸！吴世雄戴着呼吸面罩，躺在那里，目光斜着扫过来，看看小琪，又看看我，艰难地伸出手，试图去擦小琪的眼泪，但没有做到，很快就垂了下去。

吴世雄恢复得很快，似乎他更愿意我陪护他。小琪不在的时候，即使是休息时间，他也要和我说说话。他说到当年的那个事件。他问我，小顾，你知道当年我是怎么受伤的吗？我就心里面冷笑着，把他的英雄事迹概述了一遍。他摇摇头，手向胸口摸去，叹了口气。

他讲述了事件的另一个版本——

那时候，政府发展经济更多的靠出售土地来吸引资金，征地就成为那个时期的中心工作，而征地涉及住户切身利益，往往很难在短时间内谈拢，不靠强制力量就很难开展下去，于是警察就成了推动拆迁进度的主力军。那户钉子户的房子是土坯房，母亲五十多岁了，在市场里摆摊儿卖旧物；儿子二十多岁，大学刚毕业，工作分配结果还没下来。政府决定采取行动，杀一儆百。母子二人担心房子没了就没法儿生活了，抱着煤气罐抵抗。其实那时候，他们只是作势而已，如果当时我不急躁，惨剧就不会发生……

这大大出乎我的意料，那座牢牢占据我思想的英雄丰碑轰然坍塌了。这让我出现短暂的迷失。如果不是在这种环境下，我想他不会对任何人说的。即使他想说，相关部门能否准许也未可知。但现在，他的用意是什么呢？

他说，我当时，唉，太年轻气盛，急于表现。老太太当场死了，儿子剩下半条命。我侥幸脱险，但是，心口的部位留下顽疾，疼起来死的心都有。

说到这里，他的眼眶里溢满亮晶晶的液体。我不无轻蔑地想，所以你就让老猴子给你提供毒品，而你为他通风报信？

他叹着气接着说，小顾，你知道吗，我的痛在心里，任何药物都是没有用的。

我不知道如何接话，屋内就这样静了下来，我能听到我紊乱的心跳声。他微微抬头，目光投射过来，说，小顾呀，关于你的工作，我有几句话想说。为表示尊重，我把脑袋凑了过去，其实我已经猜到他要说的话了。他会说，小顾啊，听爸的话，转行吧！还会有一句说不出口的话，那就是，别像我这样落得如此下场。可我判断错了，他说，小顾啊，好好干吧！作为警察，也会有无奈的时候，但努力让自己心安吧！

这样的对话在影视剧里通常都是某人在弥留之际的遗嘱，但吴世雄的状况很正常，估计两三天后就会出院。作为一个老刑警，吴世雄不会不明白，老猴子死了，这对他来说非常有利。小苏对关键环节尚不知情，那么现在，我就成了关键所在。吴世雄打出亲情牌，一层层解除我的警戒，直抵核心目的。

果然，他终于说到案子了。他问，小顾，你知道老猴子是谁吗？我问，怎么？他还有啥其他背景吗？吴世雄笑了笑，用自嘲的语气说，这个老猴子，就是拆迁事件里的儿子！

什么？我一下子惊得说不出话。这也太戏剧化了吧！我暗暗把这个案件完善了，那就是老猴子，当初或者叫小猴子吧，出狱后加入了贩毒团伙，同时伺机报复吴世雄。就在吴世雄痛不欲生之际，让他染上了毒瘾，从此就控制了他。我觉得我构思故事的能力很强，也许退休后可以当作家。不过，我现在不觉得我在虚构，事实肯定如此。

真是没有想到啊！吴世雄的声音突然哑了。没想到生活的压迫和对社会的敌视会让一个原本有着大好前程的人误入歧途，更没想到……

他的喉结动了动,目光扫向床头柜。我忙打开一瓶水,递给他。他略抬了抬头,一口气喝干。我不知道"他更没想到的"是什么,我告诫自己必须稳住。

更没想到的是,老猴子那样一个人,竟然在那种情况下舍生取义,真是人性本善啊!法律之于人性,到底该怎样发挥作用呢?

说完,吴世雄许久沉浸在情绪之中,眼睛里像有星星在忽明忽暗地闪烁跳跃。

面对吴世雄,我的岳父,我不知该说点儿什么,怎样说。可是又不能一直这样冷场,我搜肠刮肚地想话题,一时间大脑一片空白。我突然问道,爸,您的手机呢?话一出口,我自己都吓了一跳。他看了我一眼,指指枕头下面,我掏出他的公务手机。他又指指另一边,这次我摸出了那只小手机。我想此刻我的目光一定有些凌厉,甚至带着识破谎言般的笑意。

吴世雄说,我一个退休的人,不能再继续使用公务机了,占公家便宜不好,你代我还给单位吧。这个小手机话费便宜,只是现在欠费了,你帮我补上吧。

我说好,就准备用我的手机给他充值。

吴世雄忽然想起什么似的,支撑着要坐起来,我忙去扶。他拿过枕边的皮包,掏出一张银行卡,说,对了,这张卡你收起来,医院人杂,别在这里丢了。这是我一辈子的积蓄,拿去吧!

我迟疑着,他的手伸过来,坚定地摇晃着。拿去吧,我的工资就够了,你们用钱的地方多着呢。对了,小琪还没告诉你吧,你快当爸爸了。

我要当爸爸了?一阵喜悦涌上心头。同时,缕缕悲凉的情绪也在升腾。我的岳父,小琪的父亲,我孩子的姥爷吴世雄,排兵布阵到这个地步,到底是要我放过他,还是要畏罪自杀?

他的手还在执拗地举着,我只好接过卡片,揣进衣兜里。卡片带着吴世雄的体温。

小顾啊,我们做警察的,切记不要有私念!

这是肺腑之言,他在做最后的反省,在以自己的教训警告我。

我多想说,爸,事情没那么严重,你要保重!

  倏然间,我脑中一个闪电。我快速摆弄手机,让吴世雄的手机号码在他的手机屏上清晰显示并固定不变;我又翻出老猴子手机里的那个号码,固定在我的手机屏上。不到黄河心不死,现在的我,多希望出现奇迹啊!抓捕老猴子那天,我已经连续十多天没有好好休息了,神经始终紧绷着,出现疏忽也在所难免。那么杂乱的号码,谁能记得清楚呢!

  心高高地悬起来,一种从未有过的恐慌,让我全身轻微抖动起来。我努力让自己镇定下来,慢慢核对。号码黑体,大字,清清楚楚。开头都是170,结尾都是31259……

  我的心骤然升起,差点儿冲出喉咙。

  两个号码不一样!

  只差一个中间数字,一个是6,一个是8!

  我猛地站起来,大声呼喊,护士!护士!

  两个二十几岁的女护士急匆匆跑进来,奔向吴世雄,而吴世雄直愣愣地看着我。怎么了?怎么了?护士和吴世雄几乎同时问道。我举着两只手机对护士说,帮我看看这两个号码是不是一样?一个护士一手捂胸,弯下腰长出了口气;另一个责怪地看了我一眼,说,干啥呀,我还以为病人怎么了!我说,麻烦二位,看看这两个号码是不是一样?两个护士拿起两只手机歪着脑袋看来看去,很快抬起头说,不一样啊,不过很像!

  确定吗?我想我一定进入工作状态了,上身倾斜,目光灼灼。两个护士谨慎地点点头,然后对视一下,一脸惶惑地往外走。而我,则不管不顾地在吴世雄的额头上亲了一口,大喊道,我的亲爹耶!两个护士止步,骇然回头,又对视一下,加快脚步走了出去。

  我无所顾忌地大笑起来。

  吴世雄躺下去,似乎从什么纠葛里解脱出来,舒缓中带着疲惫。他的目光望向虚空,明亮、慈祥而宽厚。我偷偷瞥了他几眼,忐忑不安。我全部的内心活动,岂能逃过这位老警察的眼睛?

  蹦蹦跶跶的脚步声越来越近,我知道是小琪来了。迎出去,我给了她一个大大的熊抱，似有千言万语又不知怎样表达。小琪娇嗔地提醒我说，老公，你的同事都在呢！我这才注意到小苏等人就站在旁边，赶忙调整状态，说道，你们怎么来了？快进屋吧。

我们来看看老领导，老英雄！小苏手里捧着一大束鲜花。"老英雄"几个字听起来分外厚重。在我心中，那座丰碑已经重新矗立起来，熠熠生辉。

小牛的两只手里拎着紧绷绷的塑料袋，一边说这是大伙的一点儿心意，一边俯身往床底下放，忽然，啪的一声，有东西从他上衣口袋里滑出来，就落在我的脚下。我弯腰拾起，是一部小手机。

（原载《啄木鸟》2018 年第 7 期）

又见梨花开

薛景川

天际间像是摆开了战场,乌云翻滚如墨,刺眼的闪电夹杂着滚滚雷声,演绎着风雨来临的前奏。山风也不甘寂寞,呼号着四处横冲直撞。整个山谷中刚才还是郁郁葱葱的,眨眼之间却成了一副山雨欲来风满楼的景象。

听着远处低沉的雷声,秦昊使劲儿挥了挥手,驱赶着眼前纠缠不清的蚊虫,转过头对着卫天云说,卫队,马上就要下雨了,今天是不是又要白费力气了?

卫天云抬头斜着眼睛看了看天空,慢慢地说,不好说,根据确切消息,山下的这个女人即将临盆,在这深山里没有其他人照顾,按常理分析娄欢极有可能回来。

可是，我们跑了一千多里地，在这里蹲守了三天，这所孤零零的房子里出来进去的就那个女人吴萍，别说娄欢了，连个兔子撒欢儿都没见着。秦昊话里带着牢骚。

面对秦昊的牢骚，卫天云毫不介意，无声地一笑，别泄气嘛，守得乌云开，方见日头来。蹲坑守候是刑警的基本功，最忌讳心浮气躁。

秦昊不服气，我跟着你也四五年了，这点儿道理我岂能不懂。我的意思是天高气爽他都不来，难道非要等到大雨滂沱才会出现吗？

卫天云一副胸有成竹的样子，劝道，沉住气，先别急着下结论，别忘了，对手智商相当高。我倒是觉得，根据他以往不按常理出牌的逻辑，越是这样恶劣的天气，越可能出现。

对于娄欢的高智商，秦昊显然并不赞同，撇了撇嘴，嘴里嘟嘟囔囔，什么高智商，把一个大着肚子的女子扔在荒山老林受罪，自己却不知道躲到哪个乌龟壳里了。大隐隐于市，这点儿道理都不清楚，充其量有点儿小聪明罢了。

说到这里，他停顿了一下，把头向前探了探，好奇地问道，他就这么稀罕孩子？

卫天云点点头，如果不是，他潜逃这么长时间，比狐狸还警觉，为啥甘愿冒着这么大风险，弄个女人在此地姘居，不就是圆他的梦吗？

秦昊感觉不可思议，咂咂嘴摇摇头，真搞不懂这家伙究竟是怎么想的。

转过身，卫天云活动活动腿脚，说，也没有什么奇怪的，他们家到他是三代单传，他父母也是有了三个女儿后才生的他。娄欢结婚后一直没有孩子，听村里人说，他父亲因为没有抱上孙子临死也没闭上眼睛。

秦昊做了个夸张的鬼脸，这观念根深蒂固啊。

仿佛是折腾累了，雷公电母都悄悄收了兵，偃旗息鼓。小雨却像是个不速之客，飘然而至。

卫天云用手抹了一把脸上的雨水,搭着凉棚朝那所房子看了看,房子里的女人依然在忙碌着。卫天云若有所思地对秦昊说,有没有发现吴萍有点儿反常?

秦昊没有马上回答,起身观察了良久,依然一脸懵懂的神情,有啥反常的,还不是涂胭脂抹粉那些把戏吗,这里荒无人烟,不知道化妆给谁看,给山里的野猪吗?

卫天云摇了摇头说,刚才还自称是老警察,说话就露怯。老话讲得好,女为悦己者容,这难道不是个信号?

秦昊眨巴一下眼睛,好像明白过来,拍了一下前额,我这猪脑子。

秦昊凑近卫天云说,我还发现一个问题,这个女人有个怪毛病,每晚睡觉都不关灯。

卫天云瞅着秦昊一笑,这正是我充满信心的地方。

为啥?

你个小屁孩儿,没有结婚,不了解女人的心理。

秦昊有点儿不服气,这和结婚有啥关系,我就不相信,难道嫂子每晚睡觉会开着灯?

秦昊的反问却勾起了卫天云的遐思,他眺望着夜雨蒙蒙的远方,目光有些深邃,说,不错,只要晚上我加班,家里廊灯永远是亮着的。

这个话题秦昊很感兴趣,紧着追问,为啥?

卫天云轻轻扒拉一下秦昊的脑袋,傻瓜,那是老婆发出的信息,她在等你回家。

秦昊眨眨眼,恍然大悟似的往山下一指,按照这个逻辑推理,她是在等娄欢。

卫天云的语气很肯定,十有八九是这样。

小雨像是来了劲儿,越发密集起来,淅淅沥沥的,好似天上抛下千万条纤细珠帘,天和地被串联成了一个整体。房屋的灯光也在视线里模糊起来,远远望去,宛若一朵荷花在水中绽开。

卫天云向前看了看说,阵地必须前移,这里的视线已经看不清楚了。

秦昊环顾了一下四周，前面不远有棵大榕树，应该是个不错的地方。

把树周边的环境观察了一番，卫天云暗暗点头，距离目标有三十多米，居高临下，便于观察。植被也非常茂密，不容易暴露，更难得大榕树枝繁叶茂，枝条婆娑的树冠宛若擎起了一个巨大的伞盖，俨然一个天然的避雨场所。

抖了抖雨衣上的雨水，他用力搓着手，低声商量，咱们也别全在雨里淋着了，你回车里面，换身干净衣服眯一会儿，一个小时后再来换我，眼前这情形恐怕又得熬个通宵了。

秦昊不同意，队长，还是你回去吧，我先坚持一会儿，蹲守三天了，你基本上都没有合眼。

看着秦昊，卫天云佯装生气地一瞪眼说，别婆婆妈妈的，如果心疼我，记着准时来替换就行了，别像前几次似的睡过了头。

秦昊挠挠头，不好意思地笑了笑，我就这优点，睡眠质量超级好。然后一吐舌头，走了。

车在山坳一个隐蔽地方停放着，秦昊回到车上，没有迷糊多长的时间，手持台就传来了卫天云的呼叫，目标出现。秦昊一个激灵睡意全消，问，娄欢出现了？

对讲机里，卫天云的语气十分笃定，没错，就是他。

卫天云所在的仙龙市虽然地处北方，是个县级市，但由于地处京畿地带，又是南北交通要冲，经济发展相当快，其繁华程度甚至超过了一般的地级市。每到春天，遍地梨花次第开放，花白如雪浩瀚无垠，整个仙龙市都弥漫着一股沁人肺腑的清香。

那年的天气有些反常，虽然已经是阳春三月，依然寒风料峭，天气出奇的冷。

天气冷，刑警大队长卫天云的心里更冷。昨天晚上，市区发生一起恶性杀人案，住在玫瑰园的焦文丽被人杀死在卧室内。现场相当凄惨，焦文丽全身上下被捅了十几刀，血肉模糊。更让人震惊的是，她的一个三岁和一个还在襁褓中的儿子也未能幸免，被扔进洗衣机里活活闷死。

这个惊人的消息，随着寒冷的春风瞬间传遍了整个仙龙城。

案件就是命令，卫天云立即带领队员们投入案件侦破当中。勘查现场、查询被害人信息、摸排案件线索，工作有条不紊地迅速展开，然而让人失望的是，连续奋战几个昼夜，搜集到的线索被一一否定，眼看破案的黄金时间已过，案情没有一点儿实际进展，卫天云的眉头越皱越紧。

屋漏偏逢连夜雨，案发的第三天，市局指挥中心又紧急通知卫天云马上回局里，市区又发生一起凶杀案。

情况很快就清楚了，又是一起入室凶杀案，一个名叫屈彩霞的女人被人杀死在床上，作案手法及残忍程度和玫瑰园杀人案几乎如出一辙。

短短不到一个星期的时间连发两起凶杀案，四条人命，这是仙龙市从来没有发生过的情况。市领导极为震怒，作出重要批示，严令公安局限期破案。

接二连三发生命案，市区的百姓人心惶惶，各种流言就如大街上的柳絮，漫天飞舞。卫天云和他的刑警弟兄们瞬时被推到舆论的风口浪尖。

那段时间卫天云走在大街上最怕遇见熟人，因为每个人无一例外都会问他相同的问题：案子破了吗，凶手啥时候抓到啊？

两起凶杀案仅仅相隔三天，作案手法相似，尽管专案组成员有不同的看法，但是凭着多年的破案经验，卫天云还是力排众议决定并案侦查。让他苦恼的是，犯罪嫌疑人十分狡猾，作案后对现场做了精心处理，能收集到的物证极其有限。法医经过细致的勘查，才在焦文丽被害现场发现了疑似犯罪嫌疑人的生物检材。另外，两个凶杀案的因果关系也不明显，焦文丽和屈彩霞的生活轨迹几乎没有任何交集，究竟是仇杀还是情杀抑或是侵财各种意见都有，这种不确定性无形中为侦破增加了难度。

转眼又是一个多星期过去了，案件还在原地踏步，没有丝毫进展。

这天，卫天云叫上法医来到被害者家中重新还原现场状态，勘查现场，这已经是他带领法医第三次还原现场了。

一个小细节引起了卫天云的注意，一个带有少许血迹的小纸团出现在屈彩霞被害现场，勘查现场时被法医提取了。法医告诉卫天云，已经对上面的血迹进行了检验，是被害人的血迹，应该是作案人擦拭什么地方留下的，不具有任何破案价值。

卫天云却对这个纸团产生了浓厚的兴趣，翻过来调过去对着它端详了半天，然后对侦查员秦昊说，跟我去趟医院的停尸房。

回来的时候，卫天云的神情有了细微的变化，紧锁的眉头开始舒展。他召集侦查员开会，让大家调整侦查重点，重新摸排和屈彩霞关系密切的人，并特别嘱咐，所有的亲属朋友一律重新调查，包括原先已经排查过的人员，一个也不许漏掉。

队员们虽然不明就里，基于这些年对卫天云的信任，都立即行动起来。

经过几天的摸排，案情有了突破，原先因为作案时间被排除的娄欢，也就是被害人屈彩霞的丈夫，有重大嫌疑。卫天云命令秘密获取检材，送技术室进行比对，过了一天，法医那边传来消息，比对成功，娄欢就是这两起案件的重大嫌疑人。

尽管表面上不动声色，听到这个消息，卫天云还是有点儿吃惊。难道真的是他？那个在妻子的尸体面前悲痛欲绝的丈夫，那个多次到市局省厅上访，要求尽快破案严惩凶手的年轻人？

卫天云不禁感慨，演技太好了，不去拍电影真是白瞎了。

秦昊好奇地问，卫队，你从什么时候开始怀疑他的？

从现场那个小纸团开始。

能告诉我理由吗？

说起案情，卫天云脸上的表情开始丰富，话语也变得滔滔不绝。很简单，从两个犯罪现场来看，犯罪嫌疑人极其凶狠残暴，每个被害人身上都被捅了十几刀，既然这样，犯罪嫌疑人身上和现场都会有大量的喷溅血迹，这个纸团在现场似乎显得不和谐了。它上面只有少许血迹，肯定不是犯罪嫌疑人擦拭自身留下的，现场的血迹也没有做过处理，那么他擦拭的哪里呢？带着这个疑问我又重新察看了尸体，我发现，屈彩霞的脸上比较干净，没有血迹，仔细观察皮肤表层有轻微的擦拭痕迹。试想一想，假如和被害人之间没有关联，以犯罪嫌疑人的残暴怎么会有这个动作呢？

一席话，秦昊如醍醐灌顶，竖大拇指，真高，简直是火眼金睛。沉吟片刻，有些不解地问卫天云，既然这家伙对屈彩霞还有感情，为啥要对她下死手呢？

卫天云双手一摊，我也弄不清状况，也许是杀人后娄欢良心发现，这得等到他归案才能闹明白。

回想起这次侦破，秦昊有些庆幸，这个家伙确实够狡猾，反侦查意识相当高，居然还会金蝉脱壳。在外地打工，竟然雇了一个人替他打卡，自己偷偷潜回来作案。如果不是你下令重新调查，差一点儿让他蒙混过关了。

拿起案头娄欢的照片，卫天云颇有些感慨。这是一张年轻秀气的脸，如果不是证据确凿，真的很难把他和凶狠残暴联系到一起。

卫天云马不停蹄，立即组织对娄欢的抓捕工作，他要亲手抓住他。因为他心里还有一个谜团，那就是娄欢的作案动机。他搞不明白，究竟是什么原因，让这个年轻人如此残忍地举起屠刀，砍向毫无反抗的妇女和幼儿，其中还包括他自己的妻子。

到了目的地却发现，娄欢早已消失得无影无踪了。

在这个雨夜里，娄欢那张脸庞第一次映入卫天云的眼帘时，饶是卫天云这个见多识广的老刑警，心脏也破天荒地咚咚地剧烈跳动起来。

小雨依然是密密麻麻的，飘落在峰峦山壑之中，发出沙沙的浅吟低唱。虽然道路变得泥泞不堪，雨声却为卫天云的抓捕行动提供了掩护。

犹如狮子捕猎一般，两个人悄悄移动到了房屋前。卫天云拉了一把正要破门而入的秦昊，压低声音叮嘱道，那个吴萍是个大月份的孕妇，抓捕的时候千万注意，不要惊吓着她。

行动出奇顺利，娄欢还在睡梦中就被牢牢地摁在被窝里戴上了手铐。起初娄欢还心存侥幸试图抵赖，当他听到卫天云一口熟悉的家乡仙龙口音，神情一下委顿下来。

娄欢看了看旁边惊呆了的吴萍，低声对卫天云说，事情和她没有关系，不要吓她，她胆子小，肚子里还有娃儿。

看着娄欢被押上警车，卫天云扭头看了一眼那个立在风雨中一脸惊恐的女人，一股莫名的情绪突然掩过了他内心的喜悦。肚子里还有娃儿，娄欢刚才说的这句话，妻子杨梅也曾经说过……

第一次抓捕扑了个空，娄欢潜逃了。之后相当长一段时间里，卫天云用尽各种手段，都没有一点儿娄欢的消息，他好像在人间蒸发了一般。

那段时间是卫天云最为纠结的岁月，他的大脑始终处于高压状态。他和弟兄们四处摸排查找线索，汇总各地上报的信息，然后条分缕析，从中筛选出有价值的东西，再派人去各地逐一调查核实，不分昼夜忙得团团转。

让卫天云很无奈的是，工作上起早贪黑不算，还要抽出大量时间应付各级的督导督查，一次又一次汇报案情，聆听领导的指示。更让他苦不堪言的是，本来警力就十分紧张，时常还要抽出人来去安抚那些四处上访的受害者家属。

以上林林总总，卫天云整天折腾得头昏脑涨、焦头烂额。

家里的情况也让他糟心，妻子杨梅偏巧这个时候怀孕了，妊娠反应相当厉害。

以前案件没有头绪的时候，卫天云一干人黑天白日连轴转，根本顾不上回家，别的家属一肚子牢骚，只有杨梅晓得案子正处在攻坚阶段，卫天云他们责任重大顾不上自己，所以很少去打扰卫天云。即使打个电话也是嘘寒问暖，让一帮弟兄既是羡慕又是汗颜。

杨梅怀孕后，妊娠反应相当大，全身水肿，吃什么吐什么，身材也变了形，俏丽的容颜也变了样。心理准备不足的杨梅一下子性情大变，天天打电话，要卫天云回家陪伴。

卫天云忙着追捕娄欢，哪里有这么多时间，还是三天两头不回家。杨梅本来就情感细腻，再加上生理上的反应，颇有些接受不了，打电话给卫天云，言语中就少了以往的温柔，多了些不耐烦，你心里还有这个家吗，认识不认识回家的路，可还记得有个老婆？

一听语气，就知道来者不善，电话那头卫天云说话小心翼翼，老婆，实在对不起，抓捕工作太忙，杀人犯不归案，没法儿向那些被害者家属交代。

提起案子，杨梅开始抱怨，案子没破的时候，你整天不回家，现在真相大白，还是见不到你人影，现在的社会每天都会有犯罪发生，犯罪分子抓得完吗？

卫天云大吐苦水，我们也有难处，市局每天要进度不说，那帮被害者家属几乎天天来局里要求给他们一个说法。

杨梅打断卫天云，我不听这些，我也要一个说法，人家老婆怀孕了，丈夫在身边嘘寒问暖细心呵护，我却连你个人影也见不着，今天表个态，你到底要不要这个家。

电话那头，卫天云胸脯拍得山响，要，当然要，这么好的老婆打着灯笼也难找。

卫天云一顿温言软语，杨梅慢慢地消了火气，无奈地说，结婚这么些年，你在家正儿八经待过几天，我责怪过你吗？现在怀孕了，看着人家老婆被宠着、护着，自己像个落单的孤雁，心里有些失落罢了。

卫天云也清楚，确实欠妻子很多，只好信誓旦旦保证，等抓到娄欢，我请假天天陪着你。

杨梅根本不吃这一套，你也别开空头支票了，你说过的话什么时候兑现过？不过，我要你答应一件事，当我们的孩子出生的时候，无论你有多忙，你都必须抽出时间陪我把孩子生下来。别忘了，肚子里是你的娃儿。

卫天云一口答应下来。

雨越发地大了，狂野的山风在山谷间盘旋，掠起松涛阵阵，铜钱大的雨点敲打着车窗玻璃，啪啪乱响。一道闪电划过，照亮了娄欢那张毫无表情的脸。

秦昊一边发动车，一边扭头问娄欢，认栽了吧，这就叫天网恢恢，疏而不漏。

娄欢半仰着头斜倚在汽车靠背上，一脸的冷漠，听了秦昊的话，眼皮也没抬地说："如果不是这个女人，你们是抓不到俺的。"

秦昊微微一笑，就那么有信心？

娄欢依旧半眯着眼，一脸倨傲，原以为这案子你们就破不了，没想到你们只用几个星期就查到了俺，倒是出乎俺的意料，不过，虽然破了案，但是俺仍然不相信你们能抓到俺。

秦昊一脸不屑，说，你现在已经在我们手里了，还狂妄啥。

娄欢摇摇头，说话一字一句，这不是俺的错，要怨就怨俺娘。

两个人你来我往言语交锋，卫天云只是静静地坐在旁边聆听，娄欢的这句话，让他有些不解，插嘴问道，和你娘有关系吗？

提起老娘，娄欢的表情有了细微的变化，满脸的冷漠不见了，一丝不易察觉的愁绪挂上了眉端，说，俺的背景你们肯定调查清楚了，家里三代单传，家里养儿子传宗接代是天大的事。案发后，俺逃到边境，已经和偷渡的蛇头商量好给他们三万元负责把俺偷渡出境。

在等待出境的那几天，俺天天做梦，梦到回到了老家，梦见了在梨树地里劳作的俺娘……从梦里醒来俺一脸的泪水，俺心里明白，这一走，今生今世再也见不到俺娘了，于是一咬牙，决定偷偷回家一趟，给俺娘磕个头再走。

一年多不见，俺娘苍老了许多，头发几乎全白了，见了俺就不停地流泪，听说俺要偷渡出国，她神情凄惨说了一句，以后没有儿子了，更别说孙子，老娄家绝后了，俺这把老骨头活着还有什么指望，还不如早点儿去地下见你那死去的爹。

看到俺娘绝望的眼神，俺的心突然软了，她从小疼俺，俺这辈子欠她太多了，当时脑袋一热做了个大胆的决定，俺暂时不走了，俺要找个女人生个儿子。虽然俺今后不能尽孝了，如果她知道还有个孙子，她就有了活下去的指望。俺当然知道这么做的危险性，但是为了俺娘，还是决定冒险一试。

先后去了几个地方，都不是很安全，稍微有点儿松懈，你们就会跟踪而至，幸亏俺警觉，及时转移才没有被你们抓获。后来，在深山里俺找到了一个合适的目标，大字不识的女人吴萍。找吴萍的目的很明确，山里女人单纯又愚昧，与外界接触不多，唯有这样才会安全。

编造了一堆谎言取得她的信任后，俺带她离开家，来到这荒山野岭居住下来。尽管如此，俺心里还是没有安全感，以打工为名到别处躲藏，尽量减少回来的次数。后来，吴萍怀孕了，预产期就在这两天，俺今晚回来打算送她去医院待产的。

卫天云一皱眉，对着前面的秦昊喊了声，停车。

秦昊猛地一脚刹车，回过头纳闷儿地问，啥事？

卫天云努努嘴，掉头回去。

秦昊有些不明白，问了一句，回哪里？

回刚才那所房子。

为啥？

卫天云一指娄欢，没听他说吗，吴萍就是这两天生产，深山里荒无人烟，天又下着大雨，留下她一个人会有危险的。

秦昊听明白了，不以为然地笑了笑说，我还以为什么事呢，这个好办，明天到了上班时间及时把这个情况通报给当地有关部门，由他们负责不就行了。今晚就别回去了，就我们两个人，还带着一个危险人物，车里再多个孕妇，一旦出现状况怎么处理？

卫天云低头看了看表，一脸的凝重，抓捕的时候我就想把她带出来，当时觉得没那么紧迫才没做，出来后心里一直不踏实，现在离天亮还有六七个钟头，她随时可能生产，那可是两条人命。

听卫天云这么一说，秦昊似乎感觉到事态的严重性，没再言语，沉吟片刻，一打方向盘，汽车的灯光在漆黑的雨幕中划出了一道漂亮的弧线，顺着来路，又消失在黑沉沉的风雨中。

推开房屋的门，眼前的景象着实吓了卫天云一跳。屋里桌椅东倒西歪的，被褥、枕头散落在地上，吴萍捂着肚子，痛苦地蜷曲在门口。卫天云暗暗吃惊，不好，她要生了。

看着大汗淋漓、极度痛苦的吴萍，望着笼罩在风雨中黑黝黝的山峰，卫天云面带焦急，问娄欢，这里距离县城还有多远？

自从吴萍被抬上车，娄欢就一下变得紧张起来，眼睛一刻也没离开吴萍，卫天云连问两句，他才缓过神来，略一思索，答道，一百多里。

卫天云看了一眼捂着肚子叫声连连的吴萍，摇摇头，说，恐怕来不及了，附近还有没有别的医院？

距离这儿十几里有个石泉镇，那里有卫生院，只是那里的条件……

卫天云没有听他说完，扭头对着秦昊说，快，去石泉镇卫生院。

几十分钟的艰难行驶，崎岖山路渐趋开阔，一片灯光在夜幕中隐隐闪烁，娄欢拿手一指，那就是石泉镇。

下车的时候，吴萍突然伸出手拉住卫天云的胳膊，央求道，求求你，别把娄欢带走，让他陪俺把孩子生下来。

这个请求让秦昊有些哭笑不得，大声问道，你知道我们是啥人，他又是啥人吗？

吴萍点点头，说，俺知道你们是警察，娄欢肯定是犯了罪。

秦昊从鼻子里哼了一声，既然知道，还求什么，要知道国法无情。

一路上消耗了极大的体力，吴萍的声音弱弱的，俺是抛了父母跟他私奔的，在这里举目无亲，这个关口他要是被带走，俺真怕撑不住。

卫天云用目光制止了还想继续理论的秦昊，安慰说，不要胡思乱想，医生和护士都已经在等着了，先进去吧。

看着吴萍那张惨白的脸，失望的眼神，卫天云忽然想起了自己的妻子杨梅……

从卫生院出来,卫天云满脸是水,也闹不清是雨水还是汗水,秦昊关切地问道,都已经安排好了?

卫天云点点头,已经送进手术室了。

秦昊出了一口长气,这下可好了,然后把头转向一直焦躁不安的娄欢,放心了吧?

娄欢没有回答,默默地把头朝后一仰,又恢复到之前一脸冷漠的状态。

卫天云的表情没有那么轻松,对秦昊说,听医生讲,是异位难产,她情绪很不好,一个劲儿喊娄欢,真担心出意外。

秦昊也有些后怕,擦了擦额头说,幸亏听了你的话,否则后果真不堪设想。

卫天云低声和秦昊商量,咱们能不能把娄欢带到手术室外面,给孕妇增加点儿信心?

秦昊瞪大眼睛,带着一个杀人犯去医院转悠?

用衣服把手铐盖住,谁知道他是杀人犯。

秦昊的头摇得像拨浪鼓,队长,这不符合规矩,咱们是警察,不是医生,把她送到医院已经超出职责了,如何接生那是医院的事情。

面对秦昊的坚持,卫天云仍不想放弃,我当然知道不合规矩,咱们不也是常常讲人性化执法吗?毕竟对她来说今晚的变故太大了,见不到娄欢,恐怕她真的撑不下去。

秦昊一副较真的模样,卫队,平时你总说我是菜鸟,你可是老刑警了,这点儿常识不用我提醒吧,医院的环境复杂,万一发生意外,这责任你我可承担不起。

这些话合情合理,卫天云无法辩驳,但是他仍不死心,顿了顿,说,风险肯定有,但那里可是性命攸关啊!

秦昊有些赌气,嘴里不依不饶,不是我不通情理,你想一想,为了这个案子,我们天南地北四处追捕他,受了多少罪。就是因为他迟迟不能归案,省里市里拿我们当反面典型,大会批小会点,咱们受了多少委屈。这些都可以忽略不计，就说嫂子，要不是因为你去广州抓捕娄欢把嫂子一个人扔在家，她能出意外吗？差一点儿早产，嫂子到现在都不能起床。现在，为了这么一个人渣，为了他生儿子，冒这个险值得吗？

秦昊气呼呼甩出这些话，就像外面时断时续的风雨，噼里啪啦地敲打着卫天云的心扉。

杨梅打来电话告诉卫天云，她有点儿不舒服想去医院做个检查，让他请假陪着去一趟。妻子已经怀孕六个月了，身体日渐臃肿笨拙，这个要求也在情理之中。卫天云却无法满足，因为他得到消息，在广州发现了娄欢的踪迹，此时他正在前往广州的路上，无奈之下，卫天云和杨梅商量，能不能坚持一两天，等我回来陪你去医院。

电话那头杨梅无名火顿时发作，卫天云，你有没有长心啊，我为了咱们的娃儿吃苦遭罪，你却像个毫不相关的人，去医院看病还能拖吗？

这几句话犹如疾风骤雨，打得卫天云有点儿蒙，仔细一想这段时间忙于工作确实冷落了她。他自嘲地一笑，赶紧改口商量，我现在在外地出差，要不打电话让妈陪你去？

杨梅轻轻地叹口气说了句，不用了，妈那么大岁数了，身体又不好，我还是自己去吧。然后挂断了电话。

就在杨梅去医院的路上，徒步穿过斑马线的时候，被一辆电动车撞倒了。幸亏被及时送到医院，否则后果不堪设想。

结婚后，由于工作的关系，卫天云很少待在家，由于寂寞，杨梅很早就想要个孩子，却一直没有怀孕。随着年龄的增长，想要个孩子的愿望越发强烈，可是折腾了几年，就是没有怀孕的迹象。杨梅跑了无数个医院，吃了无数的中药、西药，一直到今年，三十六岁的杨梅才怀了孕。如果这个孩子没了，对她的打击可想而知。

看着卫天云一脸的凝重，秦昊知道刚才的话说得有些重，有些歉意地说，卫队，对不起。

卫天云摆摆手，示意没有关系，然后语气平缓地说，别提那些了，还是把娄欢带过去吧，出了事情我负责。

卫天云最后这句话，让秦昊的脸顿时涨得通红，声音一下拔高好几度，难道我是怕担责任吗？是替你担心，你应该清楚，这次抓捕对你有多重要！

卫天云当然清楚秦昊的话里包含的信息。

最近市局要进行班子调整，卫天云是众望所归，也是所有的候选人中呼声最高的。当有了娄欢的消息，卫天云向局长鲁大光请示抓捕的时候，鲁大光就曾有片刻的犹豫，对他说，还是派别人去吧。在卫天云再三坚持下，鲁大光才勉强同意，临走时意味深长地叮嘱道，去，可以，但是一定要谨慎，不允许出半点儿纰漏。

鲁大光的犹豫，也是出于对卫天云的关爱。

杨梅自从上次被撞动了胎气，只能在家卧床静养，需要有人照顾。另外，马上调整班子了，作为自己特别欣赏的爱将，鲁大光也怕有什么意外，毕竟时机敏感。

看着秦昊着急的样子，卫天云拍了拍秦昊的肩膀，咱们是一起摸爬滚打并肩作战的弟兄，你的意思我懂。

秦昊声音有些哽咽，我是替你委屈，风里雨里这么些年，你就晓得破案件、抓逃犯，多少机会都失之交臂，要是这次再错过，恐怕以后再也没机会了。

卫天云挥了挥手，像是要甩掉什么东西，一字一句对秦昊说，你现在还年轻，作为一个刑警，如果入世太深，杂念太多，破案的专注度就会被分散，眼睛看得杂了，侦破案件时就会少了那份特有的敏锐，这是一个侦查员的大忌。

看着执着的卫天云，秦昊下面的话有些吞吞吐吐，不仅是为这些，刚才咱队里杨大姐来电话了，嫂子那里有点儿情况，今天有些出血。

听了这话，卫天云心里一沉，现在情况如何？

已经被杨大姐和弟兄们送进医院了，嫂子的妈妈在呢，大家怕你担心,没敢告诉你。电话里都嘱咐我,劝你早点儿回去陪陪嫂子。

听说杨梅没事,卫天云长出了一口气,有她妈妈和大家的照顾,我就放心了,至于那些身外之物,一切顺其自然吧,现在产妇性命攸关,火烧眉毛还是顾眼前吧,如果出了事情,我不后悔,也问心无愧。

昏暗的灯光勾勒出卫天云棱角分明的脸,那一脸的坚毅宛若用刀子镌刻出的一般。

看着卫天云,秦昊没再坚持。

押着娄欢走进卫生院,秦昊才看清里面的环境。两排破旧的平房笼罩在风雨中,给人一种摇摇欲坠的感觉,羸弱的灯光映在墙面上,斑驳陆离,更彰显了房子的破败不堪。

穿过几间屋,走廊尽头一盏灯亮着,卫天云告诉秦昊,手术室就在那里。

卫天云口中所谓的手术室,其实就是一间屋子,在白木门上面挂着半截门帘,上面印着手术室三个红字。

与手术室仅仅相隔一道门,娄欢的声音有些颤抖,老婆,俺就在外面陪着你,你要使劲儿,把咱们的儿子生下来。

看着反常的娄欢,秦昊一脸的不屑,娄欢,我就是搞不明白,既然你那么心疼女人、喜欢孩子,怎么会做出那些丧心病狂的禽兽行径呢?

娄欢的情绪一下激动起来,声音有些歇斯底里,儿子,还不是因为俺没有儿子!

作为娄家三代单传的男丁,又是老来得子,娄欢自然而然受到父母及三个姐姐的宠爱,在家里什么事情都是说一不二,全家围着他转,也是这份溺爱养成了娄欢任何事情都要抢先拔尖的乖戾性格。

高中毕业后,没有考上大学的娄欢听从父母的安排,和屈彩霞早早地结了婚，婚后小夫妻甜甜蜜蜜地过了一年，屈彩霞一直没有怀孕的迹象，这让盼着抱孙子的娄欢父母很着急。四处给屈彩霞买补品、弄偏方，又是扎针灸，又是中医调理，折腾了两年多，直到娄欢的爹去世，屈彩霞也没有为娄家生下一男半女，为此，娄欢的娘一直耿耿于怀。

娄欢也觉得不对劲儿，带着屈彩霞偷偷地去医院做了检查，检查结果让娄欢如五雷轰顶，屈彩霞一切正常，没有生育能力的偏偏是他。

拿着这份冷冰冰的结果，娄欢欲哭无泪，三代单传的他肩负着娄家传宗接代的任务，这种结果是没办法接受的，老娘天天嚷着抱孙子，一旦知道了这种结果，以她的性格搞不好会出事情。

万般无奈之下，娄欢决定暂且瞒着老娘。好在屈彩霞不在乎这些，在娄欢的哀求下也答应保守这个秘密。

娄欢的娘哪里知道这些，见儿媳仍然没有动静，愈加着急上火，天天吵着要娄欢和屈彩霞去医院检查，娄欢有苦衷却不能说，只能采取拖延战术。

谁知道娄欢的娘得寸进尺，言语上对屈彩霞越来越尖酸刻薄，屈彩霞忍无可忍，也和婆婆撕破脸，言语上不再相让，冲突渐渐加剧。

娄欢的三个姐姐也不是省油的灯，她们早早认定责任肯定在屈彩霞的身上，纷纷过来帮腔助阵，最后，屈彩霞一气之下，扔出一句话，老是埋怨我不下蛋，去问问你儿子，是不是个公鸡。

世上没有不透风的墙，这件事情渐渐被村里人知道了，尽管娄欢的娘不承认，村里人也能猜个八九不离十，不能生育的责任原来在娄欢的身上。

尽管现代社会文明突飞猛进，人们的传统观念也有了很大转变，但是在北方农村，男人不能生育还是一件很没面子的事。慢慢地，村里的人发现了娄欢的变化，他变得更加孤傲和敏感，更加离群索居、沉默寡言。

娄欢确实变了，娘的吵闹、村里人的指指点点让娄欢有了巨大的压力，为了躲避这些纷扰，娄欢决定离开老家，换一个环境。

他在仙龙市区买了一处楼房，把屈彩霞接到了市区，老娘让几个姐姐接去伺候，如此一来既避免了婆媳矛盾，也远离了村里人的流言蜚语。

搬到城里以后，没了那些纷纷扰扰，娄欢这才如释重负，整天紧锁的眉头有所舒缓，等生活安定下来，闲着无事，便招呼了几个老乡到外地打工去了。

打工的日子虽然辛苦，没有了妈妈的压力，没有了那些飞短流长，娄欢的日子倒也惬意。

清闲的日子过了半年，一天，屈彩霞打电话向他诉苦，说在棋牌室打牌的时候和一个叫焦文丽的女子发生了口角，对方不知道听谁说的她丈夫不能生育，便当众嘲讽她上辈子不积德，命里活该没有儿子。这还不算，她还得意扬扬地炫耀自己的两个儿子，那副神态真是气煞人。

屈彩霞本想和丈夫发几句牢骚诉诉苦，没承想，这几句牢骚话一下戳到了娄欢的痛点。

因为不能生育，他承受了极大的压力，有了强烈的自卑感，心灵也开始扭曲。他开始酗酒，变得敏感而好斗，因为儿子这个话题，没少和村里人犯口舌、动拳脚。

现在，好不容易搬离了农村，远离了人们的关注，娄欢本想过几天清静日子，却想不到事情这么快就暴露在大庭广众之下。

娄欢压抑的情绪一下爆发了。暗暗咬牙，不是有两个儿子吗，既然你咒俺无后，那俺让你也断子绝孙。

之后娄欢表面上风平浪静，内心的罪恶计划却在按部就班地进行。他找到焦文丽的家庭住址，查看作案路线及周边环境，作案后如何躲避警察的侦查……当他感觉一切准备妥当，计划已经天衣无缝时，他便在一个漆黑的夜晚悄悄地潜回仙龙，开始了预谋已久的复仇计划。

杀完人，娄欢并没有着急回去，想在家住两天，观察一下风声，再做决定。不承想却被老婆发现了真相，善良的屈彩霞做梦也没有想到，仅仅因为自己说的几句牢骚话，丈夫竟然对焦文丽母子痛下杀手。

三条鲜活的生命转瞬而逝，屈彩霞想想都不寒而栗，在一起厮守的丈夫竟然是杀人不眨眼的恶魔。屈彩霞感情上实在无法接受，大声痛骂娄欢毫无人性，老天爷活该让你断子绝孙。

不料，这句话引来了杀身之祸，已经杀红眼丧失理智的娄欢恼羞成怒，残忍地对妻子举起了屠刀……

情绪发泄之后，看着惨死在血泊中的屈彩霞，娄欢呆呆地站立了良久，想想以前的恩爱，不觉流下了几滴鳄鱼泪，他用纸巾轻轻给她拭去了面颊上的血迹，然后摔门而去。

秦昊满腹狐疑，质问道，你说你没有生育能力？

娄欢面无表情，机械地点点头。

秦昊感到不可思议，往里面一指，里面的女人是怎么回事？

一缕苦笑挂在娄欢的脸上，找个笨女人就是为了好欺骗，同居后俺让她做过体检，然后假意告诉她体检结果说她生育有问题，她居然没有一丝怀疑。哄骗她相信后，俺就带她出了趟远门，你知道现在的科技水平让一个女人怀孕没任何问题。

为什么要这么做？

为了心中那个可怜的传宗接代，更是为了俺娘。

望着风雨交加的窗外，娄欢一声冷笑，可怜那个吴萍还以为自己有缺陷，至今对俺的不离不弃感激涕零呢。

看着阴阳怪气的娄欢，秦昊强压着心中的怒火，骂了声，你简直是猪狗不如。他还想继续教训娄欢几句，手术室里一声婴儿的洪亮啼哭声打断了他们之间的对话。

听到那声啼哭，娄欢的情绪突然失控，眼泪流淌，猛地起身，哗啦啦一声响露出了双手戴的手铐。

看着娄欢激动的样子，秦昊有些不解，说，在法律上严格地讲这不是你的孩子吧？

娄欢那张秀气的脸因为激动有些变形，声嘶力竭地喊道，不，那就是俺的孩子，村里人会相信是俺的孩子，俺娘更会相信！

看着娄欢那张扭曲的脸，卫天云心里不禁一声长叹。

看见娄欢手腕上的手铐，出来报喜的护士吓了一跳，不由自主地往后退了一步，口罩上面的大眼睛忽闪着瞅向卫天云，他……他是个罪犯？

看小护士受到惊吓，卫天云有些不好意思，安慰说，不要怕，我们马上带他走。

知道娄欢的身份，刚才还兴高采烈的护士露出一丝厌恶的表情，但还是告诉他，生了个儿子，母子平安。然后转头询问卫天云，家属是罪犯，住院费谁来交？

卫天云赶紧说，我们交，转身对着秦昊说，你先把他押上车，我去交了住院押金，咱们连夜赶路。

护士阻拦说，你们要走，那可不行。

秦昊问，怎么不行？

护士解释道，咱这山区卫生院人手有限，孕妇目前还不能下床，谁来伺候？

卫天云摇摇头，一脸苦笑，难道要我们伺候她？

护士说，我不管，人是你们送来的，她还不能自理，必须有个人来照顾。

秦昊双手一摊说，这下可好，还走不了了。

卫天云略作思考，和护士商量，我们押着人犯实在不方便，不如这样，一会儿多交些住院押金，回头你们雇个人照顾她吧。

护士歪着头想了想，说，也只好如此了。

疲惫的神情一扫而光，秦昊脸上笑容灿烂，抚摸着自己的胸脯，调侃道，这颗小心脏至此方才归位。

突然一声惊叫打断了秦昊，产房里传来有些慌张的声音，产妇大出血了，快去取止血钳！

听到这突然变故，娄欢神色大变，猛地挣脱了秦昊要往屋里闯。卫天云处变不惊，反应迅速，从后面一把拉住娄欢，没等娄欢明白怎么回事，一个干净利索的过背摔将他重重摔在地上。

卫天云厉声警告道，再敢乱动，别怪我不客气。

娄欢躺在地上,还在气急败坏地号叫,俺要看老婆和儿子!

卫天云蹲下身来,对着还在试图挣扎的娄欢一字一句说,娄欢,我提醒你,别忘了自己的身份,想要他们母子平安,最好保持冷静,不要做蠢事,否则你连站在这里的权利也会失去。

这几句话起了作用,刚才还"啊啊"乱叫的娄欢长出一口气,犹如泄了气的皮球瘫软在地上。

时间一秒秒逝去,外面的风雨依旧呜呜咽咽的,时断时续,走廊里却安静异常,静得能听见三个男人粗重的呼吸声。

大约二十分钟,护士急匆匆走了出来。

看着护士阴沉的脸,卫天云心里一沉,急忙上前问道,怎么样?

护士抬手拢了拢额前的秀发,轻轻地说,出血已经止住,但是产妇出血太多,要输血。

秦昊有些急,嚷道,那还犹豫什么,赶紧输啊!

护士没有介意秦昊的急躁,大眼睛瞟了秦昊一眼,问题是卫生院条件有限,根本没有血浆。

秦昊一副皇上不急太监急的神情,赶紧和县医院联系。

护士不紧不慢地告诉秦昊,已经和县医院联系了,她停顿了一下,但路程这么远,又是雨夜,恐怕是……小护士有些犹豫,没有再说下去。

娄欢伸出戴着手铐的胳膊说,俺给她输血。

护士说,你什么血型?娄欢一脸茫然,俺哪里知道。

卫天云问护士,需要什么血型?

B型。

卫天云冲着娄欢摇摇头,你是A型,血型不对。

娄欢一脸的不相信,说,还没有验,你怎么知道俺是A型?

秦昊打断他的话,又忘了你的身份,我们找了你两年多,这点儿情况会不清楚?

一句话,刚才还情绪激动的娄欢,神情立马黯淡下来。

卫天云看看秦昊说,看样子还得多耽搁一会儿,我是B型,我去输血。

等等，秦昊拦住了卫天云，你不知道吧，我也是。

卫天云有些诧异，会有这么巧？秦昊说，我比你年轻，输血这件事你就别争了。

卫天云说，你不行。

秦昊仍在坚持，你是队长，平时都听你的，这次给我个理由？

卫天云语气平和，做事情要通盘考虑，输完血，我们是不是要赶路，别忘了你还是司机。

这句话一出口，原本还要争的秦昊张了张嘴，却没有找出别的理由。

输液室里，医生和卫天云商量，产妇失血过多，本来需要八百毫升，你的脸色也不是很好，先抽四百毫升吧。

卫天云一拍胸脯，我身体没问题，需要多少就尽管抽。

小雨在夜色的保护下悄悄退去，一轮冷月挂在如洗的夜空，把一片银光无声地倾泻在经过洗礼的山川，万籁俱寂，一切显得那么清新静谧。

产妇那边也传来转危为安的消息，卫天云如释重负，面向秦昊，说，一切都结束了，我们该干活儿了。

看着卫天云苍白的脸庞，秦昊有些犹豫地说，输了那么多血，马上赶路吃得消吗，是不是休息片刻再走？

卫天云摇摇头，夜长梦多，马上出发。

秦昊无可奈何，只得勉强答应，好吧。

从座椅上站起身来，卫天云明显感觉到了不对劲儿，头部异常沉重，大腿也像灌了铅一般。

以为是起身太猛了，卫天云闭着眼原地歇息片刻，尝试着向前走了几步，却突然眼前一黑，整个人失去了知觉⋯⋯

当卫天云再次睁开眼睛，眼前是秦昊热切的目光。

看到队长醒过来，秦昊脸上露出一丝苦笑，你可醒过来了，真把我吓坏了。

卫天云问，产妇和孩子没问题吧？

秦昊点点头,卫天云挣扎着想要站起来,咱们别再耽搁了,赶快赶路吧。

秦昊低下头,神色黯然,娄欢跑了。

卫天云心头一紧,怎么回事?

卫天云昏倒了,经检查,身体倒是没有大碍,主要是劳累过度,再加上输了那么多血,身体虚弱而已。这一下子让秦昊为了难,无奈之下只好听从医生的建议,让卫天云休息片刻,等精神恢复了再走。

娄欢也被带到病房,秦昊把他铐在了床头,一边照顾卫天云,一边看守娄欢。

连续几天蹲坑守候,再加上一晚上的折腾,秦昊也是疲倦至极,尽管他用凉水洗了两次脸,最后还是忍不住坐在床边打了一个盹儿。等他醒来一睁眼,不禁暗暗叫苦,娄欢不见了,床头只剩下一副被打开的手铐。

看着卫天云,秦昊眼里含泪,队长,对不起。

卫天云没有责怪秦昊,都怪我身体不争气。

秦昊悔恨地用拳头一捶床铺,全怪我,回去我会讲清楚的,绝不能让这件事拖累你。

卫天云脸上一丝苦笑,傻瓜,我是队长,出了事脱不了干系,这件事一开始就是我坚持的,你就别往里掺和了,回去以后我会向公安局党委报告的。我现在担心的是,娄欢这次跑了,以后再要抓他恐怕更困难了。

违反办案程序,造成杀人犯脱逃,俨然是一起性质非常严重的责任事故,公安局党委经过研究决定,暂时停止卫天云的工作,由局纪检部门进行调查后再做进一步处理。

当然,卫天云同时失去了竞选的资格。

打击接二连三,杨梅的孩子最终还是没有保住……

看着急匆匆赶来的卫天云,杨梅那张梨花带雨的脸平静得出奇，良久，她声音低低地说，你走吧。看着卫天云站在原地一动不动，杨梅依旧声音低低的，语气异常坚定，你走吧，我想安静一下。

十几天后，市委组织部来局里宣布新的班子成员，看到新提拔的班子成员被众人簇拥着开怀庆祝，秦昊悄悄地问卫天云，当初要是听我的，那个庆祝的人应该是你，现在后不后悔？

今天，局里的处理决定下来了，刑警大队长卫天云由于严重失职，造成杀人犯脱逃，决定免去大队长职务，调离刑警大队到行政处工作。

谈话是鲁大光亲自谈的，除了一些例行性安慰之外，临走的时候，鲁大光用手指点着卫天云的额头，你呀你，让我说你什么好。

杨梅那儿一直没有消息，她还在和卫天云冷战。

晚上，华灯初上，五颜六色的霓虹灯将整座仙龙市点缀得如诗如画。夜幕下的仙龙，好像一个养在深闺的少女，趁着夜色，悄悄掀开了神秘面纱，把精灵秀气一览无余地呈现在大众面前。

卫天云颇有些感慨，在这个城市生活了这么多年了，到今天才发现它美丽秀气的一面。想想以前妻子杨梅多次要求，要他抽时间陪她散散步，看看夜景，现在想想，还真是个挺浪漫的事情。由于每天忙碌，杨梅这个简单的愿望从来没有实现过。想到这里，卫天云有些自嘲，真是造物弄人，自己忙的时候妻子天天喊着要他陪，现在时间充裕了，妻子却不在身边了。

一阵电话铃声打断他的遐思，屏幕显示是杨梅。

这有点儿出乎卫天云的意料。

自从失去孩子后，杨梅一直对他不理不睬，卫天云多次打电话她从来不接，卫天云知道杨梅还在生他的气，只好作罢。

没有料到的是，今天杨梅主动打来了电话。

卫天云赶紧接听，里面传来杨梅急促的声音，老公，快回家，娄欢他……

卫天云头皮一紧，赶紧追问一句，什么娄欢，怎么回事？不料，电话那头却传来嘟嘟的忙音，电话挂断了。

杨梅出事了，这个念头在卫天云脑海里一闪，他没有片刻犹豫，拦了一辆出租车，朝家赶去……

打开门，客厅没有开灯，里面黑漆漆的什么也看不见。喊了两声杨梅，没有应答，卫天云一下警觉起来。习惯性地去掏枪，却摸了一个空。

突然，厨房的门打开了，灯光也猛地明亮了起来。杨梅端着点了蜡烛的蛋糕，秦昊，还有刑警队一干弟兄鱼贯而出，冲着卫天云齐声喊道，生日快乐。

幸福来得太快，卫天云有点儿反应不过来，直到杨梅低声重复了一句，生日快乐，这才如梦方醒。

他瞅着杨梅，今天是我的生日？杨梅面含微笑，轻轻点点头。

卫天云假意一绷脸，你怎么也学会作弄人了，电话说什么娄欢，你知不知道我担心死了。

秦昊接过话茬儿，这不怪嫂子，是我让她这么说的，一是测试你对嫂子的关心度，这个不用讲了，测试过关，秦昊停了停，加重了语气，二是娄欢就是我们哥儿几个送给你的生日礼物，他被我们抓住了。

这是最近难得的好消息，也出乎卫天云的意料，怎么抓住的？

秦昊眉毛一挑，你还记得那个吴萍吗，是她报的警。

卫天云吃惊不小，真的？

千真万确。

娄欢没有偷渡出国？

因为有了儿子，有了牵挂，他不想走了。

卫天云看了一眼秦昊，说，这次抓捕肯定是你的杰作吧，以你的性格，不抓住娄欢，这口气你也出不来。

秦昊一吐舌头，不愧是燕赵神探，果然是料事如神，其实我也没有做啥，只是把那天晚上你做的一切原原本本地告诉了吴萍，然后留下了我的电话，后来娄欢以为风头过了，偷偷地去看儿子，吴萍就报了警。

回忆起那段经历，秦昊的话滔滔不绝。

最精彩的一幕发生在送别上，当我们准备带走娄欢的时候，吴萍拦住了我们，她对娄欢说，别怨俺，俺是个山里人，好多事情都不懂，但俺懂得做人，懂得感恩。她看了看怀中的孩子，俺这么做，不是想立功，是为你赎罪，也是为咱们的儿子积点儿德。

最后，她告诉娄欢，无论今后生活如何，俺都会把这个孩子拉扯大，给你们娄家接续香火。

听完秦昊的叙述，客厅里出现了片刻的寂静。

娄欢的归案，解开了卫天云心中的疙瘩。对着满脸微笑的妻子，一股愧疚油然而生，老婆，对不起。

杨梅温柔依旧，快过来吹蜡烛吧。

卫天云喜出望外，谢谢老婆大人！

杨梅莞尔一笑说，别贫嘴了，闭上眼睛许个愿。

卫天云有心把自己今天被免职的消息告诉杨梅，但是看着一脸欢笑的杨梅，几次张嘴，却又咽了回去。

一直折腾到了很晚，众人才离去。

朦胧的灯光下，杨梅温柔地看着卫天云，能不能告诉我，你许的什么愿望？

卫天云无声一笑，贴近杨梅的耳边，悄声说，当然是希望你早点儿怀上咱们的孩子啦。

凝视着卫天云，杨梅眼里有泪花闪烁，头一低，说，我们离婚吧。

卫天云好像没有听明白，盯着杨梅，追着问了一句，你说啥？

杨梅声音很轻，我们离婚吧。

为什么？

两行清泪从杨梅的面颊簌簌滚落，自从失去了孩子，我就发现自己无法面对你，只要想到你，就会想到孩子，心里就会痛。

听着杨梅的诉说，卫天云眼里有了湿气，柔声说，老婆，对不起，是我的错。

杨梅摇摇头说，你没有错，你是个好警察，而我只是个小女人，只想要个孩子和经常陪伴在身边的丈夫。

卫天云话里带着急切，相信我，以后会天天陪着你，陪你去看梨花，陪你去逛夜景。

杨梅叹口气说，我还不了解你，现在也许能做到，但是一接到案子，你就会围着案子转，你不会改变，我也不希望你为了我改变。

难道没有机会挽救了？

看着卫天云，杨梅强压着心中的痛，说，对不起，结婚十几年，没有好好给你过一个生日，今天也是我当妻子最后的补偿吧。

看着杨梅坚定的神情，卫天云知道她决心已定，事情已经无可挽回了。

卫天云的手触摸到了口袋里面的免职决定书，他知道，这或许是挽救他们婚姻的最后护身符了，他深深地了解，以杨梅善良的性格，一旦知道他此时的处境，即使再委屈，她也会改变初衷，绝口不再提离婚的事。

那张纸快要掏出之际，看着杨梅憔悴的脸，卫天云却踌躇起来。

外面不知道什么时候又下起了细雨，打开窗户，客厅里立刻飘满了梨花的芳香，又到了一年一度梨花开放的季节了。

时间在沉默中一点点流逝，卫天云却始终没有拿出那张纸，只是在口袋里面把它紧紧地攥成了一个团。

（原载《啄木鸟》2018 年第 7 期）

一朵雨做的云

侯国龙

1

怎么说呢,我们小河镇的雨就是这个季节要来的。下起雨来,不紧不慢,不打雷也不扯闪,闷不作声的。晴上那么半日,顶多就是看见燕子在衔泥,鹅在踱着步子,守院的狼狗整天在睡觉,只有下了蛋的鸡在咯咯嗒嗒地叫。

倘若有外地人来探听什么,倒也有人会把撤镇设县的传闻拿出来唠叨唠叨,像抢晒自家的谷物、豆品,一筐一篓地倒在旁人面前,让人掂量掂量、咂摸咂摸。

那我就从这个传闻给您聊起吧。起初是昌县人说我们要撤镇。他们是市里直管的,鼻子生来就灵一些。这就好比家长要置办家业了,总会先跟家里的老大通个气,议一议"划不划算、应不应该"之类的问题。至于他们当时是怎么商议的,我们迄今为止也是一无所知的。

然后,昌县人就抿紧了嘴,来我们这里修路、盖房子。他们造房子就像我们这里种桃树、李子树,扔个核儿就能长成出一片林子来。没多久,悟县人也来了,那份热闹他们说什么也是要来凑一凑的。这样一来,撤镇的传言就复杂多了。您想想啊,总得给小河镇一个安身立命的去处吧。轮到我们欢腾的时候,传言竟然变成是设县了。

那些日子每个人脸上都像开着喇叭花呢,熟人见了面也不再问"吃了没有",都学城里人那样开始"你好你好"了。聊到未来,他们总能把自己笑得前俯后仰,走起路来脚下都像生了弹簧,喜癫喜癫的。

相比昌县和悟县,我们只配做块巨型海绵。他们旱时我们就得挤一挤,涝时我们就要吸一吸。这多半就是我们的生存价值了。

现在摆在我们面前的有两条路。一条是昌县人修的柏油路。他们修路像摆弄他们的 GDP 那样玄乎。完全不知道他们要把路修到哪里去,这里挖个窟窿,让人、车都钻到地下去。那里把马路打个结,把人和车又一层一层往天上送。倒是修到我们这儿的时候,又随意了一些。像随手扔下把铁锹,斜插在我们这儿就算完工了。另一条是悟县人修的水泥路,早已破成了一副搓衣板。再后来,他们干脆就从别处绕道,生怕挨上了我们这个倒霉鬼。我们就这样被修成了倒立的"入"字,进也不是出也不是。

按理,我们应该要有自知之明,撤镇设县的事想都不该想的。传闻没多久就像洪水那样退去了。哪里是他们盖的房子,哪是他们修的路,明明白白地就冒出来了,像一件件商品和我们的禾苗、果林摆在一起。到头来,昌县人用他们浓浓的儿话音腔调说我们没良心,骂我们欠日(入)。悟县人说我们像个叉开腿的女人,只管进不管出,活该!

这大致就是我们小河镇的一些境况了。您要是再来小河镇的话，从柏油路转进水泥路，再顺着一个大斜坡把水泥路走完就到我们这里了。我们现在多半就是这样向外地人指路的。

当然了，您可能已经想不起来我是谁了，也不知道我究竟要干什么。如果是这样的话，我真的很抱歉，我自己也不知道我要干什么。在某种程度上，我更像是一个吃了黄连的哑巴。但我恳请您耐着性子听我讲下去。也请放心，我和您是见过一面的。让我想想，那是五年前？哦，不，已经过去七年多啦。我拿不准您会对哪些事情感兴趣，索性都讲给您听吧。

就在他们刚刚没收我的手机之前，我给我的前妻叶丽莎还发了短信。我说我想她。我保证此时此刻我所说的每一句话都是真的。但她的回答只有两个字：收到。这该是一个多么有趣的回答啊。让我无言以对。干脆让他们收走我的手机吧。他们像是充分考虑到了我的这个感受。所以，他们拿走手机的时候，我一点儿也没有反抗。他们给了我笔和纸，然后就把我扔在这间屋子里了。应该是进大门后左手边的第三间屋子。他们让我交代我的违法经过，包括我的个人以及车辆信息，我开黑车的时间、涉案交易金额等。我面对着一张张洁白的纸，无从下手，生怕每一笔墨迹都会玷污了它们的圣洁。他们在门外吐着蛇信，冲我嚷道：就从 2015 年 6 月 28 日 21 时许写起吧。

那通常是我让犯罪嫌疑人交代作案经过时的一个开头。那是一个人一生中重要的一个时间节点。在我做警察的这一生里，我都是极其小心的。我会花去大把大把的精力去考证别人写下的每一个字句。判定一个人的善与恶、罪与非罪，那该需要多少证据才能说出口啊。

可他们就把我按在一把木条椅上，直接宣判我是个违法的人。这是一句多么恶毒的诅咒啊，让我战栗，让我不由自主地就忆起了那个雨中的我，那个手忙脚乱的转业军人。如果时间能停止在那个遥远的时刻该是多么美好啊。想到这儿，我很想哭一场，像窗外的雨，不紧不慢，闷不作声地哭上一场。

这又有什么用呢。我想找个人说说话，哪怕只是说说话。可我发现这也是一件极其困难的事,我该向谁述说这一切呢,谁又会愿意听我说下去呢。我想来想去,觉得是不是可以向您说说,而且我周边的所有人都已经知道了,我为什么还不告诉您呢?

对不起,我的情绪有些失控。我的眼泪正一滴一滴地落在这张掉了些漆面的桌子上,饱满、晶莹剔透,即将汇聚成河。

2

唉。在小河镇生活久了,说话也变得啰里吧唆了。要不,我还是从我遇见您的那天讲起吧。兴许这有助于您回忆起我曾经是个什么样的人。

说来也巧,那天是我军转培训结业的日子。我在部队是个教官,主要工作是让那群头脑简单的毛头小伙子们四肢发达起来,教他们擒拿格斗,什么直拳、摆拳、勾拳,再有鞭腿、侧踹、正蹬,再到拳腿上的各路组合,等他们个个练得见到树桩都想发挥几招儿的时候,差不多就要走一茬兵了。我也决定要走了。我身上的骨头不再像从前那么配合我的动作了。它们变得迟钝、懒惰,像一群不再听我指令的老兵油子,让人看见了就想踹上一脚。可能是念在我曾是散打冠军的分儿上,他们安置我回原籍小河镇当一名派出所民警。

我好久没有回家了。对我来说,回家俨然是一种仪式。打电话预告消息时,父亲告诉我,他一时半会儿回不来,大姐家的孩子上学没人接送;母亲正在哄她刚满月的小外孙,让我直接把门锁撬了再换一把。他们的音调都很平淡,像早就知道这个结果。我给自己打了一个赌,如果中巴车到站时雨停了,那就是说他们还满意我的这个选择。

那是个中小挡来回切换的雨天。中巴司机按了两声喇叭,就算告诉我到站了。我们这儿的站不像城里规划得那么精细。可能十里八里才有一个站。哪里停车都是握方向盘的人说了算。站名也起得五花八门。但也不是毫无根据的。像车家湾、赵家条,说明那一带多是车姓、赵姓人家。柳林沟、松柏坡、榆树岭,那又是结合植被和地貌命名的。还有一类，比如我下车的地方叫垭子口，一处豁了牙的小山包。类似的还有东山头、沙湖咀，这又是按地理位置来叫的。

雨没有停歇的意思。我闪进路边的候车棚，把那个已经溅湿了一个角的黄挎包往上提了提。包里装着几件没有军衔的衣服，印有部队番号的学习笔记本、毛巾、搪瓷杯，两枚军功章，刘疯子送的拳击手套，李铁头送的自发热腰带。唯一重要一点儿的就是介绍信了，我的前生今世都在那张纸上写着。当兵八年啊，就剩这点儿东西了，连副好身子骨也没给自己留下。

我在候车棚要等的那个人叫王小军。一开始我很不喜欢这家伙。我和他刚加上微信，他就一口气在我朋友圈点了十几个赞。最远的一条微信还追溯到我初任教官的那个时候，差点儿没被他刨根问底。他只点赞，我也没办法对他的热情给予什么回复。我只好对频繁提示的"新消息"置之不理。

等我到了垭子口，翻出微信一看，我才发现他给我留言说来不了，还有一段气息很急的语音：哥，所里有急事，对不住了。我没回他，一来我不是他哥，二来压根腾不出手来打字。我索性想着，就算淋成狗，我也走回去给他看看。

王小军！王八蛋！每每雨水在鞋子里发出咯吱一响，我就这么狠狠地骂上一句。

我发现这么喊还挺来劲儿，这多少有些像部队行军的口号。您要知道，在那条像生满疥疮的破路上，不找点儿乐子是决然走不下去的。

我完全高估了我的意志力，深一脚浅一脚地走了好一段路，磕得人牙帮子都有些发麻，直到一辆车停在我面前。从车窗里飘出来一个男人的声音：喂，你到哪儿？我想都没想地告诉他，镇上，去镇上吗？我不能再傻傻地走到单位去，让王小军这个王八蛋看笑话。

他朝我勾了勾了手。我手忙脚乱地折起雨伞，钻进车。我的样子很狼狈，一定很好笑。您应该对此有些印象了吧？我的黄挎包还压着了您的脚，真抱歉，我那时忘记跟您说对不起了。我还记得您穿的是双旅游鞋，那个牌子只可能在昌县或者市里才能买到。所以，我猜您应该是外地人。您一开始应该也把我猜成是个外地人了吧。

司机问我去镇上哪里。我说到镇上派出所。他呜哝了句:"去那鬼地方干吗?"他给我开价三十五元。那可是我从市里到垭子口的票价。我忙着翻钱包。他又让我扫一下座椅背后的那个二维码,让我用支付宝转给他。我哪有什么支付宝。我在部队根本用不着这些玩意儿。吃饭、买日用品什么的,我只需拿卡往机器上一贴,滴一声就可以了。我试图向他解释。他说不能收现金,被抓住了要罚款。他也许以为我会赖账,又强调说是这位好心的乘客——当然是指您了,不忍心看见一个路人淋雨,要不然他才不会停车呢。但我真没有支付宝。最后还是您帮我转给了他。我手忙脚乱地从包里找到两张二十的。我笨拙的样子,活像是从雨里钻出来的怪物。您坚持要找我五元,还问我是不是军人。您大概是扫见了我黄挎包里的部队纪念品吧。我们聊了一路关于部队的生活。我还记得给您讲过我在连队开干部人事会时,涉及提拔、奖励某个人时,我就在本上画只小猫或是小狗,省得那些家伙溜进办公室偷看会议纪要。我说有次我还画了一只王八。您笑得直拍座椅,问我那又代表什么。但您到站了。其实,我也有些意犹未尽。您犹豫了一下,递给我一张名片,让我和您保持联系。

抱歉,我直到现在,应该说直到此刻,我还没告诉您这个答案。

那天您下车后,我只身去了派出所。我老远就认出了王小军。他微信用的头像就是他本人。王小军先和司机打了招呼。等我下了车,他愣了一下,伸出手,哈哈一笑,说,刘大教官,对不?我意思性地握住了他的几个手指头,说,幸会。我又指着刚刚驶离的滴滴快车问他,你们认识?王小军又是哈哈一笑,说,他啊,李宝来,你们怎么碰上的?等到他脸上的笑意完全消失,我才回应他说,很巧,在你打算接站的地方碰上的。他估计是误会了我那张严肃惯了的脸。我这个人不喜欢笑,也不知道怎么笑,久而久之这张脸也就忘记世间的这些表情了。他连忙问我,哎呀,你怎么不早说啊,报我的名儿,他不敢收你的钱。我说,下次,下次一定报。

要说这个王小军吧，倒也没有本质上的坏。从某方面讲，他还是个好人。他有一副热心肠，只要被他听见看见的事儿，他都会说"我来想个法子"。可结果他多半会哭笑不得地告诉你他无能为力。要是熟一点儿的人，他会先问别人要支烟，然后掏出火机非要给别人点上，吸上两口，他才面露难色地说，那个事怎么怎么着，找了谁谁谁，可他妈的都是些见钱眼开、忘恩负义的家伙。说到恨处，他会扔掉手上的烟，踩上几脚。反倒会弄得你愣愣地望着地上的半支烟，然后不好意思地连忙安慰他说"没事没事"。遇上不熟的，他会自打圆场，给别人递上一支烟，哎呀，抽我的抽我的，你看，事没办成，是不？都说有困难找警察，可我是一协警，对不？瞧见我这身衣服么，不是正规军啊，能力有限，多包涵包涵。

他也这样帮过我不少忙，也没少抽我的烟。我刚到派出所时，在窗口负责接待。我们这儿也没什么大案子，杂一些的事儿就是办个证、开个证明什么的。有一次，有个女的来办身份证，非说我把她照丑了。我说哪里丑了？她跺着脚，像只急了眼的兔子，嚷着要我给她重照。我又请她坐回去。她说好一点儿了。我压根看不出有半点儿变化，一样的机器一样的人，再说了，这又不是拍艺术照，是圆脸就得拍成圆脸。这样的人我也见得多了。老天爷多半是公平的，脸蛋好看的不给配好身材，身材好看的就不配好脸蛋，全搭配好的和全搭配差的那毕竟是少数。我也管不了老天爷究竟会给谁一张什么配置的脸。她又坐回镜头前。好吧，我想这应该是最后一次了，在对她指挥了一番之后，喊完一二三，结果快门按不动了。没电了。她收完脸上的笑意，还不信。我也懒得给她解释那么多，相机没电了，又不是我没电了。她鼻子里哼了句什么就走了。

我这才打量起这个女人来，幸亏老天爷只给了她一副中等配置。王小军虚眯着眼，像个半仙，神神秘秘地要和我打赌。他说我和她有一掐。我说，掐啥。王小军问我要烟，我递给他一支。他非要一包。我只剩半包了。他说，你看见了么，她瞧不起土生土长的。她老爹是镇上文化站的叶一彪。我问，还有呢？他哈哈一笑，半包烟就只能说一半。

说到这里,您大概已经猜到这个女人就是我后来的妻子叶丽莎了。可那个时候我压根就没想过会和这个女人结婚。除了那次办身份证,往后好长一段时间我都没见过叶丽莎,倒是先和她老爹熟悉起来了。我平时喜欢挂着相机四处转悠,得闲的时候我能一个人在河边坐上好一阵子。我们这个地方最好的时节就是秋天了。万物习惯了外地人总是随洪水而来随洪水而去的目光,也总能在这个时节憋足了劲儿地生长。

这个观点我和叶一彪在河边探讨过。我翻出拍的一些照片给他看。当时我还不知道他是谁。我说,您看,我们的秋天简直就是春天和夏天的结合体。他一笑,问我,我们有过春天和夏天吗?我又给他看小河镇的日出日落。他瞪大了眼,问,这是我们小河镇吗?他这才介绍他是文化站的叶一彪。谦虚一番之后,他把我请到了文化站。后来,我把所有的照片都分享给了他。说到这儿,您差不多应该可以记起我来了吧?我给您投过一组蓝天白云的照片呢。对,叫《闲云野荷》,还是您给起的名儿呢。您说好多年没见过这么真的白云和蓝天了,夸我抓拍得好。您真是过奖啦。其实只消往河边上静静地坐上半会儿,那云啊就跟赶集似的,从某个方向飘过来,从河里升起来,从庄稼地里长出来咧。您还鼓励我多拍一些新农村、新风貌方面的照片,写一些人文风情方面的文章呢。这么一说,我好多年没写什么东西了。《闲云野荷》在贵报上刊登后,在我们这儿引起过不小反响呢。后来,就成了我们这里的一张名片。文化站的叶一彪因此也受到了表扬,他非要请我吃饭。吃饭的时候,我就又见到了那个办身份证的女人。叶一彪隆重地向我介绍了他女儿,几岁开始学什么,几岁就拿了什么奖等。叶丽莎一声不响地站着,脸上也没什么表情,像她老爹在介绍别人一样。我和叶丽莎心照不宣地假装不认识。后来趁叶一彪和别人碰杯时,我这才举杯向她示意。她也没有多说,嘴上还是"幸会"二字。快放下杯子时,我鬼使神差地问了一句:你什么时候有空,我再给你重拍一次。她倒也很爽快地答应了。我们当时的谈话就这么多。说白了,第一眼我们谁都没看上谁。

在我与叶丽莎随后的几次交往中，王小军扮演了重要角色。先是叶丽莎来取身份证，王小军见我不在，就说钥匙在我身上保管着。等我回来了，王小军又对我说，叶丽莎见你没在身份证都没取。我说，柜子又没锁，这不是害别人白跑一趟么。他说，你啥时候顺道给别人带过去不就得了，别人是专门来看你的。这些都是后来王小军向我邀功时告诉我的。我把身份证捎去给叶丽莎的时候，她正在台上排练节目。叶一彪也在。我想抽身走，却被叶一彪叫住了。我只好说，前些时候，叶老师的身份证办好了，我顺道给她送过来。叶一彪指着台上的叶丽莎说，你看，她呀太专注事业，每天只琢磨舞蹈艺术，多亏你有心了。他指定是误会我了。叶丽莎被她老爹叫到跟前来了，脸上泛着红晕和我说了"谢谢"。这下倒好，台上的一帮女人就跟着起哄喊："刘警官，我们也要办身份证。"屋里的空气被她们喊得热烘烘的，叶丽莎的脸蛋红扑扑的，映得我脸上也发烫。后来，叶丽莎还真带了两个人到所里来办身份证了。叶丽莎顺道传达了一个演出保卫的通知。上面的领导要来小河镇调研，她们演出，我们就得保卫。对了，我忘了告诉您，叶丽莎是我们镇文化站的领队。按她老爹的说法，这要是在市里起码是个中级职称。

送她的路上，叶丽莎问我下班后干什么。她这一问，我还真不知道下班后可以干点儿什么，除了派出所我还能去哪里。我们派出所一共七名正式民警，加上王小军几名协警，再把厨房的师傅加上勉强才凑够两位数。她的安排就比我多多了，下班比上班还要忙。她罗列了一大堆安排。她每个月还要去昌县文化馆参加一些文体惠民活动。说到这的时候，她就问我能不能陪她去昌县一趟。这个提议肯定好过我一个人窝在寝室里发呆了。我就一口答应了。路上多半是她问我答。我在哪里上学，又是怎样参了军，在部队干什么，为什么又转业回了小河镇，我只花了不到十分钟就讲得清清楚楚。她又开始说她的情况，讲她们这碗饭如何难吃，还嘱咐我待会儿她一演完就去接她走。我说我去看她的表演。她说这种表演不值得看，纯粹是去凑个热闹。

我也不好坚持，就在昌县里面转悠。等到了约定地点，人家已经散场了。我赶紧给叶丽莎打电话,她没接。我就问附近卖烤饼的摊主,还买了他一个饼,希望那人能多提供一点儿关于活动的一些信息。可直到那人拾掇完他的摊子,他还是那句话:鬼知道。

我继续给叶丽莎打电话,还是没人接。我揣着烤饼坐在还没有拆完的戏台上。行人的目光把我逼向了夜空,四处投来的灯火都在打量着我此行的动机。我开始后悔、懊恼,脸上辣烘烘的。后来我想,要不要给叶一彪打个电话。叶丽莎或许给他老爹说了自己的去向。我转念一想,那也不行啊。如果叶一彪知道我陪叶丽莎一起来的昌县,又在深更半夜寻不见他女儿,我这不是自投罗网吗?我想了好多。我仿佛是个来昌县摆摊的陌生人。而我的顾客只有一个。我最终还是等到了我的那个顾客。她应该是上帝。

但这个上帝给我回电话的时候是哭着鼻子的。她说她喝醉了。我接到她,刚扶住,她的身子就软了过来。我们坐在路边的凳子上。我把怀里的烤饼拿出来,问她,要不要填补下肚子。叶丽莎一笑,问我为什么对她这么好。我支支吾吾地没回答。她就笑了,笑着笑着又哭了。她说活动提前散了场,领导又把她拖去应酬。然后,有个领导喝多了,拉着她不放。我说,我去找他算账。她说,傻瓜,算什么账,怎么算?是啊,我只有一双拳头。即便要揍人一顿,那也得有个理由和身份吧。我和叶丽莎算什么呢?叶丽莎靠在我的肩上。风把她的头发往我衣领里吹,痒痒的。等她不哭了,我说,我们回小河镇吧。叶丽莎在我耳边吹着热气,问我,你刚说什么?我说,我们,回小河镇去。我把"我们"说得格外小心,生怕一不小心就会漏下谁。叶丽莎就这样扑进了我的怀里。我把烤饼放在凳子上,自然不自然地抱住了这个滚烫的躯体。

我和叶丽莎的这一晚,很快就被编成段子传开了。实不相瞒,在我们小河镇是很难有件新鲜事儿的。既然被他们挖出了这么一件,他们就会像城市新闻快线那样不断地推送。这在某种程度上起到了催化我和叶丽莎的作用。先是所长找我谈了话,说个人问题也该考虑了。然后是我的父母。再然后,是叶一彪找到了我。那晚发生了什么,他应该早就问过叶丽莎了。而且,最初的版本也是叶丽莎亲自口讲述给她们文化站那帮姑娘们的。接下来是叶丽莎找到了我。我本来也是要去找她的。结果我们在半路上就遇上了。我和她说了我的打算，先买个房再买个车。她搂着我的脖子说，筑窝啊。我点了点头。

王小军也问过我。他总会弄些新鲜词。问我那天晚上"捡尸"没有。我弄了半天才明白"捡尸"是啥玩意儿。我骂了他一句，那叫什么"捡尸"，酒后乘人之危那是性犯罪。王小军"嘿嘿"一声，活该你犯罪。

就这样，我和叶丽莎结婚了。我想要特别说一说那个差点儿没把我害死的伴郎。这家伙不是旁人，也只有他王小军才干得出这种事儿。他的任务是跟着我去敬酒。这"酒"含水量至少在百分之九十以上。当然，这酒也并不是完全没有副作用，喝多了就会忍不住地打嗝。叶一彪，不，我那个时候已经改口叫"岳父"了。我岳父的朋友很多，光省里市里的朋友就好大几桌子。这些贵客自然是要先敬的。我岳父给我一一介绍了在座的各位领导。有的是他专科班、进修班的同学，有的是在什么研讨会、代表会上认识的。反正都是有些来头的。我不得不对我这个岳父刮目相看，他一个文化站的怎么会认识什么司法啊工商啊，连什么计委的都认识。王小军笑我说这是要对付一个镇政府。怕是不止呢。我岳父已经把酒杯当作话筒了，他反复强调说："各位都是他的贵人、恩人，以后也就是我的贵人、恩人了。"有人冲我岳父说，那警察同志可不能用白开水敬我们。我岳父赶紧赔不是。我怕他老人家为难，就拿桌上的真酒自罚了三杯这才脱身。那王小军竟然把那瓶新郎专用"酒"落在包房里了。直到我问他这酒怎么比白开水还有劲时，他才猛一"哎呀"。叶丽莎他们把我送到了医院。我吊针的时候，我岳父也在一旁吊针，他对我在酒席上的表现还算满意。他比我清醒多了，说了很多话。我只能"嗯嗯"地应答他。我还记得他反复念叨着，这人的一生啊，结识的每一个人都不会白费的。

在他接下来的岳父任职期间里，我也见识到了这句话的很多无理和有理之处。怎么说呢，就像因果报应，就像世上没有无缘无故的爱也没有无缘无故的恨,让人总搞不清楚遇见一个什么样的人会有一个什么样的结局,或者这样的一个结局又是因为遇见了一个什么样的人引起的。这在我日后漫长的生活里是怎么也解释不清楚的。这也是我想告诉您这一切的原因之一,您不会介意吧?

3

我和叶丽莎结婚后也有过一段好时光。叶丽莎经常去昌县参加活动,在昌县买房自然就成了我们的奋斗目标。虽说我们都有公积金,可那个时候我们镇还没有正式划给昌县。不是昌县人就很麻烦,不能用公积金贷款,首付比例不能低于五成。对于我们当时的经济状况,那该是一个多大的梦想啊。我们也想了很多办法,叶丽莎在昌县某个培训机构做了兼职。当然了,这只能利用晚上或是周末了。我没有任何赚钱的门路,只能尽力做好叶丽莎的后勤保障工作。在某个接她回家的晚上,我们认真算了一笔账。她每节课可以拿到八十元的报酬,一个晚上最多可以上三节课,除去晚上包车四十元的路费外,可以净收入两百元。如果要凑够剩下的八万元,那就得至少坚持几百个夜晚。可她的眼泪告诉我她一个晚上也坚持不下去了。我能怎么办呢?我说那我们就回小河镇吧,就在小河镇安安静静地生活。她哭得更厉害了。

后来我岳父想到了个一举两得的办法。他托人把叶丽莎以选调的名义调到了昌县文化馆。虽然做不成领队了,但六个月之后她就可以成为购房合同上的主贷人了。我也顺理成章地成为了法律上的共同贷款人。首付三成,公积金抵扣,加上叶丽莎的领导找了一个地产上的熟人打了折扣……哎呀,那种感觉就像生活从此无忧无虑了一样。叶丽莎再也不用偷偷兼职培训班老师了,我也不用为赚不到外快钱发愁了。我把工资全部交给叶丽莎来打理,她愿意在淘宝、在京东上购个什么东西,都随她了。

唉,生活要是就这般美好就好喽。在某个周末的晚餐,我岳父喝了不少酒。他一喝酒保准要发表长篇大论。他对我们新房子的装修提出了很多意见，又替我们描绘了今后更远的日子。他掰着指头数给我们看：工作、成家、房子、户口，都解决了，现在要干什么？我和叶丽莎都没回答。她低头玩她的手机。我只好听几句就拾掇个盘子碗进厨房，然后再出来听几句。我岳父说话的速度越来越慢，句子也越来越短了，最后熟睡在沙发上。

叶丽莎给我递了个眼色。我没懂。她瞪起杏眼，指着手机。她给我发了条微信：怎么办？我使了个眼色。她也没懂。她径直进了卧室。我只好蹑手蹑脚地跟了过去。我们在黑暗里并排躺了一会儿，才开始窸窸窣窣地脱各自的衣服。叶丽莎拽过枕头垫在屁股底下。我对体前的岔路口再熟悉不过了，但叶丽莎警告我说不要光顾着享受。她期待这回劳作能见成效呢。

可生活慢慢浸染了诸多油烟味和越来越多的失望。叶丽莎卸载了自测软件，她把周计划细化到某一天甚至几个小时之内。她心情好的时候会把在医院拍的卵泡监测片子发给我看。片子上那个黄豆大小的黑洞就像我们要迎接的精灵。她在微信里通知我，有"紧急任务"。我当然知道任务是啥，可我总不能撂下手上的活去办私事儿吧。我总不能给所长说家里有急事儿要回去一趟。所长肯定会问是什么事儿。我怎么回答？难道我说我老婆叫我回家做爱？叶丽莎根本不理会我的这些解释。她像秘密电台每过一小时就给我发报，还剩六小时、五小时、四小时……她也不管我看不看，反正倒计时是停不下来的。她的意思很清楚，任务已经下达了，时间我也给你算好了，配不配合是你的事，后果就得那个不配合的人负责了。

挨到下班，我厚着脸皮跟所长说晚上非得回去一趟。那个时候，我还没有私家车。我只能坐巴士，等一个小时车再坐一个小时车才能赶到昌县，然后连走带跑地往家里赶。叶丽莎会催我洗澡。她像飞船指挥员一样发号指令：清洗部件，检查装备，各就各位。而她只需躺在床上喊一声点火。升了空，是不是进入了正确轨道应该是后话了。

我喘完粗气，给叶丽莎解释白天我在忙什么。叶丽莎说，你一个月请一次假不行吗？我说请假总得有正当理由吧。叶丽莎骂我嘴巴长了痔疮,就那么难开口?编个什么理由不行啊,家里漏水了,煤气泄漏了,老婆生病了,什么不是理由?再说了,你们乡镇派出所也真是好笑,下了班还不能回家,你看看县里的。我说小河镇派出所你又不是不知道,就那几个鸟人,谁回家谁不回家,所长每天都在数着。叶丽莎就不理我了,把我的枕头也扯过来垫在屁股底下。

我哄叶丽莎,指着卵泡监测片子上的那个黑洞说,你就不能等一下吗,谁没有个事情呢,等不及就开溜,哪有这个道理呢。叶丽莎说一点儿也不好笑。我笑完之后也觉得不好笑。

我说我们买台车吧?叶丽莎这下来了精神,说小河镇铁定要划给昌县了,要买就赶紧,免得真要划定了,上牌还麻烦了呢。

一半是哄她开心,一半是我琢磨着恐怕以后还有很多"紧急任务"。我一来一回至少就是半天,解决的办法就只有买车。我也省得请假。比如我们十二点开饭,我提前二十分钟往昌县赶,叶丽莎在家里给我下碗面条。虽然前后差那么一点,但总体上还在叶丽莎"点火"的有效期内。完成任务后,我扒碗面条再往单位赶,差不多也能在上班前赶到。只要停车的时候不被所长看见,他也不会说什么。迟到个一二十分钟,他一般也不会这么及时地发现。

我这么说,您可能很难理解,可能觉得我这样的生活实在太逗趣,但事实真的就是这样。我的生活啊,完全没有和想象沾上半点儿关系。

我积极响应并努力完成了叶丽莎发布的好多次"紧急任务",可直到小河镇正式划给昌县为止,我们的"任务"仍然还处于紧急状态。

恐怕连您也会劝我们去医院好好检查检查。是的,我们早已检查过了。零件虽有磨损,但无大碍。连那个看报告的医生也说了,这个事情就是一个概率。今天,明天,说不准后天就怀上了。但我不久之后就从卧室的抽屉里发现了一张可以说明医生脸上怪异表情的检查报告。叶丽莎右侧输卵管堵塞。她这个人啊,生怕会失去一点儿被娇惯的本钱。我也没有生气。这种事情能怨着谁呢。再说了，是概率问题，总有一回能走对线路的吧？叶丽莎嘴角弯了弯。

叶丽莎每个月还是会去医院取报告，据此来安排我们的夫妻生活。而每个月的期盼很快就会被下一份报告取代。

就在我们小河镇划归昌县的那年夏天，我们曾经有一次概率极高的机会。叶丽莎异常兴奋地告诉我，她服用的促排卵药起效了。她的一位闺蜜还说了，说不定能一下怀个双胞胎。还给她算出了概率，正常人怀双胞胎的概率只有百分之一，她这种情况起码也是百分之八了。我劝过她很多次，不要随便吃药。我也不知道她在哪里加入了一个群。群里总有人发布一些新方法，公告一些新进展。叶丽莎每听信一个新方法就会结识一个闺蜜。我也记不清她究竟有过多少位闺蜜了。而这些闺蜜毫无例外地都成了她每次痛哭流涕时嘴里叫骂的骗子。

叶丽莎跟我说这事儿的时候，我正在往河堤上扛沙袋。上面下了死命令，人在堤在。你又不是不知道，今年的险情非比寻常，你叫我回去和你睡觉？叶丽莎的声音在我耳朵里打雷。你要是不回就不要回了，你要是不回就死在小河镇吧。说真的，我那个时候还没有想到过死，我也没想到过要牺牲。我挂了电话，继续往河堤上扛沙袋。

专家说了，管涌不是闹着玩儿的，随时都会撕开一道口子。水里像潜着巨鳄，张着血盆大口吃掉了我们很多沙袋。小河镇的男女老少都上了。老的少的抗不动的就帮忙装沙，水性好的腰上拴个绳子下河摸水情，力气大的分配去打桩。这些年的磨合，基本上哪些人适合干什么都有一个大致的名单。

这些活儿我都干过。我先是在打桩的队伍里，我一锤子下去总比别人多下一截。我可不吹牛。我还总结出了八字诀呢。这活儿后来我传给了王小军。这家伙愣是学了些时才悟出"砸锤要准，落锤要稳"的道儿呢。

后来大家伙儿考虑到我有腰伤住过院，就分配我去摸水情了。我们用的都是些土方法，耳朵里塞把草，鼻子捏紧，肚子一吸气，一猛子扎下去，像在浑水里摸泥鳅。如果手上脚上探过去有小气泡、小旋涡，就浮出来换另外一个人下去看。要是也察觉有旋涡，那就要喊专家来看了。

查水情的活儿王小军干不了，他是个旱鸭子。我硬把他拉下水，却也只害得他呛了几口水而已。就为这儿他还恨了我好几天呢。这查水情的活儿我也没一直干下去。有一次第一个下去查看的人察觉到了旋涡，队长派我下去确认。河里的水好多天没见过太阳了，我一下水就打了个寒噤，像举着双螯的大虾在河里蹦跳着踩水。真得骂几句那该死的天气，我感觉我已经冻成了凉皮。我说情况不妙，腿蹬不动了。他们费了点儿劲儿才把我拖上岸。我像根吸饱了水的腐木被他们拖上岸，拍打了好一阵子才恢复了点儿血色。这是我在部队里落下的病根。他们怎么也不相信我是个散打冠军。他们笑我现在这个熊样连做那事儿的本事都没有了。说归说，他们还是七手八脚地把我抬进了小河镇卫生院。

等我那次出院后，我就只能去扛沙袋了。也就是小河镇划归昌县的那一年。早在年初的时候，老天爷就瞅住了机会。趁着有些人忙着思考归属问题的时候，雨已经稀稀拉拉地下了一个多月。到了六七月，雨就像在地上炒豆子。洪水里像有上千条八爪鱼，它们可以钻洞，可以攀援，小河镇开始节节败退。先是漫堤，然后分洪，淹了百十户农田，又冲了十几户鱼塘。最后上面的水库截住了洪峰，这才断住了态势。

那一年平县人狠狠地看了昌县一个笑话。平县人在援助我们的时候，依例送来了一批帐篷、瓜果和粮食。他们和往年一样面露难色，表达了他们作为"生母"应有的同情，但现在小河镇已经有了昌县这个富有的"后妈"，一切都会好起来的。

会不会好起来我不知道。平县人来慰问的时候，我已经住进了医院。我连沙袋也抗不起来了。我的腰里像灌满了沙，骨头缝里都是。整个人都成了一个沙漏，流沙经过哪里疼痛就穿过哪里，躺着疼，侧身也疼，连打个喷嚏都会让人疼痛难忍。

其实，每年我都会提前去医院做些预防准备，像一件过季的衣物在遇上潮湿的天气前应该送去干洗店干洗一样。但总是于事无补。

镇上康复科医生是我老丈人的朋友。她窝在椅子里半天不作声，她对我这个病人早已不抱什么期望了。她还是那么坦诚地告诉我了一个无解的循环往复的机理。比如，我要是还干一些打桩、扛沙袋的苦力活，那我的腰椎永远好不了，紧接着我的肩膀、颈椎在一定的时候会一起发作，让我的脑袋出现应急性头痛、头晕，手臂僵硬、发麻，说不定端碗、夹菜都困难。她连检查膝跳反射的木锤子都没摆出来。她在我的腰夹脊、腰俞等位置施针，像在一行一行地插秧。我想，这一次治疗她可能又会颗粒无收。

她帮了我不少忙。每次都会想办法免费给我弄一些非医保类的药或是针剂，有些是她从别的病人那里省下来的。比如，遇上哪天某个病人没有按时来，她就会趁临近交班的时候闪进病房注射在我身上。看她那慌张的样子，我还真担心她会不会给我打错针。等她施完了针，把针具放进白大褂的口袋，她才悄声告诉我刚才打的是什么针起什么作用。她有时候也会当着我的面给我老丈人打电话，报告我身体恢复的状况，刚才给我用了什么针等。可她这次给我交了底。大致上是说我这种情况搁在她那里扎扎针、拔拔罐，缓解缓解症状完全没问题。她稍微支吾了一下，两只手在白大褂的兜里捣鼓着什么。我还以为她又会掏出什么神秘针剂，但她实际上是想表达她的为难。医院管得紧了，什么药是哪个医生开的给谁用了在电脑上一查就出来了。她的话一出口，我立马就想到了"收赃"这个词。我对她的善意充满了感激，但我绝对不是一个贪图便宜的人。我表明了我的立场。她的手也从口袋里掏出来了，什么也没有。

她后来又给我想了个办法，把我转到了昌县人民医院。转院的那天，她给我老丈人打了电话，说我好歹也是个公务员，转院医保可以报销。也正如她所描述的那样，县医院的仪器先进得多，光做磁疗热敷的仪器就好几种。有的像护甲可以捆在腰上，有的像块兜了热水的尿片可以躺着。我问护士这些都是什么用途，护士会不耐烦地告诉我，和那个仪器一样。我说，既然都一样为什么要这么多种呢？护士有时答不上来就会气呼呼地反问我，谁让你是个病人呢。

我揣摩了下这句话，很有些意思。我刚转院来的时候，要给我抽血。我知道这一套抽血化验下来至少就是五六百块。我说，我在小河镇医院抽过血了。护士说，那是在别的医院。我说，不都是医院吗？护士直接在我手臂上绑上了橡皮管子，一管接一管地抽血。我说，医院不一样但是血都是一样的啊。我和护士之间的对话从来没有愉快过。出院的时候护士等我签完字打完评分，终于笑了一回，你们这些医保病人真难伺候。

他们的病人也是不好当的。我要是有钱，随他们折腾，保证也能当个好病人呢。除去能报销的部分，杂七杂八地算下来我自己掏了不少钱。叶丽莎说我这是工伤，钱应该由单位出才是。王小军帮我问过了，不能算工伤。相关政策解释也很清楚，比方说要是打桩的时候，一锤子把自己手砸残了那就是工伤，要是查看水情时被铁丝、玻璃瓶划断了肌腱那也算工伤。说白了，我这个腰椎病不是一天两天落下的，说不清楚究竟是哪一天哪一个时刻造成的。

我知道叶丽莎并不是完全因为住院费用的事不高兴。她看我一步一挪的残疾样儿，还是递给了我一杯水，让我坐在客厅的沙发上看电视。我是被提前赶出院的。医院的床位很紧张，像我这种可以下床走动、生活自理的人应该自觉地挪腾地方，给开一些药回家服用。这些多半不能走医保报销的药，占据了我总花费的四分之一。我不能把这些全部告诉叶丽莎，她一定会让我回医院讨个说法。她可能会说，你一个警察怎么会这么窝囊，怕这个怕那个，什么都不愿意争取。我不愿和她争吵，那样，我会觉得更累。

她在厨房做饭，从她切生姜的声响里我能够感受到她在酝酿一些情绪。她可能在抱怨我没有配合她完成紧急任务，然后又把自己的身体弄成这般样子，还产生了这么一笔本来不该有的费用。她一直在憧憬着好日子，有一处闹市里的宽敞明亮的房子，像电影里的人那样每天出门就开车，每天有花不完的时间去逛街、购物，也不用担心银行卡里的数字会让人时时刻刻脸红。

她在那里切姜，每一刀都会缓慢、迟钝地切在砧板上，发出"当、当、当"的声音，像一个无聊至极的人在削木头打发时间。凉拌生姜丝是我们这里的一道祛风散寒的家常菜。可她从来没有做好过一次。我给她说过很多次,给她示范过,一定要顺着生姜的纹路来切,切起来省力而且姜丝会又细又脆。可只要说她两句,她立马就会洗手不干了。如果不说她,她会像捉蚂蚁那样在厨房里慢慢洗菜、切菜,然后满灶台都是盘子、碗、盐罐、醋瓶、筷子、刀、铲等,就像三岁小孩儿乱丢的一堆积木。如果哪天回家晚了,还可以凭她摆放在灶台上的这半碗葱花那半碗生姜大蒜,猜出她炒过什么菜,她用哪只碗盛的水,又用沾了油的铲子去碗里取了什么作料,像一个完全没有被破坏的犯罪现场。

她一定是故意的,故意不按生姜的纹路去切,切出来的姜丝一定会是毛刺刺的,嚼不烂,专门卡牙缝。她是在向我宣告这是她的方式,不会改变。

直到她切破了手指头,她的情绪才像她满手的鲜血那样爆发了出来。我不想向您描述我们吵架的详细经过。那一点儿意思也没有。那是我和叶丽莎的最后一次长谈。我们说起了我们无聊的约会,相去甚远的喜好,应付式的结婚,谈到了我们没有孩子,还很多很多年的房贷。我们像两个饱受疾病困扰的人,虽然查明了病因却是毫无办法应对、摆脱这一身的毛病。

试图改变一个人的人是多么的愚蠢。要结束这个愚蠢就只有一条路可走,就是离开那个人。恐怕连您也不大相信这就是我和叶丽莎不了了之的结局。我们的婚姻就像两块漂移多年的板块相撞在了一起,然后又在一天天开始移向了别处。

那天夜里,我也没有替她包扎伤口。我认为那是一个成年人必须要面对要学会的技能。她也没有送我,只是让我别落下什么衣物。我一件一件地拾掇衣物,像她切姜丝一般缓慢、迟钝。

而此时,我才意识到这些衣物陪伴我多年了。我诧异、怀疑,我这么多年竟然没添一件新衣物?应该是的,就像我从不喜欢结识新朋友一样,我一件衣物也没买。认识一个人该有多难啊,要花去多少精力去筛选、认识,最后才成为朋友,然后再保养、维护这个关系。这些,对于我来说都太难了。真的,太难了。我害怕陌生的一切。可我那会儿也对熟悉的东西感到恐惧。收拾一次行李该有多难啊，就像在整理我之前的一生。春秋穿的、冬天用的，里面穿的、外面穿的，看过的书，日常用的药，它们都从某个固定的地方被我取了出来，又被一件一件地摆进固定的位置。对于它们来说，我算是个朋友。它们一直沉默着，只是在恰当的时候才和我相遇。我的目光迟疑，不敢多抬高一寸。我害怕它们说"带上我吧，可能你需要我""在某一天你会想起我的"。它们的目光变得也迟疑。我像是天上丢了轴线的风筝，它们担忧我的现在、忧愁我的未来。我甚至记不清袋子里装的是些什么，反正总得当着她的面装些什么然后再带走什么。

我一步一挪地出门、下楼，背后只有鞋底在地面上拖沓的声音。我连夜开着车回了小河镇。我能带走的也只有这台车了。随行的还有两年的分期债务。穿过昌县县城的时候，我抬头看了一眼天空，原来城里的夜晚并不是黑色的。五味杂陈的光散布在城市的上空，一点一点地抵消了暗夜的底色，那天空一点儿也不明净。

4

遇上在县局开会或者办点儿别的事，我偶尔也会去昌县一两趟。有次开会，我捎上了王小军。他一路上都在向我嘀咕抱怨当协警的苦，让人看不起。我说谁看不起你了？别他妈包着槟榔还伸手问我要烟抽。王小军把手缩回去了，吐了槟榔渣。他说槟榔是他表弟给的。他表弟现在根本就不把他放在眼里。以前都是嬉皮笑脸地向他伸手要烟，现在表弟阔气了，时不时地会甩给他一整条红金龙。

"可不抽死我了。"王小军继续谈论他的表弟。我说，那你怎么不跟他混？王小军又嘿嘿一笑，露出一丝鄙夷的神色来。"瞧他那每天穿西服打领带的样儿，整得跟个小白脸似的。没个啥文化还张嘴闭嘴地喊别人先生、小姐，我可做不出来。"

王小军这家伙一会儿把他表弟吹上了天，一会儿又把他贬斥得分文不值。当天晚上王小军要请我吃饭，我就见到了他的这个表弟。

他表弟和我握手时嘴里还吧唧吧唧地嚼着槟榔。没等他开口，我就想起来了，这家伙就是那天雨中开滴滴快车的司机。他一点儿也没变，您见到的话保准一眼也能认出来。

　　他表弟摆阔，点的都是清一色的小龙虾。瞧他那说话的口气，冲着服务员喊：那个啥，都给我来最大份的。服务员乐得高兴，嘴上答得也格外响脆。服务员先上来了一盘凉拌黄瓜。那是我点的。我本来没打算让王小军或者他表弟买单。我想吃个简单的便饭，三个人点几个家常菜，一人顶多两瓶啤酒不就得了？

　　服务员特别说明了凉拌黄瓜是送的，还可以送一碟醋泡花生。还好，她很快就被李宝来挥手赶走了。李宝来正给我演示槟榔泡白酒的喝法呢。"李宝来就是我表弟，我表弟就是李宝来啊！"两口酒下肚后，王小军就得意洋洋起来了。我笑骂了他几句，你他妈早点儿说会死啊。

　　我也只能借着笑骂的名义。要是我早知道那个司机就是被王小军吹上天的家伙，我说什么也不会去吃这顿饭的。那天晚上我吃光了那家店赠送的所有免费菜品。我的胃也因此遭了好几天的罪。可我要是不吃光它们，就觉得有个什么东西盯着我，小瞧了我似的。

　　当然也并不是完全没有一点儿收获。李宝来说他认识一个省人民医院的骨科教授，还当场用手机在百度上查证给我看。他说他已经介绍了好几个他的同行去教授那里做了手术，好几年了都没犯过一次。

　　他像保健品推销员，帮我分析病是怎么得的，如果不采取措施会发展到什么地步。他说得滴水不漏、环环相扣，叫谁也猜不出他是个滴滴司机。

　　李宝来是在某个下雨天里认识教授的。教授正在为拦不到的士发愁。李宝来不失时机地把车停在教授面前。干他这一行的，眼睛得贼一些，扫一眼就能把一堆人分得清清楚楚。那些急着赶路、要出远门的人，都是他优先靠近的目标。李宝来猜对了。教授要去某个医学院开讲座。一路上不是打电话就是在本子上批改什么。下车的时候还在打电话，结果手提袋就给忘了。

王小军已经有了几分醉意，脑袋像个歪瓜抵在墙上，嘴里嘟哝着说，这种人就活该。

李宝来可不这么认为。依他的经验判断，像这种戴眼镜的知识分子，千万别指望他的手提袋会有什么好东西，如果落在你车上了，最明智的选择就是主动还给别人。不然，这种人较真起来，会给你招来无穷无尽的麻烦。先是警察、客管处的人会过问，紧接着他会把这件事捅给电视台、报社。报社的那些家伙整天都在等这种消息呢。他们会无限放大手提袋里的资料是多么的重要，对社会某领域的研究会有多大的贡献。他们绝口不提是如何不小心丢失的。只要被他们找上了门，那你就铁定是个贪图便宜的人了。

李宝来追上去把手提袋交到教授手上。教授实在想不出什么妥帖的方式来表达他的感激，就给了他联系方式，说以后还叫他的车。

说到这儿，我们都明白了。他趁着酒劲儿，继续给我们吹牛。号贩子都拿不到教授的号，他李宝来只要一个电话，一两天就可以安排手术。李宝来说的事情大致上是真的。我后来见到教授时，他还直夸李宝来的好呢。

教授给我详细介绍了手术方法。他指着一副腰椎模型说，零件用久了就会磨损，如果过度使用就会用坏。用坏了怎么办？就得送去修一修。之前的针灸也好，理疗也好，那只是对零件进行保养。特别是干你这一行的，零件坏得更狠，不修能行吗？靠今天扎针明天吃药的，能行吗？

换了谁听了这番话都会动心的。是该好好修理修理了。我实在不想再和躯体里突然蹦出来的任何疼痛作斗争了。我恨不得把骨头一块一块地取出来，让教授重新组装一遍。

这倒也不是个大工程。教授用的是臭氧消融术。往病灶上打一针，问题就解决了。可问题还是有，教授说，这就好比是把铁棍上生的锈一点一点儿褪掉，急不得。

但我不能不急。一次手术费就要花去我两到三个月的工资。注射到第三次的时候，我不得不向王小军开口了，王小军又向李宝来开了口。李宝来还是那么阔气，安慰我说，省里买棵白菜都比我们贵一倍呢。想想也是，我本来就不是那里的产物，这就好比他们开车的，不同的地方起步价都不一样。我也问过医保部门了，倒是可以报销一点儿，大部分还是要自费。说起来，怕是您不大相信。我每个月除去还车贷以外，我还要想着法子拆东墙补西墙地还钱。对于我的那些诸多一穷二白的日子，金钱显得是多么的强势，它们自始至终都在拿捏着我的痛苦。

后来，王小军给我出了个主意，让我跟着他表弟跑滴滴快车。当然，这只能是在晚上下班了以后，一切还得悄悄地进行。很多时候，我需要王小军替我打掩护。他是个应变能力很强的人。他总能很顺利地帮我搪塞过去。我至今仍觉得这是一件羞于启齿的事。

我隐去了我的真实身份。天一黑，我就是一个滴滴司机。当然，我并没有完全按照李宝来的行头装扮自己。那样我很不自在。我害怕王小军看我的眼神会变样。

但不管怎么说，这至少是个赚钱的门路。而且是我唯一的赚钱门路。我不得不拿起手机，学习琢磨使用支付宝、滴滴软件，开始把很多稀奇古怪的东西纳入我的生活。

好笑的是，我接到的第一笔订单是王小军的。他帮我冲单，刷服务星级分。除了刷分，还要留言点赞。这都是李宝来想出来的鬼点子。李宝来有几个专门帮人刷分的朋友，我请他们吃了顿饭，每人派了两包红金龙，然后带着他们象征性地在周边开个两三公里，他们就可以堂而皇之地给我留言点赞，夸我的车子干净、无味，说我服务态度好，还有一些很不靠谱的但是他们又觉得非常有吸引力的评价，什么颜值高、像古天乐、爱心大叔等。

有些评价连我看了都要忍不住发笑。可这些还真管用。在我们小河镇还体现不出来，一旦到了县城情况就不一样了。城里人坐车似乎并不是为了赶路，他们有很多出行方式，他们有各色的选择标准，像他们出门必须要精心搭配一套衣服、拎一款有格调的包一样。如果是个聪明的滴滴司机，千万不能对他们这种斤斤计较的习性有任何怨言。他们喜欢选择，就让他们选择吧。如果车子上被人发现了烟头,那就会像碰倒了多骨米诺纸牌,随之而来的就是一个接一个的"恶评"。特别是像我这样只能昼伏夜出的急需解决生活质量的人,我是一点儿都不敢马虎的。

我每天下班后先不吃晚饭。因为这个点可能会接到一笔去县城的单子。实在不行,就先接一个往县城方向去的单子。总之一定要尽早赶到县城,最好不放空车。等从县城回来的时候,再接往小河镇的单子。

我每天可以跑三四个小时的车,除去每公里四毛钱左右的油耗外,不算空驶的话,每公里差不多能赚到一元多一点。一晚上下来差不多能挣上百十来块钱。运气好的时候,收到滴滴红包奖励也可以赚个一二百。每天多少是有些进账的。一段时间,这真让我有些乐此不疲。

可我的日子依然在消瘦,像极了我的那副身板。我常青肿着眼窝,脸色也总不大好,白一阵子,黄一阵子,黑一阵子,就像我们这里捉摸不透的天气。即便您能忆起我的话,只怕也已经认不出我来了。我说这番话的时候,是真的很想见到您。我猜您会说,瞧瞧,我的朋友,你究竟怎么啦?

5

趁他们这会儿没进来嚷嚷,我就接着跟您往下聊。您可能已经听烦了,甚至不知道我究竟在讲什么吧?但是我接下来要告诉您的事,就非常重要了。

我第二个月不得不换了部手机。原来的那部手机信号不好,抢单的时候经常出问题,也很容易丢米数。这是我们的行话。如果我收不到信号,我就只能像无头苍蝇在马路上乱碰。要么我被标记在A地,其实我已经到B地。但我在B地抢单就很不划算,我就比别人多跑了从A到B的距离。当我把这个情况求助于李宝来的时候,他的解决方案就是换手机。舍不得孩子套不着狼啊。对于这个不得已而为之的消费,我又整整心疼了一个多月的时间。

我也质疑过这样做的意义，可是生活又容不得我去多想什么。天黑下来后，另一个我就复活了。我又不自觉地去发动车子，像李宝来那样对别人客客气气。

李宝来反复给我强调过"乘客就是上帝"的道理。他告诫我说：永远要记住坐车的人只是你的乘客，管他是吸毒的，还是卖淫的，还是骗子，只要他付了你的车费，这一切就是正常交易。

瞧他那训话的样儿，我真担心他会咬了舌头。他就是那副德行，一钻进驾驶室，立刻就会变成另一种人。

实际上，我遇见的人比他讲的还要复杂。我拉过衣着暴露，上下车都会走光的那种女人；还拉过警察，他一上车就不停地接电话，我是从电话里猜到他的身份的；最要命的是我还拉过同性恋，这个我就不向您细说了。

虽然骨子里瞧不起李宝来，但他说的个中道理我还是明白的。很多次我也犹豫不决，我的职业嗅觉也慢慢在这个流动的密闭的狭小空间里失灵了。我开始习惯迎来送往，从他们那里坦然接单、收款。他们在我眼里只不过是一个个精心包装过了的镜像。至于他们上车前或者下车后是什么模样，我尽量不去思考。

值得庆幸的是，我先后还清了从单位借支的钱，还有王小军的、李宝来的。那种脱贫的感觉是描述不出来的。我请王小军表兄弟吃了顿大餐。李宝来还带了他的几个朋友。李宝来说都是吃这口饭的，让我不要生分。他还特意向我介绍了一个叫"虎哥"的人。听李宝来的口气，虎哥算是小河镇这一行的鼻祖了。大家给他敬酒，他就"嗯，好"意思一口。我做东，自然免不了也给他意思意思。我举着杯子喊他"虎哥，来"，他啥话也没说，一口闷了。然后叫李宝来给我倒满。我说，我差不多了。虎哥摆着手说，酒不够喝吗？我说，不是。虎哥朝其他人笑笑，说，看看，和警察兄弟就是难打交道吧？我不好接话，也不想接他的话，但酒我还是喝了。虎哥这才作罢。他后来又唠唠叨叨地讲了几件他和警察打交道的事。什么车子被扣过，上个厕所回来就被贴了条等。让他最烦的是电子眼，就在文化路那段，双黄线早被压成了鬼都看不见的黄尿印子，电子眼像他妈的神仙，一拍一个准。桌上的人笑得人仰马翻，连王小军也在那里笑。他们个个像晃眼的太阳，照见了我隐藏在暗夜里的身份，照得我头晕目眩。

散场的时候，李宝来摇摇晃晃地扶着我说，知道为啥把虎哥拉出来吃饭吗？我没吭声，心里却直哼哼，这家伙最好离我越远越好。李宝来给我打了个比方，知道小鱼为什么要成群结队吗？我们小河镇的鱼是这样，大海里的鱼也是这样。连他妈坐牢的都还有个牢头呢。我只当他在说酒话。他又握着我的手说，刘哥，你开这么长时间，还抵不过虎哥跑一个月。知道他干啥不？我们都是他这条道上的鱼，你以为你不是，实际上你——还必须得是。他打了个长长的酒嗝。

我甩开李宝来的手，站在暗角里尿尿。停车场的那辆凯美瑞车灯亮了，虎哥被他们前呼后拥地送到车跟前。我连忙抖了抖，收好工具。我喊李宝来，别开车，喝酒了别开车。他们站在车灯跟前，可能是听见我的喊声了，他们愣了一下马上就笑开了锅。暗夜里传来一声"他是警察呀"，我似乎真的看见了一群鱼，他们围着一台车在那里游。

王小军后来告诉我，虎哥给了我面子，一直等我走远后，他才开车走。我想，他应该是猜到我不是他身边的那条鱼，怕我管了他的闲事罢了。

虎哥白天跑滴滴是打掩护，他和我一样也是晚上出车。他有路子，是开黑车的。实际上李宝来也在开黑车。这是王小军悄悄告诉我的。李宝来故意透露了我一些门道，比如在哪些地方不能拉人，哪些人不能拉等。我知道李宝来的用意。他在试探我。若我是跟了他们，对他们是百利无一害的。我多少也认识些警察同行，总会有碰上熟人办事的时候。

您可能会觉得我的这个猜测大胆了点儿。不，我的这个猜测很快就得到了接二连三的印证。有次李宝来说虎哥要回请我，叫我一定要给面子。碍于李宝来借过我钱，我不好一口回绝他。我随口说晚上有任务出动。可李宝来像听到了什么绝密消息，立马贴上来问，是不是要搞夜查？最近风声是有点儿紧。他把声音压得很低，活像搜集情报的探子。我被他逗得哈哈一笑。这反倒把他的兴趣提到了极点。他拍着我的肩膀说，懂了懂了，不该问的不问。他给虎哥回话的时候，顺便把"情报"透露了出去。虎哥非要在电话里给我说两句。我绕不过，只好接了电话。虎哥没说别的，他的话留了一半，说以后多联系，赚钱的日子还长着呢。我"嗯"了两声，连嘴巴都没张开。我一点儿也不喜欢虎哥。要在以前，至少在您遇见我的那前几年，我会直接告诉他"你这个家伙我不喜欢"。但如今，我竟然变得含糊其辞了。浑浑噩噩的日子过久了，就会成为这样。对此，我真说不上来。

隔了些日子，李宝来又来了，问我上次怎么没见行动，小河镇没有，昌县也没有。我差点儿都忘了此事。我只好说是后来取消的。还给他打了个比方，在太阳没出来之前谁能百分百地保证是晴天呢。李宝来这家伙又往我跟前凑，满身的槟榔味儿。他四周看了看，见没人才说，最近查得严，也该整一整了，人人都开滴滴，我们咋赚钱？我说，我没听到任何消息。李宝来嘿嘿一笑，像要跟我交换情报。他给我点上一支烟，开始一五一十地讲谁和谁是啥关系，什么样的事情可以解决到什么程度等。

他为什么非要讲给我听呢？前面我给您介绍过小河镇被昌县、悟县修成了倒立的"人"字，其实小河镇现在是针鼻子呢。而李宝来他们的构想，就是要以小河镇为新的辐射点，穿针引线地往悟县、平县架设他们的情报站。等讲到这的时候，是个傻瓜也能听懂他说的意思了。他们也真是敢想。我听着浑身不自在，掐了烟，给李宝来说我不喜欢虎哥，我和他根本就不可能成为一路人。李宝来听得一愣，愣是把我看了半天，猛吸了一口烟，然后狠狠地把半截烟往地上一扔，扔得火星四溅。他朝地上吐了口痰，嘴上也不干不净地骂了句，妈的，我忘了你是警察！

他倒是把我骂了一惊。是啊，我是警察。我站着和他抽烟、聊天的时候，我丝毫没觉得自己是个警察。李宝来走了，没有容我半点儿解释，他再也没来纠缠我。但我可以公开地向组织、向任何人说明这一点儿：李宝来说的那些人我一个也不认识，他们的名字、来路我也丝毫不知。我当时只是碍于和李宝来的关系，和他一起抽了一支烟。所有的这一切都会像一支烟一样，抽完了就烟消云散了。而且我对他们的计划从头到尾毫无兴趣，我只当他是在吹牛，他们简直是异想天开。李宝来这家伙从来没有冲我瞪过眼，我至今都对他眼睛里冒出来的血丝感到诧异和害怕。

就在我以为彻底和李宝来、虎哥划清了界限以后，我极少再去跑滴滴了。偶尔跑上几单，也纯是顺路或是权当打发时间罢了。从小河镇到昌县，或是从昌县到小河镇，这该是多么熟悉的一条路啊。要是隔段时间不跑一跑，心底难免还会生出些陌生来。我无聊的时候就会把滴滴司机客户端打开，听滴滴语音播报的感觉很奇妙，甚至比听收音机还过瘾。大门不出二门不迈就能知道附近有多少人有多少车，他们要去哪里，想去哪里。那种感觉像窥见了大半个镇子的动向。

您可能还不信，我转业回小河镇后，就没跨出过昌县。我就像一颗在昌县和小河镇之间来回摆动的弹珠。我的一生都将困在这儿了。

说到这儿啊，您可能更关心6月28日那天晚上究竟发生了什么。我也该向您说说那天的情况了。就在我不知道如何打发那个夜晚，懒得动弹却又不想发呆的时候，我的滴滴司机客户端上收到了一条乘客预订单。订单显示是从小河镇到悟县。天啦，那是我从来没有见过的一笔长途订单。这家伙还说送十元接车费。我的手指被按钮吸了过去，一下就按了同意接单。他给我打来电话，又确认了具体时间和接车地点。我只记得他是个矮胖子，我在驾驶室都能闻见他身上的油脂味儿。路上我还问他是不是小河镇本地人，去悟县怎么不坐长途车。这家伙不大爱聊天，我还在想这是不是与他的过度肥胖有关系。最好笑的是他竟然说是来我们小河镇相亲。我心里直发笑，就他这样还想钓我们小河镇的女人，活该吃个闭门羹。

我没再搭理他。这是我第一次到悟县。我还在想呢，到了地儿是不是可以先在悟县转一转，吃个夜宵什么的，或许能再带个人回小河镇呢,那我就赚个双赢了。

下了高速,这家伙说他知道一条近路。我在他的指引下,七弯八绕地进了县城,最后他指着远处说过了天桥就下。我就给他打商量说能不能就在天桥那儿。他大概是猜到我要在天桥下撒尿,嘿嘿一笑就同意了。他补给我二十元高速路通行费。他算是个讲道理的乘客。

我和他一起下了车。他往车前走,我往车后走。我正要掏出家伙方便的时候,过来一帮子人,还有人抗着摄像机。有人拦住了胖子,指着我的车问,你刚才是不是坐的这台车。胖子说,是的。有人又问,那你认识这个人吗?胖子瞟了我一眼说,不认识。然后他们继续问胖子从哪里上的车,给了多少钱。我意识到可能碰上李宝来说的某种情形了。有人冲进驾驶室拔了我的车钥匙。

我大声问,你们干什么?说这句话的时候,我还以为我是在制止某种违法犯罪呢。可那个亮了亮牌子的人丝毫没有怯弱,回答我说,你非法营运。

之后,拔车钥匙的人要开走我的车。我接下来做了一连串的蠢事,千不该万不该的是我亮了证件。我试图拦住那个家伙,他开走的是我唯一值钱的财产。那家伙朝举着摄像机的人喊了一声。他们立马把我拦住,一人负责问话,一人拿个本子不停地记着什么。要不是他们最后把我带到这里,还真会让别人误以为他们是在采访我,要上电视呢。

在事情发生的这几个小时里,我的脑袋一直轰轰作响,像过火车。我满脑袋里就只有一个问题,他们凭什么说我是非法营运?我开了这么久的滴滴快车,也从来没人告诉我是非法营运,那么多需要打车的人,那么多开滴滴的司机,我又没有干李宝来、虎哥那样的勾当,我怎么就非法营运了呢?

我继续犯傻。我仗着我的光明磊落,就跟他们来到了这里。开始的时候是一个瘦猴子在我身边叫嚣,叫我好好反省,写下我的违法经过。

我说,我是警察,违不违法我还不知道吗?

那只瘦猴子跳了起来，说，你要搞清楚，这里是悟县，懂吗，是悟县，究竟是我懂法还是你懂法。好，你不是警察吗，你们不是经常叫这个叫那个写情况说明吗，那你今天也给我们好好写一下。

他们倒也没把我怎么样，只是用声音轰炸我。

我说，我凭什么写。

那人嘿嘿一笑，信不信，我们马上通知你们单位，叫你们单位有好看的。

这句话倒把我唬得愣了一下。我平生最恨谁要挟我了，我一脚把凳子踢出了门外。那瘦猴吓得往外跑，嘴里喊着，快来人，快来人，这家伙疯了。

后来，来了好多人。

很可悲，他们中竟然有我一个熟人。天杀的，是李铁头，就是那个送我发热腰带的兄弟。

那个没有来得及回答您的问题，现在已经有了答案。他就是我在连队干部人会上画的那只王八。他打了食堂的师傅，我一起挨了批评，画王八我还不解恨呢。

他正从容不迫地走出某间办公室。他没能躲开我的目光，被我恶狠狠地牵了过来。他一开始还假装不认识我，在那里有模有样地问我叫什么名字，哪里人。这让我感到一阵发冷，恶心，想吐。他和他们其中某个人说了句什么，然后那人就走开了。李铁头变了副模样说，教官，您好汉不吃眼前亏，别和他们斗下去了。我会想办法的。

我不想和他讨论我是否非法的问题。我说，你他妈别喊我教官。

李铁头关起房门。他意识到我们之间最好是先叙叙旧，再进行其他的。我懒得理他。他就在那里自言自语。

"您复员的第二年我也复员了。我以为您教我的那身功夫能够养活我，但是我拿着退伍证连个保安的工作都找不到，他们以为练武的人除了能打架还应该长着翅膀，能满天飞。我是个勤快、认真的人，看见走路慢的人都想踢他几脚，看见说话慢的人都想扯他的舌头。可是呢，凭什么我要干那些又苦又累的差事？"

他在那里唠叨个没完没了。他对现在的这份工作很满意，像是人做的事。

说完这些，他叹了口气，给我泡了茶，上了烟。他说，那个坐你车的人是个饵。

我瞪着他，说，既然是圈套，为什么还要说我是非法的。是你们还是谁设计的圈套？

李铁头说，我也不知道。但是您想想，怎么会有那么巧的事情呢？

我说，呸。

他又说，最要命的是您还偏偏亮了证件，他们最喜欢有单位的人。

我的情绪也缓和了许多，我就问，那你们一般怎么弄？

他说，一般罚款五千元到两万元。我会给您想办法的，但，无论怎样都得交一点儿，他们现在都录了像，我说了也不算。

我没吭声。他把手机还给了我。

我说，那我写什么。

他说，还是按他们的意思，写个情况说明吧。

我给王小军打了电话。王小军赶过来了。他给他们上烟，赔他们笑脸，帮我说情。当他们弄清了王小军的协警身份后，就说，你一个协警操什么国家的心，知不知道他这是违法，违法你懂吗？违法就是很严重的事。

我望着王小军想冲他笑一笑，但这张脸习惯了，就是笑不出来。我说，兄弟，你回吧，谢谢你。

王小军摇着头，欲言又止，"唉"了一声，走了。走之前他劝我说，还是写吧，签个字，我找李宝来、虎哥问过了，交五千元罚款，这事儿就了结了。不交钱，这事肯定会捅到单位，你想想，以后的日子还咋过啊。

我也不知道明天将是怎样。天色很晚了，李铁头叫我睡他的办公室，给我抱了一床被子，还端了一碗夜宵。

我让他出去。他不放心。我当着他的面写下了"情况说明"这几个字。他这才拍拍我的肩膀离开了。

等他的脚步声远了,我冲桌子捶了一拳,很疼。手机屏保也被震亮了,是那张《闲云野荷》的照片。

我需要说明什么?说明我一团糟的生活?说明我为什么非要坚持在像泡馍一样的小镇上抗洪?说明我怎么求医看病然后又怎么想办法还钱?说明我是怎么就遇见这么多各色各样的人?

在这间屋子里我实在想不出还可以跟谁说说话。叶丽莎,哦,不,她肯定不会理解的。她只会更加瞧不起我。但我还是想把事情说个清清白白、彻彻底底,究竟是哪一步出了岔子,我该回到过去的哪一天呢?

与您讲述到这儿,我也算回顾了我们整个相识的前前后后。我是一个奇怪的、好笑的、太过愚笨的人。在我们初次见面的时候,谁也想不到我会有这样的一场遭遇。那个时候一切都没有征兆,一切都还算美好啊。

如果他们明天早上不放我走,我还打算让李铁头把我写给您的这些话邮寄给您,算是我们之间友谊的见证,也算是完成您交代的一篇作文吧。您也不用为我的这场没有结局的婚姻感到惋惜。也不用为我的非法行为着急,我说的这些,您可能在网上也查得到,是不是非法自会有定论。也说不定王小军明天一早就会给我送来五千块钱。当您打开这封信的时候,我或许又安然无恙地回到了小河镇派出所,在那个办证窗口迎接某个办事的人呢。

此时,窗外又下起了雨。唉,我们小河镇的雨就是这个季节要来的啊。老天除了下雨仿佛没有别的事儿可做。也没有人去管它该不该下或者下多大。反正,它是老天爷,下了就是下了,下多大就是多大。万物逆来顺受惯了,让它下,让它不下,让它知趣,让它无趣。万物学会了在沉默中去生、去死、去绽放美丽。这就是万物——那些卑微着的被风雨洗涤、淘净的灵魂,皆在高贵地生长啊。

(原载《湖南文学》2018 年第 7 期)

绝对信号

张国庆

一

雪下了三天三夜，到大年三十的早晨，天空才放晴。

用力撞开警务室僵硬的门，老宋走出了屋。抬头看了一眼东山梁，太阳刺目，冷风随即钻进了鼻孔。他张开嘴，冲着大山打了个响亮的喷嚏。对面红松林里的麻雀和斑鸠被他惊扰了，扑棱着翅膀，成片地扑向山崖下那片茂密的针叶林。

从屋里早已蹿到雪地里的"大福"和"苞米"，突然受到了惊吓，在雪地上旋转回头，竖起耳朵，圆睁眼睛，望着门口那个披着警蓝大衣的干瘦的老男人……

山林安静下来。鸟儿们又飞到云杉的枝丫上继续跳跃，不时踏落一些细细的雪粉，狗儿们继续在雪地里撒泼打滚儿。

天很高，很蓝。山风呼呼地吹着，吹着老宋褶皱的脸。老宋做了几次深呼吸，吐出几口白雾，转身回屋穿戴整齐，走到门前的旗杆下，仰起头，双手交替着，缓缓将一面崭新的国旗呼啦啦地升上天空。

老宋是个做事严谨的人，严格到国旗在旗杆上的上升速度，几乎与他心里唱的"新闻联播"国歌节奏相差不到两三秒。

升完国旗，他开始贴春联。春联是进山前老婆给他采购进山给养时，顺手在市场一个地摊儿上买的印刷品。这让老宋心里有些不爽——花五元钱买几张印刷品，他觉着很不值！

说不值，非是老宋心疼钱，而是因为他在森林公安局是书法"名家"。专习欧楷二十余年，每逢春节，他给县局机关的同事写春联福字，可以从早上一直写到天黑。那年，他写的一幅行书，在全省庆"七一"书法大赛中捧回来三等奖。

三等奖也是奖，也是为县公安局争来了一份荣誉。局长在政工简报上批了两个字：很好！年底，局里给了老宋一个嘉奖，以表彰他为公安文化建设做出的贡献。

给了嘉奖，局长还惦记着他。半年后，局里要在距县城九十公里的金沟岭林场成立一个警务室，局长点将——已经卸任刑警队教导员的老宋出任警务室警长。

在这么远的老林子里建警务室，是因为几个月前，一头远东豹在金沟岭的一条溪水旁，钻进了盗猎者下的钢丝套，拼命挣扎勒断了大动脉……

在长白山，野生远东豹（金钱豹亚种）数量少得可怜，专家论证起来，极度濒危程度比东北虎都金贵。杀死一只豹子，比杀个人影响都大。

"残杀远东豹"的案子捅了天。媒体披露后，有关部门领导先后批示，最后连国际野生动物保护机构都惊动了，天天等着案件的侦破进展。

省厅领导批示："胆大妄为,速侦办破案。"

老宋是专案组的主要成员,十几个刑警在林场走访不到十天,下套的涉案嫌疑人便悉数落网。为了一张豹皮,五个人要在监狱里蹲十三年。

局长喊来了老宋,坐下来面对面地说:"在山里建警务室,可不是权宜之计,这叫警务工作前移,是为了适应形势的需求。修高速以后,金沟岭就是虎豹出入边境的唯一通道啦,我不指望你抓几个盗猎,只要把人吓跑了,不发案,就算成绩。"

说完,局长起身关上门,与老宋订了一个君子协议:警务室建起来,正常运转了,其间没有发生野生动物被猎杀案件,老宋将调回来县局后保科。悬而未晋的正科级,局里会优先考虑解决。

揣着这个协议走出县局的大楼,初春的风虽然很冷,但老宋心里感觉像揣了一根蜡烛。不论白天晚上,想起来,他的心里就敞亮,就热乎。

进山前一天,小舅子庆生在县城一家菜馆请全家吃杀猪菜。

老婆家姐弟四个,庆生是唯一的男孩儿,从小在姐姐们的背上长大,姐弟们的感情是不用说了。老宋在林场派出所工作那几年,家里事全扔给了老婆,那时儿子还小,大事小事都是庆生出面张罗。老宋嘴上不说,心里总感觉对小舅子有份亏欠。

十多年前,庆生下海经商,在边境一带倒腾皮货和药材。有钱有车有房了,可两口子感情却出了问题。最后,老婆还是带着孩子走了。

一杯高粱烧下肚,庆生涨红着脸问:"姐夫,这金沟岭比咱县城都大好几倍呢,这深山老林的,你一人进山得带枪吧?"

老宋嚼着花生米说:"屁也没有。进山就是建个警务室,巡山清套(猎捕野生动物钢丝套),估计连棍子都得自己削!"

庆生叹口气说:"你们局长够狠啊!姐夫你在林场派出所当过所长,在刑警队当过教导员,破了这么多案子,在山里也算滚了三十多年,五十多岁的副科,还往大山里撵你,你肯定得罪领导了!"

老宋当然不会告诉他与局长的"协议",一脸不屑道:"你瞎扯啥呢?我进山就是打前站,等警务室建好了,局里再派人把我换回去!"

转天早上,庆生开着面包车送姐夫进山。车上除了吃穿用的外,老宋还发现,车厢后还趴着一条摇尾巴的大黄狗。

庆生笑着说:"姐夫,这家伙您捎着吧,它叫'大福',在山里它能给你壮壮胆儿。"

老宋一听,脑袋就大了。在林场转了三十多年,在林子里,成天与动物们打头碰脸,早就审美疲劳了……更让他起急的是,"大福"滚圆的肚子里还揣着崽儿。

老宋埋怨庆生做事不动脑子,死活让庆生把这个"孕妇"带回去。庆生无奈地说:"我是好心啊,你不喜欢,我给它捎回县城就是了……"

临时的办公房,是两间林管站闲置多年的旧房。房子很老,但盖得挺结实。封山育林一晃都二十多年了,空房子就成了摆设,风吹雨淋,房前屋后爬满了荒草和藤蔓,墙壁千疮百孔。

庆生先辨认了墙上的几行斑驳的"最高指示",然后用手扯去门口的几层蜘蛛网,用力推开门,进屋四下打量着说:"姐夫,这儿怎么像抗联住的窝棚呢?"

老宋没说话,闷头清扫屋里的垃圾杂物。庆生用铁锹将缠绕房子的藤蔓和荒草清理干净。随后卸下车里的给养,一切都收拾停当,两人坐在屋前的石头上喝水。庆生吹了声口哨,想招呼"大福"过来,可那狗却踪迹皆无。

"大福"是庆生一年前,某晚醉卧路边花坛偶遇的流浪犬。虽不是什么名犬,可是鬼聪明,一里地之外能辨出庆生的汽车和脚步声。怎么会没影儿了呢?

庆生说:"这家伙贼着呢,可能知道要留在山里,躲起来了。"

老宋不这样认为:"别让豹子给拉走了吧?金沟岭的豹子可比老虎还多。"

庆生的小眼睛一下子圆了:"附近有豹子啊!"

老宋笑道:"尿了不是!小样儿的还送我进山!"

庆生收回惊讶,干咳几声说:"我怕啥啊!每年进山收皮子,都是独来独往,小土豹子还能吓住我!"

说完,两人分散开,连喊带吆喝地在房前屋后、树林子里和石头后面一通趸摸。最后,在屋后一间破柴棚里,老宋找到正趴在一堆破帆布上,舐着五只狗崽儿的"大福"……

庆生笑了:"行了,现在想下山都难了!"

"大福"留下了,还魔术般从一只变成了六只。

二

金沟岭发自长白,有的是负氧离子和汨汨山泉,就是没有电和通信信号。拿着老婆给他新买的手机,老宋围着房前屋后转了十几圈,就是拨不出去,这个意外让他心里很是懊恼。

与山外的派出所联系,仅靠一部局里配发的警用电台。可电台是与派出所谈工作的。进山就意味着与老婆断了联系。

老宋每半个月下一次山,回家休两天,拉上给养后再返回。

这样的日子过了一年,一排三间的警务室终于竣工了。局里还拨专款,安装了太阳能发电机和电视"信号锅",在门前十几米竖了旗杆;新盖了柴房和车库,屋里盘了暖暖的大火炕,所有执法办案规程一一上墙。

警务室启动仪式很热闹,县、乡政府主管政法的领导们带着媒体记者们进山了。在一片掌声中,政法委书记讲话并和局长剪彩升国旗。老宋还面对镜头和话筒表示了决心。

局长临上车,对老宋悄悄说:"警务室虽小,可责任重大啊!"

领导们的车队在山道上逐渐消失了。警务室门前站着孤零零的老宋。他有些不明白,局长跟他说的是悄悄话,只说责任重大,为啥没说那个协议的事呢?

几天后,派出所里给警务室补充来两位实习新警:小金和小林,都是大学毕业考上公务员的大学生。年龄比老宋儿子都小,整天跟在他屁股后面巡山清套,张嘴闭嘴喊他大叔,喊得老宋感觉又多了两个儿子。

按现在时尚的描述,老宋有了满满的幸福感。因为他看见了警务室未来的接班人,更看到了幸福感后面的希望。这个希望叫——君子协议。

他无数次告诉自己,现在能做的,就是等待。除了等待,就是尽量让两个孩子下山回家团圆。

新警下山过节了,可他的问题来了。每个年节都留守在山里,老婆的不满和唠叨开始喷发了,在饭桌前、在灶台前、在枕头上,一句顶一句地数落着他,说得老宋心里翻江倒海……

老婆是县城一所重点中学的数学老师,刚退休不久,两口子感情自是不用说。年轻时的累和苦都熬过来了,为什么老了还要往大山里扎,这个命题让教数学的老婆始终无法解答。

老宋当过教导员,在刑警队调解两口子干仗、离婚的是家常便饭。他耐心听完了,等老婆火气渐弱,便与她说起隐藏在他心里的那根"蜡烛"。

说起未来,老宋的眼睛在黑暗里也会发光,浑身上下像那部电源满格的手机,时刻蓄势待发。这烛光很亮、很暖,连老婆焦躁的情绪也被照耀得春暖花开了。转天一早,老婆张罗着帮他收拾进山的东西。

这样的等待,又熬过了三年,那期盼已久的光芒,终于在腊月二十三这天出现了——正在家收拾东西的老宋,突然接到分局政治处胡主任打来的电话。说根据局里安排,过了正月十五,他将从金沟岭警务室调回县局后保科工作,并让他抓紧写一份在警务室工作期间的个人总结。

进山前的晚上,他让老婆喊庆生来家喝酒。两年前,庆生的生意彻底倒闭,连房子和汽车都抵进去了,还是没翻过身来。

电话里的庆生,情绪有些低落。说正在海南谈生意,争取过年赶回家。

老婆说:"你姐夫今年不进山了,在家过节,节后就回县局上班了。"

　　远在海南的庆生应道:"太好了,争取赶过节回家……"

　　在金沟岭一晃待了四年,白发多了一圈儿;心脏与血压也开始不稳定;"大福"一家由六口变成了两口。想起这些,他开始惆怅,可想想这几年,他们在大山里清理了三百多个钢丝套,身边的小金和小林也能独立工作,金沟岭里的野生动物们一年四季都安安生生的。他心里这才感到踏实。

　　人活着,别管穷富贵贱,混的不就是一个心里踏实吗?

　　这顿酒,老宋在家喝得很坦然、很舒服。因为上山以后,他滴酒不沾……

　　老宋披着大衣,从柴房的柳条筐里扒出七八个干裂的松塔,回屋给灶膛里添了把火,坐在半截松木墩儿上,开始烧水煮饺子。

　　按照局里节日值班安排,三天前,小金和小林就该上山来。可那天突降大雪,进山唯一的山道,被大雪盖个严实,两人只得中途返回了派出所。

　　所长在电台里说:"老宋啊,进山的路,雪都过膝盖了。林场清障队要雪停了才能清雪。这个大年三十你得奉献了。我给嫂子打电话道歉!等路通了,我们马上进山接你!"

　　大雪封路,一个人就一个人吧。反正在警务室的工作时间也是倒计时了。这个念头让老宋的心里顿时敞亮起来。办公设备和所有各种台账都整理好,连他的换洗衣服也都装箱了。静等着清雪后,两个徒弟来接班了。

　　想想家里,县城的街道和小区里该有鞭炮声了,家家户户该忙着准备年夜饭了。老伴儿肯定正抱着孙女看着窗外飞舞的雪花儿,免不了会与儿子儿媳唠叨几句……

　　一个人过年,对老宋来说不是什么难事。可让他闹心的是,前天晚上,太阳能发电机的一块传输板电容突然烧坏了。太阳能蓄电池勉强撑了多半天,最后也罢工了。

　　点着蜡烛,老宋过了两个晚上。点蜡烛也没什么,关键是警用电台不能充电,电池电量耗尽,孤零零地成了桌子上的一个摆设。

就是说,他与派出所唯一的联系也中断了。自己的手机里还有两格电,老宋赶紧关机,静静等待着山下来人。

山下来人不知何时,现在看来,连蜡烛也得节省了。

山里下午四点多,天就暗了。早早地扒拉几口饭,他就摸黑儿了。坐在屋里,喝着热茶,除了山风不时从屋顶呼啸而过,老宋唯一能听到的就是自己的心跳。

大年三十的太阳从窗外明晃晃地照进来,一直转到了火炕上,映得整个屋子很亮堂。炕烧得很热乎,老宋盘腿儿坐在炕沿儿上,端着大海碗,大口吃着老婆包的酸菜馅儿饺子。一碗饺子刚吃一半儿,外面忽然传来"大福"和"苞米"的叫声。

老宋将碗筷放在灶台上,推门走出去。见"大福"和"苞米",正冲着远处的山崖不住地狂叫。他抬头朝山崖望去,一个深黄色的影子在石砬子上一闪而过……

那是住在山崖上的一只远东豹,四年来,见面就像碰到一位老邻居出门遛弯儿一样自然。不过,择居于山崖上的这位"邻居"遛弯儿时间,多是在黄昏或夜里。见面的方式也是山上山下,远远地互相凝望。

大年三十中午出来,估计是断粮外出觅食了……

二

进山当天,"大福"产下五只狗崽儿,半年后就成了一支队伍。狗崽们个头远不如"大福"那样强健,可外面有点儿风吹草动,瞬间便倾巢出动。老宋背手在后观望,感觉自己很像一位呼啸山林的部族首领。

老宋记得第一个初夏,是山里最惬意的日子。晚风吹到身上很凉爽。那天老宋巡山回来,吃了晚饭,到柴棚给"大福"一家准备晚餐。听到老宋的吆喝声,远处的那支队伍旋即会欢快着蜂拥而来。

那只个头儿最小的狗崽,似乎不太在意柴棚里的晚餐,仍叼着一颗松塔在十几米外的空地上打滚儿、啃咬。

老宋端着水杯,端坐在半截松树墩上,用心看狗儿们挤在一起饕餮进餐的神态。忽闻一声尖叫,他抬头一瞧,见一头一米多长的豹子,一口咬住狗崽的脖子,长长的豹尾一甩,三步两步闪电般消失在远处的松树林里⋯⋯

这是老宋第一次近距离看到这位叫远东豹的邻居,连豹子身上的深褐色的斑点轮廓,都瞅得明明白白。老宋站起身来,望着豹子消失的那片树林,重重喘了一口气。

连着几天,老宋在心里一直翻腾着这件事:按理说,豹子在森林里追逐的对象是狍子。可为何总是躲在山石碴子上俯视"大福"一家呢?他甚至有些后悔,当初选建警务室为什么选在这个山崖下面,为何与这头豹子做邻居?

亲生骨肉遭劫,让"大福"变得越发敏感和愤怒。周围遇有一丝的风吹草动,它立刻会狂叫不止。

更让老宋郁闷的是,"大福"一家的减员现象仍在继续。

那日黄昏,老宋到百米外的溪水边去洗菜,远处又传来"大福"透着凄惨的叫声。他端起菜盆朝警务室猛跑。远远的,就见"大福"正与那头豹子激烈地撕咬,显然这次邻居的"偷营劫寨"行动被"大福"发现了,为护崽儿,"大福"舍命拼了⋯⋯

那豹的双爪已将"大福"死死按在地上,正低头左右寻找喉咙下嘴。

老宋爱看中央台的《动物世界》,知道豹与狗的敏捷度和咬合力相差悬殊,可以说不在一个级别上。

老宋扔下了菜盆,从地上顺手抄起一根枯朽的桦树枝,大喊着冲了过去。见援兵赶来,那豹子忙松了口,撇下受伤的"大福",顺势叼住另一只颤抖退缩的小狗,跃过一块大岩石,三蹿两跳,瞬间没了踪影。

"大福"虽没什么外伤,可脑袋却抬不起来了,显然脊椎骨受伤严重。老宋小心翼翼地将它抱回了屋,放在火炕上。

三天后,所长派人上山来了,送来一袋子兽医开的药。

"大福"在火炕上躺了一个多月,老宋天天灌药伺候着。"大福"终于能摇着尾巴站起来了,可头永远不能像往日一样,高高昂起了。

没有了"大福"的戒备和保护,山崖上的邻居更加猖狂,让老宋想起省领导的那句批示"胆大妄为"。

三年过后,"大福"一家,就这样被这个邻居一只只悄无声息地偷袭劫杀了。只剩"大福"和它那只最喜欢啃苞米的女儿。

"苞米"之所以能幸运地存活下来,是因为它寸步不离"大福"。它目睹几个姐妹兄弟之所以被豹子一只只拉走,明白致命之处,在于它们形单影只地出现在豹子的窥视中。

山上山下直线不过五百米,那只豹子不到两分钟即可从峭壁上闪电般冲到近前……

老宋还发现,每次偷袭成功,豹子不是叼着猎物跑回峭壁上,而是拖着美味到远处的松树林里去独享。

老宋还记得,最后一次偷袭,那家伙竟然拖着那只半大的狗,直接蹿上了远处的美人松。

警务室建立后,辖区案件是零,可老宋的遭遇却极为丰富。那个晚上,"大福"突然叫声怪异地率着队伍跑进屋内,趴在地上,浑身战栗不止,老宋起身隔窗一望,见一只体形硕大的东北虎正在旗杆下撒尿……

今日"大王"巡山——老宋以此为题,在当天的工作日志上,详细地记录了目击野生东北虎的全过程。

四

警务室的新警小金是浙江人,读大学时擅长游泳和演讲,身手和口才一样敏捷。关于对面山崖上豹子的传说,小金听老宋讲过很多次,多次请求宋大叔带他巡视一遭。

"偷营劫寨"了这么久,上山拜访一下这位邻居也是必要的。老宋想了想,就答应了。

那天上午,两人换好作训服,带了绳子和棍子朝山崖走去。

山崖在警务室的东边，走到近前才发现，其实通向山崖是有路的。那是采药者们当年开出来的一条崎岖小道儿。

山道宽不足一米，"之"字形迂回向上，坡度微向下倾，人向上前行，身体自然会朝外倾斜，前行必须抓住崖壁上的藤蔓和灌木。

这就是豹子每次下山劫杀"大福"一家的通道——老宋心里明白了。

向上蜿蜒行进二十分钟，坡度越来越陡。石砬子与各种树木混杂在一起，几乎寸步难行。脚下的道越来越窄，最后被大片的灌木和山石全部遮盖了。距崖洞不到二十米处，一块巨石横亘拦路。两人只得手脚并用爬了上去。

小金坐在石头上，喘息着说："歇会儿吧，大叔。"

他们在岩石上坐下来，远处的茫茫林海尽收眼底，俯瞰山下，蓝顶的警务室竟如火柴盒大小。小金越看越激动，待气喘匀了，他突然站起身，冲着远山喊："金沟岭，我来了……"

标准的普通话在山谷中回荡着，很像电影里的声音。老宋双手拄着棍子闭目听完，突然说："小点儿声，别把豹子整惊啦！"

话音刚落，老宋果真听到大石头后面有"嗷嗷"的声音传来。声音虽有些微弱，但听得真真的。

老宋用手制止了小金。两人弯着腰，握紧棍子，小心翼翼地朝发出声音的地方挪动。

从石头顶部探出头，两人顿时惊出一身汗：巨石下面有个凹进去的洞穴，高不足一米。距洞穴不远是一处笔直的断崖。一棵弯曲的柏树探出山崖之外，一只深黄色幼豹，两只前爪扒在柏树干上，两条后腿胡乱蹬踏着，下面的断崖深不可测；另一只幼豹站在石洞前，上蹿下跳地徘徊，惊恐地叫着……

原来这就是豹子的藏身之处啊！这个意外发现让老宋很兴奋。身边的小金张大了嘴巴，一句话也说不出来。

兴奋过后是紧张和恐惧，因为老宋决定要从树杈上把那只幼豹"摘"下来。可柏树干探出了崖外，人必须探出半个身子，伸出手才能抓住幼豹。一旦失手，人和豹崽都可能一头栽下去。

"快点儿，它妈回来就麻烦了……"老宋说完，招呼小金从岩石高处溜了下来。

小金说："我身体灵巧，让我来吧。"

老宋看了看他，没同意。而是将绳子的一头紧紧绑在自己的腰上，绳子另一头交给小金说："抓住了。"

小金将绳子绑在自己腰上，又将绳子缠绕在手上。一只脚用力蹬住石头。

老宋稳稳神儿，待脚下踩实了，便一手抓住树干，身子缓缓探了出去，另一只手一寸一寸接近幼豹。

老宋的手越接近，那豹崽越是惊恐地挣扎。或许是在树干上挂的时间太久了。两只前爪无力撑住身体，忽然坠落下去……

眨眼之间，老宋伸出一只手，抓住了豹崽的一条后腿。

豹洞是一处凹进去的石洞。里面漆黑一片。老宋将浑身颤抖的幼豹送回幽深的洞口。解下腰里的绳子，对小金说："赶紧下山，它的家长快回来了！"

小金擦着汗说："想不到大叔身手真敏捷啊！"

正说着，老宋裤兜儿里的手机突然响了……

老宋非常感谢那天打进电话来的县城售楼处的姑娘。虽然他不买房，但还是认真听了对方关于新楼盘的简介……

那天下山的路上，他高兴地停住脚，掏出手机想告诉老婆这个重大发现，可是，信号又神秘地消失了。

森警巡山发现两只活体野生东北幼豹，并成功解救一只，被派出所当作一条工作信息上报到县局，之后从市报到省。

林业厅领导批示：措施果断，责任心强。两位民警应给予奖励。当地晚报刊发的一则新闻，还被全国多家网站争相转载。

老宋的"山崖救豹"让金沟岭一夜出名。

其实，老宋心里很不踏实。连着几天，他没有看到山崖上的邻居的影子。他有些犯嘀咕，莫不是豹子闻到陌生人的气味，把幼豹转移了，还是母豹外出一直没有回来。如果是后者，那两只幼豹就很危险了。

每天晚上,老宋都用手电筒扫视几圈对面的山崖。直到十几天后,山崖上那双绿色的"铃铛"与他远远对视,他才放心一半儿。

让他彻底放心是一个月后,省野生动物保护站在媒体上发布的消息,数日前,架设在金沟岭的一台远红外照相机,拍摄到清晰的影像,一只远东豹带着两只幼崽从镜头前缓缓走过……

五

"大福"与"苞米"又开始狂叫不停。

此时,老宋躺在火炕上,戴着花镜,正揣摩一本老字帖楷书的间架结构。

侧耳细听,叫声显然不是抵抗和预警,而是焦急和不安。不仅叫声焦虑,"大福"还几次跑过来,用爪子扑打警务室的门。

老宋下火炕穿鞋,打开屋门。"大福"带着"苞米"裹着一阵冷风冲进来狂叫不停。老宋不解其意,跟着它走出警务室,见"大福"直奔屋后的山道,冲着大山继续狂叫……

大雪,将山道盖得严严实实。好在往前地势较高,落雪刚没过脚踝,穿戴严实的老宋拄着棍子,嘴里喷着团团热气,跟着"大福"深一脚浅一脚地往山上走。

"大福"显得很兴奋,弓着身子,兴奋地在雪地里蹿蹦着,老宋和"苞米"稀里糊涂地跟着。翻过了一座矮山梁,山势陡然变得起伏不定,一道坡接着一道坡,各种树木开始密集起来,远处的树林也变得更加茂密幽深了。

春天,老宋带着小金他们巡山来过这儿,这里植被茂密,是狍子经常出没之地,封山前,猎人们常在此射猎狍子,得名为"狍子沟"。

刚走进沟里,老宋就发现地上有一道歪歪扭扭的痕迹……

脚印是中途折回去的,显然这条沟里是有人的。

大年三十,此人朝山沟里走?老宋越想,脚底板就越发有力度。

往前走,雪更深,那行脚印变得更清晰。老宋的心跳也随着加快。看着前边的"大福",蹒跚得很吃力,却兴奋异常。

前行百米,雪地的痕迹变得清晰而复杂起来。除了一行人的脚印外,不远处,散乱着的,显然是狍子和豹的。

穿过一大片灌木丛,"大福"在一片奇怪的坡地前停住了,不住回头叫着。

这是猎人们过去冬天狩猎时躲避风雪的地窝棚。年久失修的圆木顶子,破败不堪却很结实,屋顶略高于地面,像战争期间士兵挖的坑道。

"谁在里面?"老宋执棍冲着地窝门喊了一声。

地窝里没有声音。红松的木门紧闭。耳边只有风呼呼地吹。

"里面的人,赶紧出来!"

门没有打开,一个男人的抽泣声从门缝里传出来。老宋有些发蒙:大年三十,是谁跑到这深山老林里独自抽泣,不会是看破红尘,进山自寻短见的吧?

"有啥事,出来说,我是森林公安局的警察。"老宋赶紧冲着地窝亮明了身份。

木门依然紧闭。"大福"更加兴奋,前爪不住地扑打着木门。男人不再抽泣,开始号啕大哭。老宋决定不再等了。他几步走过来,用力拉开了地窝的木门。

地窝里只有一张简易的地铺和一张木板子搭的桌子。地上笼着一个简易的火盆,旁边是一个酒瓶子和一些吃剩的残羹。一个戴狗皮帽子的男人,坐在地铺上,身子裹在脏兮兮的大衣里,低着头,双手捂住脸呜呜地哭着。

庆生——老宋的头突然眩晕了,脚底下似乎也站立不稳……

六

正在海南谈生意的庆生,怎么出现在狍子沟的地窝里呢?

老宋不知道,四年前的庆生,生意彻底"翻车"。一单獭兔生意看走了眼,让庆生赔了两百多万元。要捞本儿,要翻身必须有本钱。抵押了房子和汽车,庆生从马哥的公司贷了一百万元后再次亏本。

老宋更不知道,庆生舍命溜进狍子沟收套子也是马哥指的一条路。猎取目标,正是警务室对面山崖上的远东豹。如果得手,欠款八十万元的利息即可免除。这是马哥给他开出的条件。

那天,庆生是放下姐姐的电话,带上钢丝套和几块狍子肉跟着马哥进山的。因为姐夫今年难得在家过节。

在狍子沟,他们将十个钢丝套铺设在远东豹出没的通道上。马哥留下给养,答应三天后派人进山来接他。谁想,一场大雪将他困在了狍子沟。

老宋没有发火,只感觉脑子一片空白,胸口有些憋闷,盯着庆生一言不发。庆生的脚和脸严重冻伤,嘴角裂开了一道口子,朝外渗着血。地窝里能吃的都吃光了,手机没有信号,庆生想出来找吃的,他走了一段,害怕迷路又折返回来。他并不知道,警务室就在距狍子沟外不远的悬崖之下。

老宋带着一瘸一拐的庆生,在林子里穿行了一个小时,将绑在树下的十个钢丝套摘除干净。

起风了。林涛阵阵,在山谷中此起彼伏的回荡中,老宋搀着行走困难的庆生跌跌撞撞回到警务室,刚摘掉庆生的棉帽子,庆生身子一歪直接瘫倒在地上。

一碗热姜糖水把庆生从昏迷中唤醒过来。

老宋烧水给庆生煮着饺子,庆生躺在火炕上,呆望着屋顶一言不发。

"告诉我马哥是谁?"老宋盯着灶膛里的火苗问。

"姐夫,我说实话,您答应我别追这事行不?"

老宋点了一根烟,深深地吸了一口说:"先告诉我实情。"

庆生突然起身,跪在火炕上说:"姐夫,我对不起您啊,我一时糊涂。我告诉您实情,他们上山那天,在狍子沟套走了一只小豹子,是打了麻醉针装车上弄走的。"

"你说什么?"老宋站起身,一把揪住庆生的衣领,眼睛红得让庆生浑身不停地颤抖。

一记耳光重重地打在庆生的脸上。趴在地上的"大福"突然起身冲着老宋狂叫起来。

老宋的手在不停地颤抖,能写一手漂亮硬笔书法的手,抖得竟然字迹歪斜,像一个酒鬼在雪后的大街上深浅不一的足印。

按照庆生的供述抑或是交代,老宋一字不漏地记录着盗猎事件的整个经过。

越写他的血压和心跳越在不断提速。更让他心跳加快的是,被盗走的那只远东豹将在过节期间偷偷运往边境交货。

"姐夫,这大山里只有咱哥俩儿。您就当没看见我,我也没碰上您,您也不知道这码事儿……"庆生哀求着。

老宋的手和嘴唇一起在抖,他用手指着卧在火炕下安静的"大福"说:"庆生,它是你送进山的,它是条狗,可它记得你对它的恩,大雪封山,它能救你的命,可你现在,怎么连一条狗都不如啊!"

七

太阳西坠,警务室门前的雪地安静极了。

孤单的"苞米"茫然地在雪地上徘徊着。被风卷起的雪尘不时让它眯起双目,不时用前爪擦去眼前的那片晶莹的颗粒。

警务室的门慢慢打开了,老宋穿戴整齐地出了门,脚步匆匆地直奔通往山崖的那条小路而去。

此时的老宋,身上带了三件东西,棍子、手电筒和仅有两格电的手机。山路铺满了雪,但偶尔能清晰地看到那只远东豹几分钟前,从山崖飞驰而下的痕迹。

涉案情况都装在他脑子里。他现在只有抢时间,或者说必须抢时间,以最快速度到达崖洞口,抢在那只母豹返回洞穴之前,拨通他的手机……

雪,将当年采药者走过的山道覆盖得杳无踪迹。即使有棍子在前慢慢探寻，但老宋还是预感到脚下危机四伏。

今夜是喜庆的，是吉祥的，是应该被无数中国家庭所期盼的。但老宋此刻的心，却在沉入另一条河流。他不停地在心里祈祷着：老天爷，黑得再晚一点儿吧。

山路越发陡峭，老宋手里的棍子此刻成了最碍手的家伙。他把棍子放在道边，双脚用力，手拽着从岩石中探出的枝条一点点向上移动着。脸被枝条剐得很疼，虽然出门前，他朝嘴里猛灌了几口白酒，但这点儿微弱的血液循环还是无法抵挡深山严寒的猛烈攻击。

崖洞口那块熟悉的巨石在头顶已赫然闪现，这让老宋心中一阵欢喜。这时，他突然感到喘气费力，加速的心跳突然让他大张着嘴无法动弹。他清楚，问题来自心脏……

他闭上眼，安静地倚靠在一块岩石旁。坐了多久，他想不起来。只感觉自己呼吸逐渐平稳，用力挪到那块巨石下时，天已经完全黑了。但他已无力如当初身手矫健地一跃而上了。现在，他只得安静地在那块巨石前坐下，慢慢掏出手机，用僵硬的手按下开机按钮。待熟悉的开机声同时划亮屏幕，他忙按下通信录中刑警队高支队的号码，屏幕的显示让他的心坠入冰窟——无移动信号。

他迅速挂掉了手机，再次遁入黑暗中。

星星悄悄爬上夜空，除了山下的阵阵涛声，他能听见的，只有自己的喘息声。他闭上眼睛，开始回忆当时与售楼小姐通话时的准确位置。

没错儿，当时小金就是站在这块巨石上用普通话大声朗诵的。他从悬崖边树杈上把小豹子救下来送回山洞后，再拉着小金离开崖洞，是小金先抓住藤蔓从巨石上溜下来的。这时，他口袋里的手机响了……

最后的希望就在巨石上面。他决定爬上去！必须爬上去！虽然眼前这块巨石近两米高。

岩石表面落满厚雪，很像餐桌上一块涂抹厚厚奶油的生日蛋糕。对，模样像庆生给他过五十岁生日那天订制的那个。现在，他要摸着黑，徒手爬上蛋糕的顶部去打个电话。这匪夷所思的行为在他的梦中或是生活字典中，是永远找不到的。

想到这儿，身高一米七八的老宋突然感觉自己一下子变成了森林中的小矮人。

他在黑暗中摸索着，回忆寻找着小金从石头上溜下来的大致位置。当他的手触摸到掩藏在石缝中几束干枯的藤蔓时，他的眼在黑暗中放出了光，藤蔓依然很结实，拢在一起，就像他拉住一位耄耋老人干瘦而沧桑的臂膀。

向上攀登，老宋用尽身体最后的能量。双手被坚硬的藤蔓划出了血痕，他还是咬着牙，攀上了巨石顶端。

他慢慢躺下，大口地呼吸着，身边的厚雪如一片棉絮，让他静静地深陷其中，烙下一个深深的人形……

他掏出手机，摘下手套，僵硬的食指按下开机键，手机屏幕银色的光芒，照亮了老宋干瘦且苍白的脸。

一连串问候拜年的短信彩铃声，一个接一个地跳跃着，浪花一样冲刷着老宋泪花闪烁的眼。

移动信号满格！

这天晚上，老宋与高支队通话时间为三分半钟。之后，他的声音开始微弱，高支队大声喊着："大哥，说话啊……"

滑落在冰床上的那部手机，长时间的寂静之后，信号彻底消失……

正月十六的早晨，两条新闻占据了各媒体网站的头条。

森林公安局打掉一境内外勾结盗猎远东豹的特大盗猎团伙。除一名涉案嫌疑人主动投案自首外，十二名主要涉案嫌疑人被全部抓获并依法刑事拘留。办案人员收缴受伤的活体远东幼豹一只，已送至省野生动物保护中心。

另一条新闻是"除夕夜追盗猎团伙，老民警以身殉职"。

老宋的追悼会规格很高，甚至超出了不久前去世的副厅级的市委副书记。省市县的各级领导及生前同事、亲友来了七百多人。

警务室的小金和小林扛着灵柩走在最前边。初一下午，他俩随着救援人员赶到警务室，按照张庆生的指点，他们冒险攀上了山崖，将巨石上已经僵硬的"宋大叔"抬下了山……

老宋沉睡在冰棺里，一身崭新的警服裹着他消瘦的身躯，青灰色的遗容上，紫黑色的冻伤痕迹隐约显现。

局长表情凝重地念着悼词。哀乐声中，领导们排着队与家属握手。局长走过来，轻轻握着老宋老婆的手说："大嫂，老宋是个好民警，是我们全局民警学习的榜样！请节哀，为老宋申报烈士的事基本落实了；还有老宋生前的正科级，春节前就已经解决了……"

被取保候审的庆生搀着姐姐抽泣不止，看着躺在远处的丈夫，宋大嫂缓缓地说："这些，我们就不要了！"

局长压低声音说："大嫂啊，抚恤金您不用担心，我们一定按照规定和上级领导的指示，近期全部落实到位。今后有什么困难，就直接跟我们说。"

"我想要他活着回家……"

说完，她踉跄着走向自己的丈夫：冰棺里老宋嘴巴微张着，似乎还有话没有说完……

(原载《东方剑》2018年第4期)

王木多突然挺忙

贾新城

一

进入九月下旬的繁花镇，天上无云，也无阳光，就像愠怒着的男人，阴沉着脸，冷冷地持续在那里，既不缓和，也不发作。一个山区，不会也有雾霾了吧，王木多走在路上，心里咕哝了一句。

进了办公室刚换上衣服坐下，王木多就听到一楼值班室里吵吵嚷嚷的，听上去，应该是一起民间纠纷。现在这些人法律意识真够强的，这一大早怎么就闹上了？

王木多下了楼，扒眼值班室的窗户：两个女人你一拳我一掌地推搡着一个男人，她们那两丛深红色的头发，像两匹正在奔腾的骏马。年龄大一些的脸又白又圆，穿一件粉色圆领低胸衫，金灿灿的项链摇摆着，黑色绒面短裤套在肉色丝袜外面，棕色松糕鞋。年龄小的高跟鞋又细又高，岌岌可危地支撑着一对细长如葱白的腿，镶嵌着珠子的半截袖长衫飘在大腿外面，长衫里同样是粉色的背心，脖细脸粉的。男的一身迷彩服，脏兮兮的。

一看男人的脸，王木多的心一咯噔：河北红升村的老周，小学同学，光腚娃娃。这小子咋还摊事了？老周叫周大力，其实并不老，今年三十有二，比王木多小一岁。在繁花镇这地方，人一过三十就都叫老。不过这"老"字，是放到姓氏前面的，不像大城市里尊称老年人是放到姓氏后面，听着体面。周大力小学毕业就算完成任务了，书包一扔，直接变成农民。王木多家住河南，繁花镇中心繁华地带。今年五月，他任职浪花乡派出所所长并喜迁新居。所说河北河南的"河"，是横穿繁花县的千年河。千年河在八月雨季到来时，水位最高值达四点二米，这是指最深洼处。浅的地方，也就是周大力家门前所面对的一带，最深才不过一米。老年人时常在一起谈论，现在富裕了，可河水为什么少了呢？没人能回答这个问题。

王木多犹豫了一下，推门进去了。值班民警连忙站了起来，叫了一声王所。王木多问，怎么回事？女人们见状一齐转向他，七嘴八舌的，分不清层次，大意是：这个王八犊子耍流氓，你们公安局得处理他。老周一直闷在被一步一步逼至的墙角，不言语，也不抬头。

王木多也不看两个女人，低着头一招手：来我屋。转身就走。两个女人朝老周骂了一句，脚步零乱地跟了出去。

王木多往办公桌后面扑腾一坐，指了指靠墙一排长条椅。年龄小的刚要坐下，被年龄大的拽了一把，不用，站着就行。王木多也不言语，用目光打量着两个人。两人显得局促起来，目光游离着。王木多问，你们是哪儿的，看着不像这儿的人啊。年龄大的连忙说，是，我们不是这的，来帮弟弟做买卖。王木多问，你弟弟谁啊?她说,郑富强。王木多说,回去告诉你弟弟,这两天我正想找他呢。她先是愣了一下,然后扯着年龄小的就往外走。年龄小的说,怎么就走了,事情还没处理呢。正说着,就被一把扯了过去。

两人走到门口,王木多叫住她们说,你俩啥关系?年龄大的连忙说,是我姑娘,亲姑娘。

等母女俩走出大门,王木多把周大力领到自己屋里,关上门,把他按到长条椅子上,自己挨着他坐下:怎么个情况啊?周大力皱着眉头说,早上坐1线,自己的手可能碰到那女的屁股了。王木多问,哪个女的?周大力说,岁数小的那个。王木多说,你别说什么可能,你就说你是摸了人家,还是无意间碰的?周大力脸一红,说,我没想去摸,我也不知道咋回事。

王木多说,老周你跟我就别装了,你得跟我摞实底儿啊。周大力低下头说,车上人多,一个挤一个的。他当时站在那个女的身后,左手握着扶手,右手耷拉着正好在她屁股那。他并没想去摸,可能确实是碰上了。他说,我也感觉到了,只是……王木多说,只是什么?周大力说,只是,我没把手拿开。

王木多忽地站了起来,说,你可拉倒吧,别狡辩了,摸跟碰,那绝对是两种感觉,人家小姑娘敏感着呢,咋会分不清啊。

周大力猛地抬起头,可是你说,车上人挨人的,谁的身子四周也不可能有空地。我也看了,她那屁股哪都能贴着、顶着的,咋人的手一贴上就不行?

王木多一听,又坐下来,继续。老周掏出烟口袋要卷烟,王木多拦住他,拿出自己的烟,一人一支。打火机正点着的工夫,周大力叼着烟就咕哝上了,又不像偷东西,你偷了人家的东西,人家的东西没了,你是犯罪。你杀了人,人家的命没了,你是犯罪。屁股被摸了,跟贴着别的东西也没啥不一样,也不缺啥少啥的,怎么就犯罪了呢?

王木多鼻子一歪,没人说你犯罪,你这是性骚扰。周大力说,我问你话呢,你懂法律你给我说说。

王木多笑了笑,老周你怎么还坐上1线了呢?

1线是这里对第1路公共汽车的简称，其实整个镇上就这一路公共汽车。在繁花镇，大家说坐1线，实际上就是区别于骑自行车和步行。当然，还有两元钱的"招手停"面包车和出租车，但这不是一般人能坐的。

　　周大力说，昨晚喝大了，没骑车子，怕去工地不赶趟。王木多一挥手，我说你咋还舍得那一块钱了呢，行了，那你赶紧去工地吧。那俩女的我已经给打发走了，你也别强词夺理了，抽完烟赶紧去工地，没你事儿了。

　　老周一听也不等烟抽完了，起身就走。走到门口，回头看了一眼。王木多没理他，拿起电话机，咔嚓咔嚓地按键子。

　　王木多在电话里让民警做个记录，标明性骚扰，扭送；对行为人进行严厉批评教育，放行；成功调解，双方无异议。交代完放下电话，王木多心想，操，自己是坨屎，就别嚷嚷着招苍蝇。

二

　　浪花乡派出所坐落在繁花镇西头，距镇中心五分钟的车程。派出所辖区有河北的红跃、红升，河南的红旗、红河等十三个自然村落，改革开放前都叫大队，后来更名为村。辖区包括乡党政大院的人在内，一共三万多人口。以前，处理的都是些偷鸡摸狗、打架斗殴、邻里纠纷的破烂事，就这些，也是民不举官不究，闲得很。即便后来有了让人挠头的法轮功啊、传销啊、农民外出打工派生出的男女关系事件啊，也都算不上啥事，一顿吓唬就解决了。但是，像这种公共汽车上的性骚扰事件，王木多在派出所工作了十多年还是第一次听说。其实，这车上的事不归派出所管辖，但王木多还是快刀斩乱麻，就给化解了，也没往外推。

　　王木多跷着二郎腿，喝着南方同学捎来的普洱茶，脑袋里翻来覆去品咂着周大力刚才说的话。

　　按理说，周大力这个岁数也不该耍光棍了，可就是说不上媳妇。这可不像从前，村里头的小姑娘都是自产自销，男女比例似乎也相当，瞅着对上光的，经媒人出面一撮合就成了。这样一来，一个村子都是亲戚套亲戚的。后来，人们眼界开了，远的香近的臭，姑娘都喜欢嫁外村人。那顶多也是村与村间的交流。现在可好，外面的世界很精彩，眼瞅着念书没啥前途，小姑娘们早早就辍了学，什么北京、广州的，哪远去哪打工，谁还指望着她们能回来嫁给这帮臭农村小伙？当然，也有不往外跑的，守家待地，也不挑不拣，但有条件，先过给娘家十万，然后再说别的。这下周大力傻了，虽然小伙儿长得不砢碜，要个有个，要力气有力气，可老爹在他八岁那年就死了，老妈一个人把他拉扯大，一身病打针吃药都供不上溜，不要说十万，连一万都拿不出来，还说啥媳妇？用周大力自己的话说，脑袋里已经没这根线了，戒了。

对于性骚扰，王木多倒是不陌生，每次在网上看到有关报道，都会在心里鄙夷唾骂那些变态男人。虽然，他遇事总喜欢换位思考，总喜欢探寻深层次原因，但对于这样的事情，他只能摇摇头，嘟囔一句城市生活真够乱的，就罢了。

但这一次，王木多很往心里去。这种事情就发生在身边了，一种一大波僵尸正在接近的感觉让他浑身发麻。另外，关键是当事人还是自己的老同学加铁哥儿们，这让他完全没有思想准备，虽然一个老光棍在性生活问题上显然是苦不堪言的，但他还是一时半会儿难以接受。好在情节轻微，他这个当所长的有能力来点儿以权谋私，大事化小，小事化了。问题是，这个周大力竟抖出了一堆问题，荒唐是当然的，可他还真就回答不上来。

王木多坐不住了。他站起来，坐到电脑桌前，试图找找相关资料。这时，他感觉门口处有人影晃动，接着就有人敲门。

王木多喊了声进来吧，仍然低着头敲打着键盘。值班民警领着一个人进来，说，王所，他说他是律师，非要找您。

王木多抬头一看，民警旁边站着一个年轻人，似乎刚剪的茶壶盖发型，戴着一个大框眼镜，浅灰色衬衫扎着相同颜色的领带，一身深蓝色西装，皮鞋锃亮。看上去，有点儿眼熟。

王木多站起来朝民警一挥手，然后向来人示意着长条椅子，自已坐回到办公桌前。他从烟盒里抽出两支烟,递过去一支,来人摆手说不会吸烟。他就自己点着烟,打火机啪地往桌子上一扔,你说你是律师?

来人从长条椅上站了起来,递过来一张名片。王木多接过来一看:繁花县公平律师事务所韦承文。他一下子就想起来了,红升村做豆腐的老韦头的三儿子。

韦承文随即坐下,清了清喉咙说,王所长,我是公平律师事务所的,我叫韦承文。

王木多吐出一口烟圈,哦,看到了。

韦承文点点头,三级,也就是中级律师,全县就我一个。

王木多说,你不是红升老韦家小三吗?我认识你。

韦承文眯了一下眼睛,推了推眼镜框,王所长,我这次不是以个人身份来的,我事务所刚刚受理了一起案子。他停顿了下,看了看王木多手里的名片。王木多长长吐出一口烟圈,朝他扬了扬头,示意他继续说。韦承文接着说,他这次来是公事,有人检举派出所违反程序办案,恐吓受害人,包庇违反治安管理行为人,致使一起性骚扰案件不了了之。

王木多在一尺见方堆满烟屁股的烟灰缸里掐灭了烟头,你是说郑富强她妹妹吧?韦承文郑重其事地摇了摇头,说,不是,她姓黄,叫黄莉莎。王木多说,这人是哪个村的?韦承文说,身份证上显示是广州的。王木多一摆手,什么他妈黄莉莎,还黄沙砬呢,就是郑富强他外甥女,郑富强你认识吧?韦承文说不认识。王木多说,这么跟你说吧,郑富强现在是咱这儿的土豪,也就你这样的书呆子不认识他。在咱们镇,我说一,他不敢说二,明白不?韦三啊,这件事我知道了,你也别跟着添乱了,回头我找她。

韦承文一愣,但很快平静下来:王所长,我与委托人已经签订了授权委托书。我作为受托人提醒您,我来是向您,也就是向公安机关初步了解相关情况的,下一步我可以代理向法院起诉。

王木多从烟盒里抽出两支烟,递过去一支,韦承文仍然摆了摆手说不会吸。王木多自己点着烟,深吸一口吐着烟圈说,韦三啊,咱们繁花镇几百年也没出过一起性骚扰,这事没啥张扬的,啥他妈好事啊?至于授不授权的,你也别跟我在这上纲上线,回头我让她们撤销。挺砢碜个事儿,就别闹了。

韦承文眨着眼睛说,您想得似乎过于简单,我看这个黄莉莎是见过世面的,据说在深圳有过一次索赔经历。再说,现在是法治社会……王木多一拍桌子,这笔钱你就别挣了,法什么治啊?说白了你就是为了代理费,分钱。韦三你回趟红升,跟你爹讲,就说我王木多说的,怎么我说话还不好使了是咋的?

韦承文向上推了推眼镜,还想说什么,被王木多皱着眉头挥手制止,瞎他妈整,这社会都是让你们给他妈整乱了。你走吧,回头我给你打电话。韦承文说,您说,让我走?王木多说,对啊,这没你事儿了,不走还在这吃饭啊?

韦承文不太情愿地站起来,看到王木多满脸凶相,也没再说什么,转身向门口走去。接近门口时,回过头来说,王所长,委托人可说了,她要的是尊严,多少钱也不好使。

王木多朝他用力一挥手,把头扭到一边。

三

雨季接近尾声,千年河波涛翻滚,但水流不似一个月之前那么急。连接河南河北的美丽桥,灰突突地支撑在大河上,像一匹瘦而高的老骆驼,迎着风闭着眼睛沉思。

美丽桥名字的由来没人去考证,美丽两字,看上去显然没有什么历史典故在里面,显得很没文化。事物就这样,如果没有特色,你活生生地给它取个美丽的名字,结果反而会适得其反。有人曾经开玩笑说,一定是哪任镇长之类的,喝高了,随口给起的名。

午饭后,王木多在桥上散步,看到桥与地面连接的旋梯底部,三个女孩儿和一个男孩儿正在用手机拍照,变换着不同的组合和姿势,嘻嘻哈哈的。手机上架着一个雨伞柄一样的东西,伸来伸去。

这几年的繁花镇,这个年龄段的小姑娘小小子是越来越多了。

虽然当地的往外边跑,但外地的都往这边跑,这就是交流?王木多摇了摇头。

王木多下了旋梯,把背在屁股上的一双手摊开,比画着招呼四个年轻人。那个男孩儿往这边看了一眼,迅速跑了过来。王木多一看,认识,是派出所民警大张的儿子张思彤。张思彤挤着鼻梁子说,王叔有事吗?王木多说,你不是去南方打工了吗,怎么在这儿?张思彤说,我带几个朋友来镇里玩,我寻思过十一买不着火车票,提前串休了。王木多往那边看了一眼,她们和你一起打工的?张思彤也往那边看了一眼,对,俺们都在一家洗浴中心,她们三个都是红旗村的。

这时,那边一个女孩儿朝这边大叫,老公快过来,你在那里干吗?王木多一笑,小样,还有对象了呢,结婚了吗,就叫老公。张思彤笑了,冲她们一招手,快过来,快过来。

三个女孩儿就迟疑着走了过来。仨人都穿着低领T恤,露着乳沟,白花花一片。王木多连忙转移视线,抬起头,上下左右活动着脖子。

张思彤一一给王木多介绍,这个是李子芮,这个是苏雨桐,这个是我对象毕慧歆。王木多一一点头,说,瞧瞧你们的名字,清一色,都一股子港台味。张思彤就笑。王木多看了他了一眼,你别笑,你的也是。

张思彤给三个女孩儿介绍说,这是我爸的领导,咱们乡派出所的所长王所长。三个女孩就一齐喊,王所长好。王木多一笑,我听着还真有点儿像"男宾一位"。得了,我没什么事,散散步,你们照相也行,可得离那大河远点儿,这段水挺深。三个女孩儿又一齐喊,知道啦,大叔。王木多问,你们都干服务员啊?张思彤说,她们是服务员,我干服务员。毕慧歆一听,说,张思彤你真不要逼脸。张思彤坏笑着说,王叔,我跟您开玩笑呢,我是服务员,负责储衣间,她们三个修脚,有时也按摩。

王木多扫了三个女孩儿一眼,说,呵呵,这社会分工还真是越来越细啊。说着看了看河水,转身要走的工夫,打量了一下几个人,你们觉得头发染成黄的好看吗?三个女孩儿又一齐喊,好看,大叔。张思彤哈哈大笑。王木多瞪了他一眼,你还笑,你的最黄。

王木多刚走没两步,看到郑富强的别克远远地驶来,便停下脚步,站在路边。车窗玻璃是摇下来的,是郑富强开车,脑袋跟脖子一般粗,很好认。郑富强看见了他,一个急刹车停在了他的身旁,满脸堆笑地打开车门,快步走了过来。王大所长这是要去哪,怎么不给我打个电话,我好拉你啊。王木多说,你小子开这么快,有急事啊?郑富强说,工地来电话,说有人闹事,这正往那赶呢。王木多一听,就往车那走。郑富强说,应该没啥大事,可不敢惊动你啊。王木多拉开后车门说,我可管不了那个,在车上跟你唠点儿事。

车开了,郑富强从观后镜里瞄着王木多说,王所有啥吩咐?

王木多抬眼看了看观后镜里郑富强的眼睛,说,也没啥事。你小子最近两年大发了,听说又新开了家歌厅?

郑富强说,啥也瞒不过您啊。我有策划,等到正式开业,再专门去请你。

王木多说,开在镇里边,又不归我管,请我干啥。

郑富强尖声叫着说,王所这说哪里话?这么多年不是您罩着兄弟,兄弟哪能有今天啊。再说,孙猴子再能得瑟,那也逃不出如来佛的手掌啊。王所您喊一嗓子,整个繁花镇都颤两颤呢。

王木多笑着说,要不说你小子能发达呢,死人都能让你说活了。你建塘镇那个姐姐,是来新歌厅帮忙的吧?

郑富强先是一愣,然后点点头。他这个姐姐叫郑富琴,小时候家里养不起,70年代过继给建塘镇的二大爷家当闺女。当时他二大爷光棍一个,没儿没女。到了20世纪90年代,他姐姐十九岁那年,挥泪跟二大爷和她老公告别,跟同村一个女的出去闯社会,说是不混出人样就不回来。可一走就是二十年,杳无音信。慢慢地,她们村里都传说她在外面养汉,男的好几个。老公一窝囊,得癌症死了。浑身是病的二大爷紧跟着一条麻绳挂上歪脖树,也一命归西了。今年她突然从南方回来,领回来一个女孩儿,说是她闺女。郑富强说到这儿，呸了一口，真丢人啊，可能连自己都说不清是哪个野汉子的野种。再说了，谁知道是不是她闺女。郑富强接着又说，他恨是恨，可说到底也是自己的亲姐姐，而且他这边正缺人手，她刚好又有经营歌厅的经验，于是就把她弄过来了。

王木多说，你姐看上去也不像四十岁的人啊。郑富强往观后镜上看了一眼，你见到她了？王木多点点头。郑富强尖着嗓子说，我就说你是如来佛呢。你说她显年轻，你可不知道，她亲口说去韩国整的，花十多万呢，不要脸。

说着话，就到了工地。一片住宅楼，接近尾声了，楼上的工人们正在拆脚手架子，丁零咣啷地往下扔。地面上，一些人在拆临时工棚，一些人在收拾设备，看上去有点儿像疲劳厌战的部队正准备转移，有气无力。在墙上钉着"工程项目部"指示牌的一排活动板房前面，三四个人围在一起，比比画画的，似乎在争论着什么。

郑富强一看就明白了，又是来要劳务费的。他说他也是受夹板气。王木多也知道，拿下工程肯定是盈利的，那账也是明摆着的。可你从一开始就得一再往里垫付，管上面要钱，人家说的也不无道理，能给你充足的资金，还要你干啥？现在干工程又不像以前，民工都是大爷，雇劳务就得当孙子。这还得是有血缘关系的，要不是沾亲带故的，人家根本不理你，必须一天一清算，否则立马走人。这么大的工程，谁扔得起？垫了上面的，还得垫下面的，简直跟自己家盖房子差不多。工程竣工了，按理说可以拿到钱了，可人家就是迟迟不给你验收，你还得再当回孙子，不大出一把血，可能连本都保不住。

王木多没让郑富强马上下车，说这种事自己也不方便露面，然后简单扼要地把早上他姐姐和外甥女来派出所的事跟他说了。王木多着重点明自己跟周大力的关系、自己跟郑富强的关系，大家都是关系套关系，都没啥说的。然后说了律师来派出所的事，最后抛出观点，黄莉莎既然不是繁花镇的过客，以后还非常有可能就在这工作生活了，这种事想藏都藏不住呢，就别弄得司马昭之心，路人皆知才好。

郑富强在听的过程中,几次要急眼都被王木多按住了,最后他一拍胸脯说,这事再简单不过了,道理明摆着呢,如果是别人欺负外甥女,那必须收拾他,既然都是自己家人,那就是一场误会,不打不相识。然后他顿了顿了说,但也必须快刀斩乱麻,他这个姐姐在外面这么多年,别的没学会,就学会不要脸了。

说着,郑富强就调转方向盘。王木多说,就知道你一说就通,不过也没这么急,你先处理你的事,我在车上等你。

郑富强说,劳务费这种事经历得太多了,早知道都不来了,用不着跟他们费话,反正工程也结束了,现在对待这帮人,得反过来当爷了。

王木多看了看手机说,那你正好把我送回所里,又有一个同学摊事儿了,在我办公室呢。

四

办公室的门开着,里面跟外面一样,都是阴沉沉的。

王木多的办公室从来不上锁,用他的话说,全国人民都可以进来参观。平时,王木多开个小会,布置工作,表扬人,批评人,都敞着门。他说了,有啥啊,不就这点事嘛,不管干啥,我不背着你,你也别躲着我。

办公室里,高中同学陈静生脸朝外坐在长条椅子上,暗灰色的休闲西服,抱着肩膀,深红色的休闲裤,跷着二郎腿。本来眼睛就小,再加上屋里的光线暗,眼镜框里的眼睛也不知道是睁着还是闭着。同样是高中同学的张玉凤也是脸朝外,抱着肩膀,屁股倚着王木多的办公桌站在那,一身浅灰色牛仔装显得很不合体,看上去脏兮兮的。

王木多干咳了一声,越过陈静生直接向张玉凤走过去,笑着说,咋个意思,这两口子今天唱哪一出啊?

张玉凤屁股一顶桌子,站直了身子,用手一指陈静生,你问他,挺大个老爷儿们不要脸。

陈静生坐在那纹丝未动：你拽我来的，我不知道为什么。

两人便你一言我一语，开始了话赶话的争吵，既像吵给王木多听，又像屋里根本没他这个人。不过很快，王木多就听明白了，陈静生犯桃花了。

陈静生家是繁花镇坐地户，上高中时，父亲是县教育局党总支书记。陈静生从省财政专科学校毕业后，回到县里，被安置到县教育局工作，一开始在秘书股，后来到勤工俭学办公室。张玉凤家是红河村的，咬着牙坚持到参加高考，最终连个三本也没走上，估摸着补习也没戏，就放弃了。张玉凤是当年县高中的校花，那年头服饰虽然朴素，但难掩她的出水芙蓉。显而易见，追求者甚众，其中不乏在任县长的二公子。但张玉凤却唯独对其貌不扬的陈静生情有独钟，用她后来对陈静生表白的话说，她喜欢他的诗和他诗一样的名字。陈静生到省城上学，她一天一封信，以至于后来她一首《凤凰再度涅槃》的诗，居然在县《繁花似锦》杂志发表了。两年后，陈静生毕业回乡，力排众议，愣是把张玉凤娶到家里，做全职家庭妇女。张玉凤毕竟瞅着让人舒坦，人又勤快，慢慢地公公婆婆也就顺了心，婚后倒也和谐。可就在陈静生还在秘书股工作的时候，父亲突然罹患肺癌在岗位上去世，家庭生活质量瞬间下滑。张玉凤便在镇南山市场弄了个摊位，一年四季卖刀鱼。由于能吃苦，她后来居上，收入很快超过了其他三家卖鱼的。两人加上女儿和女儿奶奶，生活过得也算滋润。

然而，平静中还是起了波澜。陈静生喜欢交朋好友，再加上工作关系，酒局特别多，今天这个请，明天那个请，后天再回请，一周能回家吃两天晚饭都算多的。自打镇里边兴起了唱卡拉OK，去歌厅唱歌就成了他酒后的保留曲目。陈静生去歌厅喝酒唱歌，倒是从来不找小姐陪唱，但别人找了，他也不反对，还时常给人家小姑娘上理论教育课，要么就给人家吟诗作对，晃晃悠悠，咿咿呀呀，乐此不疲。关于这一点，张玉凤心知肚明，从来不干涉他。她晓得男人有压力，出去喝点酒儿，鬼哭狼嚎一通，有利于心理健康。可是最近几天，心思缜密的张玉凤发现了问题：陈静生一定是外面有人了。用张玉凤的话说,他网上聊天频了,躲着人了,半夜偷摸发微信了。

无中生有!陈静生转过身子,小眼睛直眨,我聊天聊了接近两年了,出现过事端吗?倒是有不少见面的,离婚的,我有吗?

张玉凤脸上泛起红晕,汗津津的。聊聊聊,你还觍脸说呢,你还知道那么多不要脸的媳妇不要了,孩子也不要了,你还知道啊?你好,连过年孩子她奶祭祖的工夫,你都舍不得离开你那个网,吸引力咋恁大呢?连八辈祖宗都不要了。

陈静生说,你少出言不逊,我那不是想查阅这祭祖的理论根据、愚昧产生的根源吗?你就是混淆是非,扰乱视听。

张玉凤说,上网可以,聊天也行,发微信我也不管你。但你说,你最近都喝完酒回来了,还把媳妇扔一边,还上网聊,正常吗?

陈静生说,诗性,稍纵即逝,这可是你以前说过的话啊。

张玉凤一摆手,诗个屁性,陈静生我没工夫跟你讲理,我那边还让人帮着看着刀鱼呢。你跟木多说,你跟他说,看看他咋说。说着,张玉凤转过头对王木多说,刚才听人说他又去歌厅,大中午的也去,我才去把他拽这来的。木多咱们不外道,也就你说话他才能听进去。说完,从办公桌上抓起她的一双皮手套,也不看陈静生,拧着屁股走了。

王木多深深叹了口气,这屁股绷的,这衣服都小这样了,也不给买套新的。老陈,你咋惹着媳妇了?

陈静生叹了口气,这两年张玉凤变了,变得神经兮兮的。说来话长,关于上网,前年,他在网上加入了一个诗歌群,以文会友。在里面,大家天南海北的,还有几个他的偶像诗人,但不论身份,平起平坐,用诗歌交流的方式进行心灵对话,使他排解了很多烦恼。说到聊天,他也承认,难免会有一些私聊,任何一个团体,总会有亲疏远近之分。毕竟有些话,在家里没有倾诉的对象,这包括以前一谈就是一天的张玉凤。在她的心里,只有刀鱼,女儿,不要说诗,连字都不会写了。但是,他并没有搞婚外情,也没跟任何人见过面，只是生活中与家人没有共同语言，没有共同愿景，所以只能到网络上冲浪，在那个虚拟空间抒发情感，探讨人生。

王木多打断他说，你别跟我说这些臭氧层子。媳妇也走了，撂个实底吧。

陈静生说，真没有，啥事也没有，咱们同学几个，从来就不藏着掖着。

王木多说，你拉倒吧，你瞅你穿的那裤子吧。我又不是你媳妇的同伙，女人也不是啥都对。你跟我讲实话，我帮你分析分析，现在这社会，能过就过，不能过就散，也别委曲求全，文一点说，谁都有权利追求幸福。

陈静生推了推眼镜，管王木多要了支烟，点着狠吸了一口，喷出一大股浓烟，要说多年以来，我跟你都是敞开心扉。既然话已至此，不妨就跟你讲了，其实我内心也非常苦恼。说实话，玉凤的怀疑是有根据的，她这人，粗中有细。

原来，陈静生十天前刚与办公室副主任的职位擦肩而过，要知道，他父亲在位时，那是锅里正煮着的鸭子。没想到，还真是人走茶凉，鸭子还真就飞了。陈静生说，这境遇，文学性太强了，看来，文学还真是来自现实生活。于是，他这酒喝得就更不分中午晚上了。更要命的是，他在歌厅结识了一位大姐，一来二去就陷进去，拔不出来了。

这个大姐比陈静生大六岁，陈静生形容她看上去比自己还小。陈静生显得很感慨，一个女的，十七八就到外面闯荡，尝尽了人间冷暖，受了太多的苦，遭了太多的罪，她的人生经历，真是让人唏嘘不已。她童年的时候就命运多舛，从小失去父母的疼爱，但她不向命运低头，勇敢地走出山村，到外面的世界去拼搏，努力实现人生价值。然而，造化弄人，她先后被三个男人欺骗，不断积攒的财富一次次被掠空。她想重新再来，但年龄不饶人，一晃就快四十了，谁还愿意要这个岁数的人？于是，无法再在大城市生存了，她只得咬牙含泪再回到农村，度过余生。她说她这是自作自受，不过反正至少饿不死，脸面的问题也就无暇顾及了。陈静生说，每次跟她在一起喝酒，俩人都有说不完的话，他每次都会痛哭一场，为她吟诵"女子恁愁肠，叹世间炎凉，人老珠黄回故乡，泪双行"的诗句。

王木多一皱眉，这个人是不是还带回一个女儿？陈静生说，不知道，她没说。王木多问，那她姓什么啊？陈静生说，她叫秋水。王木多说，就这些？陈静生点点头，就这些。王木多说，你可真够可以的，你小子是被文学的池子泡傻了，人家按兵未动呢，你先把自己脱光了。

陈静生说，不，她对我并不设防，她是投入的。有一次，酒喝得高兴，她要给他表演个节目。在淡蓝色的灯光下，她用力吐出一口烟圈，那烟圈便浓浓地停在空中，慢慢地，慢慢地扩散。她弯下腰肢，把头伸到烟圈下面，张大眼睛盯着那烟圈，待那烟圈扩散得足够大，她便慢慢把头伸到烟圈里面，一幅头绕银环的天使翩翩起舞的画面顿时呈现在眼前。陈静生说，那飘逸的长发，那曼妙的身姿，太让人心动了。

王木多说，我操，真有诗意。好吧，那你是怎么想的？你不是打算跟张玉凤离了，完了跟这个秋水在一起吧？

陈静生说，不是这样的，我们是精神上的。说着，陈静生又点了支烟，因为在一起我们总有说不完的话，于是就互相留了QQ号和微信号。要说出轨，可能这也算吧。不过，这顶多算是精神领域的。

王木多怔怔地看着陈静生，然后说，送你三个字，滚犊子。不是我说你老陈，星期礼拜的，你有喝酒那工夫，帮张玉凤卖卖刀鱼比啥都强，至少写写诗也比上网聊天强啊。再说了，聊个屁天啊，你一个大老爷儿们，能聊出啥正能量出来？你看看你那裤子，得瑟啥呀？还有那个什么秋水，又抽烟又扭屁股的，你就没问问她这么多年在外面做的是啥工作？你是傻啊还是彪啊，就她那一头红头发，能是好鸟？

陈静生一愣，怎么，你认识秋水，你见过她？

秋个屁水，郑富琴，郑富强他姐。王木多点着支烟，老陈啊，我还告诉你了,你平时爱唱个歌啥的,找个小姑娘陪唱陪跳,摸摸屁股,在咱这没人管你们。如果你瞎得瑟,非得跟她们搞破鞋,身为国家工作人员,你那可叫通奸。老陈你现在赶紧给我悬崖勒马,要是再发展,我不收拾你,也有人收拾你。

正说着,王木多的电话响了,是郑富强打来的。郑富强在电话里说,全部搞定,他姐当着他的面给韦承文打了电话,咨询费照付,其他的全部撤销。郑富强还说,明天,他的新歌厅就试营业,第一个邀请王木多赏脸。王木多看了眼陈静生,说,行啊,我必须去一趟。这事搞定了,我得谢谢你。

撂下电话,王木多白了一眼陈静生,你回去吧,话已经说明白了,你智商不低,何去何从,你再想想,我就不送你了。

陈静生站起来,推了推眼镜,木多,家丑不可外扬,这事就咱仨知道就得了。你的确精明,有眼界。至少我会重新审视这件事情,慎重考虑。

王木多说,你这诗人,太湿了。对了老陈,明天中午我找你和老周,咱们仨喝点,好久没聚了。

陈静生点点头走了。

看着陈静生的背影,王木多咂咂嘴,摇摇头,好好一个繁花镇,还他妈风生水起了呢。

五

"铁锅炖"饭店。一场大酒从中午开始,一直喝到下午四点半。三个人舌头都硬了。

陈静生作了两首诗之后,说起王木多够哥儿们的话。一个大所长,班都不上了,跟哥儿们喝酒。平时谁家有事,都是他指点迷津不说,还给大家擦了那么多屁股。周大力话也比平时多,说这么多年,老同学帮了太多的忙,从来不嫌弃大家。王木多说都别唱喜歌了,谁家还没个大事小情的。再说,工作中需要大家帮忙的,不是谁也没靠边站嘛。周大力接着就说起昨天,刚开口就被王木多及时打断了。

陈静生不明就里,说,还说什么昨天啊,王大所长你早就该给老周弄一个媳妇了。现在这社会,都啥社会了,人家都三妻四妾了,老周还一个没有呢;人家都玩下一代了,老周还没有下一代呢。说着自己喝了杯啤酒,嘴上冒着沫子说,唉我说老周,你要是有了性欲,如何解决?

周大力说,我能有啥性欲,没有。我哪敢呐。

王木多看了他一眼,欲言又止。

陈静生侃性正浓,摇着头说,现在咱镇上,成人保健品店如雨后春笋。你单身青年,不行就弄一个。要不,我请客,一会儿就送你一个充气的。

王木多说,停停停,你瞅你哪像个诗人,净说些个臭氧层子。娶媳妇,谁不想啊,哪那么容易啊。

并不难啊,满大街都是啊,陈静生摊开双手,我现在就是条件不允许,我现在要是条件允许,女人并肩接踵。哎,不要打断我,这可绝对不是有钱没钱的问题,关键是,你是否了解现在女人的心理。

王木多还是打断了他:打住,打住,你小子脑袋又发热了,你是象牙塔下的井底之蛙。现在的女人,现实着呢,你懂几个问题。陈静生想抢白,被王木多捂住嘴,你别说话了,老周有话要说,听他说。

周大力很听话,自己喝了杯啤酒,说,你们不提媳妇还好,一提我就想起我妈了。她的病,看来是好不了了。你们可能不信,她这辈子最想的,就是我能说上个媳妇。上回,她死那回,已经眼看着就要死了,说了句要是能看到大孙子就好了,说完就又活过来了。要不说,我真想死了算了,不孝有三,无后为大啊。说着,粗着个嗓子哭上了。

王木多大声说,挺大个老爷儿们,哭个屁。行了行了,今天咱就喝这么多,不喝了。陈静生说,就是,气氛太压抑了,太愤懑了。咱换个地方,颠覆,颠覆一下。王木多说,你拉倒吧,上一边颠覆去。刚跟媳妇好半天，嘚瑟个屁呀。陈静生说，那你的意思是，都回家？王木多说，都回家。

陈静生喊服务员要结账，王木多说你别扯犊子了，我张罗的，不用你。陈静生说，不能哪次都是你啊。王木多说，改天送我几条刀鱼就行了。

三个人出了"铁锅炖"饭店，陈静生要打车送王木多。王木多让陈静生自己打车先走，说周大力家远，他送他回家。

看着陈静生乘坐的两元"招手停"走远，王木多带着周大力上了相反方向的面包车。周大力问要去哪，王木多说有个哥儿们买卖开业，我带你去看一眼。周大力说，你不是说送我回家吗，我明天还得上工地呢。王木多说走吧，你别管了。

两三分钟后，王木多招呼周大力下了车，来到一家歌厅门前。歌厅的牌匾蒙着红布，隐约能看出"梦巴黎"三个字，光怪陆离的霓虹灯闪烁着妖冶的光。

这时，张思彤拎着两个大塑料袋，一瘸一拐地往这边走。王木多喊了他一声，张思彤便站住了。一问才知道，张思彤已经决定在"梦巴黎"打工了，那三个女孩儿也来了，他当服务员，她们作陪唱。张思彤说，按摩那活，她们实在是干累了，不如这活来得轻松。王木多问，你爸知道吗？张思彤说，还没跟他说。说完，就进去了。

王木多嘴一歪，这帮年轻人，真洒脱。周大力看了看牌匾，对王木多说，咱们不是要上歌厅吧？王木多说，上歌厅咋了？周大力说，我可不去。王木多说，有我你怕啥？说着，一把拉过他走了进去。

屋里光线很暗，五颜六色的昏暗灯光层出不穷地掠过吧台，掠过人脸。吧台里的人脸是一个深红色头发的女人，见有人进来，说了句你好。周大力心想，这人怎么好像在哪见过呢？

王木多走了过去，周大力站在门口没动。红头发看清了王木多，站了起来，俩人就在那小声说着话。一会儿王木多点点头，一会儿红头发点点头，喊喊喳喳的。

说了一会儿，王木多朝红头发一抱拳，然后走回来，拉着周大力的胳膊说，走，跟我去趟厕所。进了厕所，王木多插上门，俩人一起对着蹲便池哗哗撒尿。

王木多说，我的身份不方便在这里，我安排好了，一会儿你就去一号包房，我给你找了个陪唱的。这个陪唱的，就是昨天你在车上摸人家屁股那个。

周大力的尿线一下子就断了。

王木多扑哧一笑，那尿线便抖动起来，这里的规矩你可能不知道，别的不能干，但这回你可以摸她的屁股了。

周大力愣在那里，连裤腰带都不会系了。

王木多说，放心，钱我给她，这一次名正言顺。完事给我打手机。说完，拍了拍他的肩膀，出了厕所，交了钱，走出"梦巴黎"。

天黑如墨布，一枚银色的尖刀一样的铁钩子挂在上面。

王木多抿嘴一笑，老周的问题，答案出来了。想着便就近找了家旅店，等着手机响起。

（原载《北京文学》2018年第2期）

卡萨布兰卡

张 蓉

一

　　站在黄昏时分的卡萨布兰卡小镇前,莫高深深地吸了一口香烟,然后徐徐吐出。吐出的烟雾在空中盘旋了数圈后彻底消散不见。他看着那片虚空发呆:难道一个活生生的人也像这烟雾,说不见就不见了,连一点儿踪影都找不到?
　　名曰卡萨布兰卡小镇,其实和北非那个著名的港口城市,或者那部逼格很高的奥斯卡获奖电影,没有半毛钱关系,它仅仅是这座城市中有钱人趋之若鹜的一个居住区,一期接着一期开发,一期比一期卖得火。渐渐地,在这座城市的一定圈子里,住在这个小区成为某个阶层某种身份的象征。

此刻，在夕阳的斜晖中，小镇欧式城堡一样参差的楼顶，修剪得错落有致的巨大树冠，雄阔而繁复的铁艺大门和围墙，穿着英国皇家卫队式的礼服、戴着黑色皮帽的保安，就连喷泉边一个轮椅上的剪影，都被撒上一层金辉，让这个恨不得每一个毛孔都金碧辉煌的居住区更加金碧辉煌了。难怪露丝怎么都不肯……

想进入卡萨布兰卡小镇真还没那么容易。莫高最开始开的是队里那辆破桑塔纳，车停在停车杆前发动机发出巨大声音时，保安俯下身子问他找哪户人家。莫高随口编了个门牌号，结果保安对着对讲机讲了几句，回身警惕地问他是不是搞错了，说这户业主根本没住进来。莫高坚持要进去看，保安摇着他戴着皮帽的头坚决拒绝。隔着车窗莫高发现保安皮帽上的毛一点儿也不害臊地打了一个又一个结，有的结上还招摇地粘有杂色线头，真是可远观不可那啥啊。但即使人家可远观不可那啥，人家也有足够的权力不让你进去，你只能徒唤奈何。第二次他借了辆光可鉴人的大奔，保安立刻立正敬礼放行。钱他娘的还真是把尺子啊。

这个居住区是露丝最后出现过的地方，她最后一杯咖啡是在小区门口那家星巴克买的，最后一个电话是在这里接的，最后一个影像保存在小区的监控探头里。可现在，活不见人死不见尸，要找到她，无论如何，这里都是起点。

停好车子，莫高坐在戴维家楼下对面的长椅上。楼梯间的灯已经亮起，仰头看上去，一层叠一层，一层比一层窄，仿佛水晶天梯，而楼顶上欧式的尖顶，又像是天上的宫殿。露丝有没有上去过这个宫殿般的地方？她是不是迷恋那种琼楼玉宇的感觉？

这个名叫露丝的女孩儿出生在内地一个县城，母亲曾经是县剧团的头牌，属于那种因为漂亮不甘心随便嫁人的女人，直到已经相当尴尬的年纪，才被个不算太差的男人接盘。这个男人是县一中的英文老师，各种补课班让他小赚了一笔，也使他不显得那么没有资格获取美人的芳心。露丝的所有功课中只有英文好，高考数度落榜之后便来上海闯荡，出没在各种外国人和海归经常出没的酒吧，目的当然是猎到一个值得嫁的金龟婿，可以算是一个女猎手。露丝的照片莫高看过了，细长的眼睛，大嘴，立体感极强的颧骨和下颚，除了有点儿短的人中，总体上属于那种比较有国际范儿的长相，但是左眉心里那颗旺夫痣，又颇具有民族风。露丝走的是清纯路线，中长的黑色直发，化妆水平极高，在粗心的男生眼里，根本是素面朝天。这个样子加上一口伦敦腔的英文，上她钩的男人还真不少。但总是到要认真起来的时候，这些准金龟婿们就都打了退堂鼓。出师不利的消息传回老家，她那位做过县城剧团头牌的母亲，便急匆匆地赶来上海坐镇指挥。女儿愿意用青春和美貌赌人生，母亲愿意陪着女儿赌，但到目前为止，没人愿意下她们的注，连同这位戴维。

戴维毕业于一所美国常青藤名校，现在是一家跨国公司的部门经理，标准的青年才俊。露丝失踪当天刚刚拿到一份胎儿的亲子鉴定书，上面显示，露丝腹中胎儿和戴维是生物意义上的亲缘关系。此前，两个人正闹分手，戴维要分，露丝不肯。对于一心一意要通过嫁人改变命运，并且此刻已经有了撒手锏的小镇女青年来说，当然不会放过这条已经上钩的鱼。

天彻底暗下来之后，戴维终于出来了，手里拎着个黑色大垃圾袋。跟照片上一个样子，头顶一撮长发编成的小辫子，身材不高，有点儿小肥，娃娃脸。没错，就是他。

等他扔了垃圾走远了，莫高从长椅上站起来，打开齐胸高的垃圾桶，刚要探头进去，一股浓烈的酸腐气味冲出来，熏得他眼睛一阵酸痛。

拎出最上面那个垃圾袋，打开结，把里面的东西倒扣在地上——暂时不能惊动对方，只好用这种办法。鱼骨架、黄瓜头儿、吃了一半的香蕉、淌着血红汁液的烂了的火龙果、瘪了的啤酒罐、沾上汤水的餐巾纸……突然，他看见垃圾深处有两根灰白色的棒骨，心头马上一紧，赶紧用手去够。谁知这个时候耳边响起一个声音：大叔，你在找什么？

他一侧头，昏黄的路灯照出两只轮子、一双脚，再仰头看，原来是他开车进来时看到的那个寂寞地坐在喷泉边的轮椅男孩儿。莫高向来眼尖，他发现这个男孩儿的轮椅是一个德国的品牌，据说是轮椅中的奔驰。但男孩儿并不像一般坐轮椅的人那样有着纤细且瘦弱的脚踝。有钱人家的孩子，真是不一样。再向上看，男孩儿两个手臂肌肉线条明显，一双小眼睛，眼距稍稍有点儿宽，但两道浓密的眉毛多少为这张脸挽回了些分数。如果不是坐在轮椅上，应该是读大学的年纪。

钥匙丢了，看是不是随手扔在垃圾里了。莫高暂时把目光从棒骨上移开，低下头咕哝，接着继续翻捡垃圾，好像真的在找钥匙。

可是这包垃圾是那个哥哥丢的。轮椅男孩儿转身指着戴维远去的身影说。

我晕，碰上个爱管闲事的，莫高心里道，却还是笑眯眯地说，哦，我搞错了，谢谢你。接着，他装模作样要翻另外一包垃圾，不料男孩儿接着问，请问大叔，你住哪一户，我怎么没有见过你？莫高心说关你屁事，但临到出口时却不得不和颜悦色地说，我住亲戚家里，刚来，你可能没见过我。这下男孩儿不再说什么，摇着轮椅走了。莫高赶紧把两根棒骨拿了起来。

数天之后，法医说他找到的那两根"宝贝"是羊的腿骨。莫高听到后，嘴巴里一阵乱骂，不过，他转念一想，也算是好消息，至少没有确切的证据表明露丝已遭毒手。他决定上门跟这个戴维过过招儿。

二

我妈说谈恋爱可以，但不能和太漂亮的女孩儿结婚，比自己阶层低的漂亮女孩儿更加不能。她们受到的诱惑比一般女孩儿多，心也比一般女孩儿野，目的性更强。她们知道美貌就是生产力，她们一心一意想做的，就是让美貌的产出最大化。戴维坐在莫高对面，搓着他的小胖手说。一根编得紧实细密的小辫子在他脑后左右摇晃。

莫高打电话约他的时候，他勉强同意见面，但执意不让莫高去家里，于是，他们约在露丝买最后一杯咖啡的那家星巴克里。

两个人头顶上有一盏吊灯,这让莫高有机会更加仔细地观察戴维。脸有点儿婴儿肥,看上去还没有完全脱去稚气,一双眼睛漠然而充满戒备,让你无法判断他的真实想法,一双手却显示出与他年龄和阅历相称的不安。

这家星巴克,莫高开桑塔纳来的那次已经走访过了。看到莫高手中的照片,一个梳着波波头的女店员说,这么奇葩的女人我怎么会不记得?手里拿张过期的抵用券,她坚持说还能使用,我请示店长,店长为息事宁人,翻出自己的一张抵用券让我给她用。女店员一边利索地收拾着台面一边说,全身名牌,却为了一张十元的抵用券跟我磨叽半天,哼,真是有空。我看,她那身名牌要么是假的,要么是男人送的。女店员接着用手指着一个位置说,她上次就坐在窗边那个位置,一边喝咖啡一边朝外张望,一个中杯咖啡喝了一个多小时,上卫生间回座位时还不忘记抓一把料理台上的糖包塞进她那巴宝莉风衣的口袋里。没钱还要扮上流名媛,真是绿茶婊。莫高等她一口气吐槽完才再问她,这个女孩儿几点走的。女店员细长的手指一阵敲击收款记录后说,买咖啡的时间是晚上七点四十三分,走的时候应该快要九点了。莫高又问,有没有看到她离开星巴克之后去了哪里?女店员说,朝卡萨布兰卡小镇里面走了,之后再没有注意过。

此刻听到戴维关于生产力和产出的比喻,莫高再次想起女店员刻薄的话,于是问,就因为这个你要和露丝分手?

不全是,我们的原生家庭差距太大,她可以说一口流利的伦敦腔英文,可以打扮得很漂亮,但骨子里还是来自底层,相处久了,我们连吃饭要不要把饭碗端起来都会吵。虽然每次都是她先让步,但我妈提醒我说,这样做更说明她的目的性强。戴维一副义正词严的表情。

那如果她有了你的孩子呢?莫高接着问。

孩子?戴维看上去有点儿措手不及,抬起两只眼睛吃惊地看着莫高。

她失踪那天去医院拿过一个胎儿亲子鉴定报告。莫高盯着他的眼睛继续说,然后她直接到你家找你来了,之后便销声匿迹。

戴维叫道,你的意思是胎儿的父亲是我?她想做什么?她怀孕并没有征得我的同意,想用孩子作为嫁给我的筹码吗?还是想敲诈我?!

你说呢?莫高反问。

我们早就说好了只是身体关系,合则继续,不合则分,否则,我怎么可能和她上床?我可以买大牌包包和衣服给她,我妈早就提醒过我,多交往几个女孩子可以,但不要让人家大着肚子找上门。这个我当然知道。没有得到我妈认可的媳妇是进不了我家门的。戴维用手撸了一把头上的辫子,接着反问莫高,莫探长,你说,你碰到这种情况会怎么办?

听到这话,莫高不知道该恼还是该笑:这个问题该是我问你的,你怎么办?

我并不知道她怀孕,你说的那天我根本没有碰到过她,所以……戴维摇摇头,耸耸肩。

所以什么,所以她的失踪跟你没关系?如果真是这样,请把你那天都做了什么详细说明一下,我得核实。莫高已经第三次摸出香烟,看了看墙上的禁烟标志,他把烟放在鼻子下闻了闻,又收了进去。

要我提供不在场证明,对吧?那天从下午两点开始我就在泰康路一个酒吧里看球赛,天亮才回家。当晚住在我家的是我表弟,他本来和我一起在酒吧看球,后来说酒吧太吵,要回家看,我把车钥匙和门钥匙给了他。他进门不久就有人摁门铃,来人自称露丝,还说是我的未婚妻,表弟说我不在家,她不信,直到把每个房间都看过之后仍不肯离开,要在家里等我,表弟说孤男寡女不方便,硬是推她出门把她关在门外的。

的确,是这么回事,这位表弟莫高已经细细问过了。他正在上他表哥毕业的那所常青藤学校,一样是青年才俊。有《嫌疑人X的献身》这部经典著作在先,莫高对于高智商的对象还是相当警惕的。他们表兄弟,会不会联手玩了什么花招儿?

戴维有酒吧老板和客人以及酒吧监控作证,表弟有看球赛时发的弹幕和在戴维家台式电脑上的QQ聊天记录作证,而且两个人长相差距太大，没有可能狸猫换太子，所以说，这位戴维确有不在场证明。之后申请搜查令，在戴维家里找到了露丝的生活痕迹，甚至在卫生间找到了属于露丝的微量血迹，但两个人有较长时间的同居关系在先，这并不能说明什么。

露丝在星巴克接过的那个电话，查出来是从卡萨布兰卡小镇物业公司的座机打出来的，通话时间只有十几秒。按照时间推算，她是接到这个电话之后才去的戴维家，而这个时候戴维的表弟刚刚到家。十几秒长的通话时间能说什么呢？打错的话通话时间太长，熟人的话，又有点儿短。那么，很可能是有人通过这个电话向她通风报信，而这个人很可能将开着戴维车子的表弟误认为是戴维。物业公司说，下班后公司的电话是转接到保安岗亭的，那么这个电话应该是从岗亭拨出的。具体是谁打的，目前没有人承认。

露丝的微信朋友圈莫高的助手进去查看过了，获点赞和评论最多的是一组卡萨布兰卡小镇的照片，碧蓝的泳池，金发碧眼的男女们出入的会所，有金色狮爪的白色浴缸，还有她自己用一个一线品牌的包包挡住半边脸嘟着嘴的卖萌照，照片下面有段中英夹杂的感言，其中有句带着花边的话，现在读上去很像是谶语：生是卡萨布兰卡的人，死亦是卡萨布兰卡的鬼。看米，为了嫁到这里，这女孩儿真是拼了。

三

按说这种疑似被侵害的报失踪案件，只要找出矛盾点，两三天就能见分晓。眼下这个案子刚上手时矛盾点相当明显，出身低微的漂亮姑娘恋上富家公子，事发前又怀有身孕，她在朋友圈里昭告天下，老娘嫁入豪门指日可待，可到头来这条鱼却无意上钩，怎能不让她气急败坏？可莫高告诉戴维露丝怀孕时特意注意过他的微表情，他的惊讶应该不是装的，否则演技也太好了。

露丝，戴维。露丝，戴维。莫高还真不习惯这些半中半西的名字，无奈他们是真的叫这些名字，就连这个小区，真的就叫卡萨布兰卡小镇。这世界怎么了,唯有这个样子才显得高出普罗大众一等吗?如果真要高人一等,那就拿出高人一等的样子,不要我妈说东我妈说西,胡子都长出来了还舍不得丢掉安慰奶嘴。让莫高不舒服的还有他们那种对待异性的态度,什么叫身体关系?听上去很冷静很客观,似乎比肉体关系来得不那么猥琐和低俗,但揭开面纱,不过还是荷尔蒙在主导。他记得一句话,上帝把性和爱联系起来,是为了给爱一种语言或仪式,给性一个引导或理想。这些自诩现代的人,真的冷静客观到不需要引导或理想,只要语言和仪式了?

徘徊在卡萨布兰卡小镇,莫高的眼睛失焦似的盯着正在喷水的音乐喷泉,如果不是戴维,那使露丝失踪的人会是谁?

这种案件最怕的就是没有因果关系的随机作案,随机碰上,随机杀害,然后带走谜底,把谜面留给傻傻的没头苍蝇一样紧追不舍的侦探们。

喷泉中央是一尊白色的外国女神雕塑,女神肩膀上扛着一个罐子,罐子里不断飞溅而下的水喷出的水雾在阳光下映出彩虹。莫高眼尖,隔着彩虹,他看见随着音乐节奏滑动的轮椅,又是那个爱管闲事的男孩儿。此刻,他一副自在享受的样子。

也许这个整天在院子里游荡的轮椅男孩儿会看到些什么。莫高踱步过去,站在距离男孩儿不远处,在一曲终了之时鼓起了掌。

男孩儿回过身来,看见是他便问,大叔,钥匙后来找到了吗?

还没有,莫高回答说,不过除了钥匙,我还在找一个人,你见过她吗?说着,莫高打开手机,给男孩儿看露丝的照片。

男孩儿用手指滑动手机屏幕,认真地看了看照片,然后蹙着眉说,好漂亮的姐姐,你为什么要找她?

受人之托,你见过她吗?莫高盯着他那长着密密麻麻汗毛的胳膊追问。

男孩儿重又对着手机看了一会儿,摇摇头说,没有特别注意到过,她怎么了?

失踪了。你今后如果想起什么的话,请打我的电话。莫高报了手机号码给男孩儿,男孩儿认真地记在自己的手机里。莫高要男孩儿打给自己,男孩儿却说,我妈说,不要随便给陌生人手机号码,不过你放心,我想起什么的话,一定会打电话给你的。

又他娘的"我妈说",现在的男孩子都是妈宝男吗?

四

夜深了,莫高还在看派出所送来的卡萨布兰卡小镇的资料。全市消防安全示范小区,全市治安模范小区,仅有过一些小纠纷,宠物吓到老人孩子的、乱停车位的、在家开派对邻居不堪其扰的、花盆掉下来砸到行人的……最大的案件不过是最近丢了一辆奥迪车。还真是仓廪实而知礼节啊!

莫高把奥迪车失窃案的报案材料翻开。这家人两辆车,一辆保时捷,一辆奥迪。奥迪平常就停在车库里,很少用,所以丢了好几日才发现。监控是有的,驾驶员开过摄像头时,遮阳板是放下来的,面部看不清楚,从下巴和头颈部看得出是个年轻男子,车里面看不出有其他人。后来,车主在自家信报箱里发现一张留言条,说借他家的车子一用,一周之内必归还,请勿报警。若是报警,车子便真的有去无回。留言条是用剪下来的字拼起来的,没有署名。嗯,这个家伙,借人家车子还借得挺有创意的。

查车子开出去的时间,是露丝失踪的次日凌晨,这一下子让莫高对这个盗窃案感起兴趣来。车完全可以充当运输工具,后座上横躺一个人,或者后备箱里放一个人,绰绰有余。

那么,开车的人是谁呢?从下巴和锁骨能看得出,一定不是那个全身上下都圆鼓鼓的戴维。知道哪部车子是哪户人家的,知道这辆车子的使用频率,知道摄像头的位置……对,最符合这些条件的是保安这个群体。让莫高更为兴奋的是,这家物业公司恰恰有一个名叫安来福的保安在前段时间不辞而别。找出安来福的照片,遮住脸的上部,正是监控中拍到的那个开车人。

安来福仅仅是个保安,应该不会和心比天高的露丝有交集,他会是戴维雇用的吗?对呀,戴维自己没有作案时间,可以雇人替他作啊。

无论如何，先找到安来福再说。莫高请保安队长打电话给他，语音提示不在服务区。保安队长说他不辞而别之后手机一直处于这种状态。

莫高带着技术员去了安来福的宿舍。宿舍在小区的地下室。说是地下室，其实窗户在地面以上，再下面还有一层是车库。要进入宿舍，可以从电梯直接下到车库，再走个小楼梯上来，也可以直接从地面上汽车的进出口步行进来。保安这个群体流动性很大，不打招呼走掉的也不是没有，所以安来福走掉之后并没有引起太多重视。

从电梯出来后，一股湿气和霉味儿扑面而来。地下车库一眼望不到边，车子停了有六七成满。带路的保安队长先带他去看了奥迪车的位置，在一条路的尽头，离通往保安宿舍的小楼梯不远，途中并没有任何监控设施。

上小楼梯时，一个转弯，透过一扇小窗户，莫高发现那个轮椅男孩儿也在地下车库里，正绕着粗大的立柱做出各种滑行动作，有点儿像太极，又有点儿像舞蹈。莫高心想残疾人也蛮可怜、蛮寂寞的，只能自己跟自己玩。

保安的宿舍区域，是一排靠着窗户隔出来的小房间，有房门但没装门锁，保安队长解释说保安队员实行半军事化管理，不可以有个人隐私。每个房间大概八九个平方米，住两个人，卫生间盥洗室共用。门背面是一整个穿衣镜，从视觉上扩大了房间面积。安来福这间，床上的东西已经被同宿舍的保安卷起来塞进柜子里。墙上、地上、床下、床板缝隙里，技术员没有找出任何异常的痕迹。

摊开那堆行李，年轻男子身上浓烈的荷尔蒙味道与衣服没有清洗干净的陈年汗味，或者还有狐臭，混合在一起扑进鼻子里。山寨的皇家卫队上衣和熊皮帽皱成一团，扔在一堆脏衣服里，简直像是某种嘲弄。保安队长说这些保安一般籍贯安徽或者山东，因为卡萨布兰卡小镇薪水相较同行业稍微高一些，所以能够招到高中毕业生或者复员军人，相貌上也会比较周正。安来福的照片莫高看过，还真有那么几分英俊。不过，即使仅看照片，也能感觉到这几分英俊不那么耐看,也显得底气不足。

技术员在检查安来福留下的那堆东西,莫高从房间走下楼梯再走到奥迪车停的位置,又走回来,走走停停,好像在找什么。带路的保安队长殷勤地跟在后面。

同一宿舍的两名保安上同一个班还是不同的班?莫高问。

按照要求一个宿舍的保安上同一个班,这样一起上班,一起休息,互相不影响,但也有私自调换班的,只要不误工作,我们也不干涉。保安队长知道莫高想问什么,接着说,这两个人尿不到一个壶里,所以私自调了班,你进我出,你上班我睡觉,基本不见面。出事那天的值班记录我找出来了,莫探长你看看有没有用?

接过保安手上那张纸,莫高蹙着眉头仔细看着。安来福是下午两点上班,晚上十点下班,当天有交接签字,奥迪车是凌晨一点开出卡萨布兰卡小镇的。这中间有三个小时,他要做什么的话,这个时间足够了。对了,星巴克服务员说露丝是九点走的,是接了一个电话之后走的,这个电话是转接到岗亭的物业固定电话打出来的,安来福这个时候正在上班,会不会是他打给她的?他怎么会有她的手机号码?是戴维给的吗?

走的时候,技术员拿起手中的两个物证袋给莫高看,一个里面是从安来福床上收集的数根黑色毛发,另外一个里面是巴掌大小几乎揉烂了的小纸袋,仔细看,上面印着星巴克的双尾美人鱼商标。

那边查车子去向的侦查员向莫高汇报,奥迪先是从花桥出了上海,再沿着京沪高速北上,从山东泰安出高速。三小时后再从泰安入口回到京沪高速,开到南京后没有了踪影。

安来福正是山东泰安人,难道他用奥迪车作为运输工具把露丝或者她的尸体带回老家,藏在了某处,然后从老家逃往南京?

五

在去泰安的路上,莫高接到了技术员的电话,小纸袋确实是星巴克的,装过黄糖。那位梳着波波头的女店员说过露丝从料理台上顺走过糖包，不是吗？收集的毛发一部分认定是露丝的，其余的同牙刷和皇家卫队上衣领上的皮屑比对，认定是安来福的。

这倒出乎了莫高的意料。露丝居然和安来福上过床，至少，露丝躺到过安来福宿舍的床上，而且有过较为激烈的动作，否则那些糖包怎么会被摧残成那个样子。

北方农村的破败超出了莫高的想象，还没进村，就看到各种塑料废品和生活垃圾堆成的垃圾山。正是晚饭时分，一条巷子走进去，没有几家烟囱是冒烟的，整个村子几乎看不到人影，隔着院墙望进去，许多人家院子里的野草长到了齐腰高。

此时莫高的身份是独立撰稿人，他的课题是农村空巢老人的心理健康问题。在给了两百元劳务费之后，一口龅牙的村头小超市老板给他当了"导游"，有问必答，殷勤得嘴角都说出了白沫。村里年轻人去济南打工的最多，也有到北京、上海、广州、深圳的，一年回来一次算孝顺的，有的出去就没回来过，孩子也生在外面。男的当保安的多，有的在建筑工地上干，女的当服务员的多，当然也有做见不得人的事的。说完，龅牙老板猥琐地看了眼莫高，见没有回应便继续说，现在，我们村有二十一个老人，十五个小孩儿，只有一个年轻人，之前打工时从脚手架上掉下来腿摔断了，就只能待在村里。农忙的时候，老人、小孩儿和"瘸子"都在地里。现在啊，村里老人死了都找不齐四个抬得动棺材的人……

莫高问，村里在上海打工的都有谁？

龅牙老板说，村东有个叫安来福的，听说在一个有钱人住的小区当保安，总有好东西带回来，是城里人不要的衣服、家具和电器，有的衣服连吊牌都没剪，带回来放在我店里卖，还真能卖几个钱。

喔？这些东西怎么送回来的？莫高问。

有快递回来的，有托运回来的，有些是他过年带回来的。

这个安来福家还有什么人吗？莫高问。

唉，这个安来福是独生子，他爹早几年出去打工，死在塌方的煤窑里。后来他出去打工，他娘寂寞，养了一头牛，把牛当儿子，给牛起了名字叫来贵。几天前的一个傍晚，牛到我商店门口哞哞叫，我感觉不对，急忙跟着牛到来福家，一进门就看见他娘摔倒在地上，半个身子不能动。我赶紧给来福打电话，来福连夜开车回来，送他娘去看病。三四天后又开车回来了，带着他娘的骨灰。牛见了主人的骨灰，不吃不喝，没几天就死了。唉，有时候，人还不如牲口啊。龅牙老板感叹了一句。

这是什么时候的事情？安来福开的什么车？莫高问。他心想，安来福回来过两趟，为什么高速公路监控只发现了一次？

啥时候？让我想想，第一次是六七天前，第二次是两三天前，两次开的车不一样，一次是奥迪，一次是奇瑞。龅牙老板说。

这个采访对象我感兴趣，带我去他家看看。莫高说。

看啥？又没人。龅牙老板撇撇嘴。

我拍几张照片，写文章要配插图。莫高说着，又拿出皮夹子抽出两百元给龅牙老板，让他想办法。

不一会儿，龅牙老板跑了回来，老远就朝莫高晃着手里的钥匙，是从安来福本家一个伯伯那儿借来的。

两个人在一扇大铁门前停住，龅牙老板说就是这儿。在大门外，莫高找到了好几种轮胎的花纹。他拍下来，微信发给技术员，技术员很快回复，其中的确有奥迪车留下的。

莫高在破败的厨房里发现一个冰柜，冰柜上摆放着落满尘灰的瓶瓶罐罐，冰柜并没有通电。龅牙老板说冰柜也是从上海运回来的，没卖掉，安来福他娘就自己留着了，留着又舍不得通电，放在厨房当个柜子用。莫高掏出抽剩下的香烟递过去，说老板请抽支烟，然后下巴朝门外一歪。老板一看是中华，一口龅牙便合不拢了，便噙上一根喜滋滋地等在门外。

院子里有个地窖，顺着脚窝下去，地窖有八九平方米，里面存着红薯和南瓜，红薯已经在发芽了，南瓜则散发出一股发酵的味道，此外并无异常。卧室的炕洞莫高也探头进去看过了，也无异常。

可是当他刚走近后院，就闻到一股强烈的臭味。莫高猜想应该是粪池，可还没等他走到跟前，地上就出现一拨一拨蠕动的白色蛆虫，让人无法下脚。莫高随手拿起把扫帚，谁知扫帚一到手上就散了架，他勉强捏紧了扫出一条路，屏住呼吸走到跟前。原来蛆虫是从牛棚里面爬出来的。

伸过头去看，牛棚的地面和院子基本齐平，但土是松的，蛆虫正在源源不断地从土里爬出来，有几只已经顺着莫高的鞋后跟爬上了他的裤腿。盯着那些蛆虫，莫高的心在狂跳。他顾不上正在勇敢攀登他裤腿的蛆虫，拨通了当地派出所的电话。

挖掘时几乎全村老少连同"瘸子"都来了。

土一点一点被挖出来，一担一担被抬走，渐渐地，有东西露出来，带有黄色皮毛，莫高陡生疑虑，是牛！他这才想起，龅牙老板说过，和安来福母亲相依为命的那头牛死掉了！

看热闹的村民显然同时得出这个结论，本来紧张严肃甚至带点儿惊悚的氛围，突然像皮球泄了气，人们的脸上露出了放松的笑容，莫高却尴尬得想找个地缝钻进去。

村里人散去了，站在北方农村的星空之下，莫高点燃了一根香烟。他有点儿后悔刚刚太心急太草率。在看到蛆虫从松动的泥土里爬出来的那一刻，他似乎看到案子已经破了。可事实证明这个推理是错误的。如此一来，消息肯定很快会传到安来福耳朵里。如果犯罪嫌疑人是他的话，无疑会打草惊蛇。

在他刚刚躺到派出所散发着汗腥味的值班床上时，局里打来电话说，涉案奥迪车在南京郊区一个公园的围墙外面被发现，车右前方有碰擦，发动机受损，无法点火。技术员在车里发现安来福的生物信息，但没有发现露丝的生物信息，从后备箱提取到织物的纤维，还有待化验和认定。

从工作岗位不辞而别，偷开业主的汽车并弃之郊外，加上手机一直不在服务区，这完全不是一个正常人的行为方式，只有发生重大变故的人才有可能这样做事情。必须继续寻找这个安来福，只有找到他，才能揭开谜底。

六

重回卡萨布兰卡小镇，莫高觉得破案的根源还在这里。无论露丝的失踪是和戴维有关，还是和安来福有关，都离不开卡萨布兰卡小镇这个空间，也离不开露丝失踪当天这个时间。时空卡死了，凶手不可能找不到。他想再检查一遍安来福留下来的那堆东西，看看有没有漏掉的线索。他相信，人总是有迹可循的，而物品就是一个人生活的横截面，它们可能揭示来路，也可能暗示去向。

莫高又一次遇见轮椅男孩儿。说是遇见，并不准确，那个时候他已经进入安来福的宿舍。他正在低头四处查看时，突然从挂在门后的那面镜子中一眼看到了他。轮椅男孩儿坐在轮椅上，也正弯下腰朝安来福的宿舍里看。关于这个案子，轮椅男孩儿一定看到过什么，莫高心想，我得想办法让他讲出来。于是他先下楼梯到地下车库，再从车库乘电梯上到地面，可此时轮椅男孩儿早已不见踪影。

重又回到安来福宿舍，莫高从那一堆气味浓重的杂物中翻出一本小册子，是泰安一所中学的高中毕业纪念册，有姓名、家庭住址，有的有电话号码，有的没有。去向一栏，有的龙飞凤舞地写着某个大学，有的有气无力地写着某个职业培训学校，也有的工整严谨地写着某个部队的番号，还有的黯然神伤地空着。下面是留言，各种搞笑，各种矫情，各种为赋新词强说愁。莫高在其中注意到一个考上南京一所医学院的女生。女生照片看上去挺清秀，她给安来福的留言是：加油，我在美丽的莫愁湖畔等你。署名的后面画了一个大大的爱心。留言的空白处另外有一个笔迹写着：你真的会等我吗，如果我没有如你所愿考上大学？

看来两个人之间有某种约定，而他为母亲看病，没有就近去济南的医院，而是去了南京，是否和这个女同学有关？

正在此时，局里来电话说外侦的同志发现安来福了，正在昆山一家网吧上网，队长让他等在卡萨布兰卡小镇外面。

接上莫高，队长与他商量，现在既没有安来福加害露丝的证据,也没有他被戴维雇用的证据,要是抓他的话,只能以涉嫌盗窃为由。

莫高想了一会儿,提出一个方案。队长闷着头抽了一会儿烟,然后转过身来对他说,可以试试。

他们刚下高速公路时,外侦的同志来电说安来福下线了,看样子准备走。莫高接的电话,说你傻呀,他要走,你就让他走了?

等他们一路闯红灯赶到时,网吧门口有两个人正在练拳脚,那个像安来福的男子鼻子已经出血了,爬起来后转身想跑,外侦这哥们儿上去把他绊了个趔趄,嘴里叫着,想走?先问你哥的拳头答不答应……就在这时,莫高高喊一声,安来福。鼻子出血的男子闻声如受惊的野马一样朝马路对面跑去,莫高追上去,车上的几个小伙子也包抄过来,把安来福团团围在中间。安来福困兽一样无望地左奔右突。

莫高手往裤子后口袋里一摸,一副手铐已经到了手上,他一个侧身上去,咔地先铐住安来福的一个手腕,在铐另一个手腕时盯着他的眼睛问:"你把人家女孩子藏到哪里去了?"

没想到安来福一下子瘫软在地上,莫高知道有戏,蹲下身子,掀起他长长的额发又把刚刚问的话重复了一遍,安来福说:"藏在……藏在牛下面。"

牛?莫高立刻想到了那头在月光下生满蛆虫的庞大牛尸。

七

高速公路上除了隆隆响的重型卡车之外,几乎只有他们一辆车在飞驰。安来福夹在两个侦查员中间一言不发,英俊的脸庞扭曲着。莫高从后视镜里观察猎物一样看着安来福。

一般来说,凶手逃得越久,心理素质越好,尤其是这种没有找到受害人尸体的案件,他不开口承认,警方很难拿他怎么办。只有在抓捕的一瞬间,趁着他惊魂未定之时先给他一个下马威,才可能取得突破。所以,抓到后问的第一句话非常关键。几个小时前,从卡萨布兰卡小镇到昆山的路上，莫高一直在想第一句话到底怎么问。问露丝到哪里去了？不行，如果露丝和他仅仅是萍水相逢，即使是相逢到了床上，他也可能连露丝的名字都不清楚。他完全可以反问露丝是谁，我又不认识她。问你某月某日做了什么？他会意识到你是在确认不在场证明，等他反应过来，对抗的心理就强化了。问他把人家姑娘怎么样了？也不行，什么怎么样……所以，当想到"你把人家女孩子藏到哪里去了"时，莫高很是骄傲了一会儿。这句话隐含了一个前提，肯定是你把人家女孩子藏了，我只问你藏到哪里了。

他们抵达安来福家时，天已经大亮，当地派出所已经在现场拉起了警戒线，只等他们一到就指认埋尸现场，开始挖掘。

蛆虫较几天前更多了，爬得门前都是，臭味也是，老远都闻得到。尽管这样，看热闹的人还是很多。

牛尸已经发黑，流着黑红色的血水，几乎不能完整地挖出来，只好把牛肚子那边的土都挖掉，形成一个坡道，法医戴好手套穿好防护服走下去，几个人合力把死牛拖出来。死牛刚刚拖出，下面就赫然露出一个已经尸斑严重的女人的腰背部，再往里看，女人像蜷缩在子宫里的婴儿一样头和脚相抵在一起。

谜底就要揭开了。

莫高站在一旁，心里咚咚地跳着等着这一刻的到来。他期待着看到露丝左眉角那颗据说旺夫的黑痣，有点儿短的人中……可是等女尸翻过身来，两眉之间什么都没有，怎么回事？再看脸部，根本不是露丝！

就地突审，莫高没提关于露丝一个字，他得先弄清楚这具女尸到底是怎么回事。安来福倒也爽快，他说，一命抵一命，她活该。我妈是她害死的，她是替我妈偿命的。

莫高想插话，但嘴唇动了动，还是忍住了，这个时候，应该先让对方把话说完。

只听见安来福接着说，打电话不接，去宿舍找不在，发信息说我妈病危，我就等在急诊室，叫她找个好医生救我妈，她也不回。

当初我们俩说好了，生生世世不分离，现在想起来，还不如一个屁。等轮到我妈时，医生说我妈要早送来一两个小时还有救。要不是想着有她在，我就直接去济南，或者直接去泰安了，也误不了病，我妈就能救下来……我傻啊……我妈一瓶水没吊完，人就不行了，硬睁着眼睛颤抖地指着我。我知道，我还没娶媳妇，她眼睛闭不上，我又发信息给她，恳求她来一下，哪怕假装一下，让老人能把眼睛闭上，她还是没回。她手机号肯定没换过，我在其他同学那里确认过了。母亲火化了之后，我完全是下意识地回到南京，行尸走肉一样徘徊在她实习的这家医院……

莫高猜想，这个"她"很可能就是那个在留言本上说在南京等他的女孩子。

我心里有怨气，我想见她一面，如果她能道歉，或者安慰安慰我，我可能也就放下了。但她一直没有回复，直到有一天下午，我发现了她。她从医院大楼出来，进了停车场，开出了一辆英菲尼迪，我认得，卡萨布兰卡小镇有这种车，是一辆高配的英菲尼迪，至少要八九十万，她一个刚毕业的大学生，怎么开得起这么好的车子？我跟着她。她在一幢写字楼外接上一个比我还帅的年轻男人。男人上车后在她脸上亲了一下。我的满腔怒火顿时迸发了，当时就想撞上去。如果亲她的男人比我老、比我丑，我心理或许还平衡一点儿，可是，凭什么，她能找到一个年轻的高富帅？我跟着那辆英菲尼迪来到一个很豪华的小区，跟卡萨布兰卡小镇差不多，我把车停在小区对面，在车上等了一个晚上，副驾驶座上是我妈的骨灰，我告诉我妈，我一定会让她瞑目。天亮时分，她开着那辆英菲尼迪出来，我尾随上去追了她的尾，她疯婆子一样跳下来准备跟我吵架，但是当她看到是我时下巴都快掉下来了。我拉她上车，她不肯上，大叫救命，有人围上来，我说是两口子打架，叫旁人不要多管闲事。我把她拉到车上后，可能是我的表情吓住了她，她连连说手机丢了，没有看到我的信息。可笑，这不是此地无银三百两吗？是她自己找死的。

这应该对得上，龅牙老板说安来福第二次回村开的是奇瑞，奇瑞和英菲尼迪的车标相似度比较高,以龅牙老板的见识,应该是将英菲尼迪错认成奇瑞了。在奥迪车撞坏之后,安来福应该是开着那辆英菲尼迪回泰安老家的。

无意中破了另外一起凶杀案,也算是莫高办案历史上开出的一朵奇葩,叫他哭笑不得。可是,露丝的案子什么时候才能守得云开见月明呢?

根据前面技术员找到的痕迹物证,安来福依然嫌疑最大。追问下去,莫高发现,露丝和安来福确实有过肉体关系。戴维和露丝同居,却从未给过她家里的钥匙,这让她很失望,直到有一天戴维告诉她要和她分手时,她哭得昏天黑地。可戴维决心已定,他把露丝推出家门,把她的箱子扔在楼梯间。安来福在上岗的途中发现坐在喷泉边长椅上痛哭的露丝,腿边上放了两个路易威登的行李箱。本来他已经走过去了,是那两个路易威登的箱子刺痛了他的眼,他想这个豪门怨妇如果不要这两个箱子的话,准能在二手网上卖上一个好价钱。当然,他回转过来的另外一个原因,还是露丝梨花带雨的样子激起了他的同情心。

他从山寨的英国皇家卫队上衣的口袋里掏出一块手帕,是母亲织的粗布手帕,弯下腰递给露丝。露丝感激地接过,发现手帕和他的制服形成滑稽的对比时,忍不住笑了。她笑的时候,眉心那颗痣一跳一跳的,很是妩媚,这激起了安来福的情欲。他问她有什么伤心事,自己能不能帮上忙。她想了想,从香奈儿包里拿出一个普拉达的皮夹子,抽出两百元钱,请他看到某个号牌的车进小区时打电话给她。他看到她手腕上戴着一块镶钻的欧米伽女表。他突然想这只皓月般白皙温润的手腕一定十分柔软光滑。

他打过几次电话给她,她也又给过他几次钱。露丝在星巴克里接到的那个电话,的确是安来福打的。他告诉她戴维开车回来了。可等他随后在小区巡逻时,又一次发现她在花园的长椅上哭。他像一个老朋友一样走过去安慰她,手自然地搂住她的肩膀。谁知她起身扑到他身上,哭得喘不过气来。他建议她去他宿舍躺一会儿,他会帮她盯着戴维有没有回来。她竟然同意了。进了房间,他扶她躺上床。她眼神迷离，双唇微启，一双白生生的长腿露在外面。他没忍住。她也没拒绝。

两个人的肉体关系进行得很仓促，安来福从露丝身上下来就催她快点儿穿衣服离开，宿舍门没有锁，保安队长和同事随时可能进来。

此时，安来福的手机响了，村头的龅牙老板说他母亲病了，半个身子不能动。他急了，跟露丝说你真得马上走了，我得立刻回老家一趟。露丝说走可以，给钱。安来福恼了，说你又不是卖的，为什么我要给你钱？露丝说，我当然不是卖的，卖你也买不起。叫你给钱，是惩罚你对我的不尊重。安来福说，我怎么尊重你？你自己投怀送抱。露丝说，尊重别人就是尊重自己，你既然提起裤子就赶我走，你就是把自己当嫖客了，我不该跟你要钱吗？安来福急着要走，不想和她多纠缠，于是拿出一百元扔在她脸上。露丝把钞票撕了，扔回他脸上，安来福火气上来了，说，怪不得有钱人家的少爷不要你，原来你这么贱。露丝说，要不要不是你说了算，再说我有本事怀了有钱人家少爷的孩子，你有本事和有钱人家的小姐上床吗？

安来福无心恋战，几乎是推着把她推出去的。谁知要出门时她拉住门框蹲下身子，他以为她想赖着不走，不料她却是蹲下来捡那两片被她撕成碎片的钱。安来福突然心生怜悯，又递给她一百元。看着她打开空空如也的普拉达皮夹，把钱放进去，然后转身离开。他一声叹息，看来，苦命的人还不止他一个。

听到这里，莫高长叹了一口气。莫不是露丝还活着？

八

和南京警方办好移交手续，莫高再次回到卡萨布兰卡小镇。大白天看这个繁华之地，的确满地镏金，连木质的长椅、下水道铸铁的井盖上都刻着卡萨布兰卡小镇的徽章。花园距离应急通道只有一条刻着小镇徽章的红砖铺成的小路，白天也看不到什么人，夜间人更加少。这个应急通道小区居民并不使用，即使是保安也很少使用。

莫高踱步到安来福宿舍的窗外，这个地方和应急通道隔着一道绿化带，绿化带的尽头有条通向住户信箱、供邮递员走的小路。说是小路，其实仅仅是放了几块石头在草地上，间隔和人的步幅差不多。小路下两级台阶便是保安宿舍窗外的甬道。安来福宿舍的门是没有锁的，窗上也没有窗帘，他和露丝在床上的那段时间，窗外会有人路过恰巧看到吗？如果有人看到，这个人会不会在安来福把露丝推出去之后趁火打劫？

甬道上青苔绿绿地长了一层，久未走人的样子。莫高眼尖，在甬道上，他看见类似脚踏车车轮的痕迹，不对，是两道平行的痕迹，是轮椅的痕迹。

轮椅的痕迹？莫高突然意识到，刚刚进门的时候，喷泉边居然没有看到那个轮椅男孩儿。对呀，那天和技术员再次勘查安来福宿舍的时候，自己曾从镜子中看到轮椅男孩儿在窗外。还有一次，他在保安宿舍的小楼梯上，看到他在地下室练习轮椅滑行。自己第一次来的时候，正手忙脚乱地扒人家垃圾时，他不是也突然出现在他身后吗？他一定看到了什么！

莫高顺着甬道疾步走出，走出一段路之后，他又突然回转过来：石台上青苔正绿，通往甬道的只有两级台阶，别无他路，那轮椅男孩儿是怎么到这段甬道上的？

除了供邮递员走的那段两三米的小路，再也没有别的路通往甬道。也许男孩儿那辆轮椅中的奔驰有上台阶的功能？

他打电话给技术员，让他去查证这个问题，自己则去物业和派出所找轮椅男孩儿的信息。

男孩儿家的户口上只有他和父亲两个人，父亲开了家物流公司，资产上亿。人口历史数据库里显示，男孩儿母亲是失踪后宣告死亡的。男孩儿父亲后来再婚，续弦的妻子住在另外的地方，并没有和男孩儿住在一起。男孩儿家的水电煤在正常使用和缴费。莫高叫上物业的人去查看，打开走廊里的电表箱，在转，但这不说明问题,很多电器即使没有人在家,也会运行。关键是水表箱,谁知水表箱怎么也打不开。莫高决定先去找男孩儿的父亲。

男孩儿的父亲说起话来很豪爽,几句话下来,莫高感到他极精明也极有分寸,难怪生意做到这么大。他显然不喜欢和警察打交道,但鉴于自己的社会地位,他还是同意和莫高见面。

莫高简单说明了他正在办理的失踪案,以及他家公子可能是目击者的情况。男孩儿父亲说恐怕他不一定能帮到莫高。他说自己儿子脾气极其古怪,根本不听他的话。莫高用深表同情的语气询问他儿子坐轮椅的原因。只听见对方长叹一声后说,我前妻离家出走那年,是我生意最巅峰之时,小赤佬认为是我另有新欢,抛弃了他母亲。她其实是和一个贝司手私奔的,我又不能在小赤佬面前把他母亲说得太不堪。后来小赤佬沉溺于网络游戏,成绩门门挂红灯。不肖之子啊。我恨得抽出皮带打他,他开门逃出去,结果从楼梯上滚下去,然后就不能走路了。医生说没有器质性的病变,但他就是站不起来。

说完这话,男孩儿父亲掏出皮夹子,拿出一张照片给莫高看。是一张全家福,男孩子只有五六岁的样子,调皮地从父母两个人的身后探出头来,照片上这位亿万富翁的发际线还没有现在这么高,他的妻子,除了眼距稍宽,算得上是美女。仔细看,这女人左眉心有颗痣。看到这颗痣,莫高的心突然一跳,露丝左眉心也有这样一颗痣。照片背面一行手写的文字:玫瑰玫瑰我爱你。

莫高问,据我所知您的前妻并不叫玫瑰?

男孩儿父亲说,玫瑰是我给她取的昵称,我们是在一个社交场合认识的,当时她正在唱《玫瑰玫瑰我爱你》这首老歌……他顿了顿,仿佛把某种情绪压了回去,然后接着说,失踪四年后直到确认她死亡,我才再娶,但七八年过去了,我和现在的妻子一直没有孩子。造化弄人,在我赚到盆满钵满时,却让我家破人亡,仅仅一个下三滥的贝司手就能勾引走我的爱人,又在我创下这个越来越庞大的商业王国时,令我后继无人。我常常在噩梦中醒来,想自己并没有做过伤天害理的事情,老天爷怎么会这样待我?我只好告诉自己，人生不如意事常八九，不要思八九，常想一二。就这样，到了前年，我终于又有了一个儿子，我知道老天是发慈悲了。

您确定您大儿子一直不能走路吗？莫高问。他想起他第一次见轮椅男孩儿时，他还算壮实的脚踝和大臂上凸起的肌肉，还有长满汗毛的手臂。

我带他去欧洲检查过了，美国也去过了，所有医生和上海医生的结论是一样的，小赤佬没有器质性病变，但就是站不起来。还好，医生说他的男性功能正常，我想好了，我可以保证他一生锦衣玉食，如果有善良本分的女孩子愿意嫁给他，我一定给他一份丰厚的家产……

从轮椅男孩儿父亲豪华的江景办公室告辞出来，一阵风来，吹起莫高风衣的衣角，秋天来了。一个疑似被侵害的失踪案，从春末开始，到现在秋风起来了，还是没有眉目。仰头望去，摩天大楼上映出空阔的蓝天和白云，云朵在急速地滑动，白衣苍狗。每一个凶杀案，都是一出人生的悲剧。经历了那么多案子，把那么多凶手送上法庭，莫高没有成就感，相反，他感到深深的悲哀。人不过是这世上的过客，在这世界上匆匆走过不满百年，能够在人海中相识相遇，为什么就忍心用最凶残的方式相互残害？

这个时候，技术员打来电话说，目前所有的轮椅都没有自动上下台阶的功能。

莫高让人调出历史户籍资料里轮椅男孩儿母亲的标准照和露丝的标准照对比，不可否认有极大的相似之处。如果经常来这个小区的露丝被轮椅男孩儿碰到过并且寄予了某种特殊的感情呢？

轮椅男孩儿独居，出事那天的行踪无从证实。现在硬要进入他家，除非他或者他父亲同意。莫高一时一筹莫展。

他再次徘徊在卡萨布兰卡小镇的幽径上，看着家家户户的灯光，有的亮起，有的暗下，再看着楼梯间如天梯一样通往宫殿般的楼顶……

你在想什么？突然，一个熟悉的声音在他身后响起。他不用回头，便知道是轮椅男孩儿。

你猜？莫高对着夜空说。

大侦探的心思怎么猜得出？男孩儿说。

你不猜的话，让我来猜猜你在想什么，好吗？莫高依旧没有转身，而是燃起一根香烟看着夜空说。

好啊。男孩儿的声音波澜不惊。

我猜你也和我一样在想，一个人，不可能像我吐出的烟圈一样会消失不见，一点儿踪迹也不留。我猜自从有了小弟弟之后，你一天比一天恐惧，恐惧失去父亲的爱。你把母亲出走的原因归结于他，认为他对不起你母亲，对不起你。从楼梯滚落后，你假戏真做，想用残疾来惩罚他的良心，占据他的爱。为此，你宁可放弃成为一个正常人的权利，将自己困在轮椅上。但暗地里，你锻炼身体，你知道，即使惩罚了父亲，日子还要自己过。突然有一天，你发现一个人酷似你的母亲，你当然知道她和你母亲没有任何关系，但仅仅是相似这一点，就足以给你带来慰藉。可是，这女人是别人的女友，你只能远远地看着她，渴望她，直到你发现这女人被抛弃，发现她和一个低微的保安上床……说到这里，莫高有意放慢了语速，他听见轮椅男孩儿呼哧呼哧的喘气声，突然，他听见踉跄且急促的脚步声，然后，自己被撂倒在地。

他躺在地上，隔着夜色看见轮椅男孩儿站在他面前，挥舞着拳头。莫高几个月以来第一次笑了，笑得释怀，也笑得伤怀。

电梯的监控中有一段录像，已经站起来的轮椅男孩儿戴着棒球帽和口罩推着轮椅走进电梯，轮椅上坐着一个裹得严严实实的人。仔细看，这个坐在轮椅上的人脑袋耷拉着，从腿中间拉出来的Y形安全带把此人固定在椅背上。从体型上看，此人身材较为纤细，应该是和露丝身材相当的女性。他们从轮椅男孩儿家的楼层进入电梯，从顶楼出去，录像上的时间是露丝失踪后的第三日凌晨五时十一分。

站在楼顶上，一阵风吹来，冷开始有了侵略性。轮椅男孩儿站立着，足有一米八高，窄长的眼睛，稍宽的眼距和浓密的双眉，手铐和脚镣哗啦哗啦响过，伴随着一阵紧似一阵的秋风。

他走向楼顶上唯一一个掩体———一个在夜色中闪着幽幽金属光泽的巨大水箱。围观人群中，莫高注意到戴维圆圆的脸上惊疑和忧惧的双眼，以及散落在头顶没有来得及编成辫子的乱发。莫高还注意到，轮椅男孩儿父亲含泪的双眼和一转身间无言的悲伤。

　　水箱顶上的门打开了，俯下身子看进去，水面上一层昆虫的尸体簇拥着一个已经褪色的印着双尾美人鱼商标的星巴克纸袋。拨开这层漂浮物，水底是一具女尸。

　　男孩儿说，我对她说，通往卡萨布兰卡小镇的路很窄，你得走偏锋。我对她说，别人的砒霜，说不定是你的蜜糖。我还对她说，天配地，形同雨配风，大陆配长空，你是烈日，就应该配苍穹，戴维不是你的苍穹，我才是。我不会比戴维钱少，但我会比戴维爱你，我不会因为你和戴维上过床，和保安上过床就……谁知道没等我说完，她疯了一样大叫：你是在嘲笑我吗？你以为你可以是我的偏锋吗？哈哈，我从来没有见过坐在轮椅上的锋……她的眉眼像我的母亲，她被有钱的男人抛弃，我日思夜想的母亲也被有钱的男人抛弃。老天让我遇到她难道是天意？我从轮椅上跳下来，把狂躁的她搂进怀里，把脸贴在她剧烈晃动的头上，我当她是我失散多年的母亲，当她是我寻觅已久的爱侣。我要给她爱和温暖，我也要从她那里寻找爱和温暖，我不在乎她嘲笑我的那些话……她尖叫着使劲推我，我不能让她叫，我捂着她的嘴。谁知道她太脆弱，突然没有了声息。我把温软的她带回家，放在床上，她像睡美人一样一直睡着，我期待她醒过来，谁知她的身体渐渐变凉……

　　莫高呆呆地看着从指间飘向夜空的烟雾，他思忖，露丝也许自己都没想到，她竟然是以这种方式留在了卡萨布兰卡小镇。

（原载《啄木鸟》2018 年第 3 期）

荣誉墙

谢沁立

一进家门,季兰英就将手中的塑料袋放在地上,掏出从超市带回来的五块槐花牌香皂,径直走到里屋,打开木柜门,将香皂放进柜子的最上面一层。这一层的高度远远超过她一米五的身高所能够着的范围,所以她用力踮着脚,尽力伸长右胳膊,右脚踮着离了地,屁股上的赘肉也跟着一起用力,一颤一颤的。她用指尖将香皂捅进柜子里面,然后轻轻关好柜门,弹弹衣襟上的浮尘,一脸的满足。

回转身来,季兰英才顾得上和在厨房里忙碌的丈夫孙德贵打招呼。孙德贵一边切着洋葱一边头也没抬地说:"回来了?"

"回来了。"

"下次你甭管买菜了,你一去买菜,我就揪着心,生怕你几个小时不回来,我又会接到给你送脸盆的电话。你好好在家待着,行不行啊?"

季兰英乜了孙德贵一眼,"哼"了一声,说:"你就会说好听的,这家里吃的用的哪一样不是我置办来的,你倒弄点儿来也让我看看!买个菜,你也这么唠叨。"

孙德贵的眼睛被洋葱辣着,不由得闭住眼睛,同时闭住的还有他的嘴巴。

季兰英住着的两居室是租来的。这一片楼房都是老房,一共十幢,五层到顶,是三十年前一家国有企业的宿舍楼,企业破产之前已将房子卖给职工。楼房外墙早就斑驳陆离,不少地方长满青苔,楼前楼后堆着毫无用处的杂物。尽管周围高楼林立,但掩在高楼背影里的这十幢旧楼却没有拆迁。因为这里距离市代谢病医院很近,每个单元都被来自各地到这里就诊的患者和卖早点、卖水果花篮、卖保健品药品、扎花圈、卖墓地的小摊贩挤得满满当当。

由于大丫头兰子"进去了"还没放出来,如今,只有季兰英、孙德贵两口子和二闺女娟子住在这里。实际上,这些年来这个家的常住人口只有孙德贵,那娘儿仨隔三岔五地交替着"进去"。兰子和娟子一个三十六,一个三十四,都还没找到合适的婆家。

季兰英并不操心两个大龄闺女的归宿,她天天在外忙碌,就连周末也很少在家。想当年,她娘和她婆婆曾是一个棉纺车间的好姐妹,撮合着各自的孩子结成了夫妻。当妈的退休后,没读过几年书的季兰英和孙德贵顶替进了棉纺厂,干了没几年,工厂就垮了,两口子双双下岗。实在困难得没办法,两人支起了个早点摊,起早贪黑地干。孙德贵揉面烙烧饼,季兰英在一口大油锅里炸油条。季兰英记得,冬夜里他们挣扎着离开暖和的被窝,把能穿的衣服都套在身上,远远看去就像两个黑乎乎的球,但还是觉得冷,每根手指都僵直得仿佛筷子。冻得实在难受时,季兰英会把右手的食指和中指探近高温的油锅,快速在指尖上沾上一滴滚烫的热油,然后,哈着气跺着脚收回指尖,把那滴油抹在掌心揉搓着取暖。

干了一年多，累得两口子打了退堂鼓。季兰英在家带孩子，孙德贵偶尔去外面干点儿力气活。家里揭不开锅时，季兰英只得抱着两岁的娟子，领着四岁的兰子，去菜市场捡菜叶。几次下来，季兰英便摸清了市场的门道，不再捡菜叶子，而是趁着人们下班买菜的当口，带着孩子专找人多的摊位。季兰英个子不高，身型瘦弱，动作却很敏捷。她抱着孩子，一边问摊主价钱，一边用左手将怀里的娟子往上一颠，腾出右手拣检摆在前排的菜品，余光却一直扫着摊主的眼睛。摊主见她还没拿定主意，便去招呼旁边的顾客。这时，季兰英故意瞄着摆在远处的茄子问道："茄子怎么卖？"摊主麻利地给别的顾客称着分量，同时报出了茄子的价位，而季兰英的手下早已有了动作，摊位上的两根黄瓜瞬间被塞在她和怀里的娟子身体中间，靠在她腿边的兰子一只手紧攥着一块水果糖，另一只手拉着妈妈的衣襟，仰着头，闭紧嘴，清澈的眸子望着妈妈的每一个动作。季兰英撇了下嘴："太贵了，我再看看别家的。"说完，她拉着兰子，抱着娟子快步离开这家菜摊。

　　每次从菜市场回来，季兰英都会带回够一家子吃的蔬菜。孙德贵埋怨她："咱家那点儿钱，吃得起这些细菜吗？"兰子嫩声嫩气地说："妈妈没花钱，妈妈是拿的菜。"季兰英笑着说："我家兰子说得对，不就是拿点儿菜么。"

　　季兰英当年用热油浸过的手指异常灵活，她盯上的东西都能眨眼工夫就不见踪影。季兰英不停地换着摊位，菜摊扒拉得差不多了，就赶紧换一家菜市场。很长时间，她的"拿菜"都没被发现。她宽慰自己，这样从各家拿点儿菜，人家的损失微不足道，她的日子稍能宽裕，就算大伙给她献爱心了。后来，每次拿菜之前，她都很兴奋，心里有种特别美好的感觉。有时，她控制不住追求那份美好感觉的冲动，她说这种感觉比和孙德贵亲热时的滋味还美。

　　有一天，她拿了两个洋葱头塞在口袋里正准备离开，猛然发现身边的兰子不见了。她心里一惊：孩子丢了！猛一扭头，看见兰子从不远处跑过来，细小的双手握着一根灰不溜秋的细山药："妈妈，给！"

　　季兰英的心里不是滋味了好一会儿。她清楚自己干的是见不得人的勾当，把闺女搅进来，更是罪该万死。花朵一般的年纪，正是阳光灿烂的日子，贴上"三只手"的黑色标签，那还不相当于作了几辈子的孽。但在晚饭的饭桌上，她还是忍不住夸了兰子几句。她和孙德贵不是没有自食其力过，但遵纪守法又怎么样，起早贪黑又怎么样，还不是照样吃不上喝不上，还不是孩子在外面照样被不知怎么富起来的小伙伴笑话。孙德贵看着老婆少有的若有所思的样子，明白了是怎么回事。他摇摇头，没有说话，一筷子下去，撅起一大口豆角塞进嘴里。

兰子上小学了，一天放学回家后，哭哭啼啼地说，小朋友说我太脏了，不愿意和我坐同桌。季兰英忙说，咱怎么脏了？去，拿肥皂好好洗洗手，明天换身新衣服去学校。

过了几天，季兰英在拿菜之后，顺便又在杂货摊上拿了几块肥皂。先是顺手拿肥皂，后来市场上的香皂多了，她就拿香皂，这已经成为她的习惯。她喜欢香皂盒里飘出的淡淡的香气，仿佛那里面塞满了孩子的自尊和满足。兰子受她的影响，也出去拿香皂，而且尤其喜欢槐花牌香皂。她说，槐花牌香皂特别像她一个女同学身上散发的好闻气味。那个女同学，全班男生都献殷勤，兰子很羡慕她。

日子一天天过着，季兰英和两个孩子也在一天天长大。季兰英的长大，最明显的标志就是身上的脂肪和脸上的皱纹数量不断增加，还有她"拿"的技艺也在不断精进。季兰英不觉得自己是一个扎在人堆里谁也不会多看两眼的中年妇女，反倒认为自己很了不起，她一个人独自撑着一个不小的家呢。季兰英早已不拿菜了，积累了这么多年经验，再去拿菜未免太过幼稚，她拿的东西无比丰富，而且从菜摊直接跳到了别人的口袋和背包，钱包、手机、相机，有什么拿什么。季兰英对孙德贵说，谁不喜欢钱包里的票子啊？有时，本来有机会拿而没去拿，季兰英会懊悔不已，跺着脚骂自己，然后，就在脑子里总结着教训。小物件早已提不起她的兴趣，只有"大家伙"才会让她滋生些兴奋。

有那么几次，"拿"得太专注的季兰英被反扒民警带了进去。

谁承想，没多少墨水的季兰英居然很懂法律，而且能背出不少的法条。她曾经光顾一家袖珍书店拿了几本法律书，晚上躺在床上研究，明白了偷多少钱会被治安拘留，拿多少价值的东西会被刑事拘留，拿别人特别贵重的东西最高会判多少年刑期。她当然不愿意进监狱，所以，她拿得很有分寸。每当拿到一个钱包，她先要翻一翻里面的钱，为了让金额达不到拘留标准，多出来的钱她宁可扔掉。拿而不贪，正是季兰英最得意自己的地方。累了一天回到家里，她不大说话，单是活泛的眼神就能指挥一切。这些年来，孙德贵从没出去拿过一件东西，但他也从不拒绝享用老婆和闺女拿来的东西。他偶尔唠叨季兰英几句，劝她别再出去拿，否则她一失手，他就会接到派出所电话，收拾一包洗漱用品和衣物送到拘留所。

公安局的拘留所成了季兰英的第二个家，也是兰子和娟子经常暂住的地方。姐妹俩在老妈的栽培下，初中念了一半就辍学回家。娟子不去上课的原因和姐姐一样，也是说同学嫌自己脏，还说老师批评她在班里干"脏事"，不是今天有同学丢了铅笔，就是明天有人不见了漂亮的本子，最后大家都认定是娟子偷的。老师说娟子败坏了全班荣誉，学校的荣誉墙上总也没有他们二班的名字。娟子知道是自己让班主任很没面子，她不知道的是她还影响了老师的晋级和奖金，所以老师和同学都讨厌她，她每天上学感觉都是去受刑。季兰英只好耐心哄着闺女："不念书哪成啊？爹妈就是吃了没文化的亏。你就是以后做个小买卖，也得能写写画画啊。""就不去，他们都看不起我，说我拖后腿，我们班总得不了先进。""先进顶个屁用！不当吃不当喝的。""你不懂，别的班评上先进，学校都给发一张大奖状挂在墙上，同学们每天进教室时都要看，说是能考上好学校。"

季兰英最终在和闺女关于奖状有没有用的辩论中败下阵来，也最终没能拦住她退学的想法。不念就不念了吧。季兰英开始带上两个闺女一起闯天地。娘儿仨有时分头出去，有时合伙出去。一起行动时，姐俩若无其事地掩护妈妈拿东西，配合得天衣无缝，就像她们小时候，妈妈把拿来的一个青椒，或者一个土豆，或者一把花生米、一小袋咸菜疙瘩，塞进她们怀里和口袋里一样，她们一声不吭，紧紧护住怀里的东西，捂住自己的口袋。因为她们知道，只有这样晚饭才会有菜吃，只有妈妈才会对她们这么好。从那以后，只要几天不拿别人东西，娘儿仨就会感觉浑身不自在，手心发痒。

季兰英的五十大寿是在拘留所过的，那天，是她被拘留的第七天。她吃着馒头、白菜、豆腐，碗里的清汤寡水忽然就让她眼里流出泪来。她就着馒头就着眼泪，把白菜豆腐咽下去。一瞬间，她觉得心里特别委屈，奔了半辈子，奔到这种生活境地，这不是白活了吗？季兰英抹把眼泪，举手要求找管教谈话。在谈话室，她坚定地表态："我再也不偷东西了，我都五十岁了，我以后一定好好做人。"

五十岁的季兰英走出拘留所，像是换了个人，好多天闷在家里不出门，逼着自己朝着主妇的形象迈进，洗衣做饭，打扫房间，心思也开始向比自己大上几岁的孙德贵转移。这一转移不要紧，她突然发现好像不认识自己的老公了。孙德贵以前是个胖子，现在一下子瘦了几十斤，曾经的圆脸换成了刺眼的尖下巴。季兰英说，你个大老爷儿们减哪门子肥啊？孙德贵用泛着血丝的眼珠子看着季兰英，他不是不想争辩，而是根本就没有力气争辩。季兰英心想，坏了，这爷儿们八成病了。她赶紧陪着孙德贵去医院检查，结果是严重糖尿病，每天饭前必须注射胰岛素。走出医院，季兰英心想，这富贵人家得的病，怎么我们穷人也得了？

这一回，他们成了家门口的代谢病医院的常客。一进门诊大厅，见到黑压压的挂号人群，望着他们肩上背着的各种挎包，季兰英立刻找回了五十岁前的自己。她觉得心花怒放，血脉充盈。她当然感到了身体内部的变化，她想，自己还不老，看见那么多亟待去打开的包，全身都有麻酥酥的快感。

代谢病医院是三甲医院，名气很大，本市的和周边城市的患者摩肩接踵地慕名而来，外地患者多数在身上揣着大量现金。季兰英很快就熟悉了医院环境。她的年纪和外形特别像护工阿姨，遇到有人向她询问科室位置，她会热情地七拐八拐把人领过去。有那么几次,她引着外地人去检验科,中途忍不住想伸手掏人家的口袋,最后都在犹豫中住了手,嗨,他们比我还不容易,还是别缺这个德了。

她经常夹在门诊大厅的挂号人群中。冬天,她穿着黑色棉衣,臂上搭着件深色衣服,特别不起眼;夏天,她会比别人多一件衬衣,看上去像是因病怕冷而多穿的衣服,也显得十分自然,而且她的胳膊上总搭着一张医院门口派发的广告单。这一切,都是她工作的重要道具。要工作么,就得像模像样好好工作才行,不然,一家子吃什么喝什么?

季兰英的眼神和善,嘴角上扬,总是带着笑,就像一位热心肠的邻家大妈,只是在出去拿东西时,举手投足里才会带出那种修炼十几年的狡黠的老到。她看人很准,或者说看别人的包和口袋很准,总能掏出她需要的内容来。她佯装挂号,眼睛却不怎么看窗口上的显示屏,而总是盯着挂号的人。目标锁定后,她假装被后面人往前推着,身体前倾,双手不经意地碰到前面的人。之后,她回头埋怨挤在身后的人,手底下早已完成从别人包里掏出钱包的动作,钱包被她暂时藏在臂弯的遮挡物里,她会无奈地轻喊几声:"别挤了,别挤了。"等到失主发现钱包不见了时,季兰英也早没了踪影。

别人口袋里看病的钱,就这样成了孙德贵看病的钱。季兰英很知足,因为凭借她的本事,无业无职的孙德贵竟然享受起了"免费"医疗。

一个星期三早晨,因为出诊专家多,挂号的人也特别多。季兰英在人群中挤着。旁边,一个老阿姨哆哆嗦嗦掏出钱包挂了个普通号,又哆哆嗦嗦把钱包放进口袋里,手里拿着挂号条四处张望着。季兰英打算把那钱包"顺出来"。这太简单了,季兰英正要得手,她的肩膀被身后人拍了一下。季兰英愣怔了片刻,手底下的动作犹豫着,手也拐了方向,从前下方画了一个圆圈回到自己头顶,捋捋前额稀疏的头发。她掂量着这一拍的力道,知道是碰上了便衣警察。刚才因为即将得手的快感而加速跳动的心脏这一刻就要蹦了出来。她不敢转身,等着后面的人再有什么动作。她忽然觉得眼前一阵眩晕,"扑通"跪了下去,挤成一团的人谁也没注意到她跪下了,也根本不关心这个矮小的女人到底要干什么,一直向前涌的人群立即填上她身体闪开的小空当。季兰英只管跪着,不敢抬头,只看见军大衣的下摆在她面前晃动,一双式样老旧的黑皮鞋就在她眼皮子底下,一只脚戳在地面,另一只脚尖有节拍地敲打着。季兰英低着头说:"我再也不敢了,警官饶了我吧!我再也不敢了。""滚!"这是一个中年男人狠狠的声音。

季兰英站起身,拔腿就往大厅门口走。她的胳膊上还搭着围巾,围巾一端在地上拖拉着,差点儿给她绊个跟头。她一直不敢回头,直到大门口才松口气,回转身来。大厅里依旧人声鼎沸,"军大衣"并没有追上来。

之后的一年多里,季兰英不敢再去代谢病医院而是转战到别的医院门诊大厅里。反正市里有的是医院,不这么辛苦,孙德贵用什么"免费"看病呢。

重返代谢病医院,是因为孙德贵病重住院。季兰英每天去病房看护孙德贵,穿过门诊大厅时,总是流露出留恋的目光。走过挂号处长长的人流,她没有停步,但一直像行注目礼似的看着那些被人背在肩后的各式背包。哎呀,那个时髦女人的钱包多好拿啊!呵,这个大哥的钱就差白送给我了。妈呀,一个刚挂完号的白头发奶奶掉了钱包,她自己还不知道。季兰英赶紧走过去,走到队伍里,低下头从很多人的脚边捡起一个小钱包,紧赶两步拦住老人:"奶奶,您钱包掉了。"奶奶哆里哆嗦地打开随身的布袋子,还真是钱包没了。"谢谢你,大妹子。你真是积德啊!"现在的季兰英不去偷,就是在为自己积德呢。因为孙德贵已经不行了,她觉得如果自己不偷,多积点儿德,老头子或许能闯过这一关。

但看起来,季兰英的德行还是不够,孙德贵死了。这个以前胖胖的、走时瘦得一把骨头的男人,陪伴季兰英三十多年。他迁就她,包容她,做着家里的一切杂活儿,只是不敢管她。"没有了你,以后我进去了,谁给我送脸盆呢?"办完丧事,回到家里,季兰英想着孙德贵的好,抱着孙德贵的照片痛哭起来。

季兰英重操旧业，而且重回代谢病医院。她恨这家带走了她丈夫的医院。

她换了棉衣，变了发型，手上还是搭件衣服，隔三岔五地在门诊大厅捞上一笔，接着转战其他医院。季兰英仿佛是一条重回大海的鱼，经过一段"休渔期"，她越发在大海里活跃起来。她发现，医院里已经开始实行网上预约挂号，在门诊用现金挂号缴费的人开始减少，但这并不妨碍身手敏捷的季兰英，她依然所获颇丰。

这一天，季兰英又来到门诊大厅。她还是习惯地站在角落里观察。忽然，她看到一个并不熟悉的身影，但怎么觉得似曾相识呢？那是一个穿着军大衣的高大身影，在人群中挤来挤去，他的目光注视的不是显示器，而是……季兰英太熟悉那目光了，那是和自己一样的目光啊。她明白遇到了同行后，迅速决定今天不和同行抢生意，但她隐隐觉出了不对劲。她走到距离"军大衣"两米远的地方，蹲下身来，假装系鞋带。军大衣的下摆，老旧黑皮鞋，点着节拍的脚尖，天啊！这就是两年前拍我肩膀的那个人。好啊！你当时诈唬我，吓得我一年多不敢来。今天，我得还你一报。她见"军大衣"锁定目标，正在下手的瞬间，忽然大声喊："抓小偷啊！抓小偷啊！"周围的人们听到叫喊，惊慌地一边躲避，一边查看自己的挂包和手袋。"军大衣"听到喊叫，惊慌收手，往人群外面走，季兰英从后面伸出拳头用力一捣他的腰眼儿，"军大衣"不敢动了，糟了，便衣！这一刻，季兰英低声却狠狠地吼了一声："滚！"

截至季兰英五十九岁那年，她已经进了十五次拘留所。她脸上的皱纹越来越多，一条比一条深，像是记录她被抓捕经历的年轮。虽然住在一起，但她和兰子、娟子并不常见。两个闺女大了，各忙各的，只要她们有吃有喝，剩下的她实在懒得过问。

季兰英最终栽在了邱伟"邱师傅"手里。

从小，邱伟就盼着有朝一日和爸爸一样穿上帅气的警服。他和小伙伴们玩得最多的游戏就是警察抓小偷。小伙伴说，邱伟的眼神看似不动声色，却找人贼准。邱伟爸说，这小子还真是块当警察的材料。二十二年前，邱伟圆了警察梦，发到手的警服还没穿过几次，他就被分配到反扒队当了便衣，不仅警服被收进衣柜，就连稍微显眼一点儿的衣服也在禁穿之列。用师傅的话说，把你扔进人堆谁也看不见才算过关。

邱伟总是穿一身深色的衣服，脚蹬一双黑布鞋，走在人群中，时缓时疾，随心所欲，没有规律。他个子不高，脸颊和身材略显消瘦，看人观物时眼珠像小时候一样，貌似不动，其实，凡是从他眼前走过的人，他都过目不忘。邱伟看上去和街头随处可见的修车师傅、送货师傅一样，普通得实在刷不出一点儿存在感，认识他的人也都叫他"邱师傅"。

每天清晨，邱伟走出家门前，妻子总会习惯地说："老邱啊，你在路上就安心地走路，别东看西看的了。"邱伟总是乐呵呵地答应着。妻子也笑了："你总是答应得好好的，可总能又被你发现些什么。"

在邱伟看来，只要走出家门就是上班。他的视力虽然随着岁月流逝有些退化，但依旧清亮不变，容不下任何沙砾。

一天，在上班路上，邱伟看见两男一女若即若离地走着，遇到路边有汽车停靠，三人不约而同地往车里张望，然后四处看看，又接着走。邱伟断定这三个人准备盗窃车内物品。他一边通知队里请求增援，一边紧紧跟了上去。三人并不急于动手，只是一路找寻着大小不同的停车场，就这么走了五六个小时，他们才选定了目标。三人分工明确，一个望风，一个人用弹弓将汽车玻璃打碎，随即另一个人伸手到车里，拿出一个黑色皮包。他们的兴奋刚刚露个头，还来不及漾出来，邱伟就和战友似从天降。

由于医院经常失窃，分局给主管派出所加派了警力，邱伟便是其中之一。他早就耳闻季兰英的大名，也一直关注着这个"老年妇女扒手"。周日休息时，他特意拉着妻子说，走，我今天陪你去逛逛医院。这一逛两逛，他把医院的环境摸熟了。

一位中年妇女排到挂号窗口，猛然发现背包的拉链不知什么时候被打开了，装有五千元现金和数张银行卡的长方形褐色钱包不翼而飞。邱伟和同事很快赶到医院。中年妇女说排队时一直有个老年妇女在身边转悠，还不时擦身而过，她怀疑是那个老女人偷的钱包。邱伟很快在人群中找出季兰英。他让同事盯住她的举动，自己去调看医院的监控录像。季兰英那肥硕的身躯似乎躲闪着监控探头，但还是没躲掉，钱包就是她偷的。邱伟断定季兰英得手后会将钱包里的钱拿出来，而后把钱包扔掉。辅警急忙在楼里的垃圾箱中翻找，但一无所获。他忽然想到街头的广告牌后面，常能找到被小偷丢弃的钱包，便到医院楼梯口的宣传牌后面去看。果然，他们在二楼的一块展牌后面发现了褐色钱包。

当季兰英被带到穿着警服的邱伟面前时，除了胳臂上搭着的一件长外套，就是一脸的无辜。

"我是来看糖尿病的。"

"你的病历本、医保卡？"

"没带。"

"挂号条？"

"这不还没挂上号呢。"

"你的包呢？"

"我们这种穷人哪有什么包？带个兜子就不错了。"

"有人报警说你偷了别人的东西。"邱伟忽然说。

"我没偷钱包。"季兰英看着眼前这个穿着警服的新面孔，丝毫也不慌张。但她一点儿也没意识到，警官说的是别人被偷了"东西"，而她辩称没偷的是"钱包"。

邱伟亮出了塑料袋里的钱包："这不是你的钱包吧？"

季兰英的脸"刷"地一下白了。她脑子里迅速转着，求助于以往的经验，希望能够迅速跳出那么一两招儿来帮她涉险过关，但大脑似乎迟钝了。她左思右想，想不出什么有说服力的理由，邱伟就又不紧不慢地跟了一句："我们在这个钱包上面发现了你的指纹。"

这一下，季兰英站不稳了。若是从前，警察这样的说法根本不会对久经沙场的她起什么作用。但现在，不知怎么，季兰英头上冒汗，手心里也是湿漉漉的，小便也快要尿了出来。她知道，她是老了，更年期都快过去了。她不仅管不了闺女，就连她自己的身体也管不了了。

  作为多次犯，季兰英不仅被治安拘留，还因为盗窃罪被判处三年有期徒刑。她的名字被派出所民警标记在墙上的每月绩效考核记录表上，同时，她的案子作为一个破获成功的案例，累加进了派出所的荣誉墙上。

  季兰英被民警抓获后，邱伟和同事去她家里搜查。打开家里唯一一个大衣柜的柜门，邱伟一时感觉有点儿晃眼。衣柜里满满当当，但放着的不是衣服，也不是被褥，而是齐刷刷的槐花牌香皂，都带着包装盒，有白色的，有黄色的，有淡蓝色的。一千多块槐花牌香皂，摆在那里，就像一面色泽淡雅的荣誉墙。邱伟发现，在香皂中间的位置，夹着一张从学生记录本上撕下来的带着细花纹的格纸。邱伟小心地将纸拉出来，见上面有一行字，是孩子用铅笔写的幼稚字体：初三2班获得年级优秀班集体称号，特此奖励。

  邱伟用手掂着那张山寨版的荣誉证书，翕动着鼻翼，闻着从暗箱里飘出的香味，一时愣住，久久回不过神来。

（原载中国公安文学精选网，2018年12月19日）

天蒜花开

初日春

一

马路遥时常被自己的故事感动得泪水涟涟。他此时正盯着一盆花儿,眼泪汪汪的,仿佛遭遇了极大的委屈。

花根像个洋葱头,被安放在罐头瓶子里,瓶里灌了水,瓶底是捡来的几块鹅卵石,能看到有嫩白的根须扎进了石缝里。在安置它的时候,马路遥费了点儿心思,想买个花盆吧,怕周围那些糙汉子给碰坏,他们本来就对自己有些看法。后来,他看到黎小民吃完一瓶水果罐头,灵机一动,就把瓶子废物利用,在水龙头前把瓶子上的商标刮洗干净,装上水,就成了现在的样子。

黎小民是南方人，再具体点说是福建漳州人，那里的水仙闻名天下。他被马路遥那副认真的样子逗笑了，一个打工的人养盆水仙玩浪漫，装什么蒜啊？他怎么也没想到，马路遥还真会装蒜，非要较真，说那不是水仙，是天蒜。黎小民逢人便说，姓马的脑子进水了，真他妈的神经病。

平日里，黎小民跟马路遥关系不错，通常是马兄长马兄短地喊着，只有在闹别扭的时候，才会直呼对方姓马的。黎小民有一个好处，不像别的工人那样骂骂咧咧，把爹娘的生殖器挂在嘴边，他顶多冒出三个字"他妈的"，这也是马路遥不烦黎小民的重要原因之一。马路遥能够容忍他的第二个原因是，这家伙贪吃，随便哪个人给他点儿吃的，都会让他变得毫无原则。马路遥为此吃过亏，不说也罢。

虽然目光投在了花儿上，马路遥的心思却在别处。他隔三岔五地低下头，瞅瞅手机，用手指解开屏保密码，看微信上有没有回复的信息。其实，他根本没必要这样，只要不是把手机设置了静音，凭铃声或者震动都可以确认是否收到了信息。可他偏偏喜欢这样，而且乐此不疲，似乎对每条信息都迫不及待，显得极为隆重。

黎小民对此颇有意见，说马路遥有微信强迫症。"强迫症"这个词儿是他跟马路遥学的，但他总是把第一个字读错，马路遥每次都会替他纠正，说"强"字在这里读三声，不读二声。黎小民吧嗒着嘴说，我就读二声怎么了，就读二声，我气死你。纠正几次没什么效果，到末了，马路遥就无可奈何了，说你爱怎么读就怎么读，你这才是真正的强迫症。

两个人时常为这类鸡毛蒜皮的小事争论不休，好像很多乐趣都在争吵中被扩大和发散。马路遥的内心感受无人知晓，但黎小民是快乐的，因为让他闭嘴的方式只有一种，那就是塞给他点儿零食。马路遥床头总是掖着零食，他自己从来不吃，全都填到了黎小民的肚子里。说来也怪，即便是饿得前胸贴后脊梁，马路遥也不会去拿那些吃食打牙祭。

别人闲下来的时候，要么划拳喝酒，要么打打扑克，但他俩就这样，像做游戏一样打发工作之外的空余时间。有一次，黎小民又从马路遥手里接过了零食，有个工友冷不丁地冒出两个字：饭桶。黎小民嘻嘻哈哈没说话，照旧往嘴里塞吃的；马路遥却急了，非要跟对方理论，问人家凭什么骂人。对方说这也算骂人啊，紧接着就喷出了一堆脏话，如果不是黎小民拦着，马路遥那天肯定要遭殃。

工人们来自不同的地方，多数跟黎小民是老乡，真要闹腾起来，马路遥只能吃哑巴亏。虽然黎小民拦着他们没让动手，但人家还是逼着马路遥，让他说这怎么能算骂人。马路遥一时半会儿反应不过来，周围就有工友跟着起哄，情急之下，马路遥说黎小民最多算是吃货。这种说法显然不能服众，有人叫嚷着让他说出个一二三来。马路遥说饭桶指的是有嘴无脑的人，不管什么东西都会填进肚子里；吃货在吃上是有选择、有讲究的，说黎小民是饭桶就跟骂他是猪没什么两样。黎小民把马路遥推搡到门外，说别在这儿咬文嚼字，你上下嘴唇一碰我就成猪了，看我不揍扁你。

当时，马路遥真做出要跟黎小民拼命的样子，但他不如黎小民身体壮，没等使劲就被搡到了墙根。工棚里的人嗷嚎了几嗓子就散开了，在他们眼里，喝酒和打牌比打架有意思得多。

事后，马路遥才知道，黎小民肚子里有不少鬼主意，他那么急赤白脸地一咋呼，也就转移了众人的注意力。累了一整天，只要不是真有什么大不了的事儿，没人愿意抡起拳头争个你死我活，那毕竟会耗费不少体力。

有人的地方就有社会，这里的工人会根据家乡、脾性，或者其他的什么原因排列组合，说好听点儿，有些抱团取暖的意思，说难听了就是拉帮结派。马路遥不属于任何派别，主要是因为他有些清高，这让他被大家伙儿孤立了起来，也只有黎小民愿意跟他在一起，这在无形中为他撑起了一把保护伞，这是他不愿意承认却又不得不接受的现实。

现在，马路遥又在跟手机较劲儿，黎小民还是跟往常一样，又笑话他得了微信强迫症。跟以往不同的是，马路遥不应声，依然抬头看一眼水仙，低头瞅一眼手机，泪水涟涟的样子，很容易让人产生一些不太吉利的联想。

有句俗话叫"一个巴掌拍不响",很多时候都是这样,原本可能发生冲突的对立双方,一旦有一边不回应,那另一方的挑衅就毫无意义了。不但人与人之间如此,甚至两个团队,乃至两个国家之间也是同样道理。黎小民吵吵了半天没有达到预期效果,就坐在床边,把手搭在了马路遥的肩膀上。马路遥推了他一把,把身子朝床头靠了靠,又低下头看手机。黎小民心里很不痛快,伸手就要抢手机,马路遥白了一眼,站起来,撂下句"有病",就扭头走出工棚。

"他妈的,说我有病!"黎小民坐在那里半天没回过神来。

二

说实话,黎小民挺佩服马路遥的。在这群工人当中,就数马路遥的文化水平最高了,他会写文章,还会说快板。据老一点儿的工友说,老板当年很看重马路遥,还让他坐了办公室,后来出了事儿才把他赶回了工地。说这些话的时候,魏连宇一脸的暧昧。

论年龄,魏连宇在这群人里算小的,但他干的年岁最长,他算是项目经理。这名号听起来很响亮,实际上也就是个包工头。拉几个人在手底下,出工出力,挣来钱分下去就是了。

别看魏连宇瞧不上马路遥,但对他本人还颇为敬重,最起码表面上是这样的。这是黎小民怎么也琢磨不透的事儿。

魏连宇跟其他人不一样,收了工就往外跑,有人说他昧了大家伙的良心钱,在外面包了个二奶。黎小民说,还没结婚的人哪儿来的二奶。如果在老家,按照年龄,魏连宇说不定都抱上孩子了。但在城市里待了几天,心就野了。黎小民也不急于结婚,他有自己的梦想,而且为之奋斗了好长时间。马路遥劝他别走火入魔,黎小民不当回事,网上都说了,人就该有梦想,万——不小心实现了呢?

在这个年代,人人都受网络的影响。可现实摆在那里,黎小民必须摆正自己的位置。

年前,在城南的一个工地边上,黎小民看上了小超市老板的女儿。说来也怪,那女孩儿长得也就是一般模样,在老家也是一抓一大把，可在城市的角落里，就变得有些韵味了。这么说吧，人家随便拿个手绢把头发一扎，看上去就很利索，再加上好听的普通话，整个人都变得精神许多。虽说那女孩儿从未跟他说过话，但每次结账时，抬头一笑，就能让黎小民回味好长一段时间，以至于他在梦里都会被自己笑醒。当然，有那么几次，黎小民醒来就红了脸，在被窝里磨蹭半天，等别的工友出门以后，才三下五除二穿上衣服。那一定是夜里发生了什么。那个让他自认为尴尬的小秘密，早已被大家看透了，只是心照不宣而已。

　　城市太大了，大得让人心慌。当初，黎小民一来到这里，就觉得胸口发闷，喘不过气来。车水马龙，人来人往，在拥挤的闹市区，黎小民觉得每走一步都那么艰难。如果没有遇到那个女孩儿，他肯定会逃离这座城市。

　　此时，黎小民反倒庆幸能在城市的某个角落有处安身之地，城市的扩张给他提供了工作的机会，只要肯下力气，他不用担心失业。他唯一害怕的是，女孩儿家的超市也被拆迁，那女孩儿会成为拆二代，自己跟人家的差距就更大了。

　　因为这个原因，每逢周末，黎小民都会用大半天的工夫，转乘好几趟公交车，去那个超市一趟。他每次都会在门口转悠一会儿，在确认没有"拆"字之后，才会进屋。周围已经高楼林立，让超市逼仄得略显压抑，但只要墙上没有那个字，黎小民心里就变得舒坦了。他也不多说话，通常只是买一盒香烟，不多不少，只买一盒，然后再买几注彩票。女孩儿从未多说一句话，也从未站起来跟他打招呼，但他总能心满意足。

　　黎小民心里有自己的小算盘，倘若那女孩儿能够接受自己，一夜之间他就成了城里人。女孩儿是独生女，那个小超市早晚都会归他所有，如果动动脑筋还能吃苦，把小超市变成大超市，或者开成连锁超市，挣了钱也在自己建设的小区里买套大房子，把老家的父母接到身边。

　　这些想法，黎小民只跟马路遥说过。原以为他会说自己癞蛤蟆想吃天鹅肉，没承想，马路遥认真而严肃地告诉他，有想法就去努力，还鼓励他大胆去表白。但黎小民有些自卑，没敢。

为了让黎小民梦想成真，马路遥去了趟小超市，觍着脸跟女孩儿要了微信号，让黎小民用微信跟女孩儿联系。

现如今网络发达得让人目瞪口呆，只有你想不到的，没有网络做不到的。黎小民舍近求远，去城市的另一个角落所买的东西，在网络上动动手指就可以办到。但他坚持那么做。别看黎小民贪吃，但他比任何人都节俭，除了买彩票，他舍不得再买其他东西，他是不会吸烟的，但每次他都会狠狠心买下一盒香烟，带回来送给马路遥。零食换香烟，这笔账不好算，但朋友之间似乎也不用计较这些。

跟所有工人一样，黎小民和马路遥在花钱上都精打细算，多支出一分钱都要合计上好半天。还有一个习惯，所有人出奇地一致，那就是买彩票，不论手头紧不紧，都会买上几注。连魏连宇都不例外。

唯一的特例是马路遥。他在一张纸上画了个表格，上面标注了好多数字。马路遥买彩票都是经过计算的，这让黎小民心生佩服，也跟着选那几个数字。可怜的是，两个人从来没中过奖，连最低奖也没中过，让别的工友耻笑了很长时间，说马路遥猪鼻子插葱，装大象。

有一次，喝了点儿酒，黎小民把马路遥好一顿夸，马路遥摆手说，你自己牛得很。黎小民抻着脖子问，我哪里牛了？我哪里牛了？马路遥说，你不但想娶人家的女儿，还惦记别人的家产，最关键的是，你肚子里有货，还给人家编了广告词。

黎小民是给小超市编过一段广告词，说是你也有千万存款，只是你忘了密码，来福彩想想密码吧。这实际上是网络上传播的一个段子，算不上黎小民的原创，但马路遥认定这是他的智慧。看来，再有能耐的人也会有不知道的事情，就算他天天捧着手机上网，也会有被他忽略的细节。

可是，那个有能耐的人跑哪儿去了呢？连晚饭也没吃就甩手走了，打电话不接，发信息也不回。黎小民有点儿想不明白，这让他瞅什么都不顺眼，包括马路遥床头的那株水仙。

三

编故事也能上瘾，这是马路遥最近才发现的问题。他不断为故事里的自己而感动，并且把这份感动传递给不同的人。

马路遥这会儿正坐在一个地摊上，等待一个不知姓名的女人，他为此做了些功课。他从对方的朋友圈里找寻一些信息，判断女人的职业、性格等，他几乎具备了这样的特异功能。

女人姗姗来迟，马路遥起身让座。在他招呼服务员拿菜单的时候，女人的鼻翼抽动了两下，显然是汗馊味熏到了她。马路遥捕捉到了这个细节，却丝毫未曾感到有任何不适，相反，他甚至有些开心。

人的思维模式都是相对固定的，如果学会逆向思考，那就会生出很多奇异的念想。马路遥就被一种复杂的情绪俘虏了，女人的神情令他反感，也让他兴奋。他痛恨城里女人审视自己的眼神，但他有足够的理由相信，既然能单独出来约会，就一定会有故事发生。

约吧？约。马路遥已经通过网络成功地约到几个女人，无论从穿衣打扮还是言谈举止，她们身上都透着迷人的气息，这让他着迷。当然，他思考过一个问题，女人究竟图他什么，自己相貌平平，身子也不那么壮实。想不明白，那就干脆不想，管他呢。

把编好的故事讲给别人听，也得有技巧。讲述的时机、语调，还有面部表情和肢体动作，都得恰到好处。马路遥曾经在路边的旧书摊上淘来一本旧书，书上说这是态势语言，属于心理学的范畴，他觉得自己在这一方面无师自通，很有天赋。

马路遥善于捕捉对方的心理变化。

他给女人递了几串烤肉，又敬了几杯酒，才开始讲述自己的身世。

他说自己打小就没有父母（这是最近才加上的细节），是吃百家饭长大的（前几次说是在孤儿院长大的），自小就受尽别人的欺负。每回说到这儿的时候,马路遥都会眼泪汪汪,连他自己都怀疑具备着某些特异功能。眼泪来得真快,倾听者很容易被带进某种特定的氛围。那些女人都会问他父母怎么了,问完总要再三解释,这个问题可以不回答,说不是故意要让他想起伤心的往事。马路遥有时会让叙述戛然而止,点到为止往往魅力更大,会给人带来无限遐想。也有的时候,马路遥会说父母离异(他从未说过父母双亡之类的丧气话,这点还算是有良心),无论怎么说,全看他当时的心情。

别瞧我现在只是个农民工,上学的时候我成绩很好(这是实话),还参加过奥数竞赛,按照当年的趋势非北大、清华不考(这有些夸张,但听者竟然能够相信,因为他用流利的英语说的这些),可是我的条件不允许,只能辍学。说这些话的时候,马路遥脸上的神情夹杂着无奈和不甘,让人心疼。

马路遥一定会说女朋友的事儿,女朋友跟一个有钱的老板跑了,此时,他会做出咬牙切齿的样子,然后说自己也不想活了。更多的时候,他会说女朋友死了,从小青梅竹马,彼此相爱十三年,互相之间从没提过"爱"这个字眼,一次别扭都没闹过,现在想死的心都有(说这话的时候,如果在床上,他会紧紧搂住对方,流出眼泪,身体瑟瑟发抖)。也有的女人会提出疑义,说女朋友死了,就出来约,良心上会过得去吗?他便解释说,以前自己的性格开朗而幽默,但那事儿之后,就变得恐惧、焦虑、多疑,现在需要发泄。他的泪水是极好的催化剂,女人很容易为此感动。在这方面,马路遥自认为有天赋和悟性。

有一点马路遥没骗人,他的确有过女朋友。如果不是那个女人,他不会沉浸在自己编造的故事当中。

四

在魏连宇带领的这个团队当中,有个不成文的规定,除了每月发工资之外,秋天和年底各发一次奖金。这或许是众人对他不离不弃的原因吧。

实际上，现在工人并不好找，就拿建筑工人来说吧，经济虽然不景气，但好多地方都在搞建设，好像永远不缺项目。最关键的是，如今不比往前，不能随随便便拖欠工资，一旦有个明白人，挑起头来维权，就会吃不了兜着走。

在稳定队伍方面，魏连宇有自己的一套办法，一年两次奖金就是笼络人心的一种方式。年底回家发个红包，这是意料之中的事儿，但别出心裁地在秋天发上一次，是他颇为得意的创意。

马路遥又养起了水仙，说明已经入秋了。不像朝九晚五的上班族，工人们对穿衣不太讲究，或者说，他们会忽略掉天气因素，这个时节还不能加衣服，干活的时候容易出汗。真正加衣服的时候就意味着已经深秋了，可以回家忙活秋收了。魏连宇在这个节骨眼上发奖金，等于发了中秋礼，很贴心的行为。

马路遥对此不以为然。他说魏连宇是属家雀的，撅撅屁股就知道拉什么屎。为这事儿，魏连宇急了，骂他狗咬吕洞宾，不识好人心。马路遥冷笑几声，冒出句羊毛出在羊身上，就不再言语。魏连宇只能眨巴着小眼睛，在一旁生闷气，仔细看看，那滴溜溜的小眼珠还真跟家雀眼睛一样。

闹这次别扭的时候，黎小民和其他工友都在场，别人没当回事儿，只要有钱就好。但他心里不熨帖，他不得不放大自己的疑惑，难道魏连宇有什么把柄落在了他手里。不可能，根本不可能，黎小民百思不得其解。

这不，更让黎小民惊奇的是，都大半夜了，魏连宇还正满世界地找马路遥，看样子都快疯了。

所有人都不知道马路遥的行踪，他一直是形单影只，即便黎小民也摸不透他的心思。但有一点，黎小民估计他可能正在某个酒店的房间里。

跟不跟魏连宇说呢？黎小民拿不定主意。

五

按照往常的习惯，魏连宇不会大半夜出现在工棚里，但现在他就在那儿干巴巴地等着，站也不是，坐也不是，把烟屁股扔了一地。刚开始，还有人跟他搭讪，没多大会儿的工夫，此起彼伏的鼾声就响了起来。工人们太累了，时长时短、时轻时重的呼噜声在夜幕笼罩下变得异常沉重，让魏连宇心烦意乱。

黎小民试着拨打马路遥的电话，关机。发了几条短信也只能不了了之，他知道，马路遥夜间单独行动，早已养成了习惯，绝不会让别人扰了他的美梦。

有些事情，黎小民早就发现了，他试图说服马路遥走正路，玩火早晚会自焚。马路遥哼哼唧唧不吭声，就是张嘴也会言及其他。

马路遥唠叨最多的是老家马家庄，说村前的鱼鸟河，还有村后的金牛山。他说整个村子，山啊水啊的，都跟动物有关，连人都姓马。黎小民嘟囔了句都是畜生啊，马路遥也不急眼，还笑呵呵地说，畜生自有畜生的福。这是哪门子理论，真是个畜生。黎小民为自己恶毒的咒骂感到不安。

凌晨五点多钟，马路遥踩着月光进了门，他被床头坐着的黑影吓了一跳。等弄清是魏连宇之后，他低声骂了句有病，就端起脸盆出了工棚。他前脚出门，魏连宇就跟着撑了出去。

黎小民并不想故意窥探别人的隐私，但还是忍不住竖起了耳朵。两个人嘀嘀咕咕好一阵子，听不真切，黎小民有些气恼，过去他的耳朵很灵，捕捉一丁点儿细小的声音，跟喝口凉水一样简单。可现在传到耳膜里的声音是模糊的，让他想跳下床，躲在门后，做一个窃听者。

马路遥肯定是恼了，他的声调抬高了。他警告魏连宇，说我的事情用不着你操心，赶紧撒泡尿照照，看自己长什么模样。魏连宇的声音还是听不清楚，但从马路遥的话头话尾里，黎小民已经听出了个大概意思。

魏连宇让马路遥帮忙找老板要钱，说是要给工人们发秋季奖金，马路遥不干。魏连宇说，这忙只有你马路遥能帮，马路遥说自己没那本事。是啊，他要真有那本事，也用不着受这种累，遭这份罪。他们后面说了些什么，黎小民没记住，他走神儿了，确切地说，是彻底迷糊了。

六

次日一早，还没吃早饭，马路遥就被魏连宇接走了，也拽走了黎小民的目光。

马路遥一整天都没回来，干吗去了呢？这个问题把黎小民的脑壳想疼了，也想木了，有一阵子他觉得自己身子发飘，晕晕乎乎的险些出事故。他想今天晚上无论如何也要问问马路遥，解开这个谜。

七

天刚擦黑，魏连宇就兴冲冲地回到了工地，他提了个布袋子，一头扎进了工棚。

刚歇下来的工人们正在忙活着手头的事儿，没人理睬他的到来。也怪，他没生气，把布袋子一放，就乐呵呵地给大家伙散烟。一个刚冲完凉水澡的工人端着脸盆跟着进了屋，腾出手接过魏连宇扔来的烟卷，腰间扎着的毛巾就掉在了地上，隐私之处被人一览无余，逗得众人哈哈大笑。他黑着脸说，笑个屁啊笑，就冲着魏连宇嚷嚷，这是要娶媳妇儿啊，怎么不发喜糖啊？魏连宇给自己点上一支烟，深深地吸了两口，才把手里的布袋子举过头顶，晃了晃。黎小民眼尖，袋子里应该是钱。他看得没错，魏连宇得意洋洋地打开布袋子，正式宣布，秋季奖金已经拿到，全是崭新的新版百元大钞。工人们先是一愣，跟着就张嘴骂开了。这不是真的骂人，只是他们表达兴奋的一种方式。

就在这个时候，黎小民收到了马路遥的短信，让他火速赶到不远处的一家大排档喝酒。黎小民到的时候，马路遥已经喝了一瓶二两装的二锅头，看到黎小民，他没言语，只是撇撇嘴，用眼神示意，叫黎小民坐下。

马路遥用手捏了几粒油炸花生米，扔进嘴里，嚼了几下，又灌了口酒。黎小民几次想说话，都被马路遥拦住了，马路遥让他喝酒。一瓶"小二"喝下一半，黎小民正合计着该如何开口，马路遥自顾自地说了起来。

马路遥说，上我的女人，我连个屁都不敢放，他妈的我不是个男人。黎小民说别胡说八道。马路遥恶狠狠地瞪了他一眼，闭上你的狗嘴，你听我说。

马路遥说，我跟别的女人说，我的女人死了，是死了，我差点儿跟着她寻死。黎小民说你少喝点儿，马路遥猛灌一口酒，日你祖宗，我没喝多。

马路遥说，我真不是个男人，我把她送进了狼口里，我以为老板重用我，就把她推荐进公司，我这是自作自受！最要命的是，我还得替姓魏的要工钱去，不对，是觍着脸替你们去找她。他们勾搭上了，我该逃离这里，对吧？我偏不，我就要待在这里，我要报仇！你别瞧不起我，作为男人，我是大赢家，我睡了他的女人、他的女儿，我还要睡他的七大姑八大姨，我早晚把他们毒死……

这次，马路遥是真的喝醉了，黎小民也像是被他传染了，脑袋瓜子也有些跟不上趟——也是，头天夜里几乎没合眼，几口酒就找不着北了。也不对，分明是马路遥传来的信息量太大，让他无所适从。黎小民好像明白了一些事情，又好像陷入了更大的谜团当中。

也不知喝了多久，马路遥才要求回工地，刚走出去没几步，他又让黎小民去小旅店帮忙开房间。

这里多的是低档小宾馆，价格适中，生意不温不火，隔三岔五就会有附近工地的工人去开房间，有时只是开个钟点房。这其中的秘密众所周知，黎小民也不是傻瓜。但今天晚上，他决定待在马路遥身边，他怕马路遥出什么差错。

马路遥还没喝够，临进宾馆之前又从旁边的小卖部买了一箱子啤酒。那个小卖部的面积和格局很像黎小民每周都要去的小超市，让他忍不住打开了手机上的微信。

在小宾馆的房间里，黎小民也喝醉了，因为那个小超市的女孩儿发了一条微信朋友圈：感谢老爸为我买了轮椅，以后我可以出入自由了。微信还附了一张图片，是女孩儿坐在轮椅上，嗯，脸上露出了灿烂的笑容。不知为什么，黎小民哭了，而后就什么都记不得了。

八

天刚蒙蒙亮，黎小民就醒了。醒来的时候，他用了很长的时间才搞明白自己身处何方。他扭头看了看地上，啤酒瓶子横七竖八地躺在那里，不规则的图案让他有些眩晕。他懒洋洋地翻了翻身，忽然发现浑身上下一丝不挂，他慌里慌张地寻找内裤，脑袋跟炸了一般。

失忆了，所有事情都好像在考验他的记忆力。

好像跟马路遥搂在了一起……好像跟马路遥亲过嘴……好像马路遥说过很多话……好像他们之间说过爱对方……好像——黎小民一骨碌爬起来，赤脚蹦到地上，掀起被子，蓝色的被面上有的地方发白，有的地方发黄。黎小民无法判断发生过什么。

姓马的，你死哪儿去了？黎小民猛然看到床头上有个字条，上面写着：黎兄，我的压力太大了，跟你告个别，在不远的将来再见，也或许永远不再相见！黎小民忽然觉得有些委屈。

九

黎小民一步三晃地回到了工棚，工人们走了一多半，剩下的还在睡梦之中。

马路遥的床上什么都没动，只是少了那盆水仙。黎小民觉得这些都不重要了，跟自己又有什么关系呢？他情不自禁地想起那个小超市,真会开玩笑,她居然需要坐轮椅,难怪从没见到她站起来过。上帝啊,为什么要这么残忍?非要让我暗恋的女孩儿是个残疾人,天呐,我该怎么办,我该怎么办啊?

黎小民没去工地上干活,他半睡半醒地躺在床上,好像做了很多个噩梦,断断续续地叫他疲惫不堪。

快到傍晚的时候,黎小民终于从床上爬了起来,他开始收拾行李,拾掇到一半,他又放弃了,他不想带走跟这个城市有关的任何东西。

工人们收工了,他们对黎小民的反常行为视而不见,这让他有些难受。没什么可以留恋的了,他拖着沉重的步子出了门。工棚里好像忽然有人发现了他,冲着他喊,你干吗去啊?快来看这条新闻,水仙也能毒死人啊,该不会是姓马的那盆吧?哎呀,邪性啊,那盆花儿呢?

跟我有什么关系?一切都不重要了。黎小民背对着夕阳,踩着自己长长的身影走出了工地,他决定奢侈一次,去买身新衣服,再去澡堂子泡个澡。

+

黎小民在售票窗口买了一张票,票面上是个陌生的城市。

在候车大厅,黎小民懒洋洋地看着行色匆匆的人们,他似乎把自己置身于整个世界之外。

大屏幕上的广告很精彩,黎小民却提不起半点儿兴趣,就该离开了,他的心早就飞远了。

车站广播播报了他所乘坐的车次即将检票,在他站起身的一刹那又愣在了那里。大屏幕上出现了滚动字幕:本市今天上午发生一起投毒案件,经初步调查,犯罪嫌疑人系用水仙花提取的毒汁投毒,受害人一男一女,暂时没有生命危险。男性为某建筑公司董事长,女性为该公司职员。目前案件正在侦查中。专家称水仙别名凌波仙子、天蒜等,鳞茎多液汁,有毒,含有石蒜碱、多花水仙碱等多种生物碱；外科用作镇痛剂；鳞茎捣烂敷治痈肿。牛羊误食鳞茎，立即出现痉挛、瞳孔放大、暴泻等。警方提醒市民，对来路不明的食品要谨慎服用……

就在这个时候，黎小民的手机短信提示音响了，他从兜里掏出手机，低头一看，是马路遥发来的信息——在无数个睡不着的夜晚，我相信会有很多人，习惯性地闭上眼睛，开始思念一个人，想念一张脸。会想起以前一起说过的话，一起走过的路，一起做过的事儿。起先这个人会傻笑，然后是无比的心痛。或许留下的记忆并不那么美好，但也绝不会是完全不值得怀念。但愿，时光会带走一切，再见时一如初见。祝永远平安！

这段文字，黎小民似懂非懂，他只觉得有些胸闷。他打开手机微信，想了想，删掉了马路遥，又想了想，删掉了那个小超市的女孩儿。他向检票口走了几步又停了下来，转过身来，他边走边拿出手机，取出手机卡。

在火车站候车大厅门口，黎小民把手机送给了一个乞讨的老人。很诡异的是，老人身边也有一个罐头瓶子，瓶子里有一株水仙花。花根像个洋葱头，被安放在罐头瓶子里，瓶底灌了水，底下是捡来的几块鹅卵石，能看到有嫩白的根须扎进了石缝里。黎小民的眼睛被刺痛了，他仰起脸，冲着天空看了好一阵子，直到脖子发酸，眼睛才不酸了。

天上是雾霾，偶尔会有一小群家雀飞过，黎小民好像看到了家雀的眼睛，滴溜溜地直转悠，他好像又听到了家雀在叽叽喳喳，好像是在说，水仙别名天蒜，天算不如人算……再仔细一听，除了嘈杂的人声，没有鸟叫。

黎小民定了定神儿，整理了一下身上的新衣服，不紧不慢地回到了候车大厅。已经错过了车次，他现在要去改签车票，不管几时发车，他都可以两手空空地离开这座城市了。

（原载《东方剑》2018 年第 2 期）